Die besten Geschichten von Anton Čechov

Ausgewählt von Franz Sutter

Aus dem Russischen von Ada Knipper, Herta von Schulz und Gerhard Dick

Diogenes

Diese Auswahl
beruht auf der von Peter Urban herausgegebenen
und kommentierten Edition der Werke Čechovs,
erschienen im Diogenes Verlag, 1973 ff.
Umschlagillustration:
Isaak Lewitan *Der Birkenhain*
(1889, Ausschnitt)

Veröffentlicht als Diogenes Evergreen, 1985

60/85/24/1
ISBN 3 257 05050 X

Inhalt

Eine langweilige Geschichte

Aus den Aufzeichnungen eines alten Mannes

I

Es gibt in Rußland den verdienten Professor Nikolaj Stepanovič Soundso; er ist Geheimrat und Ritter so vieler russischer und ausländischer Orden, daß die Studenten ihn ›Ikonenwand‹ nennen, wenn er die Orden einmal anlegen muß. Sein Bekanntenkreis ist der allervornehmste; zumindest hat es in den letzten fünfundzwanzig bis dreißig Jahren in Rußland keinen berühmten Gelehrten gegeben, mit dem er nicht gut bekannt gewesen wäre. Heutzutage ist er mit niemandem mehr befreundet, sprechen wir aber von der Vergangenheit, so endet die lange Liste seiner berühmten Freunde mit Namen wie Pirogov, Kavelin und dem Dichter Nekrasov, die ihm ihre aufrichtigsten und wärmsten Gefühle entgegenbrachten. Er ist Mitglied aller russischen und dreier ausländischer Universitäten. Und so weiter und so fort. All das und vieles, was man noch sagen könnte, bildet, was man meinen Namen nennt.

Dieser mein Name ist populär. In Rußland kennt ihn jeder gebildete Mensch, im Ausland wird er in den Hörsälen mit dem Zusatz ›bekannt‹ und ›verehrt‹ zitiert. Er gehört zu den wenigen glücklichen Namen, die zu schmähen oder grundlos zu erwähnen beim Publikum und in der Presse als ein Zeichen schlechten Tones gilt. So muß es auch sein. Mit meinem Namen ist aufs engste der Begriff eines berühmten, reichbegabten und unzweifelhaft nutzbringenden Menschen verbunden. Ich bin arbeitsam und ausdauernd wie ein Kamel, das ist wichtig, und ich bin talentiert, das ist noch wichtiger. Außerdem bin ich, nebenbei bemerkt, gut erzogen, bescheiden und ein ehrlicher Bursche. Niemals habe ich meine Nase in Literatur und Politik gesteckt oder in der Polemik mit Ignoranten nach Popularität gehascht, nie auf Festessen oder an den Gräbern meiner Kollegen Reden gehalten ... Überhaupt liegt auf meinem Gelehrtennamen nicht ein einziger Makel, und es ist nichts an ihm auszusetzen. Er ist glanzvoll.

Der Träger dieses Namens, das heißt ich, ist ein Mann von zweiundsechzig Jahren mit kahlem Kopf, falschen Zähnen und einem unheilbaren Gesichtszucken. So glänzend und schön mein Name ist, so glanzlos und häßlich bin ich selbst. Mein Kopf und meine Hände zittern vor Schwäche; mein Hals ähnelt wie der einer Turgenevschen Heldin dem Hals einer Baßgeige; meine Brust ist eingefallen, mein Rücken schmal. Wenn ich spreche oder im Hörsaal lese, verzieht sich mein Mund; wenn ich lächle, bedeckt sich mein Gesicht mit greisenhaften Runzeln. An meiner kläglichen Gestalt ist nichts Imponierendes; höchstens wenn ich an meinen Zuckungen leide, bekommt mein Gesicht einen eigenartigen Ausdruck, dessen Anblick wahrscheinlich den ernsten, eindrucksvollen Gedanken hervorruft: Man sieht, dieser Mann wird bald sterben.

Wie früher, sind meine Vorlesungen nicht schlecht; nach wie vor vermag ich die Aufmerksamkeit meiner Zuhörer zwei Stunden lang zu fesseln. Meine Leidenschaftlichkeit, die gepflegte sprachliche Darstellung und mein Humor machen die Mängel meiner Stimme fast unbemerkbar, ist sie doch trocken, schrill und singend wie die eines Frömmlers. Schreiben jedoch kann ich nur schlecht. Jener Abschnitt meines Gehirns, der die schriftstellerischen Fähigkeiten dirigiert, verweigert den Dienst. Mein Gedächtnis ist schwach geworden, meine Gedanken entwickeln sich nicht mehr folgerichtig genug, und wenn ich sie zu Papier bringe, dann scheint es mir jedesmal, ich hätte das Gefühl für ihre organische Verbindung verloren – die Konstruktion wirkt einförmig, der Ausdruck ist dürftig und unsicher. Oft schreibe ich gar nicht das, was ich sagen will, und wenn ich den Schluß schreibe, weiß ich den Anfang nicht mehr. Oftmals vergesse ich ganz gewöhnliche Wörter, und ich muß immer viel Energie aufwenden, um beim Schreiben überflüssige Phrasen und unnötige Schaltsätze zu vermeiden – beides zeugt klar vom Verfall meiner geistigen Kräfte. Und es ist merkwürdig: je einfacher das zu Schreibende, desto qualvoller meine Anstrengung. Schreibe ich einen wissenschaftlichen Aufsatz, fühle ich mich bedeutend freier und klüger, als wenn ich einen Glückwunsch oder einen amtlichen Bericht verfasse. Noch eins: deutsch oder englisch zu schreiben fällt mir leichter als russisch.

Was meine jetzige Lebensweise betrifft, so muß ich vor allem die Schlaflosigkeit erwähnen, an der ich in letzter Zeit leide. Fragte man mich, was gegenwärtig den grundlegenden Zug meiner Existenz bildet, so würde ich antworten: die Schlaflosigkeit. Wie früher entkleide ich mich aus Gewohnheit um Mitternacht und lege mich zu Bett. Ich schlafe schnell ein, aber in der zweiten Stunde wache ich auf, und zwar mit einem Gefühl, als hätte ich überhaupt nicht geschlafen. Ich muß aufstehen und die Lampe anzünden. Eine Stunde oder zwei gehe ich im Zimmer auf und ab und betrachte die längst bekannten Bilder und Photographien. Wenn ich des Umhergehens überdrüssig geworden bin, setze ich mich an den Schreibtisch. Unbeweglich sitze ich da, ohne an irgend etwas zu denken und ohne irgendwelche Wünsche zu verspüren; liegt vor mir ein Buch, so greife ich mechanisch danach und lese es ohne jegliches Interesse. Auf diese Weise habe ich kürzlich in einer Nacht einen ganzen Roman gelesen, der den seltsamen Titel trug: ›Wovon die Schwalbe sang‹. Oder aber ich zwinge mich, meine Aufmerksamkeit abzulenken, bis tausend zu zählen, oder ich vergegenwärtige mir das Gesicht eines meiner Kollegen und versuche mir ins Gedächtnis zu rufen, in welchem Jahr und unter welchen Umständen er in den Dienst getreten ist. Ich liebe es auch, auf Geräusche zu achten. Bald spricht zwei Zimmer weiter meine Tochter Liza hastig im Schlaf, bald geht meine Frau mit einer Kerze durch den Saal und läßt bestimmt die Streichholzschachtel fallen, bald knackt der rissige Schrank oder summt unerwartet der Brenner in der Lampe – alle diese Geräusche erregen mich irgendwie.

Nachts nicht schlafen bedeutet, sich jeden Augenblick bewußt zu sein, daß man nicht normal ist; daher erwarte ich mit Ungeduld den Morgen und den Tag, wo ich das Recht habe, nicht zu schlafen. Es vergeht noch eine qualvoll lange Zeit, ehe auf dem Hof der Hahn zu krähen beginnt. Das ist mein erster Freudenkünder. Wenn er gekräht hat, weiß ich, daß eine Stunde später unten der Pförtner erwachen und, ärgerlich hustend, die Treppe heraufkommen wird. Dann wird es hinter den Fenstern allmählich heller, und auf der Straße ertönen Stimmen...

Der Tag beginnt für mich damit, daß meine Frau eintritt. Sie kommt im Unterrock, unfrisiert, ist aber schon gewaschen und duftet nach Kölnischwasser; und mit einer Miene, als käme sie ganz zufällig, sagt sie jedesmal ein und dasselbe: »Entschuldige, ich komme nur für einen Augenblick... Hast du wieder nicht geschlafen?«

Darauf löscht sie die Lampe, setzt sich an den Tisch und beginnt zu reden. Ich bin kein Prophet, aber ich weiß schon, wovon sie sprechen wird. Es ist jeden Morgen dasselbe. Gewöhnlich fällt ihr nach einigen besorgten Fragen über meine Gesundheit auf einmal unser Sohn ein, der in Warschau als Offizier dient. Nach dem Zwanzigsten jeden Monats schicken wir ihm fünfzig Rubel – das ist das Hauptthema unseres Gesprächs.

»Natürlich fällt uns das schwer«, sagt meine Frau seufzend, »aber bevor er endgültig auf eigenen Füßen steht, sind wir verpflichtet, ihm zu helfen. Der Junge ist in einem fremden Land, das Gehalt ist gering... übrigens, wenn du willst, schikken wir ihm im nächsten Monat nicht fünfzig, sondern nur vierzig Rubel. Wie denkst du darüber?«

Die tägliche Erfahrung hätte meine Frau davon überzeugen müssen, daß die Ausgaben nicht geringer werden, wenn man oft darüber spricht, aber meine Frau läßt keine Erfahrung gelten und erzählt akkurat jeden Morgen von unserem Offizier und auch davon, daß das Brot, Gott sei Dank, billiger, der Zucker jedoch zwei Kopeken teurer geworden sei – und das in einem Ton, als berichte sie mir eine Neuigkeit.

Ich höre zu, sage mechanisch ja, und sonderbare, überflüssige Gedanken bemächtigen sich meiner, wahrscheinlich, weil ich die Nacht nicht geschlafen habe. Ich schaue meine Frau an und wundere mich wie ein Kind. Befremdet frage ich mich: Ist diese alte, sehr beleibte, plumpe Frau mit dem stumpfsinnigen Ausdruck kleinlicher Sorge und der Angst um das liebe Brot, mit einem Blick, getrübt von den ständigen Gedanken an Schulden und Not, eine Frau, die nur von Ausgaben zu sprechen und nur zu lächeln vermag, wenn etwas billiger geworden ist – ist denn diese Frau wirklich die schlanke Varja von einst, die ich wegen ihres guten, hellen Verstandes, wegen ihrer reinen Seele, ihrer Schönheit und, wie Othello die Desdemona, wegen ihres ›Mitleids‹ für meine Wissenschaft leidenschaftlich liebte? Ist denn diese selbe Frau meine Varja, die mir einstmals einen Sohn gebar?

Ich blicke der wohlbeleibten, plumpen Alten angestrengt ins Gesicht und suche darin die Züge meiner Varja, aber von dem Vergangenen ist darin nur die Angst um meine Gesundheit und die Manier beblieben, mein Gehalt als unser Gehalt und meine Mütze als unsere Mütze zu bezeichnen. Es schmerzt mich, sie anzusehen, und um sie zu trösten, sei es auch nur ein wenig, erlaube ich ihr zu reden, was sie will, und schweige sogar, wenn sie ungerecht über die Menschen urteilt oder mir die Leviten liest, weil ich keine Praxis habe und keine Lehrbücher herausgebe.

Unsere Unterhaltung endet immer auf die gleiche Weise. Meiner Frau fällt plötzlich ein, daß ich noch nicht Tee getrunken habe, und sie erschrickt.

»Was sitze ich hier herum?« sagt sie und steht auf. »Der Samovar steht schon längst auf dem Tisch, und ich schwatze hier. Mein Gott, wie gedankenlos ich doch geworden bin!« Sie will schnell weggehen, bleibt aber in der Tür noch einmal stehen und sagt:

»Wir sind Egor für fünf Monate den Lohn schuldig. Weißt du das? Es gehört sich nicht, dem Gesinde den Lohn anstehen zu lassen, wie oft habe ich dir das schon gesagt! Jeden Monat zehn Rubel zu geben ist bedeutend leichter als für fünf Monate auf einmal fünfzig!«

Als sie durch die Tür geht, bleibt sie abermals stehen und sagt:

»Niemand tut mir so leid wie unsere arme Liza. Das Mädel

besucht das Konservatorium, verkehrt ständig in bester Gesellschaft, aber angezogen ist sie Gott weiß wie. Mit dem Pelz, den sie trägt, muß sie sich schämen, auf die Straße zu gehen. Wäre sie die Tochter irgendeines anderen, würde das nichts bedeuten, aber es weiß doch jeder, daß ihr Vater ein berühmter Professor ist, ein Geheimrat!«

Nachdem sie mir meinen Namen und meinen Rang vorgeworfen hat, geht sie endlich. So fängt der Tag für mich an. Was folgt, ist nicht besser.

Wenn ich Tee trinke, kommt meine Liza zu mir, in Pelz und Käppchen, die Noten unterm Arm, schon fix und fertig, um ins Konservatorium zu gehen. Sie ist zweiundzwanzig, sieht aber jünger aus, sie ist hübsch und ähnelt ein wenig meiner Frau in ihrer Jugend. Sie küßt mir zärtlich Schläfe und Hand und sagt: »Guten Tag, Papachen. Bist du wohlauf?«

Als Kind war sie versessen auf Speiseeis, und ich mußte oft mit ihr in die Konditorei gehen. Eis war für sie der Maßstab alles Schönen. Wenn sie mich loben wollte, dann sagte sie: »Du bist wie Sahneeis, Papa.« Ein Finger hieß bei ihr der Pistazien-, der zweite der Sahne-, der dritte der Himbeerfinger und so weiter. Wenn sie des Morgens zu mir kam, mich zu begrüßen, setzte ich sie auf meine Knie, küßte ihre Fingerchen und sprach vor mich hin: »Der Sahnefinger... der Pistazienfinger... der Zitronenfinger...«

Auch jetzt noch küsse ich aus alter Gewohnheit Lizas Finger und murmele: »Der Pistazienfinger... der Sahnefinger... der Zitronenfinger...«, aber es ist nicht mehr das gleiche. Ich bin kalt wie das Eis, und ich schäme mich. Wenn meine Tochter zu mir kommt und mit ihren Lippen meine Schläfe berührt, dann zucke ich zusammen, als hätte mich eine Biene in die Schläfe gestochen, ich lächle gezwungen und wende das Gesicht ab. Seit ich an Schlaflosigkeit leide, sitzt in meinem Hirn wie ein Nagel der Gedanke: Meine Tochter sieht so oft, wie ich, ein alter, berühmter Mann, qualvoll erröte, weil ich dem Diener Geld schuldig bin; sie sieht, wie oft die Sorge um kleine Schulden mich veranlaßt, mit der Arbeit aufzuhören und stundenlang im Zimmer auf und ab zu gehen und zu überlegen – weshalb ist sie da nicht einmal hinter dem Rücken der Mutter zu mir gekommen und hat mir zugeflüstert: »Vater, da ist meine Uhr, da sind Armbänder, Ohrringe, Kleider... Verpfände das alles, du brauchst doch Geld?« Wenn sie sieht, wie Mutter und ich aus falscher Scham uns bemühen, vor den Leuten unsere Armut zu verbergen – weshalb verzichtet sie da nicht auf das kostspielige Vergnügen, Musik zu studieren? Ich würde ja weder Uhr noch Armbänder, noch Opfer annehmen, Gott bewahre, ich brauche das nicht.

Bei der Gelegenheit kommt mir auch mein Sohn in den Sinn, der Warschauer Offizier. Er ist ein kluger, ehrbarer, nüchterner Mensch. Aber das genügt mir nicht. Ich meine, wenn ich einen alten Vater hätte und wüßte, daß er Augenblicke hat, in denen er sich seiner Armut schämt, dann würde ich meine Offiziersstelle einem anderen überlassen und eine Arbeit annehmen. Solche Gedanken über meine Kinder vergiften mich. Was sollen sie? Ein böses Gefühl heimlich gegen gewöhnliche Menschen deswegen hegen, weil sie keine Helden sind, das kann nur ein beschränkter oder verbitterter Mensch. Aber genug davon.

Um drei Viertel zehn muß ich zu meinen lieben Jungen und meine Vorlesung halten. Ich kleide mich an und gehe den Weg, den ich nun schon seit dreißig Jahren kenne und der für mich seine Geschichte hat. Da ist das große graue Haus mit der Apotheke; früher stand hier ein kleines Häuschen mit einer Bierstube; dort grübelte ich über meiner Dissertation und schrieb Varja den ersten Liebesbrief. Ich schrieb ihn mit Bleistift auf ein Blatt mit der Überschrift ›Historia morbi‹. Da ist ein Lebensmittelgeschäft; es gehörte einmal einem kleinen Juden, der mir auf Borg Zigaretten verkaufte; ihm folgte ein dickes Weib, das die Studenten liebte, weil ›jeder von ihnen eine Mutter hat‹. Jetzt sitzt da ein blonder Kaufmann, ein sehr gleichgültiger Mann, der aus einer kupfernen Teekanne Tee trinkt. Und dort ist auch schon das düstere, lange nicht renovierte Tor der Universität; davor der gelangweilte Hausknecht im Bauernpelz, der Besen, die Schneehaufen... Auf einen frischen Jungen, der aus der Provinz gekommen ist und sich einbildet, der Tempel der Wissenschaft sei tatsächlich ein Tempel, kann ein solches Tor keinen günstigen Eindruck machen. Überhaupt nehmen die Baufälligkeit der Universitätsgebäude, die düsteren Korridore, der Ruß an den Wänden, der Mangel an Licht, das traurige Aussehen der Treppen, Kleiderständer und Bänke in der Geschichte des russischen Pessimismus den ersten Platz unter den prädisponierenden Ursachen ein... Da ist auch unser Garten. Seit meiner Studentenzeit ist er wohl weder besser noch schlechter geworden. Ich mag ihn nicht. Es wäre bedeutend gescheiter, wenn dort statt schwindsüchtiger Linden, gelber Akazien und spärlicher, beschnittener Fliedersträucher hohe Kiefern und schöne Eichen wüchsen. Der Student, dessen Stimmung überwiegend von der Umgebung bestimmt wird, sollte dort, wo er studiert, auf Schritt und Tritt nur Hohes, Starkes und Schönes vor sich sehen... Bewahre ihn Gott vor dürren Bäumen, zerschlagenen Fenstern, grauen Wänden und Türen, die mit zerrissenem Wachstuch bezogen sind!

Wenn ich mich meinem Aufgang nähere, öffnet sich die Tür, und es begrüßt mich mein alter Kollege, Namensvetter und Altersgenosse, der Diener Nikolaj. Nachdem er mich eingelassen hat, räuspert er sich und sagt:

»Es friert, Euer Exzellenz!«

Oder, wenn mein Pelz naß ist:

»Es regnet, Euer Exzellenz!«

Darauf läuft er vor mir her und öffnet auf meinem Weg alle Türen. In meinem Arbeitszimmer nimmt er mir behutsam den Pelz ab, und dabei teilt er mir irgendeine Universitätsneuigkeit mit. Dank den intimen Beziehungen, die zwischen sämtlichen Pförtnern und Dienern der Universität bestehen, ist ihm alles bekannt, was sich in den vier Fakultäten, der Kanzlei, dem Rektorat und der Bibliothek ereignet. Was weiß er nicht alles! Wenn bei uns zum Beispiel die Verabschiedung des Rektors oder Dekans auf der Tagesordnung steht, dann höre ich, wie er im Gespräch mit den jungen Damen die Kandidaten nennt und dabei erläutert, daß diesen der Minister nicht bestätigen und daß jener selbst ablehnen werde. Dabei ergeht er sich in phantasievollen Einzelheiten über bestimmte geheimnisvolle Schriftstücke, die in der Kanzlei eingegangen seien, über eine geheime Unterredung, die angeblich beim Minister mit dem Kurator stattgefunden habe und so fort. Wenn man von diesen Einzelheiten absieht, so erweist es sich fast immer, daß er recht hat. Die Charakteristiken, die er jedem der Kandidaten gibt, sind eigenartig, aber gleichfalls zutreffend. Wenn Sie wissen wollen, wer in welchem Jahr seine Dissertation verteidigt hat, in den Dienst getreten, in Pension gegangen oder gestorben ist, dann brauchen Sie nur das fabelhafte Gedächtnis dieses Soldaten zu Hilfe zu rufen, und er wird Ihnen nicht nur Jahr, Monat und Tag nennen, sondern auch Einzelheiten mitteilen, von denen dieser oder jener Umstand begleitet war. So kann sich nur ein Liebender erinnern.

Er ist der Hüter der Universitätstraditionen. Von seinen Vorgängern im Amt übernahm er als Erbe viele Legenden aus dem Universitätsleben; diesem reichen Schatz hat er viel von dem eigenen Gut hinzugefügt, das er in seiner Dienstzeit erwarb, und wenn Sie wollen, erzählt er Ihnen eine Menge langer und kurzer Geschichten. Er kann von ungewöhnlichen Gelehrten erzählen, die *alles* wußten, von bemerkenswerten Menschen, die unermüdlich arbeiteten und wochenlang nicht schliefen, von zahllosen Märtyrern und Opfern der Wissenschaft. Bei ihm triumphiert immer das Gute über das Böse, der Schwache besiegt immer den Starken, der Weise den Dummen, der Bescheidene den Stolzen, der Junge den Alten. Man braucht alle diese Legenden und Geschichten nicht für bare Münze zu nehmen; schüttet man sie aber durch einen Filter, dann bleibt darin das zurück, was man bewahren muß – unsere guten Traditionen und die Namen der wirklichen, von allen anerkannten Helden.

In unserer Gesellschaft erschöpfen sich die Nachrichten aus der Welt der Gelehrten in Anekdoten über die ungewöhnliche Zerstreutheit alter Professoren und in zwei oder drei Witzen, die bald Gruber, bald mir, bald Babuchin zugeschrieben werden. Für eine gebildete Gesellschaft ist das zuwenig. Wenn die Gesellschaft die Wissenschaft, die Gelehrten und die Studenten so liebte, wie Nikolaj es tut, so bestünde die Literatur schon längst aus ganzen Epopöen, Sagen und Legenden, wie es sie leider zur Zeit noch nicht gibt.

Wenn er mir eine Neuigkeit berichtet hat, setzt Nikolaj eine strenge Amtsmiene auf und beginnt ein sachliches Gespräch. Würde ein Fremder hören, wie Nikolaj frei mit der Terminologie umspringt, so dächte er wohl, das sei ein als Soldat verkleideter Gelehrter. Nebenbei bemerkt – die Gerüchte von der Gelehrsamkeit der Universitätsdiener sind stark übertrieben. Zwar kennt Nikolaj viele Hunderte lateinischer Namen, er kann ein Skelett zusammensetzen, zuweilen ein Präparat anfertigen und die Studenten durch ein langes, gelehrtes Zitat zum Lachen bringen, aber die höchst einfache Theorie des Blutkreislaufs ist ihm auch jetzt genau noch so unbegreiflich wie vor zwanzig Jahren.

Am Tisch des Arbeitszimmers, tief über ein Buch oder ein Präparat gebeugt, sitzt mein Prosektor Pëtr Ignatjevič, ein arbeitsamer, bescheidener, aber unbegabter Mann von fünfunddreißig Jahren, schon kahlköpfig und wohlbeleibt. Er arbeitet von früh bis spät, liest sehr viel und behält das Gelesene hervorragend im Gedächtnis – in dieser Beziehung ist er Gold wert; aber ansonsten ist er ein Arbeitspferd oder, wie man noch sagt, ein gelehrter Schwachkopf. Die charakteristischen Züge, die ein Arbeitspferd von einem Talent unterscheiden, sind folgende: Sein Horizont ist eng und scharf durch sein Spezialgebiet begrenzt; außerhalb dieses Gebietes ist er naiv wie ein Kind. Ich entsinne mich, wie ich eines Morgens ins Arbeitszimmer kam und sagte:

»Stellen Sie sich vor, was für ein Unglück! Es heißt, Skobelev sei gestorben.«

Nikolaj bekreuzigte sich, Pëtr Ignatjevič aber drehte sich zu mir um und fragte:

»Was für ein Skobelev ist das?«

Ein andermal – das war etwas früher – teilte ich mit, Professor Perov sei gestorben. Der gute Pëtr Ignatjevič fragte:

»Worüber hat er gelesen?«

Ich glaube, wenn direkt an seinem Ohr die Patti zu singen anfinge, wenn chinesische Horden in Rußland einfielen oder wenn sich ein Erdbeben ereignete – er würde kein Glied rühren und seelenruhig mit zusammengekniffenen Augen durch sein Mikroskop schauen. Mit einem Wort – Hekuba kümmerte ihn wenig. Ich würde viel darum geben, um einmal zu sehen, wie dieser Zwieback mit seiner Frau schläft.

Ein weiterer Zug ist der fanatische Glaube an die Unfehlbarkeit der Wissenschaft, in erster Linie all dessen, was die Deutschen schreiben. Er ist überzeugt von sich selbst und von seinen Präparaten, er kennt den Sinn des Lebens und ist völlig unberührt von den Zweifeln und Enttäuschungen, von denen die Talente graue Haare bekommen. Sklavische Anbetung der Autoritäten und Fehlen jedes Bedürfnisses, selbständig zu denken. Ihn von seiner Meinung abzubringen ist schwer; mit ihm zu streiten – unmöglich. Streiten Sie mal mit einem Menschen, der zutiefst überzeugt ist, daß die beste Wissenschaft die Medizin, die besten Menschen die Ärzte, die besten Traditionen die medizinischen sind. Von der schlimmen Vergangenheit der Medizin ist nur eine einzige Tradition übriggeblieben – die weiße Halsbinde, die heutzutage von den Ärzten getragen wird; für einen Gelehrten jedoch und für einen gebildeten Menschen überhaupt kann es nur allgemeine Universitätstraditionen geben, ohne jegliche Gliederung in medizinische, juristische und so weiter. Pëtr Ignatjevič aber ist schwerlich damit einverstanden, er ist bereit, bis zum Jüngsten Gericht darüber mit Ihnen zu streiten.

Seine Zukunft ist mir klar. Er wird sein ganzes Leben lang einige hundert Präparate von ungewöhnlicher Sauberkeit anfertigen, viele trockene, recht anständige Referate schreiben und ein Dutzend gewissenhafter Übersetzungen liefern, aber das Pulver wird er nicht erfinden. Um das Pulver zu erfinden, braucht man Phantasie, Erfindergeist und Spürsinn – Pëtr Ignatjevič besitzt nichts dergleichen. Kurz gesagt, er ist in der Wissenschaft kein Herr, sondern ein Knecht.

Pëtr Ignatjevič, Nikolaj und ich sprechen halblaut. Uns ist

nicht ganz wohl zumute. Man spürt immer etwas Besonderes, wenn hinter der Tür das Auditorium wie ein Meer braust. In den ganzen dreißig Jahren habe ich mich nicht an dieses Gefühl gewöhnt, und ich empfinde es jeden Morgen neu. Nervös knöpfe ich meinen Rock zu, stelle Nikolaj überflüssige Fragen, ärgere mich... Es sieht aus, als hätte ich Angst, aber das ist keine Feigheit, sondern etwas anderes, was ich weder zu nennen noch zu beschreiben vermag.

Ohne jegliche Notwendigkeit schaue ich auf die Uhr und sage: »Nun? Wir müssen gehen.«

Und wir stolzieren in folgender Ordnung los: Voran geht Nikolaj mit den Präparaten oder den Atlanten, dann komme ich, und hinter mir schreitet, den Kopf demütig gesenkt, das Arbeitspferd; oder aber, falls notwendig, wird auf einer Bahre eine Leiche vorangetragen, dahinter geht Nikolaj und so weiter. Bei meinem Erscheinen stehen die Studenten auf, dann setzen sie sich, und das Meer hört plötzlich auf zu brausen. Völlige Stille tritt ein.

Ich weiß, worüber ich lesen werde, aber ich weiß nicht, wie ich lesen, womit ich beginnen und womit ich schließen werde. In meinem Kopf habe ich keinen einzigen fertigen Satz. Doch ich brauche nur das Auditorium zu betrachten – es ist wie ein Amphitheater gebaut – und den stereotypen Satz »In der vorigen Lektion sind wir stehengeblieben bei...« zu sagen, da fließen schon die Sätze in langer Reihe aus meinem Mund und – los geht's! Ich spreche unbändig schnell und leidenschaftlich, und es gibt wohl keine Kraft, die imstande wäre, meinen Redefluß zu hemmen. Um gut vorzutragen, das heißt nicht langweilig, sondern so, daß es den Studenten nützt, braucht man außer Begabung auch Gewandtheit und Erfahrung, und man muß eine ganz klare Vorstellung haben von seinen Kräften, von seinen Hörern und vom Gegenstand seiner Vorlesung. Außerdem muß man seine Gedanken zusammennehmen, scharf aufpassen und darf nicht einen Augenblick die Übersicht verlieren.

Ein guter Dirigent, der die Absichten des Komponisten wiedergeben will, muß zwanzig Dinge zugleich tun: die Partitur

lesen, den Taktstock schwingen, den Sänger beobachten, der Trommel oder dem Waldhorn ein Zeichen geben und vieles mehr. Genauso geht es mir, wenn ich lese. Ich habe hundertfünfzig Gesichter vor mir, von denen keines dem anderen gleicht, und dreihundert Augen, die mir direkt ins Gesicht schauen. Meine Aufgabe ist es, diese vielköpfige Hydra zu besiegen. Wenn ich in jedem Augenblick meiner Vorlesung eine klare Vorstellung vom Grad ihrer Aufmerksamkeit und ihres Verständnisses habe, dann ist sie in meiner Gewalt. Mein zweiter Gegner steckt in mir selbst. Das sind die unendliche Vielfalt der Formen, Erscheinungen und Gesetze und die Menge der durch sie bedingten eigenen und fremden Gedanken. Jeden Augenblick muß ich geschickt genug sein, aus diesem umfangreichen Material das Wichtigste und Nötigste so schnell herauszugreifen, wie meine Rede dahinfließt, ich muß diesen Gedanken in eine Form kleiden, die dem Verständnis der Hydra angemessen ist und ihre Aufmerksamkeit fesselt, wobei ich scharf darauf zu achten habe, daß die Gedanken nicht so wiedergegeben werden, wie sie auftauchen, sondern in gewisser Ordnung, wie sie zur richtigen Komposition des Bildes, das ich entwerfen will, notwendig ist. Des weiteren bemühe ich mich, daß meine Rede sprachlich korrekt ist, daß die Definitionen knapp und exakt, die Sätze möglichst einfach und schön sind. Jeden Augenblick muß ich mich zügeln und daran denken, daß mir nur eine Stunde und vierzig Minuten zur Verfügung stehen. Mit einem Wort – es gibt Arbeit genug. Ich muß gleichzeitig den Wissenschaftler, den Pädagogen und den Redner spielen, und die Sache steht schlecht, wenn dabei der Redner den Pädagogen und den Wissenschaftler besiegt oder umgekehrt.

Man liest eine Viertelstunde, eine halbe, und da bemerkt man, die Studenten schauen schon an die Decke oder auf Pëtr Ignatjevič; der eine greift nach seinem Taschentuch, der andere setzt sich bequemer hin, der dritte lächelt in Gedanken... Das bedeutet, die Aufmerksamkeit hat nachgelassen. Dagegen muß etwas unternommen werden. Bei der ersten passenden Gelegenheit erzähle ich einen Witz. Alle hundertfünfzig Gesichter zeigen ein breites Lächeln, die Augen glänzen fröhlich, für kurze Zeit ist wieder das Brausen des Meeres zu hören ... Ich lache ebenfalls. Die Aufmerksamkeit ist wieder geweckt, und ich kann fortfahren.

Kein Disput, keine Zerstreuungen oder Spiele haben mir jemals soviel Genuß bereitet wie meine Vorlesungen. Nur hier konnte ich mich ganz der Leidenschaft hingeben, und ich begriff, daß Ekstase keine Erfindung der Dichter ist, sondern tatsächlich existiert. Und ich glaube, Herkules hat auch nach der pikantesten seiner Heldentaten keine so wonnige Erschöpfung verspürt, wie ich sie jedesmal nach der Vorlesung empfand.

So war es früher. Jetzt aber sind die Vorlesungen für mich nur noch eine Qual. Es vergeht keine halbe Stunde, da spüre ich in Beinen und Schultern eine unüberwindliche Schwäche; ich setze mich in den Sessel, aber ich bin es nicht gewohnt, im Sitzen vorzutragen; nach einer Minute stehe ich wieder auf und lese stehend weiter, dann setze ich mich abermals. Mein Mund wird trocken, die Stimme heiser, im Kopf dreht sich alles ... Um vor den Hörern meinen Zustand zu verbergen, trinke ich immer wieder Wasser, ich huste, schneuze mich des öfteren, als mache mir ein Schnupfen zu schaffen, ich erzähle an unpassender Stelle faule Witze, und zu guter Letzt mache ich eher Pause, als angängig ist. Vor allem aber schäme ich mich.

Mein Gewissen und mein Verstand sagen mir, das Beste, was ich jetzt tun könnte, sei, den Jungen eine Abschiedsvorlesung zu halten, ihnen ein letztes Wort zu sagen, sie zu segnen und meinen Platz einem Mann abzutreten, der jünger und kräftiger ist als ich. Aber Gott mag mich richten, ich habe nicht den Mut, meinem Gewissen zu folgen.

Unglücklicherweise bin ich kein Philosoph und kein Theologe. Ich weiß sehr wohl, daß ich nicht mehr länger als ein halbes Jahr zu leben habe; man sollte meinen, nun müßten mich in erster Linie die Fragen nach dem Dunkel des Jenseits und nach den Erscheinungen beschäftigen, die mich in meinem Todesschlaf heimsuchen werden. Aber meine Seele will von diesen Fragen nichts wissen, obwohl der Verstand ihre Wichtigkeit erkennt. Wie vor zwanzig, dreißig Jahren, so interessiert mich auch jetzt, an der Schwelle des Todes, allein die Wissenschaft. Noch wenn ich meinen letzten Atemzug tue, werde ich glauben, daß die Wissenschaft das Wichtigste, Schönste und Notwendigste im Leben des Menschen ist, daß sie immer die höchste Offenbarung der Liebe war und sein wird und daß nur durch sie allein der Mensch die Natur und sich selbst besiegen kann. Dieser Glaube ist vielleicht naiv und im Grunde ungerecht, aber es ist nicht meine Schuld, daß mein Glaube so und nicht anders ist; ich vermag diesen Glauben nicht zu überwinden.

Doch darum handelt es sich nicht. Ich bitte nur, mit meiner Schwäche Nachsicht zu haben und zu begreifen, daß einen Menschen, den das Schicksal des Knochenmarks mehr interessiert als das eigentliche Ziel des Weltalls, vom Katheder und von seinen Schülern losreißen nichts anderes bedeutet, als wenn man ihn in einen Sarg steckt und diesen zunagelt, noch ehe er tot ist.

Infolge der Schlaflosigkeit und des angestrengten Kampfes mit der sich steigernden Schwäche geht etwas Seltsames mit mir vor. Zwischen den Vorlesungen wollen mir plötzlich Tränen die Kehle abschnüren, die Augen fangen an zu brennen, und ich habe den leidenschaftlichen, hysterischen Wunsch, die Arme auszustrecken und laut zu lamentieren. Ich möchte lauthals hinausschreien, daß mich, den berühmten Mann, das Schicksal zum Tode verurteilt hat, daß schon in einem halben Jahr hier im Auditorium ein anderer regieren wird. Ich möchte hinausschreien, daß ich vergiftet bin; neue Gedanken, wie ich sie vorher nicht kannte, haben die letzten Tage meines Lebens vergiftet und bohren sich in mein Hirn wie Moskitos. Dann erscheint mir meine Lage so furchtbar, daß ich wünsche, alle meine Hörer möchten entsetzt von ihren Plätzen aufspringen und in panischer Angst, unter verzweifeltem Geschrei, zum Ausgang stürzen.

Es ist nicht leicht, solche Augenblicke zu durchleben.

II

Nach der Vorlesung sitze ich zu Hause und arbeite. Ich lese Zeitschriften und Dissertationen oder bereite mich auf die nächste Vorlesung vor, manchmal schreibe ich auch etwas. Ich arbeite mit Unterbrechungen, weil ich wiederholt Besucher empfangen muß.

Es läutet. Ein Kollege ist gekommen, um eine Angelegenheit zu besprechen. Er tritt mit Hut und Stock bei mir ein, streckt mir beides entgegen und sagt:

»Ich komme nur auf einen Augenblick! Bleiben Sie sitzen, collega! Nur auf zwei Worte!«

Zunächst sind wir bemüht zu zeigen, daß wir beide ungewöhnlich höflich sind und uns sehr freuen, uns zu sehen. Ich placiere ihn in einen Sessel, und er placiert mich in einen anderen, dabei streichen wir einander vorsichtig über die Taille, berühren die Knöpfe, und es sieht aus, als betasteten wir einander und fürchteten dabei, uns zu verbrennen. Wir lachen beide, obwohl wir nichts Komisches sagen. Nachdem wir Platz genommen haben, stecken wir die Köpfe zusammen und beginnen halblaut zu reden. So herzlich wir uns auch zugetan sind, wir können uns nicht enthalten, unsere Rede mit allerlei chinesischen Floskeln zu würzen wie: »Sie geruhten richtig zu bemerken« oder »Wie ich bereits die Ehre hatte, Ihnen zu sagen«; wir können nicht umhin zu lachen, wenn einer von uns einen Witz macht, und gelingt er auch daneben. Hat der Kollege seine Angelegenheit besprochen, steht er hastig auf, schwenkt den Hut in Richtung meiner Arbeit und fängt an, sich zu verabschieden. Wieder betasten wir einander und lachen. Ich begleite den Kollegen bis auf die Diele hinaus; dort bin ich ihm beim Anziehen des Pelzes behilflich, er versucht auf jede Weise, sich dieser hohen Ehre zu entziehen. Wenn dann Egor die Tür öffnet, versichert mir der Kollege, ich würde mich erkälten, und ich gebe mir den Anschein, als sei ich bereit, ihm sogar bis auf die Straße zu folgen. Und wenn ich endlich in mein Arbeitszimmer zurückkehre, dann lächelt mein Gesicht noch immer, wahrscheinlich nach dem Trägheitsgesetz.

Etwas später läutet es wieder. Jemand tritt in die Diele, zieht sich lange aus und räuspert sich. Egor meldet, ein Student sei gekommen. Ich sage, ich ließe bitten. Einige Augenblicke später tritt ein junger Mann von angenehmem Äußeren bei mir ein. Bereits seit einem Jahr sind unsere Beziehungen gespannt – er gibt mir bei Prüfungen falsche Antworten und bekommt dafür die Note ›ungenügend‹. Von solchen Burschen, die ich – in der Studentensprache ausgedrückt – durchrasseln lasse, kommen bei mir im Jahr etwa sieben zusammen. Diejenigen, die ihre Examina aus Unfähigkeit oder krankheitshalber nicht bestehen, tragen gewöhnlich ihr Kreuz geduldig und hadern nicht mir mir; hadern und zu mir ins Haus laufen, das machen nur die Sanguiniker, die weitherzigen Naturen, denen die Verzögerung bei den Examina den Appetit verdirbt und sie hindert, regelmäßig in die Oper zu gehen. Zu den ersten bin ich nachsichtig, die zweiten aber lasse ich das ganze Jahr hindurch zappeln.

»Setzen Sie sich«, sage ich zu dem Gast. »Was haben Sie zu sagen?«

»Entschuldigen Sie die Störung, Herr Professor...« beginnt er stotternd und ohne mir ins Gesicht zu sehen. »Ich würde nicht wagen, Sie zu stören, wenn nicht... Ich habe mich schon fünfmal bei Ihnen prüfen lassen und... und bin durchgefallen. Ich bitte Sie, seien Sie so gütig und geben Sie mir ein ›genügend‹, denn...«

Das Argument, das alle Faulpelze zu ihren Gunsten anführen, ist stets das gleiche – in allen Fächern haben sie sehr gut abgeschnitten, und nur bei mir sind sie durchgefallen, und das sei um so erstaunlicher, weil sie sich mit meinem Fach immer sehr fleißig beschäftigt haben und es ausgezeichnet beherrschen; durchgefallen seien sie nur wegen eines unbegreiflichen Mißverständnisses.

»Entschuldigen Sie, mein Freund«, antworte ich dem Gast, »ein ›genügend‹ kann ich Ihnen nicht geben. Arbeiten Sie die Vorlesungen noch einmal durch und kommen Sie wieder. Dann werden wir sehen.«

Es entsteht eine Pause. Mich überkommt das Verlangen, den

Studenten ein bißchen zu quälen, weil er Bier und Oper lieber mag als die Wissenschaft, und so sage ich seufzend:

»Meiner Meinung nach ist das Beste, was Sie jetzt tun können, der medizinischen Fakultät ganz den Rücken zu kehren. Wenn es Ihnen bei Ihren Fähigkeiten durchaus nicht gelingt, das Examen zu bestehen, so haben Sie offensichtlich weder den Wunsch noch die Berufung, Arzt zu werden.«

Das Gesicht des Sanguinikers zieht sich in die Länge.

»Verzeihen Sie, Herr Professor«, entgegnet er lächelnd, »aber das wäre von meiner Seite zumindest sonderbar. Fünf Jahre studieren und auf einmal ... abgehen!«

»Nun ja! Besser fünf Jahre unnütz verlieren als sich dann das ganze Leben mit einer Sache befassen, die man nicht liebt.« Aber gleich darauf tut es mir schon leid, und ich beeile mich fortzufahren:

»Übrigens – wie Sie meinen. Also arbeiten Sie noch ein bißchen und kommen Sie wieder.«

»Wann?« fragt der Faulpelz mit dumpfer Stimme.

»Wann Sie wollen, meinetwegen morgen schon.«

Und in seinen guten Augen lese ich: Kommen kann ich schon, aber du Rindvieh läßt mich ja doch wieder durchrasseln!

»Natürlich«, sage ich, »werden Sie nicht gelehrter davon, selbst wenn Sie sich bei mir noch fünfzehnmal prüfen lassen, aber es bildet Ihren Charakter. Und das ist auch was wert.«

Schweigen tritt ein. Ich erhebe mich und warte, daß der Gast geht, aber er bleibt stehen, schaut durchs Fenster, zupft an seinem Bärtchen und überlegt. Es wird schon langweilig.

Der Sanguiniker hat eine angenehme, klangvolle Stimme, kluge, spöttische Augen und ein gutmütiges Gesicht, das vom häufigen Biergenuß und vom langen Liegen auf dem Sofa zerknittert ist. Offenbar könnte er mir viel Interessantes von der Oper, von seinen Liebesabenteuern oder von den Kollegen, die er gern hat, erzählen, aber leider ist es nicht üblich, davon zu sprechen. Ich würde aber gern zuhören.

»Herr Professor! Ich gebe Ihnen mein Ehrenwort, wenn Sie mir ›genügend‹ geben, dann will ich ...«

Ist aber die Sache bis zum ›Ehrenwort‹ gediehen, winke ich ab und setze mich an den Tisch. Der Student überlegt noch eine Weile und sagt dann niedergeschlagen:

»In diesem Falle leben Sie wohl ... Entschuldigen Sie.«

»Leben Sie wohl, mein Freund. Alles Gute!«

Unschlüssig geht er in die Diele, kleidet sich dort langsam an, und wenn er auf die Straße hinaustritt, überlegt er wahrscheinlich wieder lange; nachdem ihm nichts anderes eingefallen ist als ein an meine Adresse gerichteter ›alter Teufel‹, geht er in ein schlechtes Restaurant, um Bier zu trinken und zu Mittag zu essen, und dann legt er sich zu Hause schlafen. Friede deiner Asche, du ehrlicher Arbeiter!

Es läutet zum drittenmal. Ein junger Arzt in einem neuen schwarzen Anzug tritt ein, er trägt eine goldene Brille und natürlich eine weiße Halsbinde. Er stellt sich vor. Ich biete ihm einen Platz an und frage ihn nach seinen Wünschen. Nicht ohne innere Erregung erzählt mir der junge Adept der Wissenschaft, daß er in diesem Jahr das Doktorexamen bestanden und jetzt nur noch eine Dissertation zu schreiben habe. Er möchte gern bei mir arbeiten, unter meiner Anleitung, und er wäre mir außerordentlich verpflichtet, wenn ich ihm ein Thema für seine Dissertation gäbe.

»Ich freue mich sehr, Ihnen dienen zu können, Herr Kollege«, sage ich, »aber wollen wir uns doch erst einmal darüber verständigen, was eine Dissertation ist. Unter diesem Ausdruck versteht man üblicherweise ein Werk, das ein Produkt selbständiger schöpferischer Arbeit darstellt. Nicht wahr? Ein Werk aber, das über ein fremdes Thema und unter fremder Anleitung geschrieben wird, nennt man anders ...«

Der Doktorand schweigt. Ich werde wütend und springe auf.

»Ich verstehe nicht, weshalb Sie alle zu mir kommen?« schreie ich böse. »Habe ich etwa einen Laden, wie? Ich handle nicht mit Themen! Ich bitte Sie nun alle schon zum tausendhundertsten Mal, mich in Ruhe zu lassen! Entschuldigen Sie mein mangelndes Zartgefühl, aber ich habe es schließlich satt!«

Der Doktorand schweigt, nur um seine Backenknochen spielt

eine leichte Röte. Auf seinem Gesicht malt sich hohe Achtung vor meinem berühmten Namen und meiner Gelehrsamkeit, an seinen Augen aber sehe ich, daß er meine Stimme, meine klägliche Gestalt und mein nervöses Gestikulieren verachtet. In meinem Zorn bin ich für ihn ein wunderlicher Kauz.

»Ich habe keinen Laden!« stoße ich böse hervor. »Es ist doch merkwürdig! Weshalb wollen Sie nicht selbständig sein? Weshalb ist Ihnen die Freiheit so zuwider?«

Ich rede viel, er aber schweigt noch immer. Schließlich beruhige ich mich allmählich und kapituliere natürlich. Der Doktorand bekommt von mir ein Thema, das keinen Pfifferling wert ist, er wird unter meiner Aufsicht eine völlig überflüssige Dissertation schreiben, mit Würde die langweilige Disputation überstehen und einen nutzlosen wissenschaftlichen Grad erhalten.

Das Läuten an der Tür kann sich unaufhörlich fortsetzen, ich will mich aber hier lediglich auf vier Fälle beschränken. Es läutet also zum viertenmal, und ich höre bekannte Schritte, das Rauschen eines Kleides, eine liebe Stimme...

Vor achtzehn Jahren starb mein Kollege, ein Augenarzt, und hinterließ seine siebenjährige Tochter Katja und etwa sechzigtausend Rubel. In seinem Testament bestimmte er mich zum Vormund. Bis zu ihrem zehnten Jahr lebte Katja in meiner Familie, dann wurde sie in ein Institut gegeben und wohnte nur noch in den Sommermonaten, während der Ferien, bei uns. Mich mit ihrer Erziehung zu befassen, hatte ich keine Zeit, ich kümmerte mich nur hin und wieder um sie und kann daher über ihre Kindheit nur sehr wenig sagen.

Das erste, was mir einfällt und woran ich mich gern erinnere, ist die ungewöhnliche Zutraulichkeit, mit der sie in mein Haus kam und sich von den Ärzten behandeln ließ und die ständig auf ihrem Gesichtchen leuchtete. Oft saß sie irgendwo in einer Ecke mit verbundener Backe und beobachtete aufmerksam etwas; ob sie dabei zusah, wie ich schrieb, und dabei in einem Buch blätterte, wie meine Frau wirtschaftete, wie die Köchin in der Küche Kartoffeln schälte oder wie der Hund spielte – ihre Augen drückten immer und unveränderlich ein und dasselbe aus, nämlich: Alles, was auf dieser Welt geschieht, ist wunderschön und vernünftig. Sie war neugierig und unterhielt sich gern mit mir. Oft saß sie mir gegenüber am Tisch, verfolgte meine Bewegungen und stellte Fragen. Es interessierte sie zu erfahren, was ich las, was ich an der Universität machte, ob ich mich nicht vor Leichen fürchtete und wo ich mein Gehalt ließe.

»Prügeln sich die Studenten an der Universität?« fragte sie.

»Ja, mein Liebling.«

»Und Sie lassen sie zur Strafe knien?«

»Ja.«

Und es kam ihr komisch vor, daß die Studenten sich prügeln und daß ich sie knien lasse, und sie lachte. Sie war ein sanftes, geduldiges und gutes Kind. Nicht selten mußte sie mit ansehen, wie man ihr etwas wegnahm, sie unnötig bestrafte oder ihre Wißbegier nicht befriedigte; dann mischte sich in den ständigen Ausdruck der Zutraulichkeit auf ihrem Gesicht noch Traurigkeit – das war alles. Ich wußte nicht recht, wie ich für sie eintreten sollte, verspürte aber, wenn ich diese Traurigkeit bemerkte, immer den Wunsch, sie an mich zu ziehen und sie im Tone einer alten Kinderfrau zu bedauern:

»Mein liebes Waisenkind!«

Ich entsinne mich auch, daß sie sich gern gut anzog und mit Parfüm besprengte. In dieser Hinsicht war sie mir ähnlich. Ich liebe ebenfalls schöne Kleidung und gutes Parfüm.

Ich bedaure, daß ich keine Zeit und Lust hatte, den Beginn und die Entwicklung der Leidenschaft zu verfolgen, von der Katja schon völlig beherrscht wurde, als sie vierzehn, fünfzehn Jahre alt war. Ich spreche von ihrer leidenschaftlichen Liebe für das Theater. Wenn sie in den Ferien aus dem Institut zu uns kam und bei uns wohnte, sprach sie von nichts anderem mit solchem Eifer und Vergnügen wie von Theaterstücken und Schauspielern. Mit ihren ständigen Gesprächen über das Theater ermüdete sie uns. Meine Frau und die Kinder hörten ihr gar nicht zu. Mir allein mangelte es an Mut, ihr die Aufmerksamkeit zu versagen. Wenn sie den Wunsch hatte, ihre Begeisterung mit jemand zu teilen, kam sie in mein Arbeitszimmer und sagte in flehendem Ton:

»Nikolaj Stepanyč, erlauben Sie mir, mit Ihnen über das Theater zu sprechen!«

Ich zeigte auf die Uhr und erwiderte:

»Ich gebe dir eine halbe Stunde. Fang an!«

Später brachte sie dutzendweise Bilder von Schauspielern und Schauspielerinnen mit, die sie anbetete; dann versuchte sie mehrmals bei Liebhaberaufführungen mitzuwirken, und zu guter Letzt, als die Institutszeit beendet war, erklärte sie mir, sie sei zur Schauspielerin geboren.

Ich habe niemals Katjas Theaterleidenschaft geteilt. Meiner Meinung nach braucht man, wenn ein Stück gut ist, nicht erst die Schauspieler zu bemühen, damit es die gebührende Wirkung hervorrufe, man kann sich auf die Lektüre beschränken. Ist ein Stück aber schlecht, so wird es auch durch das Spiel auf der Bühne nicht besser.

In meiner Jugend ging ich häufig ins Theater; jetzt mietet meine Familie zweimal im Jahr eine Loge und nimmt mich zum ›Auslüften‹ mit. Natürlich kann ich mir da nicht das Recht anmaßen, über das Theater zu urteilen, aber ich will trotzdem etwas dazu sagen. Meiner Meinung nach ist das Theater nicht besser geworden, als es vor dreißig, vierzig Jahren war. Nach wie vor kann man weder in den Theatergängen noch im Foyer ein Glas reinen Wassers finden. Nach wie vor bestrafen mich die Platzanweiser meines Pelzes wegen mit zwanzig Kopeken, obwohl doch das Tragen eines warmen Kleidungsstückes im Winter nichts Anstößiges hat. Nach wie vor spielt in den Pausen ohne jede Notwendigkeit die Musik, die zu dem Eindruck, den das Stück hervorruft, noch einen weiteren, unerwünschten hinzufügt. Nach wie vor gehen die Männer in den Pausen zum Büfett und nehmen alkoholische Getränke zu sich. Ist schon kein Fortschritt in Kleinigkeiten zu spüren, so werde ich ihn auch in großen Dingen vergeblich suchen. Wenn ein Schauspieler, der von Kopf bis Fuß in den Traditionen und Vorurteilen des Theaters verstrickt ist, sich bemüht, den einfachen, gewöhnlichen Monolog »Sein oder Nichtsein« nicht einfach, sondern unbedingt mit Zischen und am ganzen Körper bebend vorzutragen, oder wenn er mich um jeden Preis zu überzeugen versucht, Čackij, der sich viel mit Dummköpfen unterhält und eine dumme Gans liebt, sei ein sehr kluger Mensch und ›Verstand schafft Leiden‹ kein langweiliges Stück, dann weht mir von der Bühne die gleiche Routine entgegen, die mich schon vor vierzig Jahren gelangweilt hat, als man mich mit klassischem Geheul und An-die-Brust-Schlagen bewirtete. Und jedesmal komme ich noch konservativer aus dem Theater, als ich hineingegangen bin.

Der sentimentalen und leichtgläubigen Masse kann man weismachen, das Theater sei in seiner gegenwärtigen Form eine Schule. Doch wer die Schule im wahren Sinne des Wortes kennt, den fängt man nicht mit diesem Köder. Ich weiß nicht, was in fünfzig oder hundert Jahren sein wird, aber unter den heutigen Verhältnissen kann das Theater nur der Zerstreuung dienen. Aber diese Zerstreuung ist zu kostspielig, als daß man sie weiterhin pflegen könnte. Sie entzieht dem Staat Tausende von jungen, gesunden und begabten Männern und Frauen, die, hätten sie sich nicht dem Theater verschrieben, gute Ärzte, Landwirte, Lehrerinnen und Offiziere geworden wären. Sie raubt dem Publikum die Abendstunden – die beste Zeit für geistige Arbeit und Gespräche unter Freunden, ganz zu schweigen von den Geldausgaben und den moralischen Schäden, die der Zuschauer erleidet, wenn er auf der Bühne Mord, Ehebruch oder Verleumdung unrichtig dargestellt sieht.

Katja war jedoch völlig anderer Meinung. Sie versuchte mich zu überzeugen, daß, sogar in seiner gegenwärtigen Gestalt, das Theater höher stehe als Hörsäle, Bücher und alles auf der Welt. Das Theater sei die Kraft, die alle Kunstgattungen in sich vereinige, und die Schauspieler seien Missionare. Keine Kunstform und keine Wissenschaft sei für sich allein imstande, so stark und so sicher auf die menschliche Seele einzuwirken wie die Bühne, und nicht ohne Grund genieße schon ein mittelmäßiger Schauspieler im Staate bedeutend mehr Popularität als der beste Gelehrte und Maler. Und keine öffentliche Tätigkeit könne soviel Genuß und Befriedigung vermitteln wie die Arbeit auf der Bühne.

Und eines schönen Tages schloß sich Katja einer Schauspieltruppe an und reiste ab, ich glaube nach Ufa, begleitet von einem großen Geldbetrag, einer Menge rosiger Hoffnungen und aristokratischer Ansichten über diese Tätigkeit.

Die ersten Briefe von ihrer Tournee waren erstaunlich. Beim Lesen war ich verblüfft, daß diese kleinen Blätter soviel Jugend, seelische Reinheit, heilige Naivität und gleichzeitig soviel feine, vernünftige Urteile enthalten konnten, die einem geübten männlichen Verstand Ehre gemacht hätten. Die Volga, die Natur, die Städte, die sie besuchte, die Kollegen, ihre Erfolge und Mißerfolge wurden von ihr nicht beschrieben, sondern geradezu besungen; jede Zeile atmete die Zutraulichkeit, die ich auf ihrem Gesicht zu sehen gewohnt war – und dabei gab es eine Unmenge grammatischer Fehler, und die Satzzeichen fehlten fast völlig.

Noch kein halbes Jahr war vergangen, da erhielt ich einen über alle Maßen poetischen und begeisterten Brief, der mit den Worten begann: »Ich bin verliebt.« Diesem Brief lag eine Photographie bei, die einen jungen Mann mit bartlosem Gesicht zeigte; er trug einen breitkrempigen Hut und hatte eine Reisedecke über die Schulter geworfen. Die darauf folgenden Briefe waren nach wie vor herrlich, aber es tauchten darin bereits Satzzeichen auf, die grammatischen Fehler verschwanden – der männliche Einfluß machte sich sehr bemerkbar. Katja schrieb davon, wie schön es wäre, irgendwo an der Volga ein großes Theater zu bauen, und zwar unbedingt auf Aktien, wobei man zu diesem Unternehmen die reiche Kaufmannsschaft und die Schiffsreeder heranziehen müßte; es gäbe viel Geld, die Einnahmen müßten gewaltig sein, und die Schauspieler würden auf genossenschaftlicher Grundlage spielen ... Vielleicht war das alles tatsächlich schön, aber ich glaube, solche Überlegungen können nur dem Hirn eines Mannes entspringen.

Wie dem auch sei, anderthalb oder zwei Jahre lang schien alles gutzugehen: Katja liebte, glaubte an ihren Beruf und war glücklich; dann aber entdeckte ich in ihren Briefen bereits deutliche Anzeichen eines Niedergangs. Es begann damit, daß Katja sich bei mir über ihre Kollegen beklagte – das ist ein erstes und überaus unheilverkündendes Symptom; wenn ein junger Gelehrter oder Literat seine Tätigkeit damit beginnt, daß er sich bitter über die Gelehrten oder Literaten beklagt, dann bedeutet das, er ist schon müde geworden und taugt nicht für seinen Beruf. Katja schrieb mir, ihre Kollegen kämen nicht zu den Proben und lernten ihre Rollen nicht; bei der Aufführung schlechter Stücke und in der Art der Kollegen, sich auf der Bühne zu benehmen, zeige sich bei jedem von ihnen eine völlige Nichtachtung des Publikums; im Interesse der Einnahmen, von denen man allein spreche, erniedrigten sich die dramatischen Schauspieler bis zum Singen von Chansons, und die Tragöden sängen Couplets, in denen über gehörnte Ehemänner und über die Schwangerschaft treuloser Gattinnen gelacht werde und so weiter. Im allgemeinen müsse man sich wundern, daß die Provinzbühne bis heute noch nicht zugrunde gegangen sei und daß sie sich auf einem so dünnen, verfaulten Zweiglein halten könne.

Als Antwort schrieb ich Katja einen langen und, wie ich gestehen muß, sehr langweiligen Brief. Ich schrieb unter anderem: »Ich konnte mich des öfteren mit alten Schauspielern unterhalten, sehr vornehmen Menschen, die mir ihr Wohlwollen schenkten; aus den Gesprächen mit ihnen entnahm ich, daß ihre Tätigkeit nicht so sehr vom eigenen Verstand und von der Freiheit geleitet wurde, als vielmehr von der Mode und den Launen der Gesellschaft. Die besten unter ihnen mußten zu ihrer Zeit in Tragödien, Operetten, Pariser Possen und Feenmärchen auftreten, und sie waren immer der Meinung, sich auf einem geraden Weg zu befinden und Nutzen zu stiften. Du siehst also, man muß die Wurzel des Übels nicht bei den Schauspielern, sondern tiefer suchen, in der Kunst selbst und in dem Verhältnis der Gesellschaft zu ihr.«

Dieser Brief reizte Katja nur. Sie antwortete mir: »Wir beide sprechen verschiedene Sprachen. Ich habe Ihnen nicht von den vornehmen Menschen geschrieben, die Ihnen Ihr Wohlwollen schenkten, sondern von einer Bande durchtriebener Burschen, die nichts mit Vornehmheit zu tun haben. Das ist eine Horde von Wilden, die nur deshalb auf die Bühne geraten ist, weil man sie woanders nicht angenommen hat, und die sich Künstler nennen, weil sie unverschämt sind. Kein einziges Talent ist darunter, aber viele Unbegabte, Säufer, Intriganten und Klatschbasen. Ich kann gar nicht sagen, wie bitter es für mich ist, daß die Kunst, die ich so liebe, in die Hände von Leuten gefallen ist, die mir verhaßt sind; es ist bitter, daß die besten Menschen das Übel nur aus der Ferne betrachten, nicht näher treten wollen und, statt Partei zu ergreifen, in schwerfälligem Stil Gemeinplätze schreiben und eine Moral predigen, die niemand braucht...« Und so weiter in dieser Art.

Es verging noch einige Zeit, da erhielt ich folgenden Brief: »Ich bin grausam betrogen worden. Ich kann nicht weiterleben. Verfügen Sie über mein Geld, wie Sie es für richtig halten. Ich habe Sie geliebt wie einen Vater und meinen einzigen Freund. Leben Sie wohl.«

Es stellte sich heraus, daß auch *er* zu der ›Horde von Wilden‹ gehörte. In der Folge konnte ich aus einigen Andeutungen entnehmen, daß es zu einem Selbstmordversuch gekommen war. Vermutlich hatte Katja sich vergiften wollen. Man muß annehmen, daß sie danach ernstlich krank war, denn den nächsten Brief erhielt ich schon aus Jalta, wohin sie aller Wahrscheinlichkeit nach die Ärzte geschickt hatten. Ihr letzter Brief an mich enthielt die Bitte, ihr so schnell wir möglich tausend Rubel nach Jalta zu schicken, und endete mit den Worten: »Entschuldigen Sie, daß mein Brief so düster ist. Gestern habe ich mein Kind beerdigt.« Nachdem sie ein Jahr auf der Krim verbracht hatte, kehrte sie heim.

Etwa vier Jahre lang war sie umhergereist, und ich muß gestehen, daß ich in den ganzen vier Jahren ihr gegenüber eine unerfreuliche, eigenartige Rolle gespielt habe. Als sie mir damals erklärte, sie wolle Schauspielerin werden, als sie mir dann von ihrer Liebe schrieb, als sie periodisch von der Verschwendungssucht befallen wurde und ich immer wieder auf ihr Verlangen bald tausend, bald zweitausend Rubel schicken mußte, als sie mir ihre Absicht zu sterben mitteilte und dann den Tod ihres Kindes, da geriet ich jedesmal aus der Fassung, und meine ganze Anteilnahme an ihrem Schicksal drückte sich nur darin aus, daß ich viel nachdachte und umfangreiche, langweilige Briefe schrieb, die ich überhaupt nicht hätte zu schreiben brauchen. Und dabei vertrat ich doch Vaterstelle an ihr und liebte sie wie eine Tochter!

Jetzt wohnt Katja eine halbe Verst von mir entfernt. Sie hat sich eine Fünfzimmerwohnung gemietet und sie recht komfortabel und mit dem ihr eigenen Geschmack eingerichtet. Wenn es jemand unternähme, ihre Einrichtung zu schildern, so wäre die Grundstimmung die Trägheit. Für den trägen Körper – weiche Ruhebetten und weiche Hocker, für die trägen Füße – Teppiche, für das träge Auge – leicht verbleichende, trübe oder matte Farben, für die träge Seele – an den Wänden sehr viele billige Fächer und kleine Bilder, bei denen die Originalität der Ausführung über dem Inhalt steht; eine Unmenge von Tischchen und kleinen Regalen, die mit ganz unnötigen und wertlosen Sachen vollgestellt sind, statt der Vorhänge formlose Fetzen ... All das, zusammen mit der Furcht vor grellen Farben, Symmetrie und Genauigkeit, zeugt außer von seelischer Trägheit auch noch von einer Entartung des natürlichen Geschmacks. Ganze Tage liegt Katja auf einem Ruhebett und liest Bücher, vorwiegend Romane und Novellen. Nur einmal am Tag, nachmittags, verläßt sie das Haus, um mich zu besuchen.

Ich arbeite, und Katja sitzt unweit von mir auf dem Sofa, schweigt und hüllt sich in einen Schal, als friere sie. Sei es, daß sie mir sympathisch ist, sei es, daß ich mich an ihre häufigen Besuche gewöhnt habe, als sie noch ein kleines Mädchen war, ihre Anwesenheit hindert mich nicht, mich zu konzentrieren. Zuweilen stelle ich ihr mechanisch eine Frage, und sie gibt eine sehr kurze Antwort; oder aber ich drehe mich, um auf ein paar Augenblicke auszuruhen, zu ihr um und sehe zu, wie sie nachdenklich ein medizinisches Journal oder eine Zeitung betrachtet. Dabei bemerke ich, daß ihr Gesicht nicht mehr den früheren Ausdruck der Zutraulichkeit hat. Der Ausdruck ist jetzt kalt, unpersönlich, zerstreut wie bei Passagieren, die lange auf den Zug warten müssen. Gekleidet ist sie nach wie vor schön und schlicht, aber nachlässig; man sieht, daß ihr Kleid und ihre Frisur unter den Ruhebetten und Schaukelstühlen, auf denen sie tagelang liegt, ziemlich zu leiden haben. Und sie ist auch nicht mehr so neugierig wie früher. Fragen stellt sie nicht mehr, als habe sie im Leben schon alles durchgemacht und erwarte nichts Neues.

Gegen vier Uhr wird es im Saal und im Salon lebendig. Liza ist aus dem Konservatorium zurückgekehrt und hat Freundinnen mitgebracht. Man hört Klavierspiel, Gesangsversuche und Gelächter; im Eßzimmer deckt Egor den Tisch und klappert mit dem Geschirr.

»Leben Sie wohl«, sagte Katja. »Heute kann ich nicht bei Ihrer Familie vorsprechen. Sie möchten mich entschuldigen. Keine Zeit. Kommen Sie zu mir.«

Als ich sie bis zur Diele begleite, mustert sie mich streng von Kopf bis Fuß und sagt ärgerlich:

»Sie sind aber ganz schön abgemagert! Warum lassen Sie sich nicht behandeln? Ich werde zu Sergej Fëdorovič fahren und ihn herbitten. Er soll Sie untersuchen.«

»Ist nicht nötig, Katja.«

»Ich verstehe nicht, wie Ihre Familie das mit ansehen kann! Die sind wirklich gut, das muß ich schon sagen!«

Sie zieht hastig ihren Pelz an, dabei rutschen bestimmt zwei oder drei Haarnadeln aus ihrer nachlässig gekämmten Frisur und fallen zu Boden. Die Frisur zu ordnen, ist sie zu träge, und sie nimmt sich dazu auch keine Zeit. Sie steckt die herunterhängenden Locken ungeschickt unter ihr Käppchen und geht hinaus.

Komme ich dann ins Eßzimmer, fragt mich meine Frau:

»Katja war eben bei dir? Weshalb ist sie nicht zu uns hereingekommen? Das ist doch merkwürdig...«

»Mama!« sagt Liza vorwurfsvoll. »Wenn sie nicht will, soll sie es bleibenlassen. Wir brauchen doch vor ihr nicht auf den Knien zu liegen.«

»Wie du willst, aber das ist doch eine Nichtachtung. Sitzt drei Stunden im Arbeitszimmer und denkt nicht an uns. Aber wie sie meint.«

Varja und Liza hassen Katja. Dieser Haß ist mir unverständlich; um ihn zu begreifen, muß man wahrscheinlich eine Frau sein. Ich lege meine Hand ins Feuer, daß sich unter den hundertfünfzig jungen Männern, die ich beinahe täglich im Hörsaal vor mir sehe, und den hundert älteren, denen ich jede Woche begegne, kaum ein einziger finden wird, der den Haß und den Abscheu vor Katjas Vergangenheit, das heißt vor ihrer außerehelichen Schwangerschaft und ihrem illegitimen Kind, verstehen würde; dabei kann ich mich an keine einzige mir bekannte Frau und kein junges Mädchen erinnern, die nicht bewußt oder instinktiv diese Gefühle in ihrem Herzen hegte. Das ist nicht etwa deshalb der Fall, weil eine Frau tugendhafter und reiner ist als ein Mann – Tugend und Reinheit unterscheiden sich wenig vom Laster, solange sie nicht frei von unguten Gefühlen sind. Ich erkläre das einfach mit der Rückständigkeit der Frauen. Das wehmütige Gefühl des Mitleids und die Gewissensbisse, wie sie heutzutage der Mann empfindet, wenn er Unglück sieht, zeugen viel mehr von Kultur und moralischer Größe als Haß und Abscheu. Die Frau von heute ist noch genauso weinerlich und gefühlsroh wie im Mittelalter. Meiner Meinung nach handeln jene einsichtsvoll, die ihr raten, die gleiche Erziehung zu genießen wie ein Mann.

Meine Frau kann Katja auch deshalb nicht leiden, weil sie Schauspielerin gewesen ist, und wegen ihrer Undankbarkeit, ihres Stolzes, ihrer Überspanntheit und wegen all der zahlreichen Laster, die eine Frau immer bei einer anderen zu finden weiß.

Außer mir und meiner Familie speisen bei uns noch zwei oder drei Freundinnen meiner Tochter sowie Aleksandr Adolfovič Gnekker, Lizas Verehrer und Freier. Er ist ein blonder junger Mann, nicht älter als dreißig, mittelgroß, sehr korpulent und breitschultrig, mit einem roten Backenbart und einem gefärbten Schnurrbart, der seinem vollen, glatten Gesicht ein spielzeugähnliches Aussehen verleiht. Er trägt ein sehr kurzes Jackett, eine bunte Weste, großkarierte Beinkleider, die oben sehr weit und unten sehr eng sind, sowie gelbe Schuhe ohne Absätze. Seine Augen stehen wie Krebsaugen vor, seine Krawatte ähnelt einem Krebsschwanz, und mir kommt es vor, als rieche der ganze junge Mann nach Krebssuppe. Er ist jeden Tag bei uns, aber in meiner Familie weiß keiner, woher er stammt, was er gelernt hat und wovon er lebt. Er spielt kein Instrument und singt nicht, aber er hat zu Musik und Gesang eine gewisse Beziehung, er verkauft irgendwo irgendwessen Klaviere, hält sich oft im Konservatorium auf, ist mit allen Berühmtheiten bekannt und arrangiert Konzerte; er urteilt mit großer Autorität über Musik, und wie ich bemerkt habe, stimmen ihm alle gern zu.

Reiche Leute haben immer Schmarotzer um sich; die Wissenschaften und die Künste ebenfalls. Ich glaube, auf der Welt gibt es keine Kunstgattung und keine Wissenschaft, die frei wäre von ›Fremdkörpern‹ in der Art des Herrn Gnekker. Ich bin kein Musiker und irre mich vielleicht in bezug auf Gnekker, den ich außerdem zuwenig kenne. Aber mir scheint die Autorität und Würde, mit der er neben dem Klavier steht und zuhört, wenn jemand singt oder spielt, allzu verdächtig.

Man mag hundertmal ein Gentleman und Geheimrat sein, hat man eine Tochter, dann bleibt man nicht verschont von jener Spießbürgerlichkeit, die so oft durch Hofmachen, Brautwerbung und Hochzeit in unser Haus und unsere Stimmung hineingetragen wird. Ich kann mich zum Beispiel nicht mit der feierlichen Miene abfinden, die meine Frau jedesmal aufsetzt, wenn Gnekker bei uns ist; ich kann mich auch nicht mit den Flaschen Lafitte, Portwein und Sherry abfinden, die nur seinetwegen auf den Tisch gestellt werden, damit er sich mit eigenen Augen überzeuge, wie großzügig und üppig wir leben. Ich kann auch Lizas stoßweises Lachen nicht ausstehen, das sie auf dem Konservatorium gelernt hat, und ihre Manier, die Augen zuzukneifen, wenn Männer bei uns sind. Vor allem aber kann ich gar nicht begreifen, warum jeden Tag ein Geschöpf zu mir kommt und mit mir zu Mittag speist, dem meine Gewohnheiten, meine

Wissenschaft, mein ganzer Lebenszuschnitt völlig fremd sind und das mit den Menschen, die ich gern habe, nichts gemein hat. Meine Frau und die Dienstboten flüstern geheimnisvoll, das sei ein Freier, aber ich verstehe seine Anwesenheit trotz alledem nicht; sie erregt in mir ebensolches Befremden, als hätte man einen Zulu an meinen Tisch gesetzt. Und es scheint mir ebenso sonderbar, daß meine Tochter, die ich für ein Kind zu halten gewohnt war, diese Krawatte, diese Augen und diese weichen Backen liebt.

Früher aß ich gern zu Mittag, oder ich verhielt mich gleichgültig dazu, jetzt aber erregt diese Mahlzeit in mir nur Langeweile und Gereiztheit. Seit ich Exzellenz geworden und Dekan der Fakultät gewesen bin, hat es meine Familie für nötig gehalten, unser Menü und unsere Tischsitten zu ändern. Statt der einfachen Gerichte, die ich als Student und als Arzt gewohnt war, speist man mich nun mit Püreesuppen, in denen weiße Klumpen herumschwimmen, und mit Nieren in Madeira. Generalsrang und Berühmtheit haben mich für immer um Kohlsuppe, schmackhafte Piroggen, Gänsebraten mit Äpfeln und Brachsen mit Grütze gebracht. Sie brachten mich auch um die Zofe Agaša, eine redselige und lachlustige Alte, an deren Stelle nunmehr Egor das Essen serviert, ein stumpfsinniger, arroganter Bursche mit einem weißen Handschuh an der rechten Hand. Die Pausen zwischen den Gängen sind kurz, aber mir erscheinen sie außerordentlich lang, weil man sie mit nichts auszufüllen versteht. Vorbei sind die frühere Fröhlichkeit, die zwanglosen Gespräche, die Scherze, das Lachen, die Liebkosungen und die Freude, die unsere Kinder, meine Frau und mich ergriff, wenn wir uns im Eßzimmer versammelten. Für mich, einen sehr beschäftigten Menschen, bedeutete das Mittagessen die Zeit der Entspannung und des Wiedersehens, für Frau und Kinder ein Fest, das allerdings nur kurz, aber hell und freudig war, denn sie wußten, daß ich eine halbe Stunde lang nicht der Wissenschaft und nicht den Studenten, sondern nur ihnen allein und sonst niemandem gehörte. Ich kann auch nicht mehr von einem einzigen Gläschen betrunken werden; Agaša ist nicht mehr da, Brachsen mit

Grütze gibt es nicht mehr, und auch der Lärm ist verschwunden, von dem immer die kleinen mittäglichen Skandale begleitet waren, etwa wenn sich unter dem Tisch die Katze und der Hund balgten oder wenn der Verband von Katjas Wange in den Suppenteller fiel.

Das jetzige Mittagessen zu beschreiben ist ebensowenig delikat wie es zu essen. Auf dem Gesicht meiner Frau malt sich Feierlichkeit, gespielte Wichtigkeit und der gewöhnliche Ausdruck der Sorge. Sie mustert unruhig unsere Teller und sagt: »Ich sehe, euch schmeckt der Braten nicht... Sagt – ist er nicht gut?« Und ich muß antworten: »Du beunruhigst dich umsonst, meine Liebe, der Braten ist sehr schmackhaft.« Darauf sie: »Du nimmst mich immer in Schutz, Nikolaj Stepanyč, und sagst niemals die Wahrheit. Warum hat denn Aleksandr Adolfovič so wenig gegessen?« – und so geht es während des ganzen Essens. Liza lacht stoßweise und kneift die Augen zusammen. Ich schaue die beiden an, und erst jetzt, beim Mittagessen, wird mir völlig klar, daß sich das Innenleben der beiden schon längst meiner Beobachtung entzogen hat. Ich habe ein Gefühl, als hätte ich einstmals zu Hause mit meiner richtigen Familie zusammengelebt und als speiste ich jetzt als Gast nicht bei meiner richtigen Frau und säße nicht meine richtige Tochter vor mir. Mit beiden ist eine einschneidende Veränderung vor sich gegangen; ich habe den langen Prozeß verpaßt, in dem sich diese Veränderung vollzog, und es ist nicht verwunderlich, daß ich nichts mehr verstehe. Weshalb ist diese Veränderung vor sich gegangen? Ich weiß es nicht. Vielleicht liegt das ganze Unglück darin, daß Gott meiner Frau und meiner Tochter nicht die gleiche Kraft wie mir verliehen hat. Von Kindesbeinen an bin ich es gewohnt, äußeren Einflüssen Widerstand zu leisten, und ich bin genügend abgehärtet; solche Katastrophen wie Berühmtheit, Generalsrang, der Übergang vom Wohlstand zum Leben über die Verhältnisse, die Bekanntschaft mit der Aristokratie und so weiter – das alles berührte mich kaum, und ich blieb heil und unversehrt; auf die schwachen, nicht abgehärteten Frauen, meine Gattin und Liza, stürzte das jedoch wie eine große Lawine herein und hat sie erdrückt.

Die jungen Damen und Gnekker sprechen über Fugen und Kontrapunkte, über Sänger und Pianisten, über Bach und Brahms, und meine Frau, aus Furcht, man könnte sie der musikalischen Unwissenheit verdächtigen, lächelt ihnen teilnehmend zu und murmelt: »Das ist reizend ... Wirklich? Sagen Sie nur ...« Gnekker ißt solide, macht solide Witze und hört sich nachsichtig die Bemerkungen der Damen an. Bisweilen wandelt ihn die Lust an, in schlechtem Französisch zu sprechen, und er hält es für nötig, mich ›Votre excellence‹ zu titulieren.

Ich bin mürrisch. Offensichtlich falle ich ihnen allen lästig, so wie sie mir lästig fallen. Noch nie zuvor habe ich den Standesdünkel näher kennengelernt, jetzt aber peinigt mich geradezu etwas in dieser Art. Ich bemühe mich, bei Gnekker ausschließlich schlechte Züge zu finden, ich finde sie auch bald, und es quält mich, daß da als Freier ein Mann sitzt, der nicht meinen Kreisen angehört. Seine Anwesenheit beeinflußt mich auch noch in anderer Hinsicht schlecht. Wenn ich allein bin oder mich in der Gesellschaft von Menschen befinde, die ich liebe, dann denke ich gewöhnlich niemals an meine Verdienste, und denke ich doch einmal daran, kommen sie mir so nichtig vor, als sei ich erst gestern Gelehrter geworden. In Anwesenheit von Menschen wie Gnekker jedoch erscheinen mir meine Verdienste als ein hoher Berg, dessen Gipfel in den Wolken verschwindet und an dessen Fuß sich die Gnekkers bewegen, fürs Auge kaum sichtbar.

Nach dem Essen gehe ich in mein Arbeitszimmer und rauche mir ein Pfeifchen an, das einzige am ganzen Tag, das mir von der längst vergangenen, üblen Angewohnheit geblieben ist, von morgens bis zum späten Abend zu qualmen. Wenn ich rauche, kommt meine Frau herein und setzt sich hin, um mit mir zu reden. Genauso wie am Morgen weiß ich auch jetzt schon, worum sich unser Gespräch drehen wird.

»Ich muß ernsthaft mit dir sprechen, Nikolaj Stepanyč«, beginnt sie. »Es handelt sich um Liza ... Weshalb gibst du nicht acht?«

»Was heißt das?«

»Du tust so, als ob du nichts bemerkst, aber das ist nicht recht. Man darf nicht so sorglos sein... Gnekker hat Absichten auf Liza... Was sagst du dazu?«

»Daß er ein übler Geselle ist, kann ich nicht sagen, weil ich ihn nicht kenne, aber daß er mir nicht gefällt, das habe ich dir schon tausendmal gesagt.«

»Aber so geht es nicht... so geht es doch nicht...« Sie steht auf und geht erregt auf und ab. »So kann man sich doch nicht zu einem ernsten Schritt verhalten...« sagt sie. »Wenn es um das Glück seiner Tochter geht, muß man alles Persönliche zurückstellen. Ich weiß, er gefällt dir nicht... Schön... Geben wir ihm jetzt aber einen Korb und zerstören alles, wer garantiert dir dann, daß sich Liza nicht ihr ganzes Leben lang über uns beklagen wird? Freier gibt es heutzutage nicht wie Sand am Meer, und es kann passieren, daß sich keine andere Partie mehr bietet... Er liebt Liza sehr und scheint ihr zu gefallen. Natürlich hat er keine feste Stellung, aber was soll man tun? Mit Gottes Hilfe wird er schon irgendwo unterkommen. Er ist aus guter Familie und reich.«

»Woher weißt du das?«

»Er hat es gesagt. Sein Vater besitzt in Charkov ein Haus und bei Charkov ein Gut. Mit einem Wort, Nikolaj Stepanyč, du mußt unbedingt nach Charkov fahren«.

»Wozu?«

»Du wirst dort Erkundigungen einziehen... Du kennst dort Professoren, sie werden dir helfen. Ich würde selbst fahren, aber ich bin eine Frau. Ich kann nicht...«

»Ich fahre nicht nach Charkov«, erwidere ich mürrisch.

Meine Frau erschrickt, und auf ihrem Gesicht erscheint ein Ausdruck qualvollen Schmerzes.

»Um Gottes willen, Nikolaj Stepanyč!« fleht sie mich schluchzend an. »Um Gottes willen, nimm mir die Sorge ab! Ich leide doch!«

Es tut mir weh, sie anzusehen.

»Gut, Varja«, sage ich zärtlich. »Wenn du willst, bitte schön, ich fahre nach Charkov, ich tue alles, was du möchtest.«

Sie drückt ihr Taschentuch an die Augen und geht in ihr Zimmer, um zu weinen. Ich bleibe allein.

Etwas später wird Licht gemacht. Von den Sesseln und dem Lampenschirm fallen auf Wände und Fußboden die vertrauten, mir längst lästig gewordenen Schatten, und wenn ich sie sehe, bilde ich mir ein, es sei bereits Nacht und es beginne wieder meine verwünschte Schlaflosigkeit. Ich lege mich ins Bett, stehe wieder auf und wandere im Zimmer umher, dann lege ich mich wieder hin... Gewöhnlich erreicht meine nervöse Erregung nach dem Mittagessen, vor Anbruch des Abends, ihren Höhepunkt. Ich fange ohne Grund an zu weinen und stecke den Kopf unter das Kissen. In diesen Augenblicken fürchte ich, es könnte jemand hereinkommen, ich fürchte, plötzlich zu sterben, ich schäme mich meiner Tränen, und ganz allgemein bemächtigt sich meiner Seele ein unerträgliches Gefühl. Ich spüre, daß ich meine Lampe, die Bücher, die Schatten auf dem Fußboden nicht länger sehen und die Stimmen nicht mehr hören kann, die im Salon ertönen. Eine unsichtbare, unbegreifliche Macht stößt mich roh aus meiner Wohnung. Ich springe auf, kleide mich eilig an und gehe vorsichtig, damit meine Hausgenossen nichts merken, auf die Straße hinaus. Wohin soll ich gehen?

Die Antwort auf diese Frage ist in meinem Kopf schon längst fertig: zu Katja.

III

Sie liegt wie gewöhnlich auf dem türkischen Diwan oder auf der Chaiselongue und liest. Wenn sie mich sieht, hebt sie träge den Kopf, setzt sich auf und streckt mir die Hand entgegen.

»Du liegst immer«, sage ich, nachdem ich mich etwas verschnauft habe. »Das ist ungesund. Du solltest dich mit irgend etwas beschäftigen!«

»Wie?«

»Du solltest dich mit irgend etwas beschäftigen«, sage ich.

»Womit? Eine Frau kann nur einfache Arbeiterin oder Schauspielerin sein.«

»Na und? Wenn du nicht Arbeiterin sein willst, dann werde Schauspielerin.«

Sie schweigt.

»Heiraten solltest du«, sage ich halb im Scherz.

»Ich habe niemanden. Und wozu auch.«

»So kann man doch nicht leben.«

»Ohne Mann? Was ist das schon! Ich könnte Männer haben, soviel ich wollte, wenn ich Lust hätte.«

»Das ist nicht schön, Katja.«

»Was ist nicht schön?«

»Was du eben gesagt hast.«

Als Katja merkt, daß ich betrübt bin, will sie den schlechten Eindruck wiedergutmachen und sagt:

»Kommen Sie. Wir gehen hinüber.«

Sie führt mich in ein kleines, sehr gemütliches Stübchen, zeigt auf den Schreibtisch und meint: »Hier... Das habe ich für Sie eingerichtet. Hier können Sie arbeiten. Kommen Sie jeden Tag, und bringen Sie Ihre Arbeit mit. Zu Hause stört man Sie nur. Werden Sie hier arbeiten? Wollen Sie?«

Um sie nicht mit einer Ablehnung zu kränken, antworte ich, daß ich bei ihr arbeiten werde und daß mir das Zimmer sehr gefällt. Darauf nehmen wir beide in dem gemütlichen Stübchen Platz und fangen zu plaudern an.

Die Wärme, die gemütliche Einrichtung und die Anwesenheit eines sympathischen Menschen erregen in mir nicht wie früher das Gefühl der Zufriedenheit, sondern heftiges Verlangen, zu klagen und zu murren. Ich bilde mir ein, es würde mir leichter ums Herz, wenn ich murrte und mich beklagte.

»Es steht schlecht, meine Liebe!« beginne ich seufzend. »Sehr schlecht...«

»Was denn?«

»Sieh mal, mein Kind, es ist doch so. Das beste und heiligste Recht der Könige ist das Recht der Begnadigung. Und ich habe mich immer als König gefühlt, weil ich dieses Recht ohne jede Einschränkung ausgeübt habe. Ich habe niemals gerichtet, war nachsichtig und habe gern allen und allem verziehen. Wo andere protestierten und aufbegehrten, da habe ich nur geraten und überzeugt. Mein ganzes Leben lang strebte ich danach, meine Anwesenheit für meine Familie, die Studenten und Kollegen und für das Dienstpersonal erträglich zu gestalten. Und durch dieses Verhalten zu den Leuten, das weiß ich, wirkte ich erzieherisch auf alle, die mit mir zu tun hatten. Jetzt aber bin ich kein König mehr. In mir geht etwas vor, was sich nur für Sklaven schickt – Tag und Nacht wandern schlimme Gedanken durch meinen Kopf, und in meinem Herzen haben sich Gefühle eingenistet, wie ich sie vordem nicht kannte. Ich hasse, ich verachte, ich zürne, ich begehre auf, ich fürchte mich. Ich bin übermäßig streng geworden, anspruchsvoll, reizbar, unliebenswürdig und mißtrauisch. Sogar Dinge, die mir früher nur Anlaß waren, einen überflüssigen Witz zu machen und gutmütig zu lachen, erwekken jetzt ein bedrückendes Gefühl in mir. Auch meine Logik hat sich verändert: Früher verachtete ich nur das Geld, jetzt aber verachte ich nicht das Geld, sondern die Reichen, als wären sie schuldig. Früher haßte ich Gewalt und Willkür, jetzt hasse ich die Menschen, die Gewalt anwenden, als wären sie allein schuldig und nicht wir alle, die wir nicht verstehen, einander zu erziehen. Was bedeutet das? Wenn die neuen Gedanken und Gefühle aus einer Änderung der Überzeugungen hervorgegangen sind, woher mag diese Änderung gekommen sein? Ist denn die Welt schlechter geworden und ich besser, oder war ich früher blind und gleichgültig? Wenn aber dieser Wandel von einem allgemeinen Verfall der physischen und geistigen Kräfte herrührt – ich bin ja krank und verliere jeden Tag an Gewicht –, so ist meine Lage beklagenswert: Es bedeutet, daß meine Gedanken anomal und ungesund sind, ich muß mich ihrer schämen und sie für unwürdig ansehen ...«

»Mit Krankheit hat das nichts zu tun«, wirft Katja ein. »Ihnen sind einfach die Augen aufgegangen, das ist alles. Sie haben bemerkt, was Sie früher nicht sehen wollten. Meiner Meinung nach sollten sie vor allem endgültig mit Ihrer Familie brechen und weggehen.«

»Du redest dummes Zeug.«

»Sie lieben sie nicht mehr, weshalb noch heucheln? Und ist das etwa eine Familie? Diese Nullen! Wenn die heute sterben, wird morgen niemand mehr ihr Fehlen bemerken.«

Katja verachtet meine Frau und meine Tochter ebenso heftig, wie sie von diesen gehaßt wird. Man kann in unserer Zeit wohl kaum von einem Recht der Menschen sprechen, einander zu verachten. Steht man aber auf Katjas Standpunkt und erkennt ein solches Recht als bestehend an, dann wird man immerhin zugeben, daß sie ein ebensolches Recht hat, meine Frau und Liza zu verachten, wie diese beiden das Recht haben, Katja zu hassen.

»Diese Nullen!« wiederholt sie. »Haben Sie heute schon zu Mittag gegessen? Wie kommt es denn, daß man nicht vergessen hat, Sie zum Essen zu rufen? Wie kommt es, daß man sich überhaupt bis heute noch an Ihre Existenz erinnert?«

»Katja«, sage ich streng, »ich bitte dich, hör auf.«

»Denken Sie, mir macht es Spaß, von denen zu reden? Ich wäre froh, ich würde sie überhaupt nicht kennen. Hören Sie auf mich, mein Lieber: Lassen Sie alles stehen und liegen und fahren Sie weg. Fahren Sie ins Ausland. Je eher, desto besser.«

»Was für ein Unsinn! Und die Universität?«

»Die Universität auch. Was bedeutet sie Ihnen? Es ist alles nicht der Rede wert. Sie halten schon dreißig Jahre Vorlesungen, und wo sind Ihre Schüler? Sind viele berühmte Gelehrte darunter? Zählen Sie sie mal! Und um die Zahl dieser Ärzte zu vermehren, die die Unwissenheit ausbeuten und Hunderttausende verdienen, dazu braucht man kein talentierter und guter Mensch zu sein. Sie sind überflüssig.«

»Mein Gott, wie schroff du bist!« sage ich entsetzt. »Wie schroff du bist. Hör auf, sonst gehe ich! Ich kann nicht auf deine Grobheiten antworten.«

Die Zofe tritt ein und bittet uns zum Tee. Beim Samovar ändert sich, Gott sei Dank, unser Gesprächsthema. Nachdem ich genügend geklagt habe, möchte ich der anderen Schwäche meines Alters freien Lauf lassen – den Erinnerungen. Ich erzähle Katja von meiner Vergangenheit, und zu meinem großen Erstaunen teile ich ihr Einzelheiten mit, von denen ich gar nicht mehr vermutet hätte, daß ich sie noch in meinem Gedächtnis bewahre. Sie hört mir gerührt, stolz und mit angehaltenem Atem zu. Besonders gern erzähle ich ihr, wie ich einstmals als Zögling des Seminars träumte, auf die Universität zu kommen.

»Manchmal schlendre ich durch unseren Seminargarten...« erzähle ich. »Der Wind trägt aus einer entfernten Schenke die Klänge einer Harmonika und Gesang herüber, dann jagt wieder mit Schellengeläut eine Trojka am Zaun vorbei, und das reicht schon, daß mit einemmal ein Gefühl des Glücks nicht nur die Brust erfüllt, sondern sogar den Leib, die Beine und die Arme... Ich lausche dem Spiel der Harmonika oder dem leiser werdenden Geläut der Schellen, bilde mir ein, Arzt zu sein, und male mir Bilder aus – eins immer schöner als das andere. Und nun sind, wie du siehst, meine Träume in Erfüllung gegangen. Ich habe mehr erreicht, als ich zu träumen wagte. Dreißig Jahre lang war ich ein beliebter Professor, hatte ausgezeichnete Kollegen, erfreute mich eines ehrenvollen Rufes. Ich liebte, heiratete aus leidenschaftlicher Liebe, hatte Kinder. Mit einem Wort, wenn ich zurückschaue, kommt mir mein Leben wie eine schöne, talentiert gemachte Komposition vor. Jetzt bleibt mir nur noch, das Finale nicht zu verderben. Das heißt, ich muß als Mensch sterben. Wenn der Tod tatsächlich eine Gefahr ist, so muß man ihm begegnen, wie es sich für einen Lehrer, Gelehrten und Bürger eines christlichen Staates gehört – mutig und mit seelischer Ruhe. Aber ich werde das Finale verderben. Ich drohe zu ertrinken, laufe zu dir, bitte um Hilfe, und du sagst zu mir: Ertrinken Sie, das muß so sein.«

Doch da läutet es in der Diele. Katja und ich, wir wissen, wer es ist, und wir sagen:

»Das ist wahrscheinlich Michail Fëdorovič.«

Und wirklich, einige Augenblicke später kommt mein Kollege herein, der Philologe Michail Fëdorovič, ein großer, gutgebauter Mann von etwa fünfzig Jahren; er hat dichtes graues Haar, schwarze Brauen und ist glattrasiert. Er ist ein guter Mensch und ein ausgezeichneter Kollege. Er stammt aus einer alten, recht glücklichen und begabten Adelsfamilie, die in der Geschichte unserer Literatur und Bildung eine bemerkenswerte Rolle gespielt hat. Er selbst ist klug, talentiert und sehr gebildet, aber nicht ohne Schrullen. Bis zu einem gewissen Grade sind wir freilich alle wunderlich und verschroben, aber seine Schrullen sind außergewöhnlich und für seine Bekannten nicht ungefährlich. Ich kenne manche darunter, die über seinen Schrullen völlig seine zahlreichen Vorzüge vergessen.

Während er zu uns ins Zimmer tritt, zieht er langsam seine Handschuhe aus und sagt mit samtweicher Baßstimme:

»Guten Tag. Sie trinken Tee? Das trifft sich sehr gut. Es ist verteufelt kalt.«

Dann setzt er sich an den Tisch, nimmt sich ein Glas und fängt sogleich zu reden an. Was seine Redeweise am meisten kennzeichnet, ist der scherzhafte Ton – eine Mischung von Philosophie und Possenreißerei –, wie man ihn bei Shakespeares Totengräbern findet. Er spricht immer über ernste Dinge, aber niemals spricht er ernsthaft. Er ist in seinen Urteilen immer scharf, streitsüchtig, aber dank seinem weichen, gemessenen, scherzhaften Ton wirken Schärfe und Streitsucht nicht verletzend, und man gewöhnt sich bald daran. Jeden Abend bringt er fünf, sechs Anekdoten aus dem Universitätsleben mit, und er erzählt sie, sobald er sich an den Tisch gesetzt hat.

»O mein Gott!« sagt er seufzend und verzieht spöttisch die schwarzen Augenbrauen. »Es gibt schon komische Käuze auf der Welt!«

»Wieso?« fragt Katja.

»Ich komme heute von der Vorlesung, da treffe ich auf der Treppe den alten Idioten, unseren NN... Er geht wie immer, sein Pferdekinn vorgestreckt, und sucht jemanden, bei dem er sich über seine Migräne, seine Frau und über die Studenten, die seine Vorlesungen nicht besuchen wollen, beklagen kann. Na, denke ich, der hat dich gesehen, jetzt ist es aus mit dir...«

Und in dieser Art geht es weiter. Manchmal fängt er auch so an:

»Gestern war ich in der öffentlichen Vorlesung unseres ZZ. Ich wundere mich, daß unsere Alma mater, dem Himmel sei's geklagt, es sich erlaubt, dem Publikum solche Tölpel und ausgemachten Narren vorzusetzen wie diesen ZZ. Das ist doch ein Dummkopf von europäischem Ausmaß! Ich bitte Sie, so einen kann man in ganz Europa nicht mal bei Tage mit der Laterne finden! Er liest, stellen Sie sich das vor, als lutsche er einen Bonbon... Er ist ewig verlegen, kann sein eigenes Manuskript kaum entziffern, und seine kümmerlichen Gedanken bewegen sich nur mit Mühe vorwärts, mit der Geschwindigkeit eines radfahrenden Archimandriten, aber, was die Hauptsache ist, niemand wird daraus klug, was er eigentlich sagen will. Eine furchtbare Langeweile, die Fliegen sterben sogar davon. Eine Langeweile, die man vielleicht nur mit jener vergleichen kann, die in unserer Aula bei dem alljährlichen Festakt herrscht, wenn die traditionelle Rede gehalten wird, der Teufel soll sie holen.«

Und gleich darauf folgt ein unvermittelter Übergang:

»Vor drei Jahren, Nikolaj Stepanyč wird sich noch daran erinnern, mußte ich diese Rede halten. Es war heiß und schwül, die Uniform drückte unter den Achseln – reineweg zum Sterben! Ich lese eine halbe Stunde, eine ganze, anderthalb, zwei Stunden... Na, denke ich, Gott sei Dank sind es nur noch zehn Seiten. Dabei waren am Schluß vier Seiten, die man überhaupt nicht zu lesen brauchte, und ich hatte die Absicht, sie wegzulassen. Das heißt, dachte ich, es sind nur noch sechs. Aber, stellen Sie sich vor, da blicke ich flüchtig hoch, und was sehe ich: in der ersten Reihe sitzen nebeneinander der Bischof und ein General mit Ordensband. Die Ärmsten sind vor Langeweile schon ganz steif, sie reißen die Augen auf, um nicht einzuschlafen, und bemühen sich trotz alledem, Aufmerksamkeit zu heucheln und sich den Anschein zu geben, als verstünden sie meine Lektion und als gefalle sie ihnen. Na, denke ich, wenn sie euch gefällt, dann sollt ihr euren Spaß haben! Nun, gerade! Ich also ran und lese auch noch die vier Seiten.«

Wenn er spricht, lächeln, wie bei allen Spöttern, nur seine Augen und seine Brauen. In seinen Augen liegt dann kein Haß und keine Bosheit, dagegen aber viel Verschmitztheit und jene besondere Fuchsschläue, die man gewöhnlich nur bei sehr scharfsichtigen Menschen bemerken kann. Um noch weiter von seinen Augen zu sprechen, so ist mir da noch eine Eigenheit aufgefallen. Wenn er von Katja ein Glas entgegennimmt oder einer Bemerkung von ihr lauscht oder wenn er sie mit seinen Blicken verfolgt, sobald sie einmal für kurze Zeit das Zimmer verläßt, dann beobachte ich in seinem Blick etwas Sanftes, Flehendes, Reines...

Die Zofe räumt den Samovar ab und stellt ein großes Stück Käse auf den Tisch, dazu Obst und eine Flasche Krimsekt, einen ziemlich schlechten Wein, den Katja schätzen lernte, als sie auf der Krim lebte. Michail Fëdorovič nimmt zwei Kartenspiele vom Regal und legt eine Patience. Seiner Überzeugung nach erfordern gewisse Patiencen erhebliche Auffassungsgabe und Aufmerksamkeit, trotzdem hört er aber beim Kartenlegen nicht auf, sich zu unterhalten. Katja beobachtet aufmerksam seine Karten und hilft ihm mehr durch ihre Mimik als mit Worten. Von dem Wein trinkt sie den ganzen Abend über nicht mehr als zwei Gläschen, ich selbst trinke ein viertel Glas; der Rest der Flasche ist der Anteil von Michail Fëdorovič, der viel trinken kann und niemals berauscht wird.

Während der Patience erörtern wir verschiedene Fragen, vorwiegend Fragen höherer Ordnung, wobei das, was wir am meisten lieben, nämlich die Wissenschaft, auch das meiste abbekommt.

»Die Wissenschaft hat sich, Gott sei Dank, überlebt«, meint Michail Fëdorovič bedächtig. »Sie hat ihre Rolle ausgespielt. Jawohl. Die Menschheit verspürt bereits das Bedürfnis, sie durch etwas anderes zu ersetzen. Sie ist auf dem Boden von Vorurteilen gewachsen, mit Vorurteilen genährt worden und stellt jetzt die gleiche Quintessenz von Vorurteilen dar wie ihre seligen Großmütter: Alchimie, Metaphysik und Philosophie. Was hat sie denn den Menschen wirklich gegeben? Der Unterschied zwischen gelehrten Europäern und den Chinesen, die keine Wissenschaften kennen, ist doch nur geringfügig und rein äußerlich. Die Chinesen haben die Wissenschaft nicht kennengelernt, aber was haben sie da schon verpaßt?«

»Auch die Fliegen kennen keine Wissenschaft«, werfe ich ein, »aber was soll daraus folgen?«

»Sie ärgern sich ganz unnötig, Nikolaj Stepanyč. Ich spreche doch nur hier so, unter uns... Ich bin vorsichtiger, als Sie denken, ich werde nicht öffentlich davon reden. Gott bewahre! In der Masse ist das Vorurteil lebendig, daß die Wissenschaften und Künstler höher stehen als Ackerbau, Handel und Handwerk. Unsere Sekte lebt von diesem Vorurteil, und es ist nicht unsere Sache, es zu zerstören, Gott bewahre!«

Bei der Patience wird auch der Jugend der Kopf gewaschen.

»Unser Publikum ist heutzutage seicht und oberflächlich geworden«, sagt Michail Fëdorovič seufzend. »Ich will gar nicht von Idealen und so weiter sprechen – wenn sie wenigstens vernünftig arbeiten und denken können. Es ist schon so: ›Betrübt schau ich auf unser heutiges Geschlecht.‹«

»Ja, schrecklich oberflächlich«, stimmt Katja ihm zu. »Sagen Sie, hat es in den letzten fünf bis zehn Jahren bei Ihnen auch nur einen einzigen überragenden Studenten gegeben?«

»Ich weiß nicht, wie es bei anderen Professoren aussieht, aber ich selbst kann mich an keinen erinnern.«

»Ich habe in meinem Leben viele Studenten und junge Gelehrte gesehen, ebenso auch viele Schauspieler... Und was ist los? Nicht ein einziges Mal war es mir beschieden, auf einen Helden oder ein Talent zu stoßen, nicht einmal auf einen interessanten Menschen. Alle sind sie farblos, unbegabt und aufgeblasen...«

Alle diese Gespräche über die Verflachung des Lebens machen auf mich jedesmal den Eindruck, als belauschte ich zufällig ein unschönes Gespräch über meine Tochter. Es ärgert mich, daß die Anschuldigungen so wenig begründet sind und auf so abgedroschenen Gemeinplätzen beruhen, auf solchen Schreckgespenstern wie: Oberflächlichkeit, Mangel an Idealen oder die Berufung auf eine schönere Vergangenheit. Jede Anschuldigung muß möglichst exakt formuliert werden, auch wenn sie in Damengesellschaft ausgesprochen wird, sonst ist sie keine Anschuldigung, sondern einfach üble Nachrede und anständiger Menschen unwürdig.

Ich bin ein alter Mann und schon dreißig Jahre im Dienst, aber ich habe noch nichts von Oberflächlichkeit und fehlenden Idealen bemerkt, und ich kann nicht finden, daß es jetzt schlimmer sei als früher. Mein Diener Nikolaj, dessen Erfahrung im vorliegenden Fall ihren Wert besitzt, meint auch, die heutigen Studenten seien nicht besser und nicht schlechter als die früheren.

Fragte man mich, was mir an meinen jetzigen Schülern nicht gefällt, so könnte ich darauf nicht sofort und auch nicht viel, aber mit ausreichender Bestimmtheit antworten. Ihre Fehler kenne ich, daher brauche ich mich nicht in den Nebel von Gemeinplätzen zu flüchten. Mir gefällt nicht, daß sie rauchen, alkoholische Getränke zu sich nehmen und spät heiraten, daß sie so unbekümmert und derart gleichgültig sind, daß sie in ihrer Mitte Kommilitonen ruhig hungern sehen und nicht ihre Schulden an den studentischen Unterstützungsverein bezahlen. Sie kennen keine neueren Sprachen und drücken sich selbst auf russisch unrichtig aus; erst gestern hat mein Kollege, der Hygieniker, sich bei mir beklagt, daß er doppelt soviel Vorlesungen halten muß, weil die Studenten sehr wenig von der Physik und überhaupt nichts von der Meteorologie wissen. Sie erliegen gern dem Einfluß der modernen Schriftsteller, und nicht einmal der besten, aber sie verhalten sich völlig gleichgültig zu den Klassikern wie: Shakespeare, Mark Aurel, Epiktet oder Pascal, und in diesem Unvermögen, das Große vom Unbedeutenden zu unterscheiden, drückt sich ihre mangelnde Lebenserfahrung aus. Alle schwierigen Fragen, die mehr oder weniger gesellschaftlichen Charakter haben (zum Beispiel die Frage der Auswanderung), lösen sie durch Abstimmungslisten und nicht auf dem Wege wissenschaftlicher Untersuchung und Forschung, obwohl dieser Weg für sie durchaus gangbar wäre und ihrer Bestimmung am besten entsprechen würde. Sie werden gern Stationsärzte, Assistenten, Laboranten und Praktikanten und sind bereit, diese Stellen bis zum vierzigsten Lebensjahr zu bekleiden, obwohl Selbständigkeit, das Gefühl der Freiheit und persönliche Initiative in der Wissenschaft nicht weniger notwendig sind als etwa in der Kunst oder im Handel. Ich habe Schüler und Hörer, aber keine Gehilfen und Nachfolger, und wenn ich sie auch liebe und gerührt bin, so bin ich doch nicht stolz auf sie. Und so weiter und so fort...

Derartige Mängel, und seien ihrer auch noch so viele, können nur bei einem kleinmütigen, ängstlichen Menschen eine pessimistische oder streitsüchtige Stimmung hervorrufen. Sie sind allesamt zufälligen, vorübergehenden Charakters und gänzlich von den Lebensbedingungen abhängig. Etwa zehn Jahre genügen, damit sie verschwinden und anderen, neuen Mängeln Platz machen, ohne die es nicht geht und die ihrerseits wieder die Kleinmütigen erschrecken werden. Die studentischen Sünden ärgern mich oft, doch dieser Ärger ist nichts im Vergleich zu der Freude, die ich schon dreißig Jahre lang empfinde, wenn ich mit meinen Schülern spreche, vor ihnen Vorlesungen halte, auf ihre Lebensverhältnisse achte und sie mit Menschen aus anderen Kreisen vergleiche.

Michail Fëdorovič lästert, Katja hört zu, und beide bemerken nicht, in was für einen tiefen Abgrund sie nach und nach das offenbar unschuldige Vergnügen, wie es die Verurteilung des Nächsten ist, hinabzieht. Sie merken nicht, wie ein einfaches Gespräch allmählich in Hohn und Spott übergeht und wie sie beide sogar schon anfangen, zum Mittel der Verleumdung zu greifen.

»Höchst komische Subjekte kann man treffen«, sagte Michail Fëdorovič. »Gestern komme ich zu unserem Egor Petrovič und finde bei ihm einen Studiosus von Ihrer Fakultät, drittes Studienjahr, glaube ich. Ein Gesicht... wie Dobroljubov, auf der Stirn den Stempel des Tiefsinns. Wir kommen ins Gespräch. ›Es gibt schon Sachen, junger Mann‹, sage ich. ›Ich habe gelesen‹, sage ich, ›daß irgendein Deutscher – seinen Namen habe ich vergessen – aus dem menschlichen Gehirn ein neues Alkaloid namens Idiotin gewonnen hat.‹ Und was meinen Sie? Er hat's geglaubt, und auf seinem Gesicht malte sich sogar Hochachtung: Was sind wir doch für Burschen! Da gehe ich neulich ins Theater. Ich setze mich hin. In der Reihe vor mir sitzen zwei – der eine, ein Jude, offenbar ein Jurist, der andere, mit struppigem Haar, ein Mediziner. Der Mediziner ist blau wie ein Veilchen. Der Bühne schenkt er keinerlei Beachtung. Er läßt sich nicht stören und nickt immer wieder ein. Aber sobald ein Schauspieler einen Monolog spricht oder einfach die Stimme hebt, zuckt mein Mediziner zusammen, stößt seinen Nachbarn in die Seite und fragt: ›Was sagt er? E-elmütig?‹ – ›Edelmütig‹, erwidert der Jude. ›Brravo!‹ brüllt der Mediziner. ›E-elmütig! Bravo!‹ Der Saufbruder war, wie Sie sehen, nicht um der Kunst willen ins Theater gekommen, sondern wegen des Edelmuts. Er brauchte Edelmut.«

Katja hört zu und lacht. Ihr Lachen ist eigenartig: Auf das Einatmen folgt schnell und mit rhythmischer Regelmäßigkeit das Ausatmen – es hört sich an, als spiele sie Harmonika –, und dabei lachen in ihrem Gesicht allein die Nasenflügel. Ich aber bin am Verzweifeln und weiß nicht, was ich sagen soll. Ich gerate außer mir, werde ganz rot, springe von meinem Platz hoch und schreie:

»Hört endlich auf! Was sitzt ihr da wie zwei Kröten und vergiftet mit eurem Atem die Luft? Es ist genug!«

Und ohne abzuwarten, daß sie aufhören zu lästern, schicke ich mich an heimzugehen. Es ist auch Zeit – es geht auf elf.

»Aber ich möchte noch ein bißchen bleiben«, sagt Michail Fëdorovič. »Erlauben Sie, Ekaterina Vladimirovna?«

»Ich erlaube es«, antwortet Katja.

»Bene. In diesem Falle lassen Sie noch ein Fläschchen bringen.«

Beide begleiten mich mit Kerzen in die Diele, und während ich meinen Pelz anziehe, sagt Michail Fëdorovič:

»Sie sind in letzter Zeit schrecklich mager und alt geworden, Nikolaj Stepanovič. Was ist los mit Ihnen? Sind Sie krank?«

»Ja, ich bin ein bißchen krank.«

»Und er läßt sich nicht behandeln...« fällt Katja finster ein.

»Weshalb lassen Sie sich nicht behandeln? Wie kann man nur?

Gute Hut hält das Gut, mein Lieber. Grüßen Sie Ihre Familie, und entschuldigen Sie mich, daß ich noch nicht dagewesen bin. In ein paar Tagen, vor meiner Abreise ins Ausland, komme ich mich verabschieden. Unbedingt! In der nächsten Woche fahre ich ab.«

Von den Gesprächen über meine Krankheit erschreckt und unzufrieden mit mir selbst, verlasse ich Katja in gereizter Stimmung. Ich frage mich, ob ich mich nicht tatsächlich von einem meiner Kollegen behandeln lassen soll. Sogleich aber stelle ich mir vor, wie der Kollege, nachdem er mich abgehorcht hat, schweigend ans Fenster tritt, nachdenkt, sich dann zu mir umdreht und, in dem Bemühen, daß ich in seinem Gesicht nicht die Wahrheit lese, in gleichgültigem Ton sagt: »Fürs erste bemerke ich noch nichts Besonderes, aber trotzdem würde ich Ihnen raten, Herr Kollege, mit der Arbeit aufzuhören.« Und das würde mich meiner letzten Hoffnung berauben.

Und wer hat denn keine Hoffnungen? Jetzt, wo ich mir selbst die Diagnose stelle und mich selbst behandle, hoffe ich manchmal, daß ich mich sowohl in bezug auf Eiweiß und Zucker täusche, die ich bei mir finde, als auch hinsichtlich meines Herzens und der Schwellungen, die ich schon zweimal des Morgens bei mir entdeckt habe. Wenn ich mit dem Eifer eines Hypochonders in den therapeutischen Lehrbüchern blättere und täglich die Medikamente wechsle, bilde ich mir immer ein, daß ich auch einmal auf etwas Tröstliches stoße. Kleinlich ist das alles.

Ob der Himmel wolkenverhangen ist oder ob Mond und Sterne scheinen, jedesmal, wenn ich heimgehe, schaue ich nach oben und denke daran, daß mich der Tod bald holen wird. Man sollte meinen, in einem solchen Augenblick müßten meine Gedanken tief wie der Himmel sein, klar und ungewöhnlich ... Aber nein! Ich denke an mich, an meine Frau, an Liza, an Gnekker, an die Studenten, an die Menschen überhaupt; meine Gedanken sind unschön und kleinlich, und ich mache mir selbst etwas vor. In diesen Augenblicken kann meine Weltanschauung mit den Worten ausgedrückt werden, die der berühmte Arakčeev in einem seiner intimen Briefe geschrieben hat: »Alles Gute auf der Welt kann nicht ohne das Schlechte bestehen, und es gibt immer mehr Böses als Gutes.« Das heißt, alles ist vom Übel, es lohnt sich nicht, dafür zu leben, und die zweiundsechzig Jahre, die ich bereits hinter mir habe, muß man als verloren betrachten. Ich ertappe mich bei diesen Gedanken und versuche mir einzureden, sie seien zufälliger, vorübergehender Natur und steckten nicht tief in mir, aber sogleich denke ich: Wenn es so ist, weshalb zieht es dich dann jeden Abend zu diesen beiden Kröten?

Und ich schwöre bei mir selbst, niemals mehr zu Katja zu gehen, obwohl ich weiß, daß ich morgen wieder hingehen werde.

Wenn ich an meiner Tür läute und die Treppe hinaufsteige, fühle ich, daß ich keine Familie mehr habe und auch nicht den Wunsch verspüre, sie zurückzugewinnen. Es ist klar, die neuen Gedanken à la Arakčeev sind bei mir nicht zufällig und vorübergehend, sondern sie beherrschen mein ganzes Wesen. Mit schlechtem Gewissen, verzagt, träge und kaum imstande, die Glieder zu rühren, mit einem Gefühl, als hinge ein Gewicht von tausend Pud an mir, lege ich mich zu Bett und schlafe bald ein.

Und danach wieder – Schlaflosigkeit...

IV

Der Sommer naht, und das Leben verändert sich.

Eines schönen Morgens kommt Liza zu mir und sagt in scherzhaftem Ton:

»Fahren wir, Euer Exzellenz. Es ist alles bereit.«

Man bringt meine Exzellenz auf die Straße, setzt sie in eine Droschke und fährt los. Aus Langeweile lese ich die Firmenschilder von rechts nach links. Aus dem Wort ›Drogerie‹ ergibt sich ›Eiregord‹ – das klingt wie ein irischer Name. Weiter fahre ich über ein Feld, vorbei an einem Friedhof, der auf mich nicht den geringsten Eindruck macht, obwohl ich schon bald dort liegen werde; dann fahre ich durch einen Wald und wieder über ein Feld. Nirgends etwas Interessantes. Nach zweistündiger Fahrt führt man meine Exzellenz in das untere Stockwerk eines Landhauses und bringt sie dort in einem kleinen, sehr lustigen Stübchen mit hellblauen Tapeten unter.

In der Nacht quält mich nach wie vor die Schlaflosigkeit, aber am Morgen bleibe ich liegen und höre auch nicht meine Frau. Ich schlafe nicht, sondern befinde mich in einem Zustand des Halbschlafs, des Dämmerns; man weiß, daß man nicht schläft, aber man sieht Traumbilder. Gegen Mittag stehe ich auf und setze mich wie gewöhnlich an den Tisch, aber ich arbeite nicht mehr, sondern zerstreue mich mit französischen Büchern in gelben Umschlägen, die mir Katja schickt. Natürlich wäre es patriotischer, russische Autoren zu lesen, aber offen gestanden, ich hege für sie keine besondere Sympathie. Die ganze heutige Literatur, zwei, drei ältere Schriftsteller ausgenommen, ist für mich keine Literatur, sondern eine Art Heimindustrie, die nur deshalb existiert, damit man sie fördert, deren Erzeugnisse jedoch nur ungern benutzt werden. Selbst das beste Erzeugnis dieser Heimindustrie kann man nicht als bemerkenswert bezeichnen, und man kann es nicht aufrichtig und ohne ›aber‹ loben; das gleiche gilt auch für die literarischen Neuerscheinungen, die ich in den letzten zehn bis fünfzehn Jahren gelesen habe – es ist nichts von Bedeutung darunter, und bei keinem einzigen Werk kommt man ohne ›aber‹ aus. Sie sind entweder klug und edel, aber untalentiert; oder talentiert und edel, aber nicht klug; oder schließlich talentiert und klug, aber nicht edel.

Ich will damit nicht sagen, die französischen Bücher seien sowohl talentiert als auch klug und edel geschrieben. Auch sie befriedigen mich nicht. Aber sie sind nicht so langweilig wie die russischen, und in ihnen kann man nicht selten das Hauptelement des Schaffens finden – das Gefühl persönlicher Freiheit, das den russischen Autoren fehlt. Ich kann mich keiner einzigen Neuerscheinung entsinnen, bei der der Verfasser nicht von der ersten Seite an bemüht gewesen wäre, sich in allerlei Konventionen und Kontrakten mit seinem Gewissen zu verstricken. Der eine fürchtet sich, vom nackten Körper zu sprechen, der zweite bindet sich durch psychologische Analyse an Händen und Füßen, der dritte braucht ein ›warmherziges Verhältnis zum Menschen‹, der vierte schmiert absichtlich ganze Seiten mit Naturbeschreibungen voll, um nicht der Tendenzschriftstellerei verdächtigt zu werden... Der eine will in seinen Werken unbedingt Kleinbürger sein, der zweite unbedingt Adliger und so weiter. Überall Vorsätzlichkeit, Vorsicht, Verschlagenheit, aber weder Freiheit noch Mut zu schreiben, wie man möchte, und daher fehlt auch die schöpferische Kraft.

All das bezieht sich auf die sogenannte schöne Literatur.

Was aber die ernsthaften russischen Abhandlungen betrifft, etwa auf dem Gebiet der Soziologie, der Kunst und so weiter, so lese ich sie einfach aus Ängstlichkeit nicht. In meiner Jugend hatte ich Angst vor Pförtnern und Logenschließern, und diese Angst ist mir bis heute geblieben. Ich fürchte mich noch heute vor ihnen. Es heißt, schrecklich sei nur das Unbegreifliche. Und wirklich, es ist sehr schwer zu begreifen, weshalb Pförtner und Logenschließer so wichtigtuerisch, hochmütig und majestätisch unhöflich sind. Lese ich ernste Aufsätze, verspüre ich genau die gleiche unbestimmte Angst. Ungewöhnliche Wichtigtuerei, ein frivoler Generalston, familiäres Verhalten gegenüber ausländischen Autoren, die Fähigkeit, mit Würde leeres Stroh zu dreschen – all das ist mir unbegreiflich und schrecklich, und all das ist so gar nicht mit der Bescheidenheit und dem vornehm-ruhigen Ton zu vereinbaren, an den ich gewöhnt bin, wenn ich unsere ärztlichen und naturwissenschaftlichen Autoren lese. Nicht nur die Lektüre von Aufsätzen fällt mir schwer, sondern auch die von Übersetzungen, die ernsthafte russische Menschen anfertigen oder redigieren. Der überspannte, wohlwollende Ton der Vorworte, das Übermaß von Anmerkungen des Übersetzers, die mich an der Konzentration hindern, die Fragezeichen und *sic* in Klammern, die von dem Übersetzer freigebig über den ganzen Aufsatz oder das ganze Buch verstreut werden – all das erscheint mir wie ein Anschlag sowohl auf die Persönlichkeit des Autors wie auch auf meine Selbständigkeit als Leser.

Einmal wurde ich als Sachverständiger ins Kreisgericht geladen. In der Pause lenkte einer der anderen Sachverständigen meine Aufmerksamkeit auf das grobe Benehmen des Staatsanwalts gegenüber den Angeklagten, unter denen sich zwei intelligente Frauen befanden. Ich glaube, ich habe keineswegs übertrieben, als ich dem Kollegen antwortete, dieses Verhalten sei nicht grober als das der Autoren ernster Aufsätze untereinander. In der Tat, dieses Benehmen ist derart roh, daß man nur schweren Herzens davon sprechen kann. Untereinander oder den Verfassern gegenüber, die sie kritisieren, verhalten sie sich entweder übertrieben ehrerbietig, ohne Rücksicht auf ihre eigene Würde oder aber umgekehrt, sie behandeln sie noch unverschämter, als ich in diesen Aufzeichnungen und Gedanken meinen zukünftigen Schwiegersohn Gnekker behandle. Beschuldigungen, in denen von Unzurechnungsfähigkeit, unlauteren Absichten und sogar von Verbrechen jeder Art die Rede ist, bilden die normale Ausschmückung ernster Aufsätze. Und das ist, wie sich junge Ärzte in ihren kleinen Artikeln auszudrücken belieben, bereits die Ultima ratio! Ein solches Benehmen muß sich unweigerlich in den Sitten der jungen Schriftstellergeneration widerspiegeln, und ich wundere mich daher auch gar nicht, wenn in den Neuerscheinungen unserer schönen Literatur der letzten zehn bis fünfzehn Jahre die Helden übermäßig viel Vodka trinken und die Heldinnen nicht keusch genug sind.

Ich lese in den französischen Büchern und schaue durch das offene Fenster; ich sehe die Spitzen meines Staketenzaunes, zwei oder drei dürre Bäumchen und weit hinter dem Zaun den Fahrweg, das Feld und dann einen breiten Streifen Nadelwald. Oft ergötze ich mich daran, wie ein Junge und ein Mädchen, beide weißblond und zerlumpt, auf den Zaun klettern und über meine Glatze lachen. In ihren glänzenden Äuglein kann ich lesen: Komm doch her, Kahlkopf! Sie sind wohl die einzigen Menschen, die weder meine Berühmtheit noch mein Rang beeindruckt.

Ich habe jetzt nicht mehr jeden Tag Besuch. Ich will nur die Besuche erwähnen, die mir Nikolaj und Pëtr Ignatjevič abstatten. Nikolaj kommt meist an den Feiertagen zu mir, angeblich aus dienstlichen Gründen, eigentlich aber mehr, um mich zu sehen. Er ist stark angeheitert, was bei ihm im Winter nie der Fall ist.

»Was gibt's?« frage ich, wenn ich zu ihm in die Diele komme.

»Euer Exzellenz!« sagt er, legt die Hand aufs Herz und sieht mich mit der Begeisterung eines Verliebten an. »Euer Exzellenz! Gott soll mich strafen! Der Blitz soll mich auf der Stelle erschlagen! Gaudeamus igitur juvenestus!« Und er küßt gierig meine Schultern, Ärmel und Knöpfe.

»Ist bei uns alles wohlauf?« frage ich ihn.

»Euer Exzellenz! Beim wahrhaftigen ...«

Er hört nicht auf, ohne jede Notwendigkeit Gott anzurufen; ich werde seiner bald überdrüssig und schicke ihn in die Küche, wo man ihm Mittagessen gibt. Pëtr Ignatjevič kommt ebenfalls an den Feiertagen zu mir gefahren, eigens um mich zu besuchen und mit mir Gedanken auszutauschen. Gewöhnlich sitzt er neben meinem Schreibtisch, bescheiden, reinlich, bedachtsam; er kann sich nicht entschließen, die Beine übereinanderzuschlagen oder die Ellbogen aufzustützen. Die ganze Zeit über erzählt er mir mit seinem ruhigen, gleichmäßigen Stimmchen, in glatter, gewählter Sprache, verschiedene seiner Meinung nach interessante und pikante Neuigkeiten, die er in Zeitschriften und Büchern gelesen hat. Alle diese Neuigkeiten sind einander ähnlich, und man kann sie auf folgendes Muster zurückführen: Ein Franzose hat eine Entdeckung gemacht, ein anderer – ein Deutscher – hat ihn überführt und nachgewiesen, daß seine Entdeckung schon 1870 von einem Amerikaner gemacht wurde, und ein dritter – ebenfalls ein Deutscher – übertrumpft beide, indem er ihnen beweist, daß sie beide eine große Dummheit begangen haben, weil sie unter dem Mikroskop Luftbläschen für dunkles Pigment hielten. Pëtr Ignatjevič erzählt, selbst wenn er mich zum Lachen bringen will, langatmig und umständlich, als verteidige er eine Dissertation, er nennt mir alle literarischen Quellen, die er benutzt hat, und er ist bestrebt, weder bei den Daten noch bei den Nummern der Zeitschriften, noch bei den

Namen einen Fehler zu machen, und so sagt er nicht einfach Petit, sondern unbedingt Jean-Jacques Petit. Es kommt vor, daß er zum Mittagessen bei uns bleibt, dann erzählt er während der Mahlzeit die gleichen pikanten Histörchen und langweilt damit furchtbar die Tischgäste. Bringen Gnekker und Liza dabei das Gespräch auf Fugen und Kontrapunkt, auf Brahms und Bach, senkt er bescheiden den Blick und wird verlegen; er schämt sich, daß in Anwesenheit so seriöser Menschen, wie er und ich es sind, über derartige Banalitäten gesprochen wird.

In meiner jetzigen Stimmung genügen fünf Minuten, und ich bin seiner so überdrüssig, als sähe und hörte ich ihn schon eine ganze Ewigkeit. Ich hasse den armen Tropf. Von seiner ruhigen, gleichmäßigen Stimme und seiner literarischen Sprache wird mir ganz schwach, von seinen Geschichten bin ich schon ganz abgestumpft... Er hegt für mich die besten Gefühle und spricht mit mir nur, um mir Vergnügen zu bereiten, und ich vergelte es ihm damit, daß ich ihn anstarre, als wolle ich ihn hypnotisieren, und dabei denke: Geh weg, geh weg, geh weg... Er aber läßt sich nichts suggerieren und sitzt und sitzt und sitzt...

Während er bei mir sitzt, kann ich nicht von dem Gedanken loskommen: Es ist gut möglich, daß man ihm meine Stelle gibt, wenn ich tot bin. Mein armes Auditorium kommt mir dann wie eine Oase vor, in der die Quelle versiegt ist, und ich bin zu Pëtr Ignatjevič unfreundlich, ich werde schweigsam und finster, als sei er und nicht ich an solchen Gedanken schuld. Wenn er nach seiner Gewohnheit die deutschen Gelehrten in den Himmel hebt, kann ich nicht mehr wie früher gutmütig darüber spotten, sondern ich brumme finster:

»Esel sind Ihre Deutschen...«

Das erinnert mich an die Geschichte mit dem verstorbenen Professor Nikita Krylov, der einst mit Pirogov in Reval badete, sich über das recht kalte Wasser ärgerte und deshalb schimpfte: »Schufte sind die Deutschen!«

Ich benehme mich schlecht Pëtr Ignatjevič gegenüber, und erst wenn er weggeht und ich durchs Fenster seine graue Mütze hinter dem Zaun vorbeihuschen sehe, möchte ich ihn anrufen und ihm sagen: Verzeihen Sie mir, mein Lieber!

Das Mittagessen verläuft hier noch langweiliger als im Winter. Derselbe Gnekker, den ich jetzt hasse und verachte, speist nun fast jeden Tag in meinem Haus. Vormals ertrug ich seine Anwesenheit schweigend, jetzt aber lasse ich spitze Bemerkungen fallen, die an seine Adresse gerichtet sind und die meine Frau und Liza zum Erröten bringen. Oft lasse ich mich von einem unguten Gefühl hinreißen, rede einfach dummes Zeug und weiß nicht, warum ich so rede. So passierte es einmal, daß ich Gnekker lange verächtlich ansah und mir nichts, dir nichts hervorstieß:

»Der Adler kann sich wohl zum Huhn
  hinabbegeben,
doch niemals wird ein Huhn zum Himmel sich
  erheben ...«

Am ärgerlichsten ist, daß sich das Huhn Gnekker als bedeutend klüger erweist als der Adler von Professor. Da er weiß, daß er meine Frau und meine Tochter auf seiner Seite hat, hält er sich an folgende Taktik: Er beantwortet meine Sticheleien mit herablassendem Schweigen (der Alte ist übergeschnappt, was soll ich mit ihm reden?), oder aber er spottet gutmütig über mich. Man muß sich wundern, wie kleinlich ein Mensch werden kann! Ich bringe es fertig, während des ganzen Mittagessens davon zu träumen, daß Gnekker sich als Hochstapler erweist, daß Liza und meine Frau ihren Fehler einsehen und wie ich sie necken werde – und solche häßlichen Träume zu einer Zeit, da ich bereits mit einem Fuß im Grabe stehe!

Es tauchen jetzt auch manchmal Mißverständnisse auf, die ich früher nur vom Hörensagen kannte. So peinlich es für mich ist, ich will dennoch eins beschreiben, das mir kürzlich nach dem Mittagessen zugestoßen ist.

Ich sitze in meinem Zimmer und rauche ein Pfeifchen. Wie gewöhnlich kommt meine Frau zu mir, sie setzt sich und fängt davon an, wie schön es wäre, jetzt, wo es warm ist und ich Ferien habe, nach Charkov zu fahren und sich dort zu erkundigen, was für ein Mensch unser Gnekker ist.

»Gut, ich fahre«, stimme ich ihr zu.

Meine Frau, mit mir zufrieden, steht auf und geht zur Tür, kehrt aber gleich wieder um und sagt:

»Übrigens noch eine Bitte. Ich weiß, du wirst böse sein, aber es ist meine Pflicht, dich zu warnen... Entschuldige, Nikolaj Stepanyč, aber alle unsere Bekannten und Nachbarn reden schon darüber, daß du sehr oft bei Katja bist. Sie ist klug und gebildet, das will ich nicht bestreiten, es ist angenehm, mit ihr die Zeit zu verbringen, aber in deinen Jahren und bei deiner Stellung ist es, weißt du, irgendwie eigenartig, an ihrer Gesellschaft Spaß zu haben... Außerdem hat sie einen solchen Ruf, daß...«

Alles Blut weicht plötzlich aus meinem Gehirn, meine Augen sprühen Funken, ich springe auf, fasse mir an den Kopf, stampfe mit den Füßen und schreie aus vollem Halse:

»Laßt mich in Ruhe! Laßt mich! Laßt mich!«

Wahrscheinlich sieht mein Gesicht schrecklich aus, und meine Stimme klingt seltsam, denn meine Frau wird auf einmal ganz bleich und schreit auf, ebenfalls sehr laut und mit verzweifelter Stimme. Auf unser Geschrei hin eilen Liza, Gnekker und dann auch Egor herbei...

»Laßt mich!« schreie ich. »Hinaus! Laßt mich in Ruhe!«

Meine Beine sterben ab, es ist, als hätte ich gar keine mehr, ich spüre, wie ich jemandem in die Arme sinke, dann höre ich kurze Zeit Weinen und versinke in eine Ohnmacht, die zwei bis drei Stunden dauert.

Nun zu Katja. Sie besucht mich jeden Nachmittag, und das müssen die Nachbarn und die Bekannten natürlich bemerken. Sie kommt für einen Augenblick und nimmt mich dann auf eine Spazierfahrt mit. Sie hat ein eigenes Pferd und einen neuen Bankwagen, den sie diesen Sommer gekauft hat. Überhaupt lebt sie auf großem Fuß – sie hat sich eine teure Villa mit einem großen Garten gemietet und ihre ganze städtische Einrichtung dorthin gebracht, sie hält zwei Zofen und einen Kutscher... Wiederholt fragte ich sie:

»Katja, wovon willst du leben, wenn du das Geld deines Vaters verschleudert hast?«

»Das werden wir sehen«, antwortet sie.

»Dieses Geld verdient es, mein Liebes, daß man sich etwas ernsthafter dazu verhält. Ein braver Mann hat es in ehrlicher Arbeit erworben.«

»Das haben Sie mir bereits gesagt. Ich weiß.«

Zunächst fahren wir über ein Feld, dann durch den Nadelwald, der von meinem Fenster aus zu sehen ist. Die Natur erscheint mir wie immer herrlich, obwohl der Böse mir zuflüstert, daß alle diese Kiefern und Fichten, die Vögel und weißen Wolken am Himmel in drei oder vier Monaten, wenn ich gestorben bin, mein Fehlen nicht bemerken werden. Es gefällt Katja, das Pferd zu lenken, und sie freut sich, daß das Wetter schön ist und ich neben ihr sitze. Sie ist guter Laune und sagt keine Grobheiten.

»Sie sind ein sehr guter Mensch, Nikolaj Stepanyč«, sagt sie. »Sie sind ein seltenes Exemplar, und es gibt keinen Schauspieler, der Sie darstellen könnte. Michail Fëdoryč oder mich zum Beispiel kann schon ein schlechter Schauspieler darstellen, Sie aber niemand. Und ich beneide Sie, ich beneide Sie schrecklich! Was bin ich schon? Was denn?«

Sie denkt einen Augenblick nach und fragt mich:

»Nikolaj Stepanyč, ich bin doch eine negative Erscheinung, nicht wahr?«

»Ja«, antworte ich.

»Hm... Was soll ich tun?«

Was soll ich ihr antworten? Es sagt sich leicht: arbeite! oder: gib dein Hab und Gut den Armen! oder: erkenne dich selbst! – und gerade weil sich das so leicht sagt, weiß ich nicht, was ich antworten soll.

Meine Kollegen Therapeuten raten, wenn sie Behandlungsmethoden lehren, jeden einzelnen Fall zu individualisieren. Man muß auf diesen Rat hören, um sich davon zu überzeugen, daß jene Mittel, die in den Lehrbüchern als die besten und als voll brauchbar für die Schablone empfohlen werden, sich in einzelnen Fällen als völlig untauglich erweisen. Das gleiche gilt auch für seelische Leiden.

Aber irgend etwas muß ich erwidern, und so sage ich:

»Du hast zuviel freie Zeit, mein Liebes. Du mußt dich unbedingt mit etwas beschäftigen. Wirklich, weshalb willst du nicht wieder Schauspielerin werden, wenn das deine Berufung ist?«

»Ich kann nicht.«

»Du hast einen Ton und eine Art, als wärst du ein Opfer. Das gefällt mir nicht, mein Liebes. Du selbst bist schuld. Denk daran, du hast damit angefangen, dich über Menschen und Ordnungen zu ärgern, aber du hast nichts getan, damit beide besser werden. Du hast nicht gegen das Übel angekämpft, sondern resigniert, du bist nicht ein Opfer des Kampfes, sondern deiner Schwäche. Aber natürlich warst du damals jung und unerfahren, jetzt aber kann alles anders laufen. Wirklich, geh zur Bühne! Du wirst arbeiten, der heiligen Kunst dienen...«

»Verstellen Sie sich nicht, Nikolaj Stepanyč«, unterbricht mich Katja. »Machen wir ein für allemal aus: Wir können über Schauspieler, Schauspielerinnen und Schriftsteller reden, aber die Kunst wollen wir dabei aus dem Spiel lassen. Sie sind ein wunderbarer, ein seltener Mensch, aber Sie verstehen nicht genug von der Kunst, um sie mit gutem Gewissen für heilig halten zu können. Sie haben kein Gefühl und kein Organ für die Kunst. Sie haben Ihr ganzes Leben gearbeitet, und Sie hatten nie Zeit, sich dieses Gefühl anzueignen. Überhaupt... ich mag diese Gespräche über Kunst nicht!« fährt sie nervös fort. »Ich mag nicht! Und man hat die Kunst schon so profaniert, ich danke ergebenst!«

»Wer hat sie profaniert?«

»Die Menschen haben sie profaniert durch ihre Trunksucht, die Zeitungen durch ihr familiäres Verhalten, die klugen Leute durch ihre Philosophie.«

»Die Philosophie hat damit nichts zu tun.«

»Doch. Wenn jemand philosophiert, so heißt das, er versteht nichts.«

Damit die Sache nicht in Grobheiten ausartet, beeile ich mich, das Thema zu wechseln, und schweige daraufhin lange. Erst als wir den Wald verlassen haben und zu Katjas Landhaus fahren, kehre ich zu dem früheren Gespräch zurück und frage:

»Du hast mir noch nicht geantwortet: Warum willst du nicht wieder Schauspielerin werden?«

»Nikolaj Stepanyč, das ist wirklich grausam!« schreit sie heraus und wird auf einmal ganz rot. »Sie wollen, daß ich laut die Wahrheit sage? Bitte sehr, wenn Ihnen das... das gefällt! Ich habe kein Talent! Kein Talent und... und zuviel Ehrgeiz. Das ist es!«

Nach diesem Geständnis wendet sie ihr Gesicht ab und zieht, um das Zittern ihrer Hände zu verbergen, heftig an den Zügeln.

Als wir uns dem Landhaus nähern, sehen wir schon von weitem Michail Fëdorovič, der neben dem Tor auf und ab spaziert und ungeduldig auf uns wartet.

»Wieder dieser Michail Fëdorovič«, sagt Katja ärgerlich. »Schaffen Sie ihn mir vom Halse, bitte! Er ist mir zuwider, ich habe ihn satt... Zum Kuckuck mit ihm!«

Michail Fëdorovič hätte schon längst ins Ausland fahren sollen, aber er verschiebt seine Abreise von Woche zu Woche. In der letzten Zeit hat er sich sehr verändert – er ist abgemagert, wird vom Wein schnell berauscht, was früher nie der Fall war, und seine schwarzen Brauen färben sich schon grau. Als unser Wagen vor dem Tor hält, kann er seine Freude und seine Ungeduld nicht verbergen. Geschäftig hilft er Katja und mir beim Aussteigen, er stellt hastig Fragen, reibt sich die Hände, und der sanfte, flehende, reine Zug, den ich vorher nur in seinen Blicken bemerkte, ergießt sich jetzt über sein ganzes Gesicht. Er freut sich und schämt sich zugleich seiner Freude, er schämt sich seiner Gewohnheit, jeden Abend bei Katja zu verbringen, und er hält es für nötig, sein Eintreffen mit irgendeinem offensichtlichen Unsinn zu motivieren, etwa so:

»Ich kam in Geschäften vorbei, und da dachte ich mir: Halt, ich gehe für ein paar Augenblicke hinein.«

Zu dritt gehen wir ins Haus; zuerst trinken wir Tee, dann erscheinen die mir längst bekannten zwei Kartenspiele auf dem Tisch, dazu ein großes Stück Käse, Obst und eine Flasche Krimsekt. Unsere Gesprächsthemen sind nicht neu, es sind immer noch die gleichen wie im Winter. Die Universität wird durchgehechelt, die Studenten, die Literatur, das Theater; von unseren lästerlichen Reden wird die Luft dumpfer und stickiger, und nicht mehr nur zwei Kröten vergiften sie mit ihrem Atem, wie im Winter, sondern alle drei. Neben dem samtenen Baritonlachen und dem Gelächter, das wie das Spiel einer Harmonika klingt, hört die uns bedienende Zofe noch ein unangenehmes klirrendes Lachen, wie es in Lustspielen Generale an sich haben: hehehe...

V

Es gibt schreckliche Nächte mit Donner und Blitz, Regen und Wind, die im Volksmund Sperlingsnächte genannt werden. Solch eine Sperlingsnacht hat es auch in meinem persönlichen Leben gegeben...

Ich wache nach Mitternacht auf und springe unvermittelt aus dem Bett. Mir ist, als müßte ich sogleich sterben. Doch warum? An meinem Körper entdecke ich nichts, was auf ein baldiges Ende hindeutet, aber meine Seele ist von einem solchen Entsetzen gepackt, als hätte ich plötzlich einen riesigen, unheilverkündenden Feuerschein gesehen.

Ich mache schnell Licht, trinke Wasser, gleich aus der Karaffe, und eile dann ans offene Fenster. Draußen ist prächtiges Wetter. Es duftet nach Heu und nach noch etwas sehr Schönem. Ich kann die Spitzen der Zaunpfähle sehen, die verschlafenen dürren Bäumchen vor dem Fenster, den Weg, den dunklen Waldstreifen; am Himmel steht friedlich der Mond, und man sieht kein einziges Wölkchen. Es ist ganz ruhig, kein Blättchen rührt sich.

Mir scheint, als blicke mich alles an und lausche gespannt, wie ich sterben werde...

Ich habe Angst. Ich schließe das Fenster und eile zum Bett. Ich taste nach meinem Puls, und da ich ihn an den Handgelenken nicht finden kann, suche ich ihn an den Schläfen, darauf am Kinn und wieder am Handgelenk, und ich bin schon überall ganz kalt und naß vor Schweiß. Der Atem geht immer schneller, ich zittere am ganzen Leib, in meinem Inneren bewegt sich alles, im Gesicht und auf dem kahlen Kopf habe ich ein Gefühl, als sei alles mit Spinnweben überzogen.

Was soll ich tun? Meine Familie rufen? Nein, das ist nicht nötig. Ich kann mir nicht vorstellen, was meine Frau und Liza tun werden, wenn sie zu mir kommen.

Ich stecke den Kopf unters Kissen, schließe die Augen und warte, warte... Es läuft mir kalt über den Rücken, der sich gleichsam nach innen zieht, und ich habe das Gefühl, als schleiche sich der Tod ganz leise von hinten an mich heran...

»Kiwi, kiwi!« piepst es plötzlich durch die nächtliche Stille, und ich weiß nicht, wo es herkommt – aus meiner Brust oder von draußen?

»Kiwi, kiwi!«

Mein Gott, wie schrecklich! Ich würde noch Wasser trinken, aber ich fürchte mich, die Augen zu öffnen und den Kopf zu heben. Mein Entsetzen ist instinktiv, triebhaft, und ich kann überhaupt nicht verstehen, weshalb ich solche Angst habe – weil ich leben möchte oder weil mir ein neuer, noch nie erlebter Schmerz bevorsteht?

Oben über der Decke scheint jemand bald zu stöhnen, bald zu lachen... Ich lausche. Etwas später ertönen Schritte auf der Treppe; jemand geht eilig nach unten, dann wieder hinauf. Einige Augenblicke später höre ich die Schritte wieder unten; jemand bleibt vor meiner Tür stehen und horcht.

»Wer ist da?« rufe ich.

Die Tür geht auf, ich öffne mutig die Augen und sehe meine Frau. Ihr Gesicht ist bleich, ihre Augen sind verweint.

»Schläfst du nicht, Nikolaj Stepanyč?« fragt sie.

»Was willst du?«

»Um Gottes willen, geh zu Liza und schau sie dir an. Irgend etwas ist mit ihr geschehen.«

»Gut... mit Vergnügen...« murmele ich, sehr zufrieden, daß ich nicht mehr allein bin. »Gut... Sofort.«

Ich folge meiner Frau, höre, wie sie mit mir spricht, kann aber vor Aufregung nichts verstehen. Über die Treppenstufen huschen vom Schein der Kerze helle Lichtflecken, unsere langen Schatten zittern, meine Füße verheddern sich im Saum meines Schlafrocks, ich bekomme kaum noch Luft, und es will mir scheinen, als jage jemand hinter mir her und wolle mich am Rücken packen. – Ich werde gleich hier auf der Treppe sterben, denke ich. Gleich... Aber da haben wir schon die Treppe und den dunklen Korridor mit dem italienischen Fenster hinter uns, und wir betreten Lizas Zimmer. Sie sitzt im Hemd auf dem Bettrand, läßt die nackten Füße herabhängen und stöhnt.

»O mein Gott... o mein Gott!« stammelt sie und kneift vor dem Licht der Kerze die Augen zusammen. »Ich kann nicht mehr, ich kann nicht...«

»Liza, mein Kind«, sage ich. »Was ist mit dir?«

Als sie mich erblickt, schreit sie auf und fällt mir um dem Hals.

»Mein lieber Papa...« schluchzt sie, »mein guter Papa... mein Papachen, mein liebes... Ich weiß nicht, was mit mir ist... Mir ist so schwer ums Herz!«

Sie umarmt mich, küßt mich und stammelt zärtliche Worte, wie ich sie von ihr hörte, als sie noch ein Kind war.

»Beruhige dich, mein Kind, Gott beschütze dich«, sage ich. »Du brauchst doch nicht zu weinen. Mir ist selber schwer ums Herz.«

Ich bemühe mich, sie zuzudecken, meine Frau gibt ihr zu trinken, und beide sind wir uns immer wieder im Wege; ich stoße mit meiner Schulter an die ihre, und dabei fällt mir ein, wie wir einst zusammen unsere Kinder badeten.

»So hilf ihr doch, hilf ihr!« fleht meine Frau mich an. »Tu irgend etwas!«

Was soll ich tun? Ich kann nichts machen. Dem Mädchen liegt

irgendeine schwere Last auf der Seele, aber ich begreife nichts, weiß nichts und kann nur murmeln:

»Nicht doch, nicht doch... Das geht vorbei... Schlaf nur, schlaf...«

Wie absichtlich ertönt plötzlich auf dem Hof Hundegeheul, anfangs leise und unschlüssig, dann laut und zweistimmig. Ich habe solchen Dingen wie Hundegeheul und Eulengeschrei nie Bedeutung beigemessen, jetzt aber krampft sich mir qualvoll das Herz zusammen, und ich versuche schnell, mir dieses Heulen zu erklären.

Unsinn... denke ich. Einwirkung eines Organismus auf den anderen. Meine heftige Nervenanspannung hat sich auf meine Frau, auf Liza, auf den Hund übertragen, weiter nichts... Durch eine solche Überlegung erklären sich Vorahnungen und Gesichte...

Als ich etwas später in mein Zimmer zurückkehre, um für Liza ein Rezept auszuschreiben, denke ich nicht mehr daran, daß ich bald sterben werde, sondern mir ist einfach schwer und beklommen ums Herz, und es tut mir beinahe leid, daß ich nicht plötzlich gestorben bin. Lange stehe ich unbeweglich mitten im Zimmer und überlege, was ich Liza verschreiben soll, aber das Stöhnen über mir verstummt, und ich beschließe, gar nichts zu verschreiben, und trotzdem stehe ich immer noch da...

Es herrscht Totenstille, eine derartige Stille, daß sie, wie ein Schriftsteller sich ausgedrückt hat, sogar in den Ohren dröhnt. Die Zeit vergeht nur langsam, die Streifen des Mondlichts auf dem Fensterbrett verändern sich nicht, sie sind gleichsam erstarrt... Die Morgendämmerung ist noch weit.

Da aber knarrt die Gartenpforte, jemand schleicht sich herein, bricht einen Zweig von einem der dürren Bäumchen und klopft damit vorsichtig ans Fenster.

»Nikolaj Stepanyč!« höre ich flüstern. »Nikolaj Stepanyč!«

Ich öffne das Fenster und glaube zu träumen: unter dem Fenster, dicht an die Wand gepreßt, steht eine Frau im schwarzen Kleid, grell vom Mondlicht beleuchtet, und schaut mich mit großen Augen an. Ihr Gesicht ist bleich, streng und wirkt im

Mondschein phantastisch, als wäre es aus Marmor; ihr Kinn zittert.

»Ich bin's...« sagt sie. »Ich... Katja!«

Im Mondschein sehen alle Frauenaugen groß und schwarz aus, und die Menschen sind größer und blasser, deshalb habe ich sie wohl im ersten Augenblick nicht gleich erkannt.

»Was willst du?«

»Verzeihen Sie«, sagt sie. »Mir wurde plötzlich unerträglich schwer ums Herz... Ich hielt es nicht mehr aus und bin hergekommen... In Ihrem Fenster war Licht, und ich beschloß zu klopfen... Entschuldigen Sie... Ach, wenn Sie wüßten, wie mir zumute war! Was machen Sie jetzt?«

»Nichts... Ich kann nicht schlafen.«

»Ich hatte so eine Vorahnung. Aber das ist Unsinn.«

Sie zieht die Brauen hoch, in ihren Augen glänzen Tränen, und ihr ganzes Gesicht ist überstrahlt von dem vertrauten, lange nicht mehr wahrgenommenen Ausdruck von Zutraulichkeit.

»Nikolaj Stepanyč!« sagt sie mit flehender Stimme und streckt mir beide Hände entgegen. »Mein Lieber, ich bitte Sie... Ich flehe Sie an... Wenn Sie meine Freundschaft und meine Verehrung für Sie nicht verachten, dann willigen Sie in meine Bitte ein.«

»Was denn?«

»Nehmen Sie mein Geld!«

»Nun, was hast du dir da ausgedacht! Was soll ich denn mit deinem Geld?«

»Sie können damit irgendwohin zur Kur fahren... Sie müssen sich kurieren. Werden Sie das annehmen? Ja? Mein Bester, ja?« Sie blickt gespannt in mein Gesicht und wiederholt: »Ja? Werden Sie das annehmen?«

»Nein, mein Kind, ich nehme es nicht...« antworte ich. »Danke.«

Sie dreht mir den Rücken zu und läßt den Kopf hängen. Wahrscheinlich habe ich einen Ton angeschlagen, der eine weitere Unterhaltung über das Geld nicht zuläßt.

»Fahr nach Hause und geh schlafen«, sage ich zu ihr. »Morgen sehen wir uns wieder.«

»Das heißt, meine Freundschaft hat für Sie keinen Wert?« fragt sie niedergeschlagen.

»Das habe ich nicht gesagt. Aber dein Geld hat jetzt für mich keinen Zweck.«

»Verzeihen Sie ...« sagt sie, mit einer Stimme, die eine ganze Oktave tiefer klingt. »Ich verstehe Sie ... Einem Menschen wie mir verpflichtet zu sein ... einer früheren Schauspielerin ... Im übrigen ... leben Sie wohl ...«

Und sie geht so schnell weg, daß ich ihr nicht einmal mehr Lebewohl sagen kann.

VI

Ich bin in Charkov.

Weil es nutzlos wäre, gegen meine jetzige Stimmung anzukämpfen, und weil ich mich dazu auch nicht in der Lage fühle, habe ich beschlossen, daß meine letzten Tage wenigstens formal gesehen einwandfrei sein sollen; wenn ich meiner Familie gegenüber im Unrecht bin, und dessen bin ich mir sehr wohl bewußt, so werde ich mich bemühen zu tun, was sie will. Soll ich nach Charkov fahren, dann fahre ich eben nach Charkov. Außerdem ist mir in letzter Zeit alles so gleichgültig geworden, daß es mir völlig einerlei ist, wohin ich fahren soll – nach Charkov, nach Paris oder nach Berdičev.

Gegen zwölf Uhr mittags bin ich hier angekommen und in einem Hotel unweit der Kathedrale abgestiegen. In der Eisenbahn wurde ich tüchtig durchgeschüttelt und saß in der Zugluft, und jetzt sitze ich auf dem Bett, halte mir den Kopf und warte auf mein Gesichtszucken. Ich müßte noch heute die mir bekannten Professoren aufsuchen, aber ich habe dazu weder Lust noch Kraft.

Der alte Zimmerkellner tritt ein und fragt, ob ich Bettwäsche mitgebracht habe. Ich halte ihn für fünf Minuten auf und stelle ihm einige Fragen über Gnekker, dessentwegen ich ja hierhergekommen bin. Der Diener erweist sich als gebürtiger Charkover, er kennt die Stadt wie seine fünf Finger, aber er kann sich keines einzigen Hauses entsinnen, das den Namen Gnekker trüge. Ich erkundige mich auch nach dem Gut – das gleiche Ergebnis.

Die Uhr auf dem Korridor schlägt eins, dann zwei, dann drei... Die letzten Monate meines Lebens, derweil ich auf den Tod warte, kommen mir bedeutend länger vor als mein ganzes bisheriges Leben. Nie zuvor konnte ich mich so gut mit der Langsamkeit der Zeit abfinden wie jetzt. Wenn ich früher auf einen Zug wartete oder im Examen saß, erschien mir eine Viertelstunde wie eine Ewigkeit; jetzt aber kann ich die ganze Nacht unbeweglich auf dem Bett sitzen und völlig gleichgültig daran denken, daß morgen genauso eine lange, farblose Nacht kommen wird, und übermorgen ebenfalls.

Im Korridor schlägt es fünf, sechs, sieben... Es wird dunkel.

In der Wange bohrt ein dumpfer Schmerz – so beginnt der Anfall. Um meine Gedanken abzulenken, stelle ich mich auf meinen früheren Standpunkt, als ich noch nicht gleichgültig war, und frage mich, weshalb ich, ein berühmter Gelehrter und Geheimrat, in diesem kleinen Zimmer sitze, auf diesem Bett mit einer fremden grauen Decke. Weshalb blicke ich auf dieses billige Waschgeschirr aus Blech und höre mir an, wie im Korridor die elende Uhr rasselt? Ist das alles meines Ruhmes und meiner hohen Stellung unter den Menschen würdig? Und auf diese Fragen antworte ich mir mit einem spöttischen Lächeln. Komisch kommt mir die Naivität vor, mit der ich einst in meiner Jugend die Bedeutung des Ruhms und jener exklusiven Stellung, die sein Träger genießt, überschätzte. Ich bin bekannt, mein Name wird mit Ehrfurcht genannt, mein Bild war in der ›Niva‹ und in der ›Vsemirnaja illjustracija‹ abgedruckt, meine Biographie habe ich sogar in einer deutschen Zeitschrift gelesen – aber was folgt daraus? Ich sitze mutterseelenallein in einer fremden Stadt und reibe mit der Hand meine schmerzende Wange... Die Familienstreitigkeiten, die Unbarmherzigkeit der Gläubiger, die

Grobheit der Eisenbahnschaffner, die Unbequemlichkeit der Paßkontrollen, das teure und ungesunde Essen in den Bahnhofsrestaurants, die allgemeine Unhöflichkeit und Grobheit der Menschen untereinander – all das und noch vieles andere, das aufzuzählen zu lange dauern würde, trifft mich nicht minder als jeden beliebigen Kleinbürger, der nur in seiner Gasse bekannt ist. Worin kommt denn die Exklusivität meiner Stellung zum Ausdruck? Nehmen wir an, ich bin tausendfach berühmt, ein Held, auf den das Vaterland stolz ist; in allen Zeitungen erscheinen Berichte über meine Krankheit, durch die Post erhalte ich Sympathieadressen von Kollegen, Schülern und aus dem Publikum, aber das alles kann nicht verhindern, daß ich in einem fremden Bett sterbe, vergrämt und in völliger Einsamkeit... Daran ist natürlich niemand schuld, aber ich sündiger Mensch liebe nun einmal meinen populären Namen nicht. Es kommt mir so vor, als habe er mich betrogen.

Gegen zehn Uhr schlafe ich ein, ich schlafe fest trotz des Anfalls und hätte noch lange geschlafen, wäre ich nicht geweckt worden. Kurz nach eins klopft es plötzlich an meine Tür.

»Wer ist da?«

»Ein Telegramm!«

»Das hätte auch bis morgen Zeit gehabt«, sage ich ärgerlich, als ich das Telegramm von dem Zimmerkellner in Empfang nehme. »Jetzt werde ich nicht wieder einschlafen können.«

»Entschuldigen Sie. Bei Ihnen brennt Licht, ich dachte, Sie schlafen nicht.«

Ich öffne das Telegramm und sehe als erstes nach der Unterschrift. Es ist von meiner Frau. Was will sie nur?

»Gestern Gnekker mit Liza heimlich getraut. Kehre zurück.«

Ich lese das Telegramm und erschrecke nur für einen Augenblick. Mich erschreckt nicht das Vorgehen von Liza und Gnekker, sondern die Gleichgültigkeit, mit der ich die Nachricht von ihrer Heirat aufnehme. Es heißt, Philosophen und wahrhaft Weise seien gleichgültig. Das stimmt nicht – Gleichgültigkeit ist eine Lähmung der Seele, vorzeitiger Tod.

Ich lege mich wieder ins Bett und überlege, womit ich meine

Gedanken beschäftigen soll. Woran denken? Mir scheint, ich hätte schon alles überdacht und es gäbe nichts mehr, was jetzt geeignet wäre, mein Denken anzuregen.

Als es hell wird, sitze ich im Bett, die Arme um die Knie gelegt, und bemühe mich aus Langeweile, mich selbst zu erkennen. ›Erkenne dich selbst‹ ist ein wunderbarer, ein nützlicher Rat, nur schade, daß die Alten nicht darauf gekommen sind, auch zu zeigen, wie man diesen Ratschlag befolgen soll.

Wenn ich früher Lust verspürte, einen anderen oder mich selbst zu verstehen, so achtete ich nicht auf die Handlungen, die relativ sind, sondern auf die Wünsche. Sage mir, was du willst, und ich sage dir, wer du bist.

Und so prüfe ich mich nun selbst: was will ich?

Ich will, daß unsere Frauen, Kinder, Freunde und Schüler in uns nicht den Namen lieben, nicht die Firma und nicht das Etikett, sondern den gewöhnlichen Menschen. Was noch? Ich möchte Gehilfen und Nachfolger haben. Was noch? Ich möchte nach hundert Jahren wieder aufwachen, um zu sehen, und sei es auch nur mit einem Blick, was aus der Wissenschaft geworden ist. Ich möchte noch zehn Jahre leben... Was weiter?

Weiter nichts. Ich denke, denke lange nach, und mir fällt nichts mehr ein. Und soviel ich auch nachdenke und wohin auch meine Gedanken schweifen mögen, für mich ist es klar, meinen Wünschen fehlt etwas Wesentliches, etwas sehr Wichtiges. Meiner leidenschaftlichen Hingabe an die Wissenschaft, meinem Wunsch zu leben, dem Hocken auf einem fremden Bett und dem Bestreben, mich selbst zu erkennen, allen Gedanken, Gefühlen und den Begriffen, die ich mir über alles gebildet habe, fehlt etwas Gemeinsames, was dies alles zu einem Ganzen verbinden würde. Jedes Gefühl und jeder Gedanke existiert gesondert in mir, und in allen meinen Urteilen über Wissenschaft, Theater, Literatur und Schüler und in all den Bildern, die meine Phantasie sich ausmalt, würde selbst der geschickteste Analytiker nichts von dem finden, was man eine allgemeine Idee oder den Gott des lebendigen Menschen nennt.

Und wenn das nicht vorhanden ist, so ist überhaupt nichts vorhanden.

Bei einer solchen Armut genügt eine ernstliche Krankheit, Todesfurcht und der Einfluß von Menschen und Umständen, um all das, was ich vordem für meine Weltanschauung hielt und worin ich den Sinn und die Freude meines Lebens erblickte, auf den Kopf zu stellen und in die Brüche gehen zu lassen. Es ist daher auch nicht verwunderlich, daß die letzten Monate meines Lebens von Gedanken und Gefühlen getrübt wurden, die eines Sklaven, eines Barbaren würdig sind, und daß ich jetzt gleichgültig bin und die Morgendämmerung nicht bemerke. Wenn in einem Menschen nichts vorhanden ist, was höher steht und stärker ist als alle äußeren Einflüsse, so genügt wirklich schon ein anständiger Schnupfen, um das Gleichgewicht zu verlieren und anzufangen, in jedem Vogel eine Eule zu sehen und jeden Laut für Hundegeheul zu halten. Und sein ganzer Pessimismus oder Optimismus mit den großen und kleinen Gedanken hat dann nur die Bedeutung eines Symptoms und weiter nichts.

Ich bin besiegt. Wenn dem so ist, dann gibt es nichts weiter zu überlegen und nichts zu sagen. Ich werde dasitzen und schweigend abwarten, was wird.

Am Morgen bringt mir der Zimmerkellner den Tee und die neueste Nummer der Lokalzeitung. Mechanisch lese ich die Bekanntmachungen auf der ersten Seite, den Leitartikel, die Auszüge aus Zeitungen und Zeitschriften, die Chronik... Unter anderem finde ich in der Chronik folgende Nachricht: »Gestern traf mit dem Schnellzug unser bekannter Gelehrter, der verdiente Professor Nikolaj Stepanovič Soundso, in Charkov ein und stieg in dem und dem Hotel ab.«

Augenscheinlich sind berühmte Namen dafür geschaffen, daß sie unabhängig von ihren Trägern ein Eigenleben führen. Jetzt geht mein Name friedlich in Charkov spazieren; drei Monate später wird er in goldenen Lettern auf einem Grabstein glänzen wie die Sonne selbst – und das zu einer Zeit, da mich bereits der grüne Rasen deckt.

Ein leichtes Klopfen an der Tür. Jemand will zu mir.

»Wer ist da? Herein!«

Die Tür geht auf – ich trete erstaunt einen Schritt zurück und schlage eilends die Schöße meines Schlafrocks übereinander. Vor mir steht Katja.

»Guten Tag«, sagte sie, vom Treppensteigen noch ganz außer Atem. »Sie haben mich wohl nicht erwartet? Ich bin auch ... auch hierhergekommen!« Sie setzt sich und fährt fort, stockend und ohne mich anzusehen: »Warum begrüßen Sie mich nicht? Ich bin auch hergekommen ... heute ... Ich erfuhr, daß Sie in diesem Hotel wohnen, und bin zu Ihnen gekommen.«

»Ich freue mich sehr, dich zu sehen«, sage ich achselzuckend, »aber ich bin erstaunt ... Du bist wie vom Himmel gefallen. Weshalb bist du hier?«

»Ich? Nur so ... Habe mich aufgemacht und bin hergefahren.«

Schweigen. Plötzlich steht sie ruckartig auf und kommt auf mich zu.

»Nikolaj Stepanyč!« sagt sie, erbleichend und die Hände an die Brust gepreßt. »Nikolaj Stepanyč! Ich kann nicht länger so leben! Ich kann nicht! Beim wahrhaften Gott, sagen Sie mir schnell, in diesem Augenblick: was soll ich tun? Sagen Sie mir, was soll ich tun?«

»Was kann ich da sagen?« antworte ich verdutzt. »Nichts kann ich sagen.«

»Sprechen Sie doch, ich flehe Sie an«, flüstert sie, keuchend und am ganzen Leib zitternd. »Ich schwöre Ihnen, ich kann so nicht mehr leben! Es geht über meine Kräfte!«

Sie sinkt auf einen Stuhl und beginnt zu schluchzen. Sie hat den Kopf zurückgeworfen, ringt die Hände, stampft mit den Füßen; der Hut ist ihr vom Kopf geglitten und baumelt am Gummiband, ihre Frisur ist ganz zerzaust.

»Helfen Sie mir! Helfen Sie mir!« sagt sie flehend. »Ich kann nicht mehr!«

Sie holt ein Schnupftuch aus ihrem Reisetäschchen und zieht dabei einige Briefe heraus, die von ihren Knien auf den Fußboden fallen. Ich hebe sie auf und erkenne auf einem von ihnen die

Handschrift Michail Fëdorovičs; unabsichtlich lese ich ein Teil des Wortes ›leidensch…‹

»Ich kann dir nichts sagen, Katja«, erwidere ich.

»Helfen Sie mir!« schluchzt sie, ergreift meine Hand und küßt sie. »Sie sind doch mein Vater, mein einziger Freund! Sie sind doch klug, gebildet, lebenserfahren! Sie waren Lehrer! Sagen Sie doch: was soll ich tun?«

»Auf Ehre, Katja – ich weiß es nicht…«

Ich bin verwirrt, verlegen, gerührt von dem Schluchzen und kann kaum noch auf den Beinen stehen.

»Komm frühstücken, Katja«, sage ich und lächle gezwungen. »Laß das Weinen!« Und sogleich füge ich mit gesenkter Stimme hinzu: »Ich werde bald nicht mehr sein. Katja…«

»Wenigstens ein Wort, ein einziges Wort«, sagt sie weinend und streckt mir die Hände entgegen. »Was soll ich tun?«

»Bist wirklich ein Närrchen…« murmele ich. »Versteh ich nicht! So ein kluges Mädchen, und auf einmal – da haben wir's – fängt sie an zu weinen…«

Schweigen tritt ein. Katja ordnet ihre Frisur und setzt den Hut wieder auf, dann zerknüllt sie die Briefe und steckt sie in das Täschchen – und das alles schweigend und ohne Hast. Ihr Gesicht, ihre Brust und ihre Handschuhe sind naß von Tränen, aber ihre Miene ist schon trocken und streng… Ich schaue sie an und schäme mich, daß ich glücklicher bin als sie. Das Fehlen dessen, was die Kollegen Philosophen die allgemeine Idee nennen, habe ich erst kurz vor dem Tode bemerkt, am Ende meiner Tage, aber die Seele dieses armen Menschenkindes hat keine Zuflucht gekannt und wird sie ihr Leben lang nicht kennen – ihr ganzes Leben lang!

»Komm frühstücken, Katja«, wiederhole ich.

»Nein, danke«, antwortet sie kalt.

Noch eine Minute vergeht schweigend.

»Charkov gefällt mir nicht«, sage ich. »Es ist alles so grau hier. Eine so graue Stadt!«

»Ja, mag sein… Unschön… Ich bleibe nicht lange hier… bin nur auf der Durchreise. Heute noch fahre ich weiter.«

»Wohin?«

»Auf die Krim... das heißt in den Kaukasus.«

»So. Für lange?«

»Ich weiß nicht.«

Katja steht auf und reicht mir, kalt lächelnd und ohne mich anzusehen, die Hand.

Ich möchte sie fragen: Du wirst also nicht auf meiner Beerdigung sein? Aber sie sieht mich nicht an, ihre Hand ist kalt und kommt mir ganz fremd vor. Schweigend begleite ich sie zur Tür... Da ist sie von mir gegangen, sie schreitet durch den langen Korridor und schaut sich nicht um. Sie weiß, daß ich ihr nachblicke, wahrscheinlich wird sie sich an der Ecke umdrehen.

Nein, sie hat sich nicht umgedreht. Ihr schwarzes Kleid leuchtet zum letztenmal auf, ihre Schritte verhallen... Leb wohl, mein Schatz!

Flattergeist

I

Auf der Hochzeit von Olga Ivanovna waren alle ihre Freunde und guten Bekannten zugegen.

»Sehen Sie ihn an: nicht wahr, es ist etwas an ihm?« sagte sie zu ihren Freunden mit einem Kopfnicken zu ihrem Mann hin, als wünschte sie zu erklären, warum sie gerade diesen schlichten, ganz gewöhnlichen und durch nichts bemerkenswerten Menschen geheiratet hatte.

Ihr Mann, Osip Stepanyč Dymov, war Arzt und besaß den Rang eines Titularrates. Er war in zwei Krankenhäusern tätig: in dem einen als außerplanmäßiger Stationsarzt und in dem anderen als Prosektor. Täglich von neun Uhr morgens bis Mittag hielt er Sprechstunde ab und arbeitete auf seiner Station, und nachmittags fuhr er mit der Pferdebahn in das andere Krankenhaus, wo er die gestorbenen Kranken sezierte. Seine Privatpraxis war klein, sie brachte ihm etwa fünfhundert Rubel im Jahr ein. Das war alles. Was ließe sich noch von ihm sagen?

Indessen waren Olga Ivanovna und ihre Freunde und guten Bekannten alles andere als gewöhnliche Menschen. Jeder von ihnen war durch irgend etwas bemerkenswert und ein bißchen bekannt, hatte bereits einen Namen und galt als Berühmtheit oder aber, wenn er noch nicht berühmt war, berechtigte er doch zu glänzenden Hoffnungen. So der Schauspieler vom Dramatischen Theater, ein großes, längst anerkanntes Talent, ein eleganter, kluger und bescheidener Mann und ausgezeichneter Rezitator, der Olga Ivanovna rezitieren lehrte; so der Sänger von der Oper, ein gutmütiger Doktor, der Olga Ivanovna mit einem Seufzer versicherte, daß sie sich zugrunde richte: wenn sie nicht so faul wäre und sich zusammennähme, dann könnte aus ihr eine bemerkenswerte Sängerin werden; dann noch einige Künstler und an ihrer Spitze der Genre-, Tier- und Landschaftsmaler Rjabovskij, ein sehr schöner, blonder junger Mann von etwa fünfundzwanzig Jahren, der auf Ausstellungen Erfolg gehabt und sein letztes Bild für fünfhundert Rubel verkauft hatte; er korrigierte Olga Ivanovnas Studien und sagte, aus ihr könnte vielleicht etwas Vernünftiges werden; dann ein Cellospieler, dessen Instrument schluchzte und der ganz offen zugab, von allen ihm bekannten Frauen verstehe einzig und allein Olga Ivanovna zu begleiten; dann noch ein junger, aber schon bekannter Schriftsteller, der Romane, Theaterstücke und Erzählungen schrieb. Wer noch? Nun, Vasilij Vasiljič noch, ein gebildeter, wohlhabender Herr, ein Gutsbesitzer, dilettierender Illustrator und Vignettenzeichner, der ein stark entwickeltes Gefühl für den alten russischen Stil, die Bylinen und das Epos besaß; auf Papier, Porzellan und angerußten Tellern vollbrachte er buchstäblich Wunder. Inmitten dieser freien und vom Schicksal verwöhnten Gesellschaft von Künstlern, die zwar taktvoll und bescheiden waren, sich aber der Existenz von irgendwelchen Ärzten nur während einer Krankheit erinnerten und für die der Name Dymov einen ebenso gleichgültigen Klang hatte wie Sidorov oder Tarasov – inmitten dieser Gesellschaft wirkte Dymov fremd, überflüssig und klein, obgleich er groß von Wuchs und breit in den Schultern war. Es schien, als trüge er einen fremden Frack und einen Bart, wie ihn kleine Angestellte haben. Wäre er übrigens Schriftsteller gewesen oder Künstler, man hätte gesagt, daß er mit seinem kurzen Bart an Zola erinnere.

Der Schauspieler sagte zu Olga Ivanovna, sie gleiche mit ihrem flachsblonden Haar und in ihrem Brautkleid einem schlanken Kirschbäumchen, wenn es im Frühling über und über mit zarten weißen Blüten bedeckt sei.

»Nein, hören Sie doch!« sagte Olga Ivanovna zu ihm und ergriff seine Hand. »Wie konnte das plötzlich geschehen? Hören Sie, hören Sie doch... Sie müssen wissen, daß mein Vater mit Dymov zusammen am selben Krankenhaus tätig war. Als der arme Vater erkrankte, hat Dymov ganze Tage und Nächte an seinem Bett gewacht. Eine solche Selbstaufopferung! Hören Sie, Rjabovskij ... Auch Sie, Herr Schriftsteller, hören Sie zu, das ist sehr interessant. Kommen Sie ein bißchen näher. Eine solche Selbstaufopferung und aufrichtige Teilnahme! Auch ich habe die Nächte nicht geschlafen und beim Vater gesessen, und plötzlich – da haben wir's, hatte ich den guten Jungen erobert! Mein Dymov hatte sich bis über beide Ohren in mich verliebt. Wirklich, das Schicksal ist manchmal so wunderlich. Nun, nach dem Tode des Vaters besuchte er mich hin und wieder, begegnete mir auf der Straße, und eines schönen Abends – bums! – hat er mir auf einmal einen Heiratsantrag gemacht ... wie ein Blitz aus heiterem Himmel ... Ich habe die ganze Nacht hindurch geweint und mich selber ganz toll verliebt. Und jetzt, wie Sie sehen, bin ich eine Ehefrau geworden. Nicht wahr, er hat etwas Starkes, Machtvolles, Bärenhaftes an sich? Jetzt ist uns sein Gesicht zu drei Vierteln zugekehrt, es ist schlecht beleuchtet, aber wenn er sich umdreht, dann schauen Sie sich seine Stirn an. Rjabovskij, was sagen Sie zu dieser Stirn? Dymov, wir sprechen von dir!« rief sie ihrem Mann zu. »Komm her. Reiche Rjabovskij deine ehrenwerte Hand ... So ist's recht. Seid Freunde.«

Dymov streckte Rjabovskij gutmütig und naiv lächelnd die Hand entgegen und sagte:

»Sehr erfreut. Mit mir zusammen hat auch ein gewisser Rjabovskij sein Studium abgeschlossen. Ist das ein Verwandter von Ihnen?«

II

Olga Ivanovna war zweiundzwanzig Jahre alt, Dymov einunddreißig. Sie führten nach der Hochzeit ein vortreffliches Leben. Olga Ivanovna behängte alle Wände im Salon über und über mit eigenen und fremden Malstudien mit und ohne Rahmen, und um den Flügel und die Möbel herum arrangierte sie ein reizvolles Gedränge aus chinesischen Schirmen, Staffeleien, allerhand Fetzen in verschiedenen Farben, Dolchen, kleinen Büsten und

Fotografien ... Im Eßzimmer beklebte sie die Wände mit bunten Jahrmarktbildern, hängte Bastschuhe und Sicheln auf, stellte in eine Ecke eine Sense und einen Rechen, und das ergab dann ein Eßzimmer im russischen Stil. Im Schlafzimmer hatte sie, damit es einer Höhle ähnlich wurde, die Decke und die Wände mit dunklem Tuch drapiert, über den Betten eine venezianische Laterne aufgehängt und an die Tür eine Figur mit einer Hellebarde gestellt.

Und alle fanden, daß die jungen Ehegatten ein sehr hübsches kleines Heim hätten.

Täglich, wenn sie gegen elf Uhr aufgestanden war, spielte Olga Ivanovna auf dem Flügel, oder aber sie malte, wenn die Sonne schien, irgend etwas mit Ölfarben. Sodann, nach zwölf Uhr, fuhr sie zu ihrer Schneiderin. Da sie und Dymov mit Geld äußerst knapp waren, mußten sie und ihre Schneiderin allerhand Kunstgriffe anwenden, damit sie öfter in neuen Kleidern erscheinen und mit ihren Toiletten Aufsehen erregen konnte. Sehr oft brachten sie aus einem umgefärbten Kleid, aus kleinen Tüll-, Spitzen-, Plüsch- und Seidenresten, die nichts kosteten, wahre Wunderwerke zustande, etwas Bezauberndes, das kein Kleid, sondern ein Traum war. Von der Schneiderin fuhr Olga Ivanovna zu irgendeiner ihr bekannten Schauspielerin, um die Theaterneuigkeiten zu erfahren und bei der Gelegenheit um ein Billett für die Premiere eines neuen Stückes oder für eine Benefizvorstellung zu bitten. Von der Schauspielerin fuhr sie gewöhnlich in das Atelier eines Künstlers oder in eine Bilderausstellung, danach zu irgendeiner Berühmtheit – um sie zu sich einzuladen oder einen Besuch zu erwidern, oder einfach, um zu plaudern. Und überall wurde sie fröhlich und freundschaftlich empfangen, und man versicherte ihr, sie sei hübsch, nett und ein seltener Mensch ... Diejenigen, die sie als berühmt und groß bezeichnete, nahmen sie auf wie eine der Ihrigen, wie eine Gleichgestellte, und prophezeiten ihr einstimmig, daß aus ihr, bei ihren Talenten, ihrem Geschmack und Verstand etwas sehr Gescheites werden würde, wenn sie sich nicht zersplittere. Sie sang, spielte Klavier, malte, modellierte, beteiligte sich an Liebhaberaufführungen, doch dies alles nicht irgendwie, sondern mit Talent; ob sie Laternchen für Illuminationen machte, ob sie sich festlich anzog, ob sie jemandem die Krawatte band – alles gelang ihr ungewöhnlich künstlerisch, graziös und reizend. Doch nirgends trat ihre Talentiertheit so deutlich zutage wie in ihrem Geschick, mit berühmten Leuten rasch Bekanntschaft zu schließen und sich mit ihnen anzufreunden. Es brauchte jemand nur ein bißchen berühmt zu werden und von sich reden zu machen, da war sie auch schon mit ihm bekannt, hatte am gleichen Tag mit ihm Freundschaft geschlossen und ihn zu sich eingeladen. Jede neue Bekanntschaft war für sie ein reines Fest. Sie vergötterte berühmte Leute, war stolz auf sie und träumte jede Nacht von ihnen. Sie dürstete nach ihnen und konnte ihren Durst ganz und gar nicht stillen. Alte Bekannte gingen weg und wurden vergessen, neue kamen und lösten sie ab, aber auch an diese gewöhnte sie sich rasch oder war von ihnen enttäuscht, und dann suchte sie begierig nach neuen und immer neuen großen Leuten, fand sie und suchte wieder. Wozu?

Nach vier Uhr aß sie zu Hause mit ihrem Mann zu Mittag. Seine Einfachheit, sein gesunder Verstand und seine Gutmütigkeit versetzten sie in Rührung und Begeisterung. Sie sprang immerfort auf, umfaßte ungestüm seinen Kopf und bedeckte ihn mit Küssen.

»Dymov, du bist ein kluger und edler Mensch«, sagte sie, »aber du hast einen schwerwiegenden Fehler. Du interessierst dich überhaupt nicht für die Kunst. Du lehnst sowohl die Musik wie die Malerei ab.«

»Ich verstehe nichts davon«, sagte er sanft. »Ich habe mich mein ganzes Leben lang mit Naturwissenschaften und Medizin befaßt, und ich hatte keine Zeit, mich für die Künste zu interessieren.«

»Aber das ist doch entsetzlich, Dymov!«

»Warum denn? Deine Bekannten verstehen nichts von Naturwissenschaften und Medizin, trotzdem machst du ihnen keinen Vorwurf daraus. Jedem das Seine. Ich verstehe auch nichts von Landschaften und Opern, aber ich denke so: Wenn kluge Leute ihnen ihr ganzes Leben widmen, andere kluge Leute dafür aber ungeheure Summen bezahlen, dann sind sie eben notwendig. Ich verstehe nichts davon, aber nicht verstehen heißt noch nicht ablehnen.«

»Komm, laß mich deine ehrenwerte Hand drücken!«

Nach dem Mittagessen fuhr Olga Ivanovna zu Bekannten, dann ins Theater oder in ein Konzert und kehrte nach Mitternacht nach Haus zurück.

So ging es jeden Tag.

Mittwochs fanden bei ihr kleine Abendgesellschaften statt. An diesen Abenden spielten die Hausfrau und ihre Gäste nicht Karten, und sie tanzten auch nicht, sondern unterhielten sich mit allerhand Künsten. Der Schauspieler vom Dramatischen Theater rezitierte, der Sänger sang, der Maler zeichnete etwas in die Alben, von denen Olga Ivanovna eine Menge besaß, der Cellist spielte, und die Hausfrau selber zeichnete und modellierte ebenfalls, sie sang und begleitete sich und die anderen. In den Pausen zwischen den Rezitationen, der Musik und dem Gesang sprach und debattierte man über Literatur, Theater und Malerei. Damen waren nicht anwesend, weil Olga Ivanovna alle Damen außer Schauspielerinnen und ihrer Schneiderin für langweilig und fade hielt. Keine einzige Abendgesellschaft verging, ohne daß die Hausfrau bei jedem Klingeln an der Tür zusammenfuhr und mit einem sieghaften Gesichtsausdruck sagte: ›Das ist er!‹, und mit diesem Wort ›er‹ meinte sie irgendeine neue, eingeladene Berühmtheit.

Dymov war im Salon nicht anwesend, und niemand dachte an seine Existenz.

Doch pünktlich um halb zwölf öffnete sich die Tür, die ins Eßzimmer führte, Dymov erschien mit seinem gutmütigen, sanften Lächeln und sagte händereibend:

»Meine Herren, ich bitte zu einem Imbiß.«

Alle gingen ins Eßzimmer, und jedesmal erblickten sie auf dem Tisch ein und dasselbe: eine Schüssel mit Austern, ein Stück gekochten Schinken oder Kalbfleisch, Sardinen, Käse, Kaviar, Pilze, Vodka und zwei Karaffen Wein.

»Mein lieber maître d'hôtel!« sagte Olga Ivanovna und schlug vor Begeisterung die Hände zusammen. »Du bist einfach bezaubernd! Meine Herren, sehen Sie sich seine Stirn an! Dymov, dreh mir mal dein Profil zu. Meine Herren, schauen Sie hin: das Gesicht eines bengalischen Tigers, aber der Ausdruck ist gut und lieb wie bei einem Hirsch. Uh, du Lieber!«

Die Gäste aßen und dachten, während sie auf Dymov blickten: Tatsächlich ein netter Kerl, vergaßen ihn aber bald und fuhren fort, vom Theater, von Musik und Malerei zu reden.

Die jungen Ehegatten waren glücklich, und ihr Leben verlief wie am Schnürchen. Übrigens, die dritte Woche ihres Honigmondes verbrachten sie nicht glücklich, sondern sogar traurig. Dymov hatte sich im Krankenhaus mit Rose angesteckt, er lag sechs Tage zu Bett und mußte sein schönes schwarzes Haar ratzekahl abschneiden lassen. Olga Ivanovna saß neben ihm und weinte bitterlich, doch als es ihm besser ging, band sie ihm ein weißes Tuch um seinen geschorenen Kopf und malte ihn als Beduinen. Und beide waren vergnügt. Etwa drei Tage nachdem er gesund geworden war und wieder ins Krankenhaus ging, stieß ihm ein neues Mißgeschick zu.

»Ich habe kein Glück, Mama!« sagte er einmal beim Mittagessen. »Heute hatte ich vier Leichen zu sezieren, und ich habe mich gleich in zwei Finger geschnitten. Und erst zu Hause habe ich es bemerkt.«

Olga Ivanovna erschrak. Er lächelte und sagte, das seien Kleinigkeiten, und es passiere ihm häufig, daß er sich beim Sezieren in die Hände schneide.

»Ich vergesse alles um mich her, ich sehe mich nicht vor.«

Olga Ivanovna befürchtete voller Unruhe eine Leicheninfektion und betete in den Nächten zu Gott, aber alles ging gut ab. Und wieder floß das glückliche Leben dahin, ohne Kümmernisse und Sorgen. Die Gegenwart war wunderschön, und sie wurde abgelöst von dem nahenden Frühling, der ihnen bereits von ferne zulächelte und tausend Freuden versprach. Das Glück würde kein Ende haben! Im April, im Mai und im Juni ein Landhaus weit draußen, außerhalb der Stadt, Spaziergänge, Malstudien,

Fischfang, Nachtigallen, und dann, vom Juli bis in den Herbst hinein, eine Fahrt mit den Künstlern an die Volga, und an dieser Fahrt wird – als ständiges Mitglied der société – auch Olga Ivanovna teilnehmen. Sie hatte sich bereits zwei Reisekostüme aus Leinen nähen lassen, Farben, Pinsel, Leinwand und eine neue Palette für unterwegs gekauft. Fast jeden Tag kam Rjabovskij zu ihr, um nachzusehen, was für Fortschritte sie in der Malerei gemacht hatte. Wenn sie ihm ihre Malerei zeigte, steckte er die Hände tief in die Taschen, preßte die Lippen fest aufeinander, schnaufte und sagte:

»Tja... Ihre Wolke da schreit – die Beleuchtung ist nicht abendlich. Der Vordergrund ist irgendwie gequetscht und, Sie verstehen, ein bißchen... na, nicht so... Und die kleine Hütte hat sich an etwas verschluckt und piepst jämmerlich... diese Ecke müßte ein wenig dunkler genommen werden. Aber im allgemeinen nicht übel... Ich muß es loben.«

Und je unverständlicher er sprach, desto leichter verstand ihn Olga Ivanovna.

III

Am zweiten Pfingsttag nach dem Mittagessen kaufte Dymov Konfekt und verschiedenes zum Imbiß und fuhr zu seiner Frau ins Landhaus. Er hatte sie schon zwei Wochen lang nicht gesehen, und seine Sehnsucht war groß. Während er im Zug saß und nachher, als er in dem großen Waldstück sein Landhaus suchte, verspürte er die ganze Zeit Hunger und Müdigkeit und träumte davon, wie er im Freien zusammen mit seiner Frau zu Abend essen und sich dann schlafen legen würde. Er blickte mit Vergnügen auf sein Paket, in dem Kaviar, Käse und Weißlachs eingewickelt waren.

Als er sein Landhaus gefunden hatte, ging bereits die Sonne unter. Die alte Bediente sagte, die gnädige Frau sei nicht zu Hause, käme aber wahrscheinlich bald. Das Landhaus, das sehr unansehnlich wirkte mit seinen niedrigen, mit Schreibpapier beklebten Decken und den unebenen, rissigen Dielen, hatte nur drei Zimmer. In dem einen stand das Bett, in dem anderen lagen auf Stühlen und Fensterbrettern Gemälde, Pinsel, mit Fett verschmiertes Papier, Herrenhüte und -mäntel herum, und im dritten fand Dymor drei unbekannte Männer vor. Zwei waren bärtige Brünette, der dritte, ein glattrasierter Dicker, war offensichtlich Schauspieler. Auf dem Tisch dampfte der Samovar.

»Was wünschen Sie?« fragte der Schauspieler im Baß und betrachtete Dymov griesgrämig. »Sie wollen zu Olga Ivanovna? Warten Sie, sie wird gleich kommen.«

Dymov setzte sich und wartete. Einer der Brünetten blickte hin und wieder schläfrig und träge zu ihm hinüber, goß sich Tee ein und fragte:

»Wollen Sie vielleicht Tee?«

Dymov hätte gern getrunken und gegessen, aber um sich den Appetit nicht zu verderben, schlug er den Tee aus. Bald ertönten Schritte und ein bekanntes Lachen; eine Tür klappte, und ins Zimmer kam Olga Ivanovna gelaufen, in einem breitrandigen Hut und mit dem Malkasten in der Hand, hinter ihr trat mit einem großen Sonnenschirm und einem Klappstuhl der lustige, rotbäckige Rjabovskij ein.

»Dymov!« schrie Olga Ivanovna auf und wurde rot vor Freude. »Dymov!« wiederholte sie, während sie Kopf und Hände an seine Brust legte. »Du bist es! Warum bist du so lange nicht gekommen? Warum nicht? Warum?«

»Wann sollte ich denn, Mama? Ich habe immer zu tun, und bin ich mal frei, dann klappt es nie mit dem Fahrplan.«

»Aber wie ich mich freue, dich zu sehen! Ich habe die ganze, ganze Nacht von dir geträumt, und ich habe solche Angst gehabt, du könntest krank geworden sein. Ach, wenn du wüßtest, wie lieb du bist, wie du zur rechten Zeit gekommen bist! Du wirst mein Retter sein. Du allein kannst mich retten. Morgen wird hier eine überaus originelle Hochzeit sein«, fuhr sie lachend und ihrem Mann die Krawatte bindend fort. »Der junge Telegraphist auf der Station heiratet, ein gewisser Čikeldeev. Ein schöner junger Mann, na, und er ist auch nicht dumm, und im Gesicht, weißt du, hat er so etwas Starkes, Bärenhaftes... Man kann nach ihm einen jungen Waräger malen. Wir Sommerfrischler mögen ihn sehr gern und haben ihm das Ehrenwort gegeben, zu seiner Hochzeit zu kommen... Er ist kein reicher Mann, einsam und schüchtern, und es wäre natürlich eine Sünde, ihm die Teilnahme zu verweigern. Stell dir vor, die Trauung ist nach dem Hochamt, danach gehen alle aus der Kirche zu Fuß zum Haus der Braut... verstehst du, der Hain, der Gesang der Vögel, Sonnenflecken im Gras, und wir alle als verschiedenfarbige Flecken auf dem leuchtendgrünen Hintergrund – sehr originell, im Geschmack der französischen Expressionisten. Aber Dymov, was soll ich in die Kirche anziehen?« sagte Olga Ivanovna und machte ein weinerliches Gesicht. »Ich habe nichts hier, buchstäblich nichts! Weder ein Kleid noch Blumen, noch Handschuhe... Du mußt mich retten. Wenn du gekommen bist, hat dir folglich das Schicksal befohlen, mich zu retten. Mein Lieber, nimm die Schlüssel, fahr nach Hause und hole dort mein rosa Kleid aus dem Garderobenschrank. Du erinnerst dich, es hängt als erstes drin... Dann in der Vorratskammer, auf der rechten Seite, wirst du auf dem Fußboden zwei Kartons sehen. Wenn du den obersten aufmachst, dann ist dort nichts als Tüll. Tüll, Tüll und allerhand Restchen, und darunter sind Blumen. Die Blumen nimm alle vorsichtig heraus, gib dir Mühe, Liebling, daß du sie nicht zerdrückst, ich wähle sie dann selbst aus... Und kauf mir Handschuhe.«

»Gut«, sagte Dymov. »Ich fahre morgen und schicke dir alles.«

»Wann denn morgen?« fragte Olga Ivanovna und blickte ihn verwundert an. »Wie willst du das denn morgen schaffen? Morgen geht der erste Zug um neun Uhr, und die Trauung ist um elf. Nein, Herzchen, es muß heute sein, unbedingt heute! Wenn du morgen nicht herkommen kannst, dann schick es mit einem Boten. Nun, geh schon... Gleich muß der Personenzug kommen. Verspäte dich nicht, Liebling.«

»Gut.«

»Ach, wie leid es mir tut, dich wegzulassen«, sagte Olga

Ivanovna, und Tränen traten ihr in die Augen. »Und warum hab ich dummes Ding dem Telegraphisten mein Wort gegeben!«

Dymov trank schnell ein Glas Tee, nahm einen Kringel und begab sich, sanft lächelnd, zur Station. Den Kaviar, den Käse und den Weißlachs aber aßen die beiden Brünetten und der dicke Schauspieler auf.

IV

In einer stillen Mondscheinnacht im Juli stand Olga Ivanovna auf dem Deck eines Volgadampfers und blickte bald auf das Wasser, bald auf die schönen Ufer. Neben ihr stand Rjabovskij und erzählte ihr, daß die schwarzen Schatten auf dem Wasser keine Schatten wären, sondern ein Traum und daß angesichts dieses bezaubernden Wassers mit dem phantastischen Schimmer, angesichts des bodenlosen Himmels und der traurigen, verträumten Ufer, die von der Nichtigkeit unseres Lebens sprachen und dem Vorhandensein von etwas Höherem, Ewigem, Glückseligem, es gut wäre, einzuschlafen, zu sterben, Erinnerung zu werden. Die Vergangenheit sei fade und uninteressant, die Zukunft nicht der Rede wert, und diese wunderbare, im Leben einzigartige Nacht würde bald zu Ende sein, mit der Ewigkeit verschmelzen – wozu denn leben?

Und Olga Ivanovna lauschte bald der Stimme Rjabovskijs, bald der nächtlichen Stille und dachte, daß sie unsterblich sei und niemals sterben werde. Das türkisfarbene Wasser – nie hatte sie früher eine solche Farbe gesehen –, der Himmel, die Ufer, die schwarzen Schatten und eine unerklärliche Freude, die ihre Seele erfüllte, sagten ihr, aus ihr würde eine große Künstlerin werden und irgendwo dort in der Ferne, jenseits der Mondscheinnacht, im unendlichen Raum erwarteten sie der Erfolg und der Ruhm, die Liebe des Volkes ... Während sie lange und starr in die Ferne schaute, war ihr, als sähe sie große Menschenmengen und Lichter, als hörte sie feierliche Musikklänge und Schreie der Begeisterung, sie sah sich selbst in einem weißen Kleid und

Blumen, die von allen Seiten auf sie niederfielen. Sie dachte auch daran, daß neben ihr, die Ellbogen auf das Schiffsgeländer gestützt, ein wirklich großer Mann stand, ein Genie, ein Erwählter Gottes. Alles, was er bisher geschaffen hatte, war herrlich, neu und ungewöhnlich, und das, was er mit der Zeit noch schaffen würde, wenn mit der männlichen Reife sein seltenes Talent gewachsen war, würde überwältigend, unermeßlich erhaben sein, das konnte man seinem Gesicht anmerken, seiner Art, sich auszudrücken, und seinem Verhalten zur Natur. Von den Schatten, den abendlichen Tönen, vom Mondschein sprach er irgendwie besonders, in einer ihm eigenen Sprache, so daß man unwillkürlich den Zauber seiner Macht über die Natur verspürte. Er selber war sehr schön, originell und sein unabhängiges, freies Leben, das nichts zu tun hatte mit allem Alltäglichen, glich dem Leben der Vögel.

»Es wird frisch«, sagte Olga Ivanovna und erschauerte.

Rjabovskij hüllte sie in seinen Mantel und sagte traurig:

»Ich fühle mich in Ihrer Gewalt. Ich bin Ihr Sklave. Warum sind Sie heute so bezaubernd?«

Er schaute sie immerfort an, ohne den Blick abzuwenden, und seine Augen waren schrecklich, und sie fürchtete sich, ihn anzusehen.

»Ich liebe Sie wahnsinnig...« flüsterte er, und sein Atem streifte ihre Wange. »Sagen Sie mir ein einziges Wort, und ich werde nicht mehr leben, ich gebe die Kunst auf...« murmelte er in starker Erregung. »Lieben Sie mich, lieben Sie mich...«

»Sprechen Sie nicht so«, sagte Olga Ivanovna, die Augen schließend. »Das ist furchtbar. Und Dymov?«

»Was soll Dymov? Warum Dymov? Was geht mich Dymov an? Die Volga, der Mond, die Schönheit, meine Liebe, meine Begeisterung, da gibt es gar keinen Dymov... Ach, ich weiß nichts... Was brauch ich das Vergangene, schenken Sie mir einen Augenblick, nur einen Augenblick.«

Olga Ivanovnas Herz begann zu klopfen. Sie wollte an ihren Mann denken, aber ihre ganze Vergangenheit mit der Hochzeit, mit Dymov und den Abendgesellschaften erschien ihr klein, nichtig, glanzlos, unnötig und weit, weit entfernt... Tatsächlich: Was sollte Dymov? Warum Dymov? Was ging sie Dymov an? Ja existierte er denn in der Natur, war er nicht vielleicht nur ein Traum?

Für ihn, den einfachen und gewöhnlichen Menschen, genügt auch das Glück, das er schon bekommen hat, dachte sie und bedeckte das Gesicht mit den Händen. Meinetwegen sollen sie mich *dort* verurteilen, verfluchen, ich aber werde ganz einfach, allen zum Trotz, ohne mich lange zu besinnen, zugrunde gehen, jawohl, ich gehe zugrunde... Man muß alles im Leben kennenlernen. Gott, wie unheimlich ist das und wie schön!

»Nun, was ist?« murmelte der Künstler, indem er sie umarmte und gierig ihre Hände küßte, mit denen sie den schwachen Versuch machte, ihn abzuwehren. »Liebst du mich? Ja, ja? Oh, welche Nacht! Eine wunderbare Nacht!«

»Ja, welch eine Nacht!« flüsterte sie, ihm in die Augen schauend, die von Tränen glänzten, dann blickte sie sich rasch um, umarmte ihn und küßte ihn fest auf den Mund.

»Wir nähern uns Kinešma!« sagte jemand auf der anderen Seite des Decks.

Schwere Schritte ertönten. Der Kellner vom Büfett ging vorbei.

»Hören Sie«, sagte Olga Ivanovna zu ihm, lachend und weinend vor Glück, »bringen Sie uns Wein.«

Der Künstler, blaß vor Erregung, setzte sich auf eine Bank, blickte Olga Ivanovna flehend und dankbar an, dann schloß er die Augen und sagte mit einem schmachtenden Lächeln:

»Ich bin müde.«

Und lehnte den Kopf an die Reling.

V

Der zweite September war ein warmer und ruhiger, aber trüber Tag. Früh am Morgen zog ein leichter Nebel über die Volga, und nach neun Uhr fing es an zu regnen. Es bestand keine Hoffnung, daß der Himmel sich aufklären würde. Beim Tee sagte Rjabovskij zu Olga Ivanovna, daß die Malerei die allerundankbarste und die allerlangweiligste Kunst sei, daß er kein Künstler wäre und nur Dummköpfe dächten, er habe Talent, und plötzlich ergriff er, mir nichts, dir nichts, ein Messer und kratzte damit auf seiner besten Studie herum. Nach dem Tee saß er düster am Fenster und blickte auf die Volga. Und die Volga war bereits ohne Glanz, trübe und farblos, und sah kalt aus. Alles, alles gemahnte an das Herannahen des schwermütigen, düsteren Herbstes. Und es war, als hätte die Natur die üppigen grünen Matten auf den Ufern, die diamantenen Spiegelungen der Sonnenstrahlen, die durchsichtige blaue Ferne und alles Prächtige und Festtägliche jetzt von der Volga weggenommen und bis zum nächsten Frühling in Truhen verpackt, und Krähen flogen neben der Volga her und neckten sie: ›Kahl bist du! Kahl bist du!‹ Rjabovskij lauschte ihrem Krächzen und dachte daran, daß er schon das Talent verloren und sich verausgabt habe, daß alles auf dieser Welt bedingt, relativ und dumm sei und daß er sich mit dieser Frau nicht hätte einlassen sollen... Mit einem Wort, er war schlecht gelaunt und blies Trübsal.

Olga Ivanovna saß auf dem Bett hinter einer Trennwand, und während sie mit den Händen durch ihr wunderschönes Flachshaar fuhr, sah sie sich in ihrer Phantasie bald im Salon, bald im Schlafzimmer, bald im Arbeitszimmer ihres Mannes; ihre Phantasie versetzte sie ins Theater, zu ihrer Schneiderin und zu berühmten Freunden. Was taten sie wohl jetzt? Gedachten sie ihrer? Die Saison hatte schon begonnen, und es war Zeit, an die Abendgesellschaften zu denken. Und Dymov? Lieber Dymov! Wie sanft und kindlich-klagend bat er sie in seinen Briefen, recht bald nach Hause zu kommen! Jeden Monat schickte er ihr fünfundsiebzig Rubel, und als sie ihm schrieb, sie habe bei den Künstlern hundert Rubel Schulden, sandte er ihr auch diese hundert. Was für ein guter, großmütiger Mensch! Die Reise hatte Olga Ivanovna ermüdet, sie langweilte sich, und sie wäre so gern recht bald diesen Bauern, der Nähe des Flusses mit dem Geruch von Feuchtigkeit entflohen und das Gefühl der physischen Unsauberkeit losgeworden, das sie die ganze Zeit über empfunden hatte, während sie in Bauernhütten gelebt hatte und von Dorf zu Dorf gezogen war.

Wenn Rjabovskij den Malern nicht sein Ehrenwort gegeben hätte, daß er mit ihnen bis zum zwanzigsten September hier bliebe, dann hätte man bereits heute wegfahren können. Und wie schön wäre das gewesen!

»Mein Gott«, stöhnte Rjabovskij auf, »wann wird es endlich Sonne geben? Ich kann doch eine sonnige Landschaft nicht ohne Sonne weitermalen...!«

»Aber du hast doch eine Studie mit bedecktem Himmel«, sagte Olga Ivanovna und kam hinter der Trennwand hervor. »Erinnerst du dich, rechts im Vordergrund ist Wald, und links sind Gänse und eine Herde Kühe. Jetzt könntest du sie beenden.«

»Äh!« Der Künstler verzog das Gesicht. »Beenden! Glauben Sie wirklich, ich bin so dumm, daß ich nicht weiß, was ich tun muß?«

»Wie hast du dich mir gegenüber verändert!« Olga Ivanovna seufzte.

»Na und, wunderbar!«

Olga Ivanovnas Gesicht fing an zu zittern, sie ging zum Ofen und brach in Tränen aus.

»Ja, nur Tränen haben noch gefehlt. Hören Sie auf! Ich habe tausend Gründe zum Weinen, trotzdem weine ich nicht.«

»Tausend Gründe!« schluchzte Olga Ivanovna. »Der Hauptgrund ist der, daß Sie in mir schon eine Last sehen. Jawohl!« sagte sie und weinte laut. »Wenn ich die Wahrheit sagen soll, so schämen Sie sich unserer Liebe. Sie geben sich immer Mühe, daß die Maler nichts merken sollen, obgleich das nicht zu verheimlichen ist und sie alles längst wissen.«

»Olga, ich bitte Sie um eines«, sagte der Künstler flehend und legte die Hand aufs Herz, »um eines: Quälen Sie mich nicht! Weiter verlange ich nichts von Ihnen!«

»Aber schwören Sie mir, daß Sie mich immer noch liebhaben!«

»Das ist qualvoll!« murmelte der Künstler zwischen den Zähnen und sprang auf. »Es wird damit enden, daß ich mich in die Volga stürze oder wahnsinnig werde. Lassen Sie mich in Ruhe!«

»So schlagen Sie mich tot, schlagen Sie mich doch tot!« schrie Olga Ivanovna. »Schlagen Sie mich tot!«

Sie begann wieder bitterlich zu weinen und begab sich hinter die Trennwand. Auf das Strohdach der Hütte rauschte der Regen hernieder. Rjabovskij faßte sich an den Kopf und ging aus einer Ecke in die andere, dann setzte er mit einem entschlossenen Gesicht, als wolle er jemandem etwas beweisen, die Mütze auf, hängte sich die Flinte über die Schulter und verließ die Hütte.

Als er weggegangen war, lag Olga Ivanovna lange auf dem Bett und weinte. Anfangs dachte sie daran, daß es gut wäre, sich zu vergiften, damit der zurückkehrende Rjabovskij sie tot antreffe, aber dann sah sie sich in Gedanken in ihrem Salon, in dem Arbeitszimmer ihres Mannes und stellte sich vor, wie sie unbeweglich neben Dymov sitzen und sich dem Genuß der physischen Ruhe und Sauberkeit hingeben und abends im Theater sitzen und Masini hören würde. Und die Sehnsucht nach der Zivilisation, nach dem Lärm der Stadt und nach den berühmten Leuten machte ihr das Herz schwer. Die Bäuerin betrat die Hütte und begann gemächlich den Ofen zu heizen, um das Mittagessen zu kochen. Es fing an, brandig zu riechen, und die Luft wurde blau von Rauch. Die Künstler kamen in hohen, schmutzigen Stiefeln und mit regennassen Gesichtern, sie betrachteten die Studien und sagten sich selbst zum Trotz, die Volga habe sogar bei schlechtem Wetter ihre Reize. Und die billige Uhr an der Wand machte ticktack, ticktack... Die frierenden Fliegen drängten sich im Gotteswinkel um die Heiligenbilder und summten, und man konnte hören, wie in den dicken Pappschachteln unter den Bänken die Schaben herumwuselten...

Rjabovskij kehrte nach Hause zurück, als die Sonne unterging. Er warf die Mütze auf den Tisch, ließ sich – blaß, erschöpft, in schmutzigen Stiefeln – auf eine Bank fallen und schloß die Augen.

»Ich bin müde...« sagte er und bewegte die Brauen, bemüht, die Augenlider zu heben.

Um sich bei ihm einzuschmeicheln und zu zeigen, daß sie nicht zürnte, trat Olga Ivanovna zu ihm, küßte ihn schweigend und fuhr ihm mit dem Kamm durch das blonde Haar. Sie hätte ihn gern gekämmt.

»Was ist denn?« fragte er, zuckte zusammen, als hätte man ihn mit etwas Kaltem berührt, und öffnete die Augen. »Was ist denn? Lassen Sie mich in Ruhe, ich bitte Sie.«

Er schob sie mit den Händen beiseite und machte einige Schritte von der Bank weg, und ihr schien, daß sein Gesicht Widerwillen und Ärger ausdrückte. In diesem Augenblick brachte ihm die Bäuerin einen Teller mit Kohlsuppe, den sie vorsichtig mit beiden Händen trug, und Olga Ivanovna sah, wie ihre beiden Daumen von der Kohlsuppe benetzt wurden. Und das schmutzige Weib mit dem starken Bauch und die Kohlsuppe, die Rjabovskij gierig zu essen begann, und die Hütte und dieses ganze Leben, das sie anfangs wegen seiner Einfachheit und künstlerischen Unordnung so geliebt hatte, erschienen ihr jetzt als etwas Entsetzliches. Sie fühlte sich plötzlich beleidigt und sagte kalt:

»Wir müssen uns für einige Zeit trennen, sonst könnten wir uns vor Langeweile ernstlich verzanken. Ich bin es leid. Ich reise heute ab.«

»Womit denn? Willst du auf einem Stöckchen reiten?«

»Heute ist Donnerstag, folglich kommt um halb zehn Uhr ein Dampfer.«

»Ach? Ja, ja... nun, ja fahre nur...« sagte Rjabovskij weich und wischte sich statt mit der Serviette mit einem Handtuch den Mund ab. »Du langweilst dich hier und hast auch nichts zu tun, und man müßte ein großer Egoist sein, wenn man dich zurückhalten wollte. Fahre, und nach dem Zwanzigsten sehen wir uns wieder.«

Olga Ivanovna packte fröhlich ihre Sachen, und ihre Wangen

röteten sich sogar vor Vergnügen. Sollte das wirklich wahr sein, fragte sie sich, daß sie bald im Salon malen, im Schlafzimmer schlafen und von einem Tischtuch zu Mittag essen würde? Ihr wurde leichter ums Herz, und sie war dem Künstler bereits nicht mehr böse.

»Die Farben und Pinsel lasse ich dir hier, Rjabuša«, sagte sie. »Was übrig ist, bringst du mit... Sieh nur zu, daß du ohne mich hier nicht faul bist, fang nicht Grillen, sondern arbeite. Du bist ein prächtiger Mensch, mein Rjabuša.«

Um neun Uhr küßte Rjabovskij sie zum Abschied, um sie, wie sie glaubte, nicht auf dem Dampfer im Beisein der Künstler zu küssen, und geleitete sie zur Anlegestelle. Der Dampfer kam bald, und sie fuhr ab.

Nach zweieinhalb Tagen gelangte sie zu Hause an. Ohne Hut und Regenmantel abzulegen, schwer atmend vor Aufregung, ging sie in den Salon, von dort ins Eßzimmer. Dymov saß ohne Rock, mit aufgeknöpfter Weste am Tisch und schärfte das Messer an der Gabel; vor ihm auf dem Teller lag ein Rebhuhn. Als Olga Ivanovna die Wohnung betrat, war sie überzeugt, daß sie vor ihrem Mann alles verheimlichen müßte und daß es ihr dazu nicht an Geschick und Kraft fehlen würde, aber jetzt, da sie sein breites, sanftes, glückliches Lächeln sah und die strahlenden freudigen Augen, fühlte sie, daß vor diesem Menschen etwas zu verheimlichen ebenso gemein und ebenso widerwärtig, ebenso unmöglich war und daß ihre Kräfte dazu ebensowenig ausreichen würden, wie jemanden zu verleumden, zu bestehlen oder zu töten, und sie beschloß plötzlich, ihm alles zu erzählen, was gewesen war. Nachdem sie sich von ihm hatte küssen und umarmen lassen, ließ sie sich vor ihm auf die Knie nieder und bedeckte das Gesicht mit den Händen.

»Was denn? Was ist, Mama?« fragte er zärtlich. »Hast du Sehnsucht gehabt?«

Sie hob das Gesicht, das rot war vor Scham, und blickte ihn schuldbewußt und flehend an, aber Furcht und Scham hinderten sie, die Wahrheit zu sagen.

»Es ist nichts...« sagte sie. »Ich hab nur so...«

»Setzen wir uns«, sagte er, hob sie auf und ließ sie am Tisch Platz nehmen. »So ist's recht... Iß von dem Rebhuhn. Du bist hungrig geworden, armes Kind.«

Sie zog gierig die heimatliche Luft in sich ein und aß von dem Rebhuhn, er aber schaute sie voller Rührung an und lachte froh.

VI

Seit Mitte des Winters begann Dymov augenscheinlich zu erraten, daß er betrogen wurde. Als habe er kein reines Gewissen, konnte er seiner Frau nicht mehr gerade in die Augen sehen und nicht mehr freudig lächeln, wenn er mit ihr zusammentraf, und um weniger mit ihr allein zu sein, brachte er häufig zum Mittagessen seinen Kollegen Korostelëv mit, ein kleines, kahlgeschorenes Männlein mit einem zerknitterten Gesicht, der, wenn er sich mit Olga Ivanovna unterhielt, vor Verlegenheit sämtliche Knöpfe seines Jacketts auf- und wieder zuknöpfte und sich danach mit der rechten Hand an der linken Schnurrbartspitze zupfte. Beim Mittagessen sprachen beide Ärzte darüber, daß bei einem hohen Stand des Zwerchfells der Herzschlag manchmal unregelmäßig sei oder daß in der letzten Zeit sehr oft eine Häufung von Nervenentzündungen zu beobachten sei oder daß Dymov gestern, als er eine Leiche mit der Diagnose ›perniziöse Anämie‹ sezierte, bei ihr Krebs der Bauchspeicheldrüse entdeckt habe. Und es schien, als führten sie beide nur deshalb ein medizinisches Gespräch, damit Olga Ivanovna die Möglichkeit habe zu schweigen, das heißt, nicht zu lügen. Nach dem Mittagessen setzte sich Korostelëv an den Flügel, und Dymov seufzte und sagte zu ihm:

»Äh, mein Lieber! Nun, was ist zu machen! Spiel mal irgend etwas Trauriges.«

Mit hochgezogenen Schultern und die Finger weit spreizend, schlug Korostelëv einige Akkorde an und sang mit seiner Tenorstimme: ›Wüßtest du einen Ort mir zu nennen, wo der russische Bauer nicht stöhnt?‹ Dymov aber seufzte noch einmal, stützte den Kopf auf die Faust und versank in Nachdenken.

In der letzten Zeit benahm sich Olga Ivanovna äußerst unvorsichtig. Jeden Morgen erwachte sie in der allerschlechtesten Stimmung und mit dem Gedanken, daß sie Rjabovskij nicht mehr liebe und daß gottlob alles schon zu Ende sei. Sobald sie aber Kaffee getrunken hatte, überlegte sie, daß Rjabovskij ihr den Mann genommen habe und daß sie jetzt ohne Mann und ohne Rjabovskij sei; dann erinnerte sie sich an die Gespräche ihrer Bekannten darüber, daß Rjabovskij für die Ausstellung etwas Überwältigendes vorbereite, eine Mischung von Landschafts- und Genremalerei im Geschmack von Polenov, von der alle, die in seinem Atelier gewesen seien, in Begeisterung gerieten. Aber das hatte er doch, dachte sie, unter ihrem Einfluß geschaffen, und er hatte sich überhaupt dank ihrem Einfluß im guten Sinne stark verändert. Ihr Einfluß war so segensreich und so wesentlich, daß er, wenn sie ihn verließ, womöglich zugrunde gehen konnte. Und sie dachte auch daran, daß er das letztemal in einem kurzen changierenden grauen Überröckchen und mit einer neuen Krawatte zu ihr gekommen war und schmachtend gefragt hatte: ›Bin ich schön?‹ Und tatsächlich war er mit seinen langen blonden Locken und den blauen Augen elegant und sehr schön (oder schien es nur so?), und er war freundlich zu ihr gewesen.

Nachdem sie sich an vieles erinnert und vieles erwogen hatte, kleidete sich Olga Ivanovna in großer Erregung an und fuhr ins Atelier zu Rjabovskij. Sie traf ihn fröhlich und begeistert von seinem wirklich großartigen Gemälde an; er sprang umher, trieb Unsinn und antwortete auf ernste Fragen mit Späßen. Olga Ivanovna war eifersüchtig auf dieses Bild und haßte es, aber aus Höflichkeit blieb sie etwa fünf Minuten lang schweigend vor dem Bild stehen, und mit einem Seufzer, so wie man vor einem Heiligtum seufzt, sagte sie leise:

»Ja, so etwas hast du noch nie gemalt. Weißt du, man erschrickt geradezu.«

Dann begann sie ihn anzuflehen, er solle sie liebhaben und sie nicht verlassen, er solle Mitleid mit ihr, der Armen und Unglücklichen haben. Sie weinte, küßte ihm die Hände, verlangte, er solle schwören, daß er sie liebe, und wollte ihm beweisen, daß er ohne ihren guten Einfluß vom Wege abkommen und untergehen würde. Und nachdem sie ihm die gute Stimmung verdorben hatte und sich erniedrigt fühlte, fuhr sie zur Schneiderin oder zu einer ihr bekannten Schauspielerin, bei der sie sich um eine Theaterkarte bemühte.

Wenn sie ihn in seinem Atelier nicht antraf, dann hinterließ sie ihm einen Brief, in welchem sie schwor, sie würde sich unbedingt vergiften, falls er heute nicht zu ihr käme. Er bekam Angst, besuchte sie und blieb zum Mittagessen. Ohne sich in Anwesenheit ihres Mannes zu genieren, sagte er ihr Dreistigkeiten, und sie erwiderte diese. Beide fühlten, daß einer dem anderen Zwang antat, daß sie Despoten und Feinde waren, und sie ärgerten sich, und in ihrem Ärger merkten sie nicht, daß sie sich beide ungehörig benahmen und daß sogar der kahlköpfige Korostelëv alles begriff. Nach dem Mittagessen beeilte sich Rjabovskij, Abschied zu nehmen und wegzugehen.

»Wohin wollen Sie?« fragte ihn Olga Ivanovna im Vorzimmer und blickte ihn voll Haß an.

Er verzog das Gesicht, kniff die Augen zusammen und nannte irgendeine Dame, eine gemeinsame Bekannte, und es war offensichtlich, daß er sich über ihre Eifersucht lustig machte und sie ärgern wollte. Sie ging in ihr Schlafzimmer und legte sich aufs Bett; vor Eifersucht, Ärger und in dem Gefühl der Erniedrigung und Scham biß sie ins Kissen und fing an, laut zu weinen. Dymov ließ Korostelëv im Salon zurück, ging ins Schlafzimmer, und in seiner Verlegenheit und Verwirrung sagte er leise:

»Weine nicht so laut, Mama... Wozu? Darüber muß man schweigen... Man muß sich nichts anmerken lassen... Weißt du, was geschehen ist, läßt sich bereits nicht wiedergutmachen.«

Da sie nicht wußte, wie sie die bedrückende Eifersucht, von der ihr sogar die Schläfen weh taten, bezähmen sollte, und da sie glaubte, alles könnte noch in Ordnung kommen, wusch sie sich, puderte das verweinte Gesicht und fuhr Hals über Kopf zu der

Bekannten. Als sie Rjabovskij bei ihr nicht antraf, fuhr sie zu einer anderen, dann zur dritten ... Anfangs schämte sie sich, daß sie das tat, aber dann gewöhnte sie sich daran, und es konnte geschehen, daß sie an einem Abend bei sämtlichen ihr bekannten Frauen herumfuhr, um Rjabovskij zu suchen, und alle begriffen das.

Einmal sagte sie zu Rjabovskij über ihren Mann:

»Dieser Mensch bedrückt mich mit seiner Großmut!«

Dieser Satz gefiel so gut, daß sie, wenn sie mit den Künstlern zusammenkam, die von ihrer Liebschaft mit Rjabovskij wußten, jedesmal mit einer energischen Handbewegung von ihrem Manne sagte:

»Dieser Mensch bedrückt mich mit seiner Großmut!«

Das Leben verlief nach derselben Ordnung wie im vorigen Jahr. Mittwochs fanden kleine Abendgesellschaften statt. Der Schauspieler rezitierte, die Maler zeichneten, der Cellist spielte, der Sänger sang, und unverändert öffnete sich um halb zwölf die ins Eßzimmer führende Tür, und Dymov sagte lächelnd:

»Meine Herren, ich bitte zu einem Imbiß.«

Nach wie vor suchte Olga Ivanovna nach großen Leuten, fand sie und war nicht befriedigt und suchte wieder. Nach wie vor kehrte sie jeden Tag spät in der Nacht zurück, aber Dymov schlief nicht mehr wie im vorigen Jahr, sondern saß in seinem Kabinett und arbeitete. Er legte sich gegen drei Uhr morgens schlafen und stand um acht Uhr auf.

Eines Abends, als sie im Begriff war, ins Theater zu gehen, und vor dem Spiegel stand, kam Dymov ins Schlafzimmer, in Frack und mit weißer Halsbinde. Er lächelte sanft und blickte seiner Frau freudig wie früher in die Augen. Sein Gesicht strahlte.

»Ich habe soeben meine Dissertation verteidigt«, sagte er, setzte sich und strich sich über die Knie.

»Mit Erfolg?« fragte Olga Ivanovna.

»Und ob!« Er lachte und reckte den Hals, um das Gesicht seiner Frau im Spiegel zu sehen, die immer noch, ihm den Rücken zukehrend, vor dem Spiegel stand und ihre Frisur ordnete. »Und ob!« wiederholte er. »Weißt du, es ist sehr gut möglich, daß man mir eine Privatdozentur für allgemeine Pathologie anbieten wird. Es sieht ganz so aus.«

Seinem glückseligen, strahlenden Gesicht war anzusehen, daß er, hätte Olga Ivanovna seine Freude und seinen Triumph mit ihm geteilt, ihr alles verziehen hätte, das Gegenwärtige und das Zukünftige, und alles vergessen hätte, aber sie verstand nicht, was eine Privatdozentur und allgemeine Pathologie bedeuteten, zudem fürchtete sie, zu spät ins Theater zu kommen, und sagte nichts.

Er blieb noch zwei Minuten sitzen, lächelte schuldbewußt und ging hinaus.

VII

Das war ein höchst unruhiger Tag.

Dymov hatte starke Kopfschmerzen; am Morgen hatte er keinen Tee getrunken, war nicht ins Krankenhaus gegangen und hatte die ganze Zeit in seinem Arbeitszimmer auf dem türkischen Diwan gelegen. Olga Ivanovna hatte sich nach ihrer Gewohnheit kurz nach zwölf Uhr zu Rjabovskij begeben, um ihm ihre Studie, ein Stilleben, zu zeigen und ihn zu fragen, warum er gestern nicht gekommen sei. Die Studie kam ihr miserabel vor, und sie hatte sie nur zu dem Zweck gemalt, um wieder einen Vorwand zu haben, den Künstler aufzusuchen.

Sie trat bei ihm ohne zu läuten ein, und als sie im Vorzimmer die Gummischuhe auszog, glaubte sie zu hören, wie im Atelier jemand leise vorbeilief, nach Frauenart mit dem Kleid raschelnd, und als sie schnell ins Atelier hineinschaute, sah sie gerade noch einen Zipfel von einem braunen Rock, der einen Augenblick lang auftauchte und dann hinter dem großen Bild verschwand, das samt der Staffelei bis zum Boden mit schwarzem Kaliko verhängt war. Es gab keinen Zweifel, eine Frau versteckte sich dort. Wie oft hatte Olga Ivanovna selber Zuflucht hinter diesem Bild gefunden!

Rjabovskij, offensichtlich sehr verlegen, streckte ihr, wie verwundert über ihren Besuch, beide Hände entgegen und sagte, gezwungen lächelnd:

»Aaah! Sehr erfreut, Sie zu sehen. Was haben Sie Gutes zu erzählen?«

Olga Ivanovnas Augen füllten sich mit Tränen. Scham und Bitterkeit überwältigten sie, und nicht für eine Million wäre sie bereit gewesen, in Gegenwart der fremden Frau, einer Rivalin, einer Lügnerin, die jetzt hinter dem Bild stand und wahrscheinlich schadenfroh kicherte, zu sprechen.

»Ich habe Ihnen eine Studie gebracht...« sagte sie schüchtern, mit dünnem Stimmchen, und ihre Lippen begannen zu beben, »nature morte.«

»Aha... eine Studie?«

Der Maler nahm die Studie in die Hand, und während er sie betrachtete, ging er gleichsam mechanisch ins andere Zimmer.

Olga Ivanovna folgte ihm ergeben.

»Nature morte... erste Sorte«, murmelte er, nach einem Reim suchend, »Kurorte... Torte... Forte...«

Im Atelier ertönten eilige Schritte und das Rascheln von Kleidern. Sie war weggegangen. Olga Ivanovna hatte Lust, laut aufzuschreien, den Künstler mit irgend etwas Schwerem auf den Kopf zu schlagen und wegzugehen, aber sie konnte vor Tränen nichts sehen, sie war niedergedrückt von ihrer Scham und fühlte sich schon nicht mehr als Olga Ivanovna und nicht als Künstlerin, sondern als ein winziges Käferchen.

»Ich bin müde...« sagte der Künstler matt, während er die Studie betrachtete und den Kopf schüttelte, um die Schläfrigkeit zu vertreiben. »Das ist nett, natürlich, aber heute eine Studie und im vorigen Jahr eine Studie, und einen Monat später wird es wieder eine Studie sein... Wird Ihnen das nicht langweilig? Ich würde an Ihrer Stelle die Malerei aufgeben und mich ernsthaft mit der Musik oder sonst etwas befassen. Sie sind ja doch keine Malerin, sondern Musikerin. Aber wissen Sie, ich bin so müde! Ich werde gleich bitten, daß man uns Tee bringt... Ja?«

Er ging aus dem Zimmer, und Olga hörte, wie er seinem

Diener einen Befehl gab. Um sich nicht verabschieden zu müssen und einer Auseinandersetzung aus dem Wege zu gehen, hauptsächlich aber, um nicht laut zu weinen, lief sie, ehe Rjabovskij zurückkehrte, ganz schnell ins Vorzimmer, zog die Gummischuhe an und trat auf die Straße hinaus. Dort atmete sie erleichtert auf und fühlte sich für immer befreit– von Rjabovskij, von der Malerei und von der drückenden Scham, die im Atelier so auf ihr gelastet hatte. Alles war zu Ende.

Sie fuhr zur Schneiderin, dann zu Barnay, der erst gestern angekommen war, von Barnay in einen Musikalienladen, und die ganze Zeit dachte sie daran, wie sie an Rjabovskij einen kalten und schroffen Brief schreiben würde, voll von dem Gefühl der eigenen Würde, und wie sie im Frühjahr oder im Sommer mit Dymov auf die Krim reisen, sich dort endgültig von der Vergangenheit befreien und ein neues Leben anfangen würde.

Als sie spät am Abend nach Hause zurückkehrte, setzte sie sich, ohne sich umzuziehen, im Salon hin, um den Brief abzufassen. Rjabovskij hatte ihr gesagt, sie sei keine Malerin, und sie würde ihm jetzt aus Rache schreiben, daß er jedes Jahr immer ein und dasselbe male und jeden Tag ein und dasselbe spreche, daß er erstarrt sei und nicht mehr erreichen würde, als er bis jetzt erreicht hatte. Sie hätte ihm auch gern geschrieben, daß er viel ihrem guten Einfluß zu verdanken habe, und wenn er schlecht handelte, so nur deshalb, weil ihr Einfluß durch allerhand zweifelhafte Personen zerstört werde, von der Art jener, die sich heute hinter dem Bild verborgen habe.

»Mama!« rief Dymov aus dem Arbeitszimmer, ohne die Tür zu öffnen. »Mama!«

»Was willst du?«

»Mama, komm nicht zu mir herein, sondern geh nur bis zur Tür... Also höre... Vorgestern habe ich mich im Krankenhaus mit Diphtherie angesteckt, und jetzt... ist mir nicht gut. Schicke ganz schnell nach Korostelëv.«

Olga Ivanovna rief ihren Mann, wie alle ihr bekannten Männer, nicht beim Taufnamen, sondern beim Familiennamen; sein Vorname, Osip, gefiel ihr nicht, weil er sie an den Gogolschen Osip und an einen damit zusammenhängenden Kalauer erinnerte. Nun aber schrie sie auf:

»Osip, das kann nicht sein!«

»Schicke nach ihm! Mir ist nicht gut...« sagte Dymov hinter der Tür, und man konnte hören, wie er zum Diwan ging und sich niederlegte. »Schicke nach ihm!« ertönte dumpf seine Stimme.

Was soll das heißen? dachte Olga Ivanovna, und ihr wurde kalt vor Entsetzen. Das ist doch gefährlich!

Ohne jede Notwendigkeit nahm sie eine Kerze und ging in ihr Schlafzimmer, und da, während sie noch überlegte, was sie tun sollte, sah sie sich zufällig im Spiegel. Mit dem bleichen, erschrockenen Gesicht, in dem Jackett mit den hohen Keulenärmeln, mit den gelben Volants auf der Brust und dem ungewöhnlichen Verlauf der Streifen auf dem Rock erschien sie sich selbst schreckenerregend und häßlich. Ihr tat Dymov plötzlich so leid, daß es sie schmerzte, ihr tat seine grenzenlose Liebe zu ihr leid, sein junges Leben und sogar dieses verwaiste Bett, in dem er schon lange nicht mehr geschlafen hatte, und sie erinnerte sich an sein ständiges, sanftes, ergebenes Lächeln. Sie fing bitterlich zu weinen an und schrieb einen flehenden Brief an Korostelëv. Es war zwei Uhr nachts.

VIII

Als Olga Ivanovna gegen acht Uhr morgens mit einem vor Schlaflosigkeit schweren Kopf, unfrisiert, unschön und mit einem schuldbewußten Ausdruck aus dem Schlafzimmer kam, ging ein schwarzbärtiger Herr an ihr vorbei ins Vorzimmer, augenscheinlich ein Arzt. Es roch nach Medikamenten. An der Tür zum Arbeitszimmer stand Korostelëv und drehte mit der rechten Hand die linke Schnurrbartspitze.

»Entschuldigen Sie, zu ihm lasse ich Sie nicht hinein«, sagte er mürrisch zu Olga Ivanovna. »Das ist ansteckend. Ja, und was wollen Sie eigentlich bei ihm. Er phantasiert ja doch.«

»Hat er eine richtige Diphtherie?« flüsterte Olga Ivanovna.

»Wer mit dem Kopf durch die Wand rennen will, gehört von Rechts wegen vor Gericht«, murmelte Korostelëv, ohne Olga Ivanovnas Frage zu beantworten. »Wissen Sie, wobei er sich infiziert hat? Am Dienstag hat er bei einem Knaben durch ein Röhrchen den Diphtheriebelag abgesaugt. Und wozu? Dumm... Ganz törichterweise...«

»Ist es gefährlich? Sehr?« fragte Olga Ivanovna.

»Ja, es heißt, es sei die schwere Form. Eigentlich sollte man Schreck holen lassen.«

Es kam ein kleiner, rotblonder Mann mit langer Nase und jüdischem Akzent, dann ein großer, gebückter, zotteliger, der wie ein Protodiakon aussah, dann ein junger, sehr korpulenter, mit einem roten Gesicht und einer Brille. Das waren die Ärzte, sie kamen, um bei ihrem Kollegen zu wachen. Als Korostelëv seine Wachzeit absolviert hatte, ging er nicht nach Hause, sondern blieb da und wanderte wie ein Schatten durch alle Zimmer. Das Stubenmädchen servierte den wachhabenden Ärzten Tee und lief oft in die Apotheke, und es war niemand da, der die Zimmer aufgeräumt hätte. Es war still und trostlos.

Olga Ivanovna saß in ihrem Schlafzimmer und dachte darüber nach, daß Gott sie jetzt dafür strafte, daß sie ihren Mann betrogen hatte. Ein schweigsames, demütiges, unbegreifliches Wesen, das durch seine Sanftmut seine Individualität eingebüßt hatte, das charakterlos und schwach war vor allzu großer Güte, litt dort einsam auf seinem Diwan und klagte nicht. Und wenn es geklagt hätte, und sei es nur in seinen Fieberphantasien, dann hätten die Ärzte erfahren, daß da nicht allein die Diphtherie schuld war. Hätten sie Korostelëv gefragt: Der wußte alles und blickte nicht umsonst so vorwurfsvoll auf die Frau seines Freundes, als sei sie die hauptsächliche und wirkliche Übeltäterin und die Diphtherie nur ihre Helfershelferin. Sie dachte nicht mehr an den Abend im Mondschein auf der Volga und an die Liebeserklärungen und an das poetische Leben in der Hütte, sie wußte nur noch, daß sie aus einer nichtigen Laune heraus, aus Mutwillen sich selber ganz und gar samt Händen und Füßen mit etwas Schmutzigem, Klebrigem beschmiert hatte, das sich jetzt niemals mehr würde abwaschen lassen...

Ach, wie furchtbar habe ich mich belogen! dachte sie, als sie sich an die unruhige Liebe zwischen ihr und Rjabovskij erinnerte. Verflucht soll das alles sein...!

Um vier Uhr setzte sie sich zusammen mit Korostelëv an den Mittagstisch. Er aß nichts, trank nur Rotwein und machte ein finsteres Gesicht. Sie aß ebenfalls nichts. Bald betete sie in Gedanken und gelobte Gott, daß sie, würde Dymov gesund, ihn wieder liebhaben und ihm eine treue Frau sein würde. Dann wieder, wenn sie sich auf einen Augenblick vergaß, blickte sie Korostelëv an und dachte bei sich: Ist es denn nicht langweilig, ein einfacher, durch nichts bemerkenswerter, unbekannter Mensch zu sein, noch dazu mit einem so zerknitterten Gesicht und schlechten Manieren? Bald schien ihr, daß Gott sie im selben Augenblick dafür töten würde, daß sie aus Angst vor der Ansteckung noch kein einziges Mal bei ihrem Mann im Zimmer gewesen war. Im allgemeinen aber empfand sie ein dumpfes Gefühl der Niedergeschlagenheit und die Gewißheit, daß das Leben verpfuscht und durch nichts wiedergutzumachen sei...

Nach dem Mittagessen trat die Dämmerung ein. Als Olga Ivanovna in den Salon kam, schlief Korostelëv auf der Chaiselongue, unter den Kopf hatte er sich ein in Gold gesticktes Seidenkissen gelegt. »Kchi-pua...«, schnarchte er, »kchi-pua.«

Und die Ärzte, die kamen, um Wache zu halten, und wieder fortgingen, bemerkten diese Unordnung nicht. Daß ein fremder Mensch im Salon schlief und schnarchte, daß Studien an den Wänden hingen und die Einrichtung ungewöhnlich war und auch daß die Hausfrau unfrisiert und nachlässig gekleidet war – all dies erweckte jetzt nicht das geringste Interesse. Einer der Ärzte hatte zufällig über etwas gelacht, und dieses Lachen klang irgendwie seltsam und schüchtern, es wurde einem sogar unheimlich dabei.

Als Olga Ivanovna zum zweitenmal in den Salon kam, schlief Korostelëv nicht mehr, er saß da und rauchte.

»Er hat Nasenhöhlendiphtherie«, sagte er halblaut. »Und das

Herz arbeitet auch nicht mehr besonders. Im Grunde genommen stehen die Dinge schlecht.«

»Schicken Sie doch nach Schreck«, sagte Olga Ivanovna.

»Der war schon da. Er hat ja festgestellt, daß die Diphtherie in die Nase übergegangen ist. Äh, was ist denn Schreck! Im Grunde genommen ist Schreck nichts. Er ist Schreck, ich bin Korostelëv und weiter nichts.«

Die Zeit zog sich entsetzlich lange hin. Olga Ivanovna lag angekleidet im Halbschlummer auf dem seit dem Morgen nicht gemachten Bett. Ihr war, als sei die Wohnung vom Fußboden bis zur Decke von einem riesigen Stück Eisen ausgefüllt und als brauche man nur das Eisen hinauszutragen, damit allen wieder fröhlich und leicht zumute würde.

Beim Erwachen fiel ihr ein, daß es kein Eisen war, sondern Dymovs Krankheit.

Nature morte, Forte ... Kurorte ... dachte sie und fiel wieder in einen Dämmerzustand, Sport ... Kurort ... Und wie war es mit Schreck? Schreck, greck, wreck ... kreck. Und wo sind jetzt meine Freunde? Wissen sie, daß wir Kummer haben? Herrgott, rette ... hilf! Schreck, greck ...

Und wieder war das Eisen da ... Die Zeit zog sich lange hin, die Uhr im unteren Stockwerk schlug oft. Hin und wieder hörte man läuten; die Ärzte kamen ... Das Stubenmädchen erschien mit einem leeren Glas auf einem Tablett und fragte:

»Gnädige Frau, befehlen Sie, das Bett zu machen?«

Und sie ging hinaus, da sie keine Antwort bekam. Unten schlug die Uhr; ihr träumte vom Regen an der Volga, und wieder betrat jemand das Schlafzimmer, ein Fremder, wie es schien. Olga Ivanovna sprang auf und erkannte Korostelëv.

»Wieviel ist es?« fragte sie.

»Gegen drei.«

»Nun, wie steht's?«

»Wie soll es stehen! Ich bin gekommen, um Ihnen zu sagen: Es geht zu Ende mit ihm ...«

Er schluchzte auf, setzte sich neben sie auf das Bett und wischte die Tränen mit dem Ärmel ab. Sie hatte nicht gleich begriffen, aber ihr wurde ganz kalt, und sie begann sich langsam zu bekreuzigen.

»Es geht zu Ende mit ihm...« wiederholte er mit dünner Stimme und schluchzte wieder auf. »Er stirbt, weil er sich selbst geopfert hat... Was für ein Verlust für die Wissenschaft!« sagte er voll Bitterkeit. »Er war, wenn man uns alle mit ihm vergleicht, ein großer, ungewöhnlicher Mensch! Welche Begabung! Welche Hoffnungen hat er bei uns allen erweckt!« fuhr Korostelëv fort und rang die Hände. »Herr mein Gott, das wäre ein solcher Gelehrter geworden, wie man ihn jetzt mit der Laterne nicht findet. Oska Dymov, Oska Dymov, was hast du angerichtet! Oje, oje, mein Gott!«

Korostelëv bedeckte vor Verzweiflung das Gesicht mit beiden Händen und wiegte den Kopf hin und her.

»Und was für eine sittliche Kraft!« sprach er weiter, immer mehr gegen irgend jemanden in Zorn geratend. »Eine gute, reine, liebende Seele, ein glasklarer Mensch! Er diente der Wissenschaft und ist an der Wissenschaft gestorben. Und gearbeitet hat er wie ein Ochse, Tag und Nacht, keiner hat ihn geschont, und der junge Gelehrte, der künftige Professor, mußte sich eine Praxis suchen und nachts Übersetzungen machen, um diese... elenden Fetzen zu bezahlen!«

Korostelëv blickte voller Haß auf Olga Ivanovna, ergriff das Laken mit beiden Händen und riß böse daran, als wäre es schuld.

»Sich selbst hat er nicht geschont, und ihn hat man nicht geschont. Äh, was gibt es da im Grunde noch zu reden!«

»Ja, ein seltener Mensch!« sagte mit Baßstimme jemand im Salon.

Olga Ivanovna dachte an ihr ganzes Leben mit ihm, vom Anfang bis zum Ende, mit allen Einzelheiten, und plötzlich begriff sie, daß er tatsächlich ein ungewöhnlicher, seltener und im Vergleich mit denen, die sie kannte, ein großer Mensch war. Und als sie sich daran erinnerte, wie ihr verstorbener Vater und alle seine Kollegen, die Ärzte, zu ihm gestanden hatten, da begriff sie, daß sie alle in ihm eine künftige Berühmtheit gesehen hatten. Die Wände, die Zimmerdecke, die Lampe und der

Teppich auf dem Fußboden blinzelten ihr spöttisch zu, als wollten sie sagen: ›Verpaßt! Verpaßt!‹ Weinend stürzte sie aus dem Schlafzimmer, schlüpfte im Salon an einem unbekannten Mann vorbei und lief in das Arbeitszimmer ihres Mannes. Er lag unbeweglich auf dem türkischen Diwan, bis zum Gürtel unter einer Bettdecke. Sein Gesicht war furchtbar eingefallen und abgemagert und hatte eine graugelbe Farbe angenommen, wie sie bei Lebenden niemals anzutreffen ist; und nur an der Stirn, den schwarzen Augenbrauen und an dem bekannten Lächeln konnte man erkennen, daß dies Dymov war. Olga Ivanovna tastete rasch seine Brust, die Stirn und die Hände ab. Die Brust war noch warm, aber die Stirn und die Hände waren unangenehm kalt. Und die halbgeöffneten Augen blickten nicht auf Olga Ivanovna, sondern auf die Bettdecke.

»Dymov!« rief sie laut. »Dymov!«

Sie wollte ihm erklären, daß es ein Irrtum gewesen sei, daß noch nicht alles verloren war, daß das Leben noch herrlich und glücklich sein konnte, daß er ein seltener, ungewöhnlicher, großer Mensch sei und daß sie ihn ihr ganzes Leben lang verehren, anbeten und vor ihm eine heilige Ehrfurcht empfinden würde...

»Dymov!« rief sie ihn; sie schüttelte ihn an der Schulter und glaubte nicht daran, daß er niemals mehr aufwachen würde. »Dymov, aber Dymov!«

Im Salon jedoch sagte Korostelëv zu dem Stubenmädchen:

»Was gibt's da zu fragen? Gehen Sie zum Kirchenwächter und fragen Sie, wo die Armenhäuslerinnen wohnen. Sie werden dann die Leiche waschen und zurechtmachen, sie werden alles tun, was nötig ist.«

Krankenzimmer Nr. 6

I

Auf dem Hof des Krankenhauses steht ein kleines Nebengebäude, umgeben von einem ganzen Wald von Kletten, Brennesseln und wildem Hanf. Das Dach ist verrostet, der Schornstein zur Hälfte eingestürzt, die Stufen der Vortreppe sind verfault und mit Gras bewachsen, vom Putz findet man nur noch Spuren. Mit der Vorderfront blickt es zum Krankenhaus, mit der Rückseite auf freies Feld, von dem es nur durch den grauen, mit Nägeln besteckten Krankenhauszaun getrennt ist. Diese Nägel, deren Spitzen nach oben gerichtet sind, der Zaun und das Gebäude selbst zeigen jenes eigentümliche, trostlose, verwünschte Aussehen, das bei uns nur Krankenhaus- und Gefängnisbauten haben.

Wenn Sie nicht fürchten, sich an den Nesseln zu verbrennen, so gehen wir zusammen den schmalen Pfad entlang, der zu dem Nebengebäude führt, und schauen, was sich dort abspielt. Nachdem wir die erste Tür geöffnet haben, betreten wir den Flur. An den Wänden und neben dem Ofen häufen sich ganze Berge von Krankenhausgerümpel. Matratzen, alte zerfetzte Kittel, Hosen, Hemden mit blauen Streifen, unbrauchbares, abgetragenes Schuhwerk – dieser Krempel treibt sich hier zerknittert und durcheinander in Haufen herum, fault und verbreitet einen erstickenden Gestank.

Auf diesem Plunder liegt ständig, mit der Pfeife zwischen den Zähnen, der Wächter Nikita, ein alter, ausgedienter Soldat mit braun gewordenen Ärmellitzen. Er hat ein strenges, ausgemergeltes Gesicht, buschige Augenbrauen, die seinem Gesicht den Ausdruck eines Steppenschäferhundes verleihen, und eine rote Nase, er ist klein von Wuchs, hager und sehnig, aber er hat eine imponierende Haltung und gewaltige Fäuste. Er gehört zu jenen biederen, tüchtigen, dienstbeflissenen und stumpfsinnigen Menschen, die über alles in der Welt die Ordnung lieben und darum überzeugt sind, daß geprügelt werden muß. Er schlägt ins Gesicht, auf die Brust, auf den Rücken, wohin es gerade trifft, und ist überzeugt, daß es hier sonst keine Ordnung gäbe.

Dann kommen Sie in ein großes, geräumiges Zimmer, das das ganze Nebengebäude einnimmt, abgesehen vom Flur. Die Wände sind hier mit einer schmutzigblauen Farbe gestrichen, die Decke ist verräuchert wie in einer Hütte ohne Rauchfang – es ist klar, daß der Ofen im Winter raucht und daß es hier häufig nach Kohlengas riecht. Die Fenster sind von innen durch eiserne Gitter verunstaltet. Der Fußboden ist grau und nicht glatt gehobelt. Es riecht nach Sauerkraut, blakenden Lampendochten, Wanzen und Ammoniak, und dieser Gestank macht auf Sie im ersten Augenblick den Eindruck, als würden Sie eine Menagerie betreten.

In dem Zimmer stehen Betten, die am Fußboden festgeschraubt sind. Darauf sitzen und liegen Menschen in blauen Krankenkitteln und – nach alter Sitte – mit Nachtmützen. Das sind die Geisteskranken.

Im ganzen befinden sich hier fünf Personen. Nur einer von ihnen ist adelig, alle anderen sind Kleinbürger. Der erste, von der Tür aus gesehen, ist ein hochgewachsener, hagerer Kleinbürger mit rotblondem, glänzendem Schnurrbart und verweinten Augen; er sitzt da, den Kopf aufgestützt, und starrt unverwandt auf einen Punkt. Tag und Nacht ist er bekümmert, schüttelt den Kopf, seufzt und lächelt bitter; er beteiligt sich selten an Gesprächen und antwortet gewöhnlich nicht auf Fragen. Er ißt und trinkt mechanisch, wenn man ihm etwas gibt. Nach seinem quälenden, rüttelnden Husten, seiner Magerkeit und der Röte auf den Wangen zu urteilen, fängt bei ihm die Schwindsucht an.

Dann kommt ein kleiner, lebhafter, sehr reger Alter mit einem spitzen Bärtchen und schwarzem, krausem Haar, wie es die Neger haben. Tagsüber geht er in dem Krankenzimmer umher, von einem Fenster zum anderen, oder hockt im Schneidersitz auf seinem Bett und pfeift unermüdlich wie ein Gimpel oder singt leise und kichert vor sich hin. Die kindliche Heiterkeit und sein lebhafter Charakter äußern sich auch nachts, wenn er aufsteht, um zu beten, das heißt, um sich mit den Fäusten an die Brust zu schlagen und mit dem Finger an der Tür zu kratzen. Das ist der Jude Mojsejka, ein schwachsinniger Mensch, der vor etwa zwanzig Jahren den Verstand verlor, als seine Mützenwerkstatt in Flammen aufging.

Von allen Insassen des Krankenzimmers Nr. 6 wird nur ihm erlaubt, das Nebengebäude zu verlassen und sogar aus dem Krankenhaushof hinaus auf die Straße zu gehen. Dieses Privileg genießt er von jeher, offenbar als alter Krankenhausinsasse und stiller, harmloser Narr, als ein städtischer Spaßvogel, der schon längst zum Straßenbild gehört, umringt von Gassenjungen und Hunden. In seinem schäbigen alten Kittel, mit der drolligen Nachtmütze und den Pantoffeln, manchmal barfuß und sogar ohne Beinkleider, geht er durch die Straßen, bleibt an Toren und Läden stehen und bittet um eine Kopeke. Hier gibt man ihm Kvas, da Brot, dort eine Kopeke, so daß er gewöhnlich satt und beladen ins Krankenhaus zurückkehrt. Alles, was er mitbringt, nimmt ihm Nikita ab, um sich daran zu bereichern. Der Soldat macht das grob und gereizt, wobei er ihm die Taschen umdreht und Gott zum Zeugen anruft, daß er den Juden nie wieder auf die Straße lasse und daß Unordnung für ihn das Schlimmste auf der Welt sei.

Mojsejka ist gern gefällig. Er reicht den Gefährten Wasser, deckt sie zu, wenn sie schlafen, verspricht, jedem von der Straße eine Kopeke mitzubringen und für jeden eine neue Mütze zu nähen; er füttert auch seinen Nachbarn zur Linken, einen Paralytiker, mit dem Löffel. Er handelt nicht aus Mitleid so und nicht aus irgendwelchen humanen Erwägungen heraus, sondern er ahmt seinen rechten Nachbarn Gromov nach und ordnet sich ihm unwillkürlich unter.

Ivan Dmitrič Gromov, ein Mann von etwa dreiunddreißig Jahren und von adliger Herkunft, ein ehemaliger Gerichtsvollzieher und Gouvernementssekretär, leidet an Verfolgungswahn.

Entweder liegt er zusammengekrümmt auf seinem Bett, oder er geht aus einer Ecke in die andere, als wolle er sich Bewegung machen; er sitzt nur sehr selten. Er ist immer gereizt, erregt und angespannt in dumpfer, ungewisser Erwartung. Das kleinste Geräusch im Flur oder ein Schrei auf dem Hof genügt schon, daß er den Kopf hebt und lauscht, ob man ihn nicht holen komme. Sucht man nicht schon nach ihm? Und auf seinem Gesicht malen sich äußerste Unruhe und Widerwillen.

Mir gefällt sein breites Gesicht mit den vorstehenden Backenknochen, das immer blaß und unglücklich aussieht und wie in einem Spiegel seine durch Kampf und dauernde Angst gequälte Seele reflektiert. Seine Grimassen sind seltsam und krankhaft, aber die feinen Züge, die seinem Gesicht von einem tiefen, echten Leid eingeprägt wurden, zeugen von Vernunft und Intelligenz, seine Augen haben einen warmen, gesunden Glanz. Auch er selbst gefällt mir; er ist höflich, hilfsbereit und außergewöhnlich rücksichtsvoll gegen alle, außer Nikita. Wenn jemand einen Knopf oder einen Löffel fallen läßt, springt er schnell vom Bett und hebt ihn auf. Jeden Tag wünscht er seinen Gefährten einen guten Morgen; und abends, wenn er schlafen geht, eine gute Nacht.

Außer in seiner ständigen Angespanntheit und der Grimassenschneiderei zeigt sich sein Wahnsinn auch noch folgendermaßen: zuweilen hüllt er sich abends in seinen Kittel und beginnt, am ganzen Körper zitternd und mit den Zähnen klappernd, hastig aus einer Ecke in die andere und zwischen den Betten hin und her zu gehen. Er sieht dann aus, als habe er hohes Fieber. An der Art und Weise, wie er plötzlich stehenbleibt und die Gefährten betrachtet, ist zu erkennen, daß er etwas sehr Wichtiges sagen möchte, aber anscheinend bildet er sich ein, man werde ihm nicht zuhören oder ihn nicht verstehen, und so schüttelt er ungeduldig den Kopf und wandert weiter herum. Aber bald gewinnt der Wunsch zu reden über alle Überlegungen die Oberhand, er beherrscht sich nicht länger und spricht begeistert und leidenschaftlich. Seine Rede ist ungeordnet und verworren wie eine Fieberphantasie, ungestüm und nicht immer verständlich, aber dafür klingt aus seinen Worten und auch aus seiner Stimme etwas überaus Gutes. Wenn er redet, erkennt man in ihm den Wahnsinnigen und den Menschen. Es ist schwer, seine irren Reden auf dem Papier wiederzugeben. Er spricht von menschlicher Niedertracht, von der Gewalt, die die Wahrheit mißachtet, von dem herrlichen Leben, das einmal auf Erden sein wird, von den Fenstergittern, die ihn jeden Augenblick an den Stumpfsinn und die Grausamkeit der Gewalttätigen erinnern. So ergibt sich ein verworrenes, unharmonisches Potpourri aus alten, noch nicht zu Ende gesungenen Liedern.

II

Vor etwa zwölf oder fünfzehn Jahren wohnte in der Hauptstraße der Stadt, in seinem eigenen Haus, der Beamte Gromov, ein solider und wohlhabender Mann. Er hatte zwei Söhne: Sergej und Ivan. Als Sergej schon Student im vierten Studienjahr war, erkrankte er an galoppierender Schwindsucht und starb, und dieser Tod schien der Beginn einer ganzen Reihe von Unglücksfällen zu sein, die plötzlich über die Familie Gromov hereinbrachen. Eine Woche nach Sergejs Beerdigung wurde der alte Vater wegen Urkundenfälschung und Unterschlagung vor Gericht gestellt, und bald darauf starb er im Gefängniskrankenhaus an Typhus. Das Haus und das ganze Mobiliar kamen unter den Hammer, und Ivan Dmitrič blieb mit seiner Mutter völlig mittellos zurück.

Früher, zu Lebzeiten des Vaters, wohnte Ivan Dmitrič in Petersburg, wo er an der Universität studierte; er bekam sechzig bis siebzig Rubel im Monat und kannte keine Not; jetzt aber mußte er seine Lebensweise ganz und gar umstellen. Er war gezwungen, von früh bis in die Nacht hinein für billiges Geld Stunden zu geben, Abschriften anzufertigen und dennoch zu hungern, weil er seinen ganzen Verdienst der Mutter für ihren Lebensunterhalt schickte. Dieses Leben hielt Ivan Dmitrič nicht aus, er verlor den Mut und kränkelte, er gab das Studium an der

Universität auf und fuhr nach Hause. Hier im Städtchen bekam er durch Protektion die Stelle eines Lehrers an der Kreisschule, aber er konnte sich nicht mit den Kollegen vertragen, gefiel den Schülern nicht und gab die Stelle bald auf. Die Mutter starb. Etwa ein halbes Jahr war er arbeitslos, ernährte sich nur von Wasser und Brot, dann nahm er den Posten eines Gerichtsvollziehers an. Dieses Amt bekleidete er, bis man ihn wegen seiner Krankheit entließ.

Niemals, auch nicht in seinen Studentenjahren, hatte er den Eindruck eines gesunden Menschen gemacht. Er war immer blaß, mager und anfällig für Erkältungen, er aß wenig und schlief schlecht. Von einem Gläschen Wein wurde ihm schwindlig, und er bekam einen hysterischen Anfall. Es zog ihn stets zu den Menschen, aber infolge seines reizbaren Charakters und seines Mißtrauens konnte er mit niemandem näher bekannt werden, und er hatte keine Freunde. Über die Bewohner der Stadt äußerte er sich immer voller Verachtung und sagte, ihre grobe Unwissenheit und ihr träges Dahinvegetieren kämen ihm abstoßend und widerlich vor. Er sprach mit Tenorstimme, laut, leidenschaftlich und nie anders als ungehalten und empört, oder aber voller Begeisterung und Verwunderung, doch immer aufrichtig. Worüber man sich auch mit ihm unterhielt, es kam stets auf das gleiche hinaus – in der Stadt sei das Leben bedrückend und langweilig, die Gesellschaft habe keine höheren Interessen, sie führe ein trübes, sinnloses Leben und bringe nur durch Gewalttätigkeit, grobe Ausschweifungen und Heuchelei Abwechslung in ihr Dasein; die Halunken seien satt und gut gekleidet, die Ehrlichen aber würden sich von Brosamen ernähren. Man brauche Schulen, eine örtliche Zeitung mit ehrlicher Tendenz, ein Theater, öffentliche Vorlesungen und den Zusammenschluß der gebildeten Kreise; es sei notwendig, daß die Gesellschaft sich selbst erkenne und über sich selbst erschrecke. In seinen Urteilen über die Menschen trug er kräftige Farben auf, er sah nur Schwarz und Weiß und wollte keinerlei Zwischentöne anerkennen; die Menschheit teilte er in Ehrliche und Schurken, ein Mittelding gab es für ihn nicht. Von den

Frauen und der Liebe sprach er immer leidenschaftlich und begeistert, aber er hatte sich kein einziges Mal verliebt.

In der Stadt mochte man ihn trotz seiner scharfen Urteile und seiner Nervosität und nannte ihn hinter seinem Rücken zärtlich Vanja. Seine angeborene Feinfühligkeit, Hilfsbereitschaft, Anständigkeit und moralische Sauberkeit, sein schäbiges Röckchen, das kränkliche Aussehen und die Unglücksfälle in der Familie erweckten gute, warme und wehmütige Gefühle; dazu war er sehr gebildet und belesen, er wußte nach Meinung der Städter alles und war in der Stadt so etwas wie ein wandelndes Lexikon.

Er las sehr viel. Früher saß er oft im Klub, zupfte nervös an seinem Bärtchen und blätterte in Zeitschriften und Büchern; an seinem Gesicht sah man, daß er nicht einfach las, sondern alles geradezu verschlang und kaum Zeit hatte, es zu durchdenken. Man glaubte, das Lesen sei eine seiner krankhaften Angewohnheiten, weil er sich gierig auf alles stürzte, was ihm unter die Finger kam, sogar auf Zeitungen und Kalender aus dem Vorjahr. Bei sich zu Hause las er immer im Liegen.

III

An einem Herbstmorgen ging Ivan Dmitrič, mit hochgeschlagenem Mantelkragen und durch den Schmutz schlurfend, durch Gassen und Hinterhöfe zu einem Kleinbürger, um einen Vollstreckungsbefehl auszuführen. Seine Stimmung war düster, wie immer am Morgen. In einer Gasse kamen ihm zwei Häftlinge in Ketten entgegen, die von vier Soldaten mit Gewehren begleitet wurden. Früher war Ivan Dmitrič sehr oft Häftlingen begegnet, und jedesmal hatten sie in ihm Mitleid und Verlegenheit erweckt, diesmal aber machte diese Begegnung auf ihn einen besonderen, eigentümlichen Eindruck. Es wollte ihm auf einmal scheinen, man könne auch ihn in Ketten legen und auf die gleiche Weise durch den Schmutz ins Gefängnis abführen. Als er den Kleinbürger aufgesucht hatte, ging er nach Hause; unterwegs traf er an der Post einen ihm bekannten Polizeiinspektor, der ihn begrüßte und mit ihm ein Stück die Straße entlangging, und das schien ihm irgendwie verdächtig. Zu Hause gingen ihm den ganzen Tag die Häftlinge und die Soldaten mit den Gewehren durch den Kopf, und eine unerklärliche innere Unruhe störte ihn beim Lesen und hinderte ihn, sich zu konzentrieren. Am Abend zündete er kein Licht an, in der Nacht schlief er nicht und dachte immer, man könne auch ihn in Ketten legen und ins Gefängnis werfen. Er war sich keiner Schuld bewußt und konnte sich verbürgen, daß er auch in Zukunft niemals morden, einen Brand legen oder stehlen werde; aber war es denn so schwer, versehentlich ein Verbrechen zu begehen, und gab es denn keine Verleumdungen oder Justizirrtümer? Nicht umsonst lehrt eine uralte Volksweisheit, daß niemand vor dem Bettelsack und vor dem Gefängnis sicher ist. Ein Justizirrtum aber war bei der gegenwärtigen Rechtspflege sehr gut möglich und nichts Besonderes. Menschen, die zu fremdem Leid nur eine dienstliche oder geschäftliche Beziehung haben, zum Beispiel Richter, Polizisten und Ärzte, stumpfen mit der Zeit kraft der Gewohnheit so ab, daß sie sich zu ihren Klienten nur noch formal verhalten können, selbst wenn sie es anders wollten; in dieser Hinsicht unterscheiden sie sich in nichts von einem Bauern, der in Hinterhöfen Hammel und Kälber schlachtet und das Blut nicht mehr sieht. Bei einem formalen und herzlosen Verhalten zur menschlichen Persönlichkeit aber braucht ein Richter, um einem unschuldigen Menschen die Standesrechte abzusprechen und ihn zur *Katorga* zu verurteilen, nur eins – Zeit. Nur die Zeit, um gewisse Formalitäten zu erledigen, für die man dem Richter sein Gehalt bezahlt, und dann ist alles zu Ende. Dann suche nur Gerechtigkeit und Schutz in diesem kleinen, schmutzigen Nest, zweihundert Verst von der Eisenbahn entfernt. Ist es nicht lächerlich, an Gerechtigkeit zu denken, wenn jeder Zwang von der Gesellschaft als vernünftige und zweckmäßige Notwendigkeit begrüßt wird und jede barmherzige Tat, wie zum Beispiel ein Freispruch, einen wahren Sturm von unbefriedigten, rachsüchtigen Gefühlen hervorruft?

Entsetzt und mit kaltem Schweiß auf der Stirn erhob sich Ivan Dmitrič am nächsten Morgen von seinem Bett, bereits fest davon überzeugt, daß man ihn jeden Augenblick verhaften könne. Wenn die quälenden Gedanken von gestern ihn so lange nicht losgelassen hatten, mußte seiner Meinung nach ein Körnchen Wahrheit darin stecken! Sie konnten ihm doch wahrhaftig nicht ohne jede Ursache in den Sinn gekommen sein.

Ein Polizist ging langsam an den Fenstern vorbei – das geschah doch nicht grundlos. Da blieben zwei Männer vor dem Haus stehen und schwiegen. Warum schwiegen sie?

Für Ivan Dmitrič begannen qualvolle Tage und Nächte. Jeden, der an den Fenstern vorbeiging und den Hof betrat, hielt er für einen Spion und einen Spitzel. Mittags fuhr gewöhnlich der Polizeichef mit einem Zweispänner durch die Straße zum Polizeiamt, er kam von seinem in der Nähe der Stadt gelegenen Gut, aber jedesmal schien es Ivan Dmitrič, als fahre er zu schnell und habe einen besonderen Gesichtsausdruck, offenbar wollte er schnellstens bekanntgeben, daß in der Stadt ein gefährlicher Verbrecher aufgetaucht sei. Ivan Dmitrič zuckte bei jedem Läuten oder Klopfen am Hoftor zusammen, er litt physisch und seelisch, wenn er bei der Hauswirtin einen Unbekannten antraf; begegnete er Polizisten und Gendarmen, so lächelte er und pfiff vor sich hin, um gleichgültig zu erscheinen. Er schlief nächtelang nicht, weil er auf seine Festnahme wartete, schnarchte aber und seufzte laut wie ein Schlafender, damit die Wirtin denken sollte, er schlafe; denn wenn er nicht schlief, so hieß das, ihn quälten Gewissensbisse – was für ein Schuldbeweis wäre das! Die Tatsachen und der gesunde Menschenverstand sagten ihm, daß diese ganze Angst Unsinn und Psychopathie war, daß Verhaftung und Gefängnis, betrachtete man die Sache großzügiger, eigentlich nichts Schreckliches darstellten – wenn nur das Gewissen ruhig war; aber je vernünftiger und logischer er dachte, um so stärker und quälender wurde seine seelische Unruhe. Er erinnerte an jenen Einsiedler, der sich im Urwald ein Plätzchen roden wollte – je eifriger er mit der Axt arbeitete, desto dichter wucherte der Wald. Als Ivan Dmitrič endlich einsah, daß es nutzlos war, hörte er auf zu grübeln und gab sich ganz der Verzweiflung und Angst hin.

Er zog sich zurück und mied die Menschen. War der Dienst ihm schon früher zuwider gewesen, jetzt wurde er ihm unerträglich. Er fürchtete, man werde ihn irgendwie hereinlegen, ihm unbemerkt Bestechungsgelder in die Tasche stecken und ihn dann überführen, oder er werde versehentlich in den Akten einen Fehler machen, der einer Urkundenfälschung gleichkäme, oder er werde fremdes Geld verlieren. Eigenartig, daß seine Gedanken zu keiner anderen Zeit so wendig und erfinderisch gewesen waren wie jetzt, wo er jeden Tag Tausende verschiedenartige Anlässe erfand, um ernstlich für seine Freiheit und seine Ehre zu fürchten. Dafür verlor er das Interesse an der Umwelt, insbesondere an den Büchern, und sein Gedächtnis begann ihn im Stich zu lassen.

Im Frühling, als der Schnee geschmolzen war, fand man in der Schlucht neben dem Friedhof die halbverwesten Leichen einer Greisin und eines Knaben, die Spuren eines gewaltsamen Todes aufwiesen. In der Stadt wurde von nichts anderem gesprochen als von diesen Leichen und den unbekannten Mördern. Damit man nicht meinen sollte, er habe sie ermordet, ging Ivan Dmitrič durch die Straßen und lächelte, und wenn er Bekannte traf, wurde er abwechselnd rot und blaß und versicherte, es gäbe kein gemeineres Verbrechen als den Mord an Schwachen und Hilflosen. Dieser Lüge wurde er jedoch bald überdrüssig, und nach einigem Nachdenken faßte er den Entschluß, daß es in seiner Lage das beste wäre, sich im Keller seiner Wirtin zu verstecken. In dem Keller saß er einen Tag, die folgende Nacht und noch den nächsten Tag; er fror mächtig, und nachdem er die Dunkelheit abgewartet hatte, schlich er sich heimlich wie ein Dieb in sein Zimmer. Bis zum Morgengrauen blieb er reglos mitten im Zimmer stehen und lauschte. Früh am Morgen, vor Sonnenaufgang, kamen die Töpfer zu seiner Wirtin. Ivan Dmitrič wußte sehr wohl, daß sie gekommen waren, um in der Küche den Ofen umzusetzen, aber die Angst flüsterte ihm ein, es seien als Töpfer verkleidete Polizisten. Er verließ ganz leise die Wohnung und lief, von Entsetzen gepackt, ohne Rock und Mütze die Straße entlang. Ihm nach rannten bellende Hunde, irgendwo hinter ihm schrie ein Bauer, in den Ohren pfiff der Wind, und Ivan Dmitrič war es, als hätten sich alle Gewalten dieser Erde hinter seinem Rücken versammelt, um ihn zu verfolgen.

Man hielt ihn auf, brachte ihn nach Hause und schickte die Wirtin nach einem Arzt. Doktor Andrej Efimyč, von dem später noch die Rede sein wird, verordnete kalte Umschläge auf den Kopf und Kirsch-Lorbeer-Tropfen, er schüttelte traurig den Kopf und ging fort, nachdem er der Wirtin gesagt hatte, er käme nicht mehr, weil man die Menschen nicht hindern solle, verrückt zu werden. Da Ivan Dmitrič zu Hause über keine Mittel für den Lebensunterhalt und für die ärztliche Behandlung verfügte, schickte man ihn bald ins Krankenhaus und legte ihn dort in das Zimmer für die Geschlechtskranken. Nachts schlief er nicht, er war launisch und störte die Kranken, und auf Anordnung von Andrej Efimyč wurde er bald in das Krankenzimmer Nr. 6 übergeführt.

Nach einem Jahr hatte man in der Stadt Ivan Dmitrič schon völlig vergessen, und seine Bücher, die die Wirtin in einen Schlitten unter dem Schuppendach geworfen hatte, wurden von Straßenjungen weggeschleppt.

IV

Ivan Dmitričs Nachbar zur Linken ist, wie ich schon sagte, der Jude Mojsejka, der rechte Nachbar aber ein aufgedunsener, dicker, fast kugelrunder Bauer mit einem stumpfen, völlig ausdruckslosen Gesicht. Dieses unbewegliche, gefräßige und schmutzige tierische Geschöpf hat schon längst die Fähigkeit zum Denken und Fühlen verloren. Es verbreitet ständig einen scharfen, erstickenden Gestank.

Nikita, der ihn zu versorgen hat, schlägt ihn furchtbar, mit voller Kraft, ohne seine Fäuste zu schonen; das Furchtbare dabei sind nicht die Schläge – an die könnte man sich gewöhnen –, sondern die Tatsache, daß dieses stumpfsinnige Tier auf die Prügel weder mit einem Laut noch mit einer Bewegung, noch mit einem Blick reagiert; es schwankt nur leicht, wie eine schwere Tonne.

Der fünfte und letzte Insasse des Krankenzimmers Nr. 6 ist ein Kleinbürger, der einst Sortierer bei der Post war, ein kleiner, hagerer blonder Mann, mit einem gutmütigen, aber ein wenig verschlagenen Gesicht. Nach seinen klugen, ruhigen Augen zu urteilen, die hell und fröhlich in die Welt blicken, hat er es faustdick hinter den Ohren und kennt ein sehr wichtiges und angenehmes Geheimnis. Unter dem Kissen und der Matratze verwahrt er etwas, was er niemandem zeigt, aber nicht aus Angst, man könnte es ihm wegnehmen oder stehlen, sondern aus Schamhaftigkeit. Manchmal geht er ans Fenster und hält sich, nachdem er den Kameraden den Rücken zugedreht hat, etwas an die Brust und betrachtet es mit gesenktem Kopf; tritt man in diesem Augenblick zu ihm heran, wird er verlegen und reißt sich etwas von der Brust herunter. Aber sein Geheimnis ist nicht schwer zu erraten.

»Gratulieren Sie mir«, sagt er oft zu Ivan Dmitrič, »ich bin zum Stanislausorden zweiter Klasse mit Stern vorgeschlagen. Die zweite Klasse mit Stern verleiht man nur Ausländern, aber für mich will man aus irgendeinem Grund eine Ausnahme machen«, meint er lächelnd und zuckt erstaunt mit den Achseln. »Das habe ich, offen gestanden, nicht erwartet!«

»Davon verstehe ich nichts«, erklärt Ivan Dmitrič mürrisch.

»Aber wissen Sie, was ich früher oder später erreichen werde?« fährt der ehemalige Sortierer fort und kneift verschmitzt die Augen zusammen. »Ich bekomme unbedingt den schwedischen ›Polarstern‹. Das ist ein Orden, es lohnt, sich um ihn zu bemühen. Ein weißes Kreuz am schwarzen Band. Das ist sehr schön.«

Wahrscheinlich gibt es nirgends einen Platz, wo das Leben so eintönig ist wie in dem Nebengebäude. Morgens waschen sich die Kranken, mit Ausnahme des Paralytikers und des dicken Bauern, im Flur in einem großen Zuber und trocknen sich mit den Schößen ihrer Kittel ab; dann trinken sie aus Zinnkrügen Tee, den Nikita aus dem Hauptgebäude holt. Jedem steht ein Krug zu. Zu Mittag ißt man Suppe aus Sauerkraut und Grütze, zum Abendbrot die vom Mittagessen übriggebliebene Grütze. In der Zwischenzeit liegt man, schläft, schaut aus den Fenstern und geht im Zimmer auf und ab. Und das jeden Tag. Sogar der ehemalige Sortierer spricht immer über ein und dieselben Orden.

Neue Gesichter sieht man selten im Krankenzimmer Nr. 6. Neue Geisteskranke nimmt der Arzt schon längst nicht mehr auf, und Leute, die Spaß daran finden, Irrenhäuser zu besuchen, gibt es auf der Welt nur wenige. Einmal in zwei Monaten kommt Semën Lazarič, der Barbier, in das Nebengebäude. Wie er den Irren das Haar abschneidet, wie Nikita ihm dabei hilft und wie bestürzt die Kranken jedesmal sind, wenn der betrunkene, lächelnde Barbier erscheint – darüber wollen wir nicht sprechen.

Außer dem Barbier schaut keiner in das Nebengebäude hinein. Die Kranken sind verurteilt, tagaus, tagein nur Nikita zu sehen.

Übrigens verbreitete sich unlängst im Krankenhaus ein ziemlich sonderbares Gerücht. Dieses Gerücht besagte, der Arzt habe angefangen, das Krankenzimmer Nr. 6 aufzusuchen.

V

Ein sonderbares Gerücht!

Der Arzt Andrej Efimyč Ragin ist in seiner Art ein bemerkenswerter Mann. Man erzählt, er sei in früher Jugend sehr gläubig gewesen, habe sich auf die geistliche Laufbahn vorbereitet und, nachdem er im Jahre 1863 das Gymnasium absolviert hatte, beabsichtigt, in die Geistliche Akademie einzutreten, aber sein Vater, Doktor der Medizin und Chirurg, habe ihn ausgelacht und kategorisch erklärt, er würde ihn nicht mehr als seinen Sohn betrachten, wenn er unter die Popen ginge. Inwieweit das stimmt, weiß ich nicht, aber Andrej Efimyč selbst gab wiederholt zu, er hätte niemals eine innere Neigung zur Medizin und zu den Fachwissenschaften verspürt.

Wie dem auch sei, nach Beendigung der medizinischen Fakultät wurde er nicht Priester. Er legte keine Frömmigkeit an den Tag, und zu Beginn seiner ärztlichen Laufbahn glich er genausowenig einem Geistlichen wie jetzt.

Seine äußere Erscheinung ist schwerfällig, ungelenk und bäurisch; mit seinem Gesicht, dem Bart, dem straffen Haar und dem kräftigen, plumpen Körperbau erinnert er an einen vollgefressenen, haltlosen und groben Schankwirt an der Landstraße. Sein Gesicht ist streng und von blauen Äderchen durchzogen, seine Augen sind klein, die Nase ist rot. Er ist hochgewachsen, breitschultrig und hat riesige Hände und Füße; wenn er mit seiner Faust zupackt, scheint es einem, man müßte den Geist aufgeben. Aber er tritt leise auf, sein Gang ist vorsichtig und schleichend; bei einer Begegnung im engen Korridor bleibt er immer als erster stehen, um Platz zu machen, und er sagt nicht, wie man erwartet, mit einer Baßstimme, sondern mit einem feinen, sanften Tenor: »Verzeihung!« Eine kleine Geschwulst am Hals hindert ihn, steife, gestärkte Kragen zu tragen, deshalb bevorzugt er immer weiche Leinen- oder Baumwollhemden. Überhaupt ist er nicht wie ein Arzt gekleidet. An die zehn Jahre trägt er schon ein und denselben Anzug, und ein neues Kleidungsstück, das er gewöhnlich in einem jüdischen Laden kauft, sieht bei ihm genauso abgetragen und zerknautscht aus wie ein altes; in ein und demselben Rock empfängt er die Kranken, ißt er zu Mittag und macht er Besuche, und das nicht aus Geiz, sondern weil er seinem Äußeren keinerlei Beachtung schenkt.

Als Andrej Efimyč in die Stadt kam, um sein Amt anzutreten, befand sich ›die gottgefällige Anstalt‹ in einem schrecklichen Zustand. In den Krankenzimmern, den Korridoren und dem Hof des Krankenhauses konnte man vor Gestank kaum atmen. Die Wärter und Wärterinnen schliefen mit ihren Kindern bei den Kranken auf den Stationen. Man beschwerte sich, es sei vor Schaben, Wanzen und Mäusen nicht auszuhalten. In der chirurgischen Abteilung wurde man die Wundrose nicht los. Im ganzen Krankenhaus gab es nur zwei Skalpelle und kein einziges Fieberthermometer, in den Badewannen bewahrte man Kartoffeln auf. Der Inspektor, die Hausmeisterin und der Heilgehilfe bestahlen die Kranken, und von dem alten Arzt, Andrej Efimyčs Vorgänger, erzählte man, er habe heimlich den Krankenhausspiritus verkauft und sich einen ganzen Harem von Wärterinnen und kranken Frauen zugelegt. In der Stadt waren diese Mißstände bekannt, und man übertrieb sie sogar, aber man nahm sie ruhig hin; die einen rechtfertigten sie damit, daß im Krankenhaus nur Kleinbürger und Bauern lägen, die nicht unzufrieden sein dürften, da sie zu Hause bei weitem schlechter als im Krankenhaus lebten; sollte man sie etwa mit Haselhühnern füttern? Die anderen aber sagten zur Entschuldigung, die Stadt allein sei ohne Hilfe des Zemstvo nicht imstande, ein gutes Krankenhaus zu unterhalten, man könne Gott danken, daß es eins gebe, wenn auch ein schlechtes. Das neugewählte Zemstvo aber eröffnete weder in der Stadt noch außerhalb eine Heilstätte und verwies darauf, daß die Stadt ja schon ein Krankenhaus habe.

Nachdem Andrej Efimyč das Krankenhaus besichtigt hatte, kam er zu dem Schluß, diese Anstalt sei unmoralisch und für die Gesundheit der Einwohner in höchstem Maße schädlich. Seiner Meinung nach wäre es das klügste gewesen, sämtliche Kranken zu entlassen und das Krankenhaus zu schließen. Aber er überlegte, daß sein Wille allein hier nicht genügte und daß es auch nutzlos wäre; wenn man eine physische und moralische Unsauberkeit von einer Stelle verjagte, so würde sie sich an einer anderen niederlassen; man mußte abwarten, bis sie von selbst verschwand. Dazu kam noch Folgendes: Wenn die Leute ein Krankenhaus eröffnet hatten und es bei sich duldeten, so bedeutete es, daß sie eins brauchten; Vorurteile und alle diese alltäglichen Gemeinheiten und Scheußlichkeiten waren notwendig, weil sie im Laufe der Zeit zu etwas Tauglichem verarbeitet wurden, wie der Mist zu Humus. Auf der Erde gab es nichts Gutes, das in seinem Ursprung keine Niederträchtigkeit gekannt hätte.

Nachdem Andrej Efimyč sein Amt übernommen hatte, verhielt er sich zu den Mißständen offenbar ziemlich gleichgültig. Er bat nur die Wärter und Wärterinnen, nicht in den Krankenzimmern zu übernachten, und stellte zwei Schränke mit Instrumenten auf; der Inspektor aber, die Hausmeisterin, der Heilgehilfe und die Wundrose blieben auf ihren Plätzen.

Andrej Efimyč liebt Vernunft und Ehrlichkeit über alle Maßen, um aber in seiner Umgebung ein vernünftiges und ehrliches Leben zu organisieren, besitzt er nicht genügend Charakter, nicht genügend Glauben an sein gutes Recht. Befehlen, verbieten und auf etwas bestehen, das kann er wahrlich nicht. Es sieht so aus, als hätte er ein Gelübde abgelegt, niemals die Stimme zu heben und keinen Imperativ zu benutzen. Es fällt ihm schwer, »gib« oder »bring« zu sagen; wenn er essen möchte, hüstelt er zögernd und sagt zu der Köchin: »Könnte ich Tee haben ...« oder: »Könnte ich zu Mittag essen?« Dem Inspektor aber zu sagen, er solle aufhören mit Stehlen, ihn wegzujagen oder diese unnötige Parasitenstelle ganz abzuschaffen – dazu ist er nicht imstande. Wenn man Andrej Efimyč betrügt oder ihm schmeichelt oder ihm zur Unterschrift wissentlich eine falsche Rechnung vorlegt, die bewußt niederträchtig ist, wird er rot wie ein Krebs und fühlt sich schuldig, aber die Rechnung unterschreibt er doch; wenn sich die Kranken bei ihm über Hunger oder über die groben Wärterinnen beschweren, wird er verlegen und murmelt schuldbewußt: »Gut, gut, ich kläre das später ... Wahrscheinlich liegt da ein Mißverständnis vor ...«

Die erste Zeit arbeitete Andrej Efimyč sehr eifrig. Er hielt jeden Tag vom Morgen bis zum Mittag Sprechstunde ab, nahm Operationen vor und war sogar als Geburtshelfer tätig. Die Damen erzählten von ihm, er sei gründlich und seine Diagnosen seien ausgezeichnet, besonders bei Kinder- und Frauenkrankheiten. Aber mit der Zeit wurde ihm die Sache durch ihre Eintönigkeit und offensichtliche Nutzlosigkeit langweilig. Heute behandelt man dreißig Kranke, und morgen sind es auf einmal fünfunddreißig, übermorgen vierzig, und das tagein, tagaus, Jahr für Jahr, aber die Sterblichkeit in der Stadt geht nicht zurück, und die Kranken kommen unaufhörlich. Es ist physisch gar nicht möglich, vom Morgen bis zum Mittag den vierzig Kranken ernstlich zu helfen, also ist alles nur Betrug. Im Berichtsjahr wurden zwölftausend ambulante Kranke behandelt, das bedeutete ganz einfach, zwölftausend Kranke wurden betrogen. Die ernstlich Kranken aber in die Krankenzimmer zu legen und sich mit ihnen nach allen Regeln der Wissenschaft zu beschäftigen, war auch nicht möglich, denn es gab zwar Regeln, doch keine Wissenschaft; ließ man jedoch die Philosophie beiseite und richtete sich wie die anderen Ärzte pedantisch nach den Regeln, so brauchte man dazu vor allem Sauberkeit und Ventilation, aber keinen Schmutz, eine gesunde Ernährung, aber keine Suppe aus übelriechendem Sauerkraut, und gute Helfer, aber keine Diebe.

Und warum sollte man die Menschen daran hindern zu sterben, wenn der Tod das normale und gesetzmäßige Ende eines jeden war? Was nützte es, wenn irgendein Händler oder Beamter fünf oder zehn Jahre länger lebte? Wenn man aber den Zweck der Medizin darin sah, durch Arzneien die Leiden zu lindern, dann erhob sich unwillkürlich die Frage: Wozu sollte man sie denn lindern? Erstens heißt es, die Leiden führen den Menschen zur Vollkommenheit, und zweitens wird die Menschheit, wenn sie tatsächlich ihre Leiden mit Pillen und Tropfen zu lindern lernt, sich völlig von Religion und Philosophie abwenden, wo sie bis jetzt nicht nur Schutz vor jeglichem Ungemach, sondern auch das Glück fand. Puškin mußte sich vor seinem Tod furchtbar quälen, der arme Heine lag einige Jahre gelähmt da; warum sollte denn irgendein Andrej Efimyč oder irgendeine Matrëna Savišna nicht einige Schmerzen aushalten, wo doch ihr Leben inhaltlos und völlig wertlos wäre und dem Leben einer Amöbe gliche, wenn sie nicht litten?

Bedrückt von solchen Überlegungen, ließ Andrej Efimyč die Hände sinken und hörte auf, jeden Tag ins Krankenhaus zu gehen.

VI

Sein Leben verläuft so: Er steht gewöhnlich gegen acht Uhr auf, zieht sich an und trinkt Tee. Dann setzt er sich in sein Arbeitszimmer und liest, oder er geht ins Krankenhaus. Dort hocken in einem engen, dunklen und kleinen Korridor die ambulanten Patienten, die auf die Sprechstunde warten. An ihnen vorbei laufen, mit ihren Stiefeln auf dem Ziegelfußboden polternd, Wärter und Wärterinnen, es kommen magere Kranke in Krankenkitteln vorüber, man trägt Tote und Gefäße mit Unrat hinaus, Kinder weinen, und es zieht. Andrej Efimyč weiß, daß für Fieberkranke, Schwindsüchtige und überhaupt für empfindliche Kranke solch eine Umgebung qualvoll ist, aber was soll man tun? Im Sprechzimmer empfängt ihn sein Gehilfe Sergej Sergeič, ein kleiner dicker Mann mit einem bartlosen, sauber gewaschenen, rundlichen Gesicht und weichen, gemessenen Bewegungen; in seinem bequemen neuen Anzug gleicht er mehr einem Senator als einem Heilgehilfen. In der Stadt hat er eine sehr große Praxis; er trägt eine weiße Halsbinde und hält sich für erfahrener als den Arzt, der überhaupt keine Privatpraxis hat. In der Ecke des Sprechzimmers steht ein Heiligenschrein mit einer großen Ikone und einem gewichtigen Öllämpchen, daneben ein Gestell unter einem weißen Überzug. An den Wänden hängen die Porträts von Bischöfen, eine Ansicht des Klosters von Svjatogorsk und vertrocknete Kornblumenkränze. Sergej Sergeič ist religiös und schmückt gern. Das Heiligenbild hat er auf seine Kosten hinstellen lassen, sonntags liest ein Kranker den Akathistos, und nach dem Lesen macht Sergej Sergeič selbst mit dem Weihrauchfaß einen Rundgang durch die Krankenzimmer, schwenkt es und räuchert.

Es gibt viele Kranke, aber die Zeit ist knapp, daher beschränkt man sich auf ein kurzes Befragen und die Ausgabe einer Arznei wie etwa flüchtiger Salbe oder Rizinusöl. Andrej Efimyč sitzt, seine Wange auf die Faust gestützt, nachdenklich da und stellt Fragen. Sergej Sergeič sitzt ebenfalls da, reibt sich die Hände und mischt sich hin und wieder ein.

»Wir sind deshalb krank und leiden Not«, sagt er, »weil wir zuwenig zu unserem barmherzigen Gott beten. Jawohl!«

Während der Sprechstunde operiert Andrej Efimyč nicht gern; er hat sich das längst abgewöhnt, und wenn er Blut sieht, regt ihn das zu sehr auf. Muß er einem Kind den Mund öffnen, um ihm in den Hals zu schauen, und das Kind schreit und verteidigt sich mit den Händchen, dann wird ihm von dem Lärm ganz schwindlig im Kopf, und Tränen treten ihm in die Augen. Er beeilt sich, eine Arznei zu verschreiben, und winkt ab, damit die Frau das Kind möglichst schnell hinausbringt.

In der Sprechstunde langweilen ihn bald die Schüchternheit der Kranken und ihr Stumpfsinn, die Nähe des prächtigen Sergej Sergeič, die Porträts an den Wänden und seine eigenen, stereotypen Fragen, die er schon über zwanzig Jahre stellt. Und nachdem er fünf oder sechs Kranke behandelt hat, geht er fort. Die übrigen überläßt er dem Heilgehilfen.

In dem angenehmen Gedanken, daß er Gott sei Dank schon seit langem keine Privatpraxis mehr hat und daß ihn keiner stören wird, setzt sich Andrej Efimyč, gleich wenn er nach Hause kommt, in seinem Arbeitszimmer an den Tisch und liest. Er liest sehr viel und immer mit großer Begeisterung. Die Hälfte seines Gehalts gibt er für Bücher aus, und von den sechs Zimmern seiner Wohnung sind drei voller Bücher und alter Zeitschriften. Am meisten schätzt er Werke über Geschichte und Philosophie; auf medizinischem Gebiet hat er nur die Zeitschrift ›Vrač‹ abonniert, die er immer von hinten zu lesen beginnt. Die Lektüre zieht sich bei ihm jedesmal über einige Stunden hin, ohne Pause, und ermüdet ihn nicht. Er liest nicht so schnell und fahrig, wie es Ivan Dmitrič tat, sondern langsam und aufmerksam, und er hält oft an Stellen inne, die ihm gefallen oder unklar sind. Neben dem Buch steht immer eine kleine Karaffe mit Vodka, und auf dem Tisch, nicht auf einem Teller, liegt eine Salzgurke oder ein eingemachter Apfel. Jede halbe Stunde schenkt er sich, ohne die Augen von dem Buch zu heben, ein Gläschen Vodka ein und trinkt es aus, dann tastet er, ohne aufzublicken, nach der Gurke und beißt ein Stückchen ab.

Um drei Uhr tritt er vorsichtig an die Küchentür, hustet und sagt:

»Darjuška, könnte ich wohl Mittag essen...«

Nach dem Essen, das ziemlich schlecht und unappetitlich zubereitet ist, schreitet Andrej Efimyč mit auf der Brust gekreuzten Armen durch seine Zimmer und denkt nach. Es schlägt vier, es schlägt fünf, und immer noch schreitet er auf und ab und denkt nach. Hin und wieder knarrt die Küchentür, und Darjuškas rotes, verschlafenes Gesicht erscheint.

»Andrej Efimyč, wollen Sie denn jetzt nicht Ihr Bier trinken?« fragt sie besorgt.

»Nein, es ist noch nicht soweit...«, antwortet er. »Ich warte noch... ich warte...«

Gegen Abend kommt gewöhnlich der Postmeister Michail Averjanyč, der einzige Mensch in der ganzen Stadt, dessen Gesellschaft Andrej Efimyč nicht lästig wird. Michail Averjanyč war früher ein sehr reicher Gutsbesitzer gewesen und hatte bei der Kavallerie gedient, jedoch sein Vermögen verloren und war im Alter aus Not in den Postdienst getreten. Er sieht gesund und munter aus, hat einen üppigen grauen Backenbart, gute Manieren und eine angenehme, kräftige Stimme. Er ist gutmütig und feinfühlig, aber er neigt zu Jähzorn. Wenn auf der Post jemand von den Kunden protestiert, mit etwas nicht einverstanden ist oder einfach seine Meinung darzulegen beginnt, dann wird Michail Averjanyč puterrot, zittert am ganzen Körper und schreit mit donnernder Stimme: »Ruhe!«, so daß das Postamt schon längst in dem Ruf steht, eine Behörde zu sein, die man nur mit Bangen aufsucht. Michail Averjanyč achtet und liebt Andrej Efimyč wegen seiner Bildung und seiner edlen Gesinnung, die anderen Einwohner aber behandelt er von oben herab, ganz so wie seine Untergebenen.

»Da bin ich!« sagt er, als er bei Andrej Efimyč eintritt. »Guten Tag, mein Lieber! Ich bin Ihnen wohl schon lästig, nicht wahr?«

»Im Gegenteil, ich freue mich sehr«, antwortet ihm der Arzt. »Ich freue mich immer, wenn Sie kommen.«

Die Freunde setzen sich im Arbeitszimmer auf das Sofa und rauchen eine Weile schweigend.

»Darjuška, könnten wir Bier haben?« fragt Andrej Efimyč.

Die erste Flasche trinken sie ebenfalls schweigend aus – der Arzt in Gedanken versunken, Michail Averjanyč aber mit heiterer, lebhafter Miene, wie ein Mensch, der etwas sehr Interessantes zu erzählen hat. Das Gespräch beginnt immer der Arzt.

»Wie bedauerlich«, sagt er langsam und leise, wobei er den Kopf schüttelt und dem Gesprächspartner nicht in die Augen blickt (er schaut einem nie in die Augen), »wie bedauerlich ist es doch, verehrter Michail Averjanyč, daß es in unserer Stadt gar keine Menschen gibt, die imstande und davon angetan wären, ein kluges und interessantes Gespräch zu führen. Das ist für uns ein ganz großer Mangel. Sogar die Intelligenz erhebt sich nicht über das niedrigste Niveau; ich versichere Ihnen, ihre Bildungsstufe ist nicht höher als die des niedrigsten Standes.«

»Ganz recht. Völlig einverstanden.«

»Sie wissen ja selbst«, fährt der Arzt leise und bedächtig fort, »daß auf dieser Welt alles, außer den höchsten Offenbarungen des menschlichen Verstandes, nichtig und uninteressant ist. Der Verstand zieht eine scharfe Grenze zwischen Tier und Menschen, er läßt die Göttlichkeit des letzteren erkennen und ersetzt ihm sogar in gewissem Grad die Unsterblichkeit, die es nicht gibt. Wenn man davon ausgeht, so ist der Verstand die einzig mögliche Quelle des Genusses. Wir aber hören und sehen nichts vom Verstand – also mangelt es uns an Genuß. Allerdings haben wir Bücher, aber das kann uns keineswegs ein lebendiges Gespräch und den Gedankenaustausch ersetzen. Wenn Sie mir gestatten, einen nicht ganz treffenden Vergleich zu ziehen, so sind die Bücher wie Noten, das Gespräch aber ist wie Gesang.«

»Ganz recht.«

Sie schweigen wieder. Aus der Küche kommt Darjuška und bleibt, das Gesicht auf ihre kleine Faust gestützt, mit einem Ausdruck dumpfer Trauer in der Tür stehen, um zuzuhören.

»Ach!« seufzt Michail Averjanyč. »Bei den heutigen Menschen suchen Sie Verstand!«

Und er erzählt, wie gut, wie lustig und interessant man früher lebte, wie klug die Intelligenz in Rußland war und wie hoch sie die Begriffe Ehre und Freundschaft stellte. Man lieh Geld ohne Wechsel, und man hielt es für eine Schande, einem notleidenden Kameraden nicht hilfreich die Hand zu reichen. Und was für Feldzüge, Abenteuer, Affären es damals gab, was für Kameraden, was für Frauen! Und der Kaukasus – was für eine wundervolle Gegend! Und die Gattin eines Bataillonskommandeurs, eine sonderbare Frau, zog Offizierskleidung an und ritt abends allein, ohne Begleitung, in die Berge. Man erzählte, sie hätte in einem Aul ein Verhältnis mit irgendeinem kleinen Fürsten.

»Heilige Mutter Gottes ...«, seufzt Darjuška.

»Und wie wurde getrunken! Wie wurde gegessen! Und was für leidenschaftliche Liberale gab es!«

Andrej Efimyč hört zu, es dringt aber nicht bis an sein Bewußtsein; er denkt über etwas nach und trinkt schluckweise sein Bier.

»Ich träume oft von klugen Menschen und von Gesprächen mit ihnen«, unterbricht er plötzlich Michail Averjanyč. »Mein Vater ließ mir eine ausgezeichnete Bildung angedeihen, aber unter dem Einfluß der Ideen der sechziger Jahre zwang er mich, Arzt zu werden. Ich meine, hätte ich ihm damals nicht gehorcht, befände ich mich heute im Mittelpunkt der geistigen Bewegung. Wahrscheinlich wäre ich Mitglied irgendeiner Fakultät. Natürlich ist der Verstand auch nicht ewig, er ist vergänglich, aber Sie wissen schon, warum ich eine Neigung zum Geistigen habe. Das Leben ist eine schlau angelegte Falle. Wenn ein denkender Mensch seine geistige Reife erlangt hat und sich seiner selbst bewußt wird, dann fühlt er sich unwillkürlich wie in einer Falle, aus der es keinen Ausweg gibt. Tatsächlich wurde er doch ohne seinen Willen, durch irgendwelche Zufälligkeiten aus dem Nichtsein ins Leben gerufen ... Wozu? Wenn er den Sinn und das Ziel seines Daseins erfahren will, sagt man ihm nichts oder redet Unsinn; klopft er an, so wird ihm nicht aufgetan; kommt der Tod zu ihm, so ebenfalls gegen seinen Willen. Und wie die Menschen im Gefängnis, wo ein gemeinsames Unglück sie verbindet, Erleichterung fühlen, wenn sie zusammenkommen, so bemerkt man auch im Leben nicht die Falle, wenn Menschen, die zu Analysen und Verallgemeinerungen neigen, sich treffen und die Zeit mit dem Austausch stolzer, freier Ideen verbringen. In diesem Sinne ist der Verstand ein unentbehrlicher Genuß.«

»Ganz recht.«

Andrej Efimyč fährt, ohne dem Gesprächspartner in die Augen zu sehen, leise und stockend fort, von klugen Menschen und den Gesprächen mit ihnen zu erzählen; Michail Averjanyč hört ihm aufmerksam zu und pflichtet ihm bei: »Ganz recht.«

»Sie glauben nicht an die Unsterblichkeit der Seele?« fragt der Postmeister plötzlich.

»Nein, verehrter Michail Averjanyč, ich glaube nicht daran und habe auch keinen Grund dazu.«

»Zugegeben, ich zweifle auch. Obwohl ich so ein Gefühl habe, als würde ich niemals sterben. Ei, denke ich bei mir, du altes Haus, es ist Zeit zum Sterben! In meinem Innern aber sagt mir ein Stimmchen: ›Glaub's nicht, du wirst nicht sterben!‹«

Kurz nach neun Uhr geht Michail Averjanyč. Während er im Vorzimmer seinen Pelz anzieht, sagt er seufzend:

»In was für eine öde Gegend hat uns das Schicksal bloß verschlagen! Am ärgerlichsten ist es, daß man hier auch wird sterben müssen. Ach!«

VII

Nachdem Andrej Efimyč seinen Freund hinausbegleitet hat, setzt er sich an den Tisch und beginnt wieder zu lesen. Die Stille des Abends und der Nacht wird durch keinen Laut gestört, es scheint, als stehe die Zeit still, als sei sie zusammen mit dem Arzt über dem Buch erstarrt und als gebe es nichts weiter auf der Welt als dieses Buch und die Lampe mit dem grünen Schirm. Das grobe Bauerngesicht des Arztes erhellt allmählich ein Lächeln der Rührung und des Entzückens über die unaufhörliche Weiterentwicklung des menschlichen Geistes. Oh, warum ist der Mensch nicht unsterblich? denkt er. Wozu die Zentren und Windungen des Gehirns, wozu Sehvermögen, Sprache, Selbstgefühl und Genie, wenn doch alles verurteilt ist, wieder Erde zu werden und schließlich samt der Erdkruste zu erkalten und darauf Millionen von Jahren sinn- und ziellos mit der Erde um die Sonne zu kreisen? Um zu erkalten und dann zu kreisen, braucht man den Menschen mit seinem hohen, beinahe göttlichen Geist doch nicht aus dem Nichtsein herauszuholen und ihn dann wie zum Hohn in Lehm zu verwandeln.

Wandlung der Materie! Aber was für eine Feigheit, sich mit diesem Surrogat der Unsterblichkeit zu trösten! Die unbewußten Vorgänge, die in der Natur ablaufen, stehen sogar noch tiefer als die menschliche Dummheit, weil die Dummheit immerhin Bewußtsein und Willen enthält, diese Naturvorgänge enthalten aber rein gar nichts. Nur ein Feigling, der mehr Angst vor dem Tod als Würde hat, kann sich damit trösten, daß sein Körper später einmal im Gras, in einem Stein oder in einer Kröte weiterleben wird ... Seine Unsterblichkeit in der Wandlung der Materie zu sehen ist genauso seltsam, wie einem Futteral eine glänzende Zukunft zu prophezeien, nachdem die kostbare Geige zerschlagen und unbrauchbar geworden ist.

Wenn die Uhr schlägt, lehnt sich Andrej Efimyč in seinem Sessel zurück und schließt die Augen, um ein wenig nachzudenken. Und unter dem Einfluß der guten Gedanken, die ihm durch die Lektüre gekommen sind, wirft er unversehens einen Blick auf seine Vergangenheit und auf die Gegenwart. Die Vergangenheit ist widerwärtig, man sollte lieber nicht daran zurückdenken. Und die Gegenwart ist auch nicht anders. Während seine Gedanken zusammen mit der erkalteten Erde um die Sonne kreisen, weiß er, daß in dem großen Gebäude neben der ärztlichen Wohnung Menschen unter Krankheit und Schmutz leiden müssen; einer schläft vielleicht nicht und schlägt sich mit dem Ungeziefer herum, ein anderer steckt sich mit Rose an oder stöhnt wegen eines zu straff angelegten Verbandes; vielleicht spielen die Kranken mit den Wärterinnen Karten und trinken Vodka. Im Berichtsjahr wurden zwölftausend Menschen betrogen; der ganze Krankenhausbetrieb beruht, wie schon vor zwanzig Jahren, auf Diebstahl, Streitigkeit, Klatsch, Vetternwirtschaft und grober Scharlatanerie, und das Krankenhaus ist nach wie vor eine unsittliche Einrichtung und für die Gesundheit der Einwohner höchst schädlich. Er weiß, daß hinter den Gittern des Krankenzimmers Nr. 6 Nikita die Kranken prügelt und daß Mojsejka jeden Tag durch die Stadt geht und um Almosen bittet.

Andererseits weiß er sehr wohl, daß in den letzten fünfundzwanzig Jahren in der Medizin eine märchenhafte Veränderung vor sich gegangen ist. Als er an der Universität studierte, dachte er, die medizinische Wissenschaft werde bald das Schicksal der Alchimie und der Metaphysik erleiden, jetzt aber, wenn er nachts liest, bewegt ihn die Medizin, sie erregt in ihm Erstaunen, ja sogar Begeisterung. Tatsächlich, was für ein unerwarteter Glanz, was für eine Revolution! Dank der Antisepsis macht man Operationen, die der große Pirogov sogar in spe für unmöglich hielt. Gewöhnliche Zemstvo-Ärzte entschließen sich zu einer Resektion des Kniegelenks, auf hundert Bauchschnitte kommt nur ein Todesfall, und die Steinkrankheit gilt als solche Lappalie, daß man darüber gar nicht mehr schreibt. Die Syphilis wird radikal geheilt. Und die Theorie der Vererbung, der Hypnotismus, die Entdeckungen von Pasteur und Koch, die Hygiene nebst der Statistik und unsere russische Zemstvo-Medizin? Die Psychiatrie mit ihrer jetzigen Klassifizierung der Krankheiten, den Methoden der Diagnose und den Heilverfahren ist im Vergleich zu dem, was gewesen ist, ein ganzer Elbrus. Jetzt gießt man den Geisteskranken kein Wasser mehr über den Kopf und zieht ihnen keine Zwangsjacken mehr an; sie werden menschlich behandelt, und wie man in den Zeitungen liest, veranstaltet man für sie sogar Theatervorstellungen und Bälle. Andrej Efimyč weiß, daß bei den heutigen Auffassungen und dem heutigen Feingefühl eine solche Scheußlichkeit wie das Krankenzimmer Nr. 6 vielleicht nur noch in zweihundert Verst Entfernung von der Eisenbahn möglich ist, in einem Städtchen, wo der Bürgermeister und alle Stadtverordneten ganz ungebildete Kleinbürger sind, die in einem Arzt den Adepten der Wissenschaft sehen, an den man ohne jede Kritik glauben muß, selbst wenn er einem geschmolzenes Zinn in den Mund gösse; in einem anderen Ort aber hätten die Bewohner und die Zeitungen diese kleine Bastille schon längst in Stücke gehauen.

Aber was denn? fragt sich Andrej Efimyč und öffnet die Augen. Was ist denn dabei? Trotz Antisepsis, Koch und Pasteur hat sich der Kern der Sache keineswegs geändert. Erkrankungen und Sterblichkeit haben sich nicht verringert. Für die Geisteskranken organisiert man Bälle und Theateraufführungen, aber frei läßt man sie trotzdem nicht. Es ist also alles eitel und nichtig, und im Grunde genommen gibt es keinen Unterschied zwischen der besten Wiener Klinik und meinem Krankenhaus.

Aber Traurigkeit und ein dem Neid ähnliches Gefühl hindern ihn daran, gleichgültig zu sein. Das kommt wahrscheinlich von der Müdigkeit. Der schwere Kopf sinkt auf das Buch, er schiebt die Hände unters Gesicht, damit es weicher liegt, und überlegt: Ich diene einer schädlichen Sache und bekomme mein Gehalt von Menschen, die ich betrüge; ich bin unehrlich. Ich bin aber doch an und für sich ein Nichts; ich bin doch nur ein Teilchen des unumgänglichen sozialen Übels – alle Kreisbeamten sind Schädlinge und bekommen ihr Gehalt umsonst... Folglich bin ich nicht schuld an meiner Unehrlichkeit, sondern die Zeit... Wäre ich zweihundert Jahre später geboren, wäre ich anders...

Wenn es drei Uhr schlägt, löscht er die Lampe und geht ins Schlafzimmer. Zum Schlafen hat er keine Lust.

VIII

Vor etwa zwei Jahren hatte sich das Zemstvo freigebig gezeigt und beschlossen, bis zur Eröffnung einer eigenen Klinik jährlich dreihundert Rubel zu zahlen, als Beihilfe zur Verstärkung des medizinischen Personals im städtischen Krankenhaus; und von der Stadt wurde als Hilfe für Andrej Efimyč der Kreisarzt Evgenij Fëdoryč Chobotov berufen. Das war noch ein sehr junger Mann von kaum dreißig Jahren, hochgewachsen, brünett, mit breiten Backenknochen und kleinen Äuglein; seine Ahnen waren wahrscheinlich Fremdstämmige gewesen. Er kam ohne einen Groschen in der Tasche in der Stadt an, mit einem kleinen Köfferchen und einer jungen, häßlichen Frau, die er als seine Köchin bezeichnet. Diese Frau hat einen Säugling. Evgenij Fëdoryč läuft mit einer Schirmmütze und in hohen Stiefeln herum, und im Winter trägt er einen Halbpelz. Er hat sich sehr mit dem Heilgehilfen Sergej Sergeič und mit dem Kassierer angefreundet, die anderen Beamten aber nennt er Aristokraten und meidet sie. In seiner ganzen Wohnung befindet sich nur ein einziges Buch – ›Die neuesten Rezepte der Wiener Klinik vom Jahre 1881‹. Wenn er zu einem Kranken geht, nimmt er dieses Buch immer mit. Im Klub spielt er abends Billard, die Karten aber mag er nicht. Im Gespräch bevorzugt er Worte wie Palaver, Matifolie mit Essig, fauler Zauber und so weiter.

Ins Krankenhaus kommt er zweimal in der Woche, macht einen Rundgang durch die Krankenzimmer und empfängt Patienten. Das völlige Fehlen der Antisepsis und Schröpfköpfe erzürnen ihn, aber aus Furcht, Andrej Efimyč zu kränken, führt er keine Neuerungen ein. Seinen Kollegen Andrej Efimyč hält er für einen alten Gauner, er vermutet bei ihm große Geldmittel und beneidet ihn im stillen. Er würde gern seinen Posten einnehmen.

IX

An einem Frühlingsabend, Ende März, als auf der Erde kein Schnee mehr lag und im Krankenhausgarten die Stare sangen, ging der Arzt hinaus, um seinen Freund, den Postmeister, zum Tor zu begleiten. Gerade in diesem Augenblick betrat der Jude Mojsejka den Hof; er kehrte von seinem Beutezug zurück. Er war ohne Mütze, die nackten Füße steckten in flachen Gummischuhen, in den Händen hielt er ein kleines Säckchen mit Almosen.

»Gib mir eine Kopeke!« sagte er, lächelnd und vor Kälte zitternd, zu dem Arzt.

Andrej Efimyč, der niemals etwas abschlagen konnte, reichte ihm ein Zehnkopekenstück.

Wie schlecht das ist, dachte er und schaute auf Mojsejkas nackte Füße mit den roten, hageren Knöcheln. – Es ist doch naß.

Bewegt von einem Gefühl, das eine Mischung von Mitleid und Ekel war, folgte er dem Juden in das Nebengebäude und schaute bald auf seine Glatze, bald auf seine Knöchel. Als der Arzt eintrat, sprang Nikita von dem Plunderhaufen auf und stand stramm.

»Guten Tag, Nikita«, sagte Andrej Efimyč sanft. »Könnte man nicht diesem Juden Stiefel aushändigen, sonst erkältet er sich.«

»Zu Befehl, Euer Hochwohlgeboren. Ich werde es dem Inspektor melden.«

»Ich bitte darum. Bitte ihn in meinem Namen. Sag, ich hätte darum gebeten.«

Die Tür, die vom Flur in das Krankenzimmer führte, war geöffnet. Ivan Dmitrič lag mit aufgestütztem Ellenbogen auf dem Bett, lauschte unruhig der fremden Stimme und erkannte plötzlich den Arzt. Er zitterte vor Wut am ganzen Körper, sprang auf und rannte mit rotem, bösem Gesicht und hervorquellenden Augen in die Mitte des Krankenzimmers.

»Der Doktor ist gekommen!« rief er und fing an zu lachen. »Na, endlich! Herrschaften, ich gratuliere, der Arzt beehrt uns mit einer Visite! Verfluchtes Scheusal!« kreischte er und stampfte in einem Anfall von Raserei, wie man ihn noch nie zuvor im Krankenzimmer erlebt hatte, mit dem Fuß auf. »Totschlagen sollte man dieses Scheusal! Nein, totschlagen wäre zuwenig! In der Latrine ersäufen!«

Andrej Efimyč, der das gehört hatte, schaute aus dem Flur ins Krankenzimmer hinein und fragte sanft:

»Wofür?«

»Wofür?« schrie Ivan Dmitrič und näherte sich mit drohender Miene dem Arzt, krampfhaft den Krankenkittel zusammenhaltend. »Wofür! Du Dieb!« sagte er mit Widerwillen und tat, als wolle er ausspucken. »Scharlatan! Henker!«

»Beruhigen Sie sich«, sagte Andrej Efimyč und lächelte schuldbewußt. »Ich versichere Ihnen, ich habe niemals gestohlen, im übrigen aber übertreiben Sie wahrscheinlich stark. Ich sehe, Sie sind auf mich böse. Ich bitte Sie, beruhigen Sie sich, wenn Sie können, und sagen Sie mir ganz kaltblütig: Warum sind Sie böse?«

»Und warum halten Sie mich hier fest?«

»Weil Sie krank sind.«

»Ja, ich bin krank. Aber Dutzende, Hunderte von Geisteskranken leben auf freiem Fuß, weil Sie in Ihrer Unwissenheit nicht fähig sind, sie von den Gesunden zu unterscheiden. Warum müssen ich und diese Unglücklichen hier als Sündenböcke für alle sitzen? Sie, der Heilgehilfe, der Inspektor und Ihr ganzes Krankenhausgesindel stehen in moralischer Beziehung weitaus tiefer als jeder von uns, warum sitzen wir denn hier und nicht Sie? Wo ist hier die Logik?«

»Die moralische Beziehung und die Logik können nichts dafür. Alles hängt von einem Zufall ab. Wen man eingesperrt hat, der muß sitzen, wen man aber nicht eingesperrt hat, der spaziert frei herum, das ist alles. Die Tatsache, daß ich Arzt bin und Sie Geisteskranker, hat nichts mit Moral und mit Logik zu tun, sondern das ist reiner Zufall.«

»Diesen Unsinn begreife ich nicht...«, sagte Ivan Dmitrič leise und setzte sich auf sein Bett.

Mojsejka, den Nikita nicht durchsucht hatte, weil er sich in Anwesenheit des Arztes genierte, breitete auf seinem Bett Brotstücke, Papierschnitzel und Knöchelchen aus und begann, noch immer vor Kälte zitternd, hastig und melodisch hebräisch zu sprechen. Wahrscheinlich bildete er sich ein, er habe einen kleinen Laden aufgemacht.

»Lassen Sie mich hinaus«, sagte Ivan Dmitrič, und seine Stimme bebte.

»Das kann ich nicht.«

»Aber warum denn nicht? Warum?«

»Weil es nicht in meiner Macht steht. Urteilen Sie selbst, was für einen Nutzen haben Sie davon, wenn ich Sie entlasse? Gehen Sie ruhig, die Bewohner der Stadt und die Polizei werden Sie festhalten und zurückbringen.«

»Ja, ja, das ist wahr«, erwiderte Ivan Dmitrič und rieb sich die Stirn. »Das ist furchtbar! Aber was soll ich denn tun? Was denn nur?«

Ivan Dmitričs Stimme und sein von Grimassen verzerrtes junges kluges Gesicht gefielen Andrej Efimyč. Er wollte den jungen Mann gern freundlich behandeln und ihn beruhigen. Er setzte sich neben ihm aufs Bett, überlegte ein wenig und sagte:

»Sie fragen, was Sie tun sollen? Das beste in Ihrer Lage wäre, von hier zu fliehen. Aber leider ist das sinnlos. Man wird Sie festnehmen. Wenn die Gesellschaft sich vor Verbrechern, psychisch Kranken und überhaupt unbequemen Menschen schützt, ist sie unbesiegbar. Für Sie bleibt nur das eine – sich mit dem Gedanken abfinden, daß Ihr Verbleiben hier unumgänglich ist.«

»Niemand hat etwas davon.«

»Wenn Gefängnisse und Irrenhäuser existieren, so muß auch jemand darin sitzen. Wenn nicht Sie – so ich, und wenn nicht ich – so irgend jemand anderes. Warten Sie ab, wenn in ferner Zukunft die Gefängnisse und Irrenhäuser zu bestehen aufhören, dann wird es keine Gitter an den Fenstern und keine Krankenkittel mehr geben. Solch eine Zeit wird selbstverständlich früher oder später kommen.«

Ivan Dmitrič lächelte ironisch.

»Sie scherzen«, sagte er und kniff die Augen zusammen. »Solche Herrschaften wie Sie und Ihr Gehilfe Nikita kümmert die Zukunft nicht im geringsten, aber Sie können überzeugt sein, gnädiger Herr, es kommen bessere Zeiten! Sollte ich mich banal ausdrücken, lachen Sie darüber, aber die Morgenröte eines neuen Lebens wird aufleuchten, die Wahrheit wird triumphieren, dann wird es auch für uns besser werden. Ich erlebe es nicht mehr, ich krepiere vorher, dafür aber erleben es unsere Urenkel.

Ich grüße sie von ganzem Herzen und freue mich, freue mich für sie! Vorwärts! Gott möge euch helfen, Freunde!«

Ivan Dmitrič erhob sich mit glänzenden Augen, streckte die Arme zum Fenster aus und fuhr mit erregter Stimme fort:

»Hinter diesen Gittern segne ich euch! Es lebe die Wahrheit! Ich freue mich!«

»Ich finde keinen besonderen Anlaß zur Freude«, sagte Andrej Efimyč, dem Ivan Dmitričs Haltung theatralisch vorkam und gleichzeitig sehr gefiel. »Gefängnisse und Irrenhäuser wird es nicht geben, und die Wahrheit, wie Sie sich auszudrücken belieben, wird triumphieren, aber der Kern der Sache verändert sich nicht, die Naturgesetze bleiben dieselben. Die Menschen werden krank sein, altern und sterben, so wie auch jetzt. Wie großartig auch die Morgenröte Ihr Leben erhellt, zu, aber der Kern der Sache verändert sich nicht, die Naturgesetze bleiben dieselben. Die Menschen werden krank sein, altern und sterben, so wie auch jetzt. Wie großartig auch die Morgenröte Ihr Leben erhellt, zuskij oder bei Voltaire sagt jemand, wenn es keinen Gott gäbe, so hätten ihn die Menschen erfunden. Ich aber glaube fest daran, wenn es keine Unsterblichkeit gäbe, so würde früher oder später der große menschliche Geist sie erfinden.«

»Gut gesagt«, meinte Andrej Efimyč, vor Vergnügen lächelnd. »Das ist gut, daß Sie glauben. Mit so einem Glauben kann sogar einer, der in eine Wand eingemauert ist, zufrieden leben. Haben Sie irgendwo eine Ausbildung genossen?«

»Ja, ich war auf der Universität, habe sie aber nicht beendet.«

»Sie sind ein ernsthafter, denkender Mensch. In jeder Umgebung können Sie Beruhigung in sich selbst finden. Eine freie und tiefe Denkweise, die nach Erkenntnis des Lebens strebt, und völlige Verachtung der dummen eitlen Welt – das sind die beiden höchsten Güter, die der Mensch je gekannt hat. Und Sie können sie besitzen, selbst wenn Sie hinter drei Gittern säßen. Diogenes lebte in einer Tonne, dennoch war er glücklicher als alle Könige der Erde.«

»Ihr Diogenes war ein Dummkopf«, entgegnete Ivan Dmitrič mürrisch. »Was erzählen Sie mir von Diogenes und von der Erkenntnis des Lebens?« Er wurde plötzlich wütend und sprang auf: »Ich liebe das Leben, ich liebe es leidenschaftlich! Ich leide an Verfolgungswahn, an ständiger quälender Angst, aber es gibt Minuten, wo mich der Lebenshunger packt, und dann fürchte ich, den Verstand zu verlieren. Ich will leben, leben!«

Erregt ging er im Krankenzimmer auf und ab und fuhr mit gedämpfter Stimme fort:

»Wenn ich träume, besuchen mich Gespenster. Zu mir kommen irgendwelche Menschen, ich höre Stimmen und Musik, und mir scheint es, als ob ich an der Küste und im Wald des Meeres spazierenginge, und ich sehne mich so leidenschaftlich nach Tätigkeit, nach Sorgen... Sagen Sie mir, was gibt es draußen Neues?« fragte Ivan Dmitrič. »Was gibt es?«

»Wollen Sie etwas über die Stadt wissen oder im allgemeinen?«

»Nun, zuerst erzählen Sie von der Stadt und dann im allgemeinen.«

»Ja, was? In der Stadt ist es zum Sterben langweilig... Es gibt niemanden, mit dem man reden, niemanden, dem man zuhören möchte. Neue Menschen sieht man auch nicht. Übrigens ist vor kurzem ein junger Arzt namens Chobotov angekommen.«

»Er kam an, als ich schon hier war. Ein Grobian, was?«

»Ja, ein ungebildeter Mensch. Es ist eigenartig, wissen Sie... Insgesamt gesehen, gibt es bei uns in den Hauptstädten keinen geistigen Stillstand, alles ist in Bewegung, also müssen dort auch echte Menschen sein, aber aus irgendeinem Grund schickt man uns von dort Leute, die man gar nicht sehen möchte. Eine unglückliche Stadt!«

»Ja, eine unglückliche Stadt!« Ivan Dmitrič seufzte und lachte auf. »Und wie ist es im allgemeinen? Was schreiben die Zeitungen und Zeitschriften?«

Im Krankenzimmer war es schon dunkel. Der Arzt erhob sich und erzählte im Stehen, was man im Ausland und in Rußland schreibe und welche Geistesrichtung sich jetzt bemerkbar mache. Ivan Dmitrič hörte aufmerksam zu und stellte Fragen, aber plötzlich, als sei ihm etwas Schreckliches eingefallen, faßte er sich an den Kopf und legte sich, dem Arzt den Rücken zukehrend, aufs Bett.

»Was ist mit Ihnen?« fragte Andrej Efimyč.

»Sie hören von mir kein Wort mehr!« sagte Ivan Dmitrič grob. »Lassen Sie mich zufrieden!«

»Warum denn?«

»Ich sage Ihnen: Lassen Sie mich zufrieden! Was, zum Teufel, soll das?«

Andrej Efimyč zuckte mit den Achseln, seufzte und ging hinaus. Als er durch den Flur ging, sagte er:

»Könnte man hier nicht aufräumen, Nikita ... Ein furchtbar unangenehmer Geruch!«

»Zu Befehl, Euer Hochwohlgeboren.«

Was für ein netter junger Mann! dachte Andrej Efimyč auf dem Weg zu seiner Wohnung. Während der ganzen Zeit, da ich hier lebe, ist das, glaube ich, der erste Mensch, mit dem man sich unterhalten kann. Er denkt logisch und interessiert sich gerade für das, was nötig ist.

Beim Lesen und beim Schlafengehen dachte er die ganze Zeit an Ivan Dmitrič, und als er am nächsten Morgen erwachte, erinnerte er sich, daß er gestern die Bekanntschaft eines klugen und interessanten Menschen gemacht hatte, und er beschloß, ihn bei der ersten sich bietenden Gelegenheit nochmals zu besuchen.

X

Ivan Dmitrič lag in derselben Stellung da wie am Vortag, den Kopf in den Händen vergraben und die Beine angezogen. Sein Gesicht war nicht zu sehen.

»Guten Tag, mein Freund«, sagte Andrej Efimyč. »Schlafen Sie nicht?«

»Erstens bin ich nicht Ihr Freund«, sagte Ivan Dmitrič ins Kissen, »und zweitens bemühen Sie sich umsonst; Sie kriegen aus mir auch nicht ein Wort heraus.«

»Sonderbar ...« murmelte Andrej Efimyč verlegen. »Gestern haben wir uns so friedlich unterhalten, aber plötzlich waren Sie unerklärlicherweise beleidigt und brachen das Gespräch ab ... Wahrscheinlich habe ich mich irgendwie ungeschickt ausgedrückt, oder ich habe vielleicht einen Gedanken geäußert, der mit Ihren Überzeugungen nicht übereinstimmt.«

»Ja, das soll ich Ihnen glauben!« sagte Ivan Dmitrič, sich aufrichtend und den Arzt spöttisch und unruhig ansehend; seine Augen waren gerötet. »Um zu spionieren und zu quälen, können Sie woanders hingehen, hier haben Sie nichts zu suchen. Ich habe schon gestern begriffen, weshalb Sie hergekommen sind.«

»Seltsame Phantasie!« erwiderte der Arzt lächelnd. »Also Sie nehmen an, ich sei ein Spion?«

»Ja, das nehme ich an ... Ein Spion oder ein Arzt, bei dem man mich zur Beobachtung eingewiesen hat, das ist ganz gleich.«

»Ach, was sind Sie doch für ein, entschuldigen Sie ... für ein Sonderling!«

Der Arzt setzte sich auf einen Hocker neben dem Bett und schüttelte vorwufsvoll den Kopf.

»Aber angenommen, Sie haben recht«, sagte er. »Angenommen, ich bin ein Verräter und melde Ihre Worte weiter, um Sie der Polizei zu überantworten. Man nimmt Sie fest und verurteilt Sie. Aber wird es Ihnen denn vor Gericht und im Gefängnis schlechter ergehen als hier? Und wenn man Sie deportiert und sogar in die Katorga schickt, ist das etwa schlimmer, als in diesem Gebäude zu sitzen? Ich nehme an, es ist nicht schlimmer ... Weshalb sich also ängstigen?«

Diese Worte beeindruckten Ivan Dmitrič offenbar. Er setzte sich ruhig hin.

Es war gegen fünf Uhr nachmittags – die Zeit, da Andrej Efimyč gewöhnlich in seinen Räumen auf und ab ging und Darjuška ihn fragte, ob er jetzt nicht sein Bier trinken wolle. Draußen war ruhiges, klares Wetter.

»Ich bin nach dem Mittagessen spazierengegangen und habe

Sie aufgesucht, wie Sie sehen«, sagte der Arzt. »Es ist schon richtig Frühling.«

»Welchen Monat haben wir jetzt? März?« fragte Ivan Dmitrič.

»Ja, Ende März.«

»Ist es schmutzig draußen?«

»Nein, nicht sehr. Im Garten sind die Wege schon trocken.«

»Jetzt müßte man in einer Kutsche ausfahren«, sagte Ivan Dmitrič, wie schlaftrunken seine roten Augen reibend, »danach würde man nach Hause, in das warme, gemütliche Arbeitszimmer zurückkehren und ... sich bei einem anständigen Arzt von seinen Kopfschmerzen kurieren lassen ... Schon lange habe ich nicht mehr wie ein Mensch gelebt. Und hier ist es abscheulich! Unerträglich, abscheulich!«

Nach der gestrigen Erregung war er erschöpft, träge und sprach widerwillig. Seine Finger zitterten, und an seinem Gesicht sah man, daß er starke Kopfschmerzen hatte.

»Zwischen einem warmen, gemütlichen Arbeitszimmer und diesem Krankenzimmer besteht gar kein Unterschied«, sagte Andrej Efimyč. »Die Ruhe und Zufriedenheit eines Menschen liegen nicht außerhalb, sondern in ihm selbst.«

»Was heißt das?«

»Ein gewöhnlicher Mensch erwartet Gutes oder Schlechtes von außen, das heißt von einer Kutsche und einem Arbeitszimmer, der denkende Mensch aber von sich selbst.«

»Gehen Sie und predigen Sie diese Philosophie in Griechenland, wo es warm ist und nach Pomeranzen duftet, hier paßt sie nicht zum Klima. Mit wem habe ich über Diogenes gesprochen? Mit Ihnen, nicht wahr?«

»Ja, mit mir, gestern.«

»Diogenes brauchte kein Arbeitszimmer und keinen warmen Raum; dort ist es auch ohnedies heiß. Da kann man in einer Tonne liegen und Apfelsinen und Oliven essen. Hätte er aber in Rußland leben müssen, so hätte er nicht nur im Dezember, sondern schon im Mai nach einem Zimmer verlangt. Er hätte sich wahrscheinlich vor Kälte gekrümmt.«

»Nein. Die Kälte, wie auch jeden anderen Schmerz, braucht

man nicht zu fühlen. Mark Aurel sagt: ›Schmerz ist die lebendige Vorstellung vom Schmerz; steigere deine Willenskraft und ändere diese Vorstellung, weise sie von dir, hör auf zu klagen, und der Schmerz verschwindet.‹ Das ist richtig. Ein Weiser oder einfach ein ernsthafter, denkender Mensch zeichnet sich gerade dadurch aus, daß er das Leiden verachtet; er ist immer zufrieden und wundert sich über nichts.«

»Also bin ich ein Idiot, denn ich leide, bin unzufrieden und wundere mich über die menschliche Gemeinheit.«

»Das ist unbegründet. Wenn Sie sich mehr hineindenken, werden Sie verstehen, wie nichtig all das Äußerliche ist, was uns bewegt. Man muß nach der Erkenntnis des Lebens streben – hierin liegt das wahre Heil.«

»Erkenntnis...«, erwiderte Ivan Dmitrič und verzog das Gesicht. »Äußerlich, innerlich... Entschuldigen Sie, das verstehe ich nicht. Ich weiß nur«, sagte er und erhob sich, während er den Arzt böse anschaute, »ich weiß nur, daß mich Gott als Menschen mit warmem Blut und Nerven geschaffen hat, jawohl! Das organische Gewebe aber muß, wenn es lebensfähig sein soll, auf jeden Reiz reagieren. Und ich reagiere! Auf Schmerz antworte ich mit einem Schrei und mit Tränen, auf Gemeinheit mit Empörung, auf Abscheulichkeit mit Widerwillen. Das ist meiner Meinung nach das Leben. Je tiefer ein Organismus steht, desto weniger empfindet er, desto schwächer reagiert er auf einen Reiz; je höher er steht, desto empfänglicher und energischer reagiert er auf die Wirklichkeit. Wie kann man das nicht wissen? Sie sind Arzt und wissen nichts von alltäglichen Dingen! Um das Leiden zu verachten, immer zufrieden zu sein und sich über nichts zu wundern, da muß man schon einen solchen Zustand erreicht haben« – und Ivan Dmitrič zeigte auf den dicken, aufgedunsenen Bauern – »oder aber sich in solchem Maße durch Leiden stählen, daß man jede Empfindung dafür verliert, das heißt mit anderen Worten, aufhört zu leben. Entschuldigen Sie, ich bin kein Weiser und kein Philosoph«, fuhr Ivan Dmitrič gereizt fort, »und verstehe nichts davon. Ich bin nicht imstande, darüber zu urteilen.«

»Im Gegenteil, Sie urteilen vortrefflich.«

»Die Stoiker, die Sie parodieren, waren bemerkenswerte Menschen, aber ihre Lehre erstarrte schon vor zweitausend Jahren; sie hat sich keinen Deut weiterentwickelt und wird es auch nicht tun, weil sie unpraktisch und nicht lebensfähig ist. Diese Lehre hatte nur bei einer Minderheit Erfolg, die ihr Leben im Studieren und Auskosten verschiedener Lehren zubrachte, die Mehrheit aber verstand sie nicht. Eine Lehre, die Gleichgültigkeit gegenüber dem Reichtum und den Bequemlichkeiten des Lebens predigt, die Leiden und den Tod verachtet, war für die große Mehrheit unverständlich, denn diese Mehrheit kannte weder Reichtum noch Bequemlichkeiten des Lebens; die Leiden zu verachten hätte für sie Verachtung des Lebens bedeutet, denn das ganze Wesen des Menschen besteht aus der Empfindung von Hunger, Kälte, Kränkungen, aus Verlusten und der Furcht eines Hamlets vor dem Tod. In diesen Empfindungen liegt das ganze Leben, man kann es für lästig halten, man kann es hassen, aber nicht verachten. Ja, ich wiederhole, die Lehre der Stoiker kann niemals Zukunft haben; voran schreiten vielmehr, wie Sie sehen, vom Anbeginn der Zeiten bis heute, der Kampf, das Schmerzempfinden, die Fähigkeit, auf einen Reiz zu reagieren ...«

Ivan Dmitrič verlor plötzlich den Faden, stockte und rieb sich ärgerlich die Stirn.

»Ich wollte etwas Wichtiges sagen, bin aber aus dem Konzept gekommen«, sagt er. »Was wollte ich denn ... Ja! Also das will ich sagen: Ein Stoiker verkaufte sich in die Sklaverei, um seinen Nächsten loszukaufen. Sehen Sie, das heißt doch, auch der Stoiker reagierte auf einen Reiz, denn zu einer so großmütigen Handlung, wie es die Selbstvernichtung um seines Nächsten willen ist, braucht man ein empörtes, mitfühlendes Herz. Ich habe in diesem Gefängnis hier alles, was ich lernte, vergessen, sonst würde mir noch irgend etwas einfallen. Und nehmen wir mal Christus! Christus reagierte auf die Wirklichkeit, indem er weinte, lächelte, trauerte, zornig und sogar schwermütig war; den Leiden ging er nicht lächelnd entgegen, und er verachtete nicht den Tod, sondern betete im Garten Gethsemane, daß dieser Kelch an ihm vorübergehe.«

Ivan Dmitrič lachte und setzte sich.

»Nehmen wir an, die Ruhe und Zufriedenheit eines Menschen lägen nicht außerhalb, sondern in ihm selbst«, fuhr er fort. »Nehmen wir an, man müsse die Leiden verachten und sich über nichts wundern. Aber aus welchem Grund predigen Sie das? Sind Sie ein Weiser? Ein Philosoph?«

»Nein, ich bin kein Philosoph, aber jeder muß das predigen, denn es ist vernünftig.«

»Nein, ich will wissen, warum Sie sich hinsichtlich der Erkenntnis des Lebens, der Verachtung der Leiden und so weiter für kompetent halten? Haben Sie denn jemals gelitten? Haben Sie eine Vorstellung von Leiden? Erlauben Sie: hat man Sie in der Kindheit geprügelt?«

»Nein, meine Eltern verabscheuten die Prügelstrafe.«

»Mich aber hat mein Vater grausam geschlagen. Mein Vater war ein strenger, an Hämorrhoiden leidender Beamter, mit langer Nase und gelbem Hals. Aber wir wollen von Ihnen sprechen. In Ihrem ganzen Leben hat Sie niemand auch nur mit dem Finger angerührt, niemand hat Sie eingeschüchtert, Sie gequält; Sie sind gesund wie ein Bulle. Sie wuchsen auf unter dem Schutz Ihres Vaters, studierten auf seine Kosten und rissen dann sofort eine Sinekure an sich. Mehr als zwanzig Jahre leben Sie in einer mietfreien Wohnung, mit Heizung, Beleuchtung und Bedienung, und haben dabei das Recht zu arbeiten, wie und wieviel Sie wollen, oder auch nichts zu tun. Von Natur aus sind Sie ein träger, schlaffer Mensch, deshalb haben Sie sich bemüht, Ihr Leben so zu gestalten, daß Sie nichts stört und von Ihrem Platz verdrängt. Die Geschäfte haben Sie dem Heilgehilfen und dem anderen Gesindel übergeben, Sie selbst haben sich in der Wärme und Stille hingesetzt, haben Geld gespart, ein bißchen in Büchern gelesen, sich mit Nachdenken über allerlei erhabenen Blödsinn ergötzt und« (Ivan Dmitrič blickte auf die rote Nase des Arztes) »öfter einen gehoben. Mit einem Wort, das Leben haben Sie nicht gesehen, Sie kennen es überhaupt nicht, und die

Wirklichkeit ist Ihnen nur aus der Theorie bekannt. Sie verachten aber die Leiden und wundern sich über nichts, aus einem sehr einfachen Grund: die Eitelkeit der Eitelkeiten, das Äußerliche und das Innerliche, die Verachtung des Daseins, der Leiden und des Todes, die Erkenntnis des Lebens, das wahre Heil – diese ganze Philosophie ist für einen russischen Faulpelz wie geschaffen. Sie sehen zum Beispiel, wie ein Bauer seine Ehefrau prügelt. Warum soll man sie in Schutz nehmen? Laß ihn schlagen; ist doch ganz egal, früher oder später sterben die beiden sowieso; und wer prügelt, verletzt mit seinen Schlägen nicht den, den er prügelt, sondern sich selbst. Sich der Trunksucht zu ergeben ist dumm und unanständig, aber wenn man trinkt, so stirbt man, trinkt man nicht – stirbt man auch. Da kommt eine Bauersfrau, sie hat Zahnschmerzen... Nun, was ist dabei? Der Schmerz ist nur eine Vorstellung vom Schmerz, und außerdem kann man ohne Krankheiten auf dieser Welt nicht leben, wir müssen alle sterben, und darum hau ab, Weib, stör mich nicht beim Nachdenken und beim Vodkatrinken. Ein junger Mann bittet um einen Rat, was soll er tun, wie soll er leben; ein anderer würde nachdenken, bevor er etwas erwidert, aber hier ist die Antwort schon fertig: strebe nach Erkenntnis oder nach dem wahren Heil. Und was ist dieses geheimnisvolle ›wahre Heil‹? Darauf gibt es natürlich keine Antwort. Man hält uns hier hinter Gittern, läßt uns verfaulen, mißhandeln, und das ist herrlich und vernünftig, weil zwischen diesem Krankenzimmer und einem warmen, gemütlichen Arbeitszimmer kein Unterschied besteht. Eine bequeme Philosophie: man braucht nichts zu tun, das Gewissen ist rein, und man hält sich für einen Weisen... Nein, mein Herr, das ist keine Philosophie, kein Denken, kein Weitblick, sondern Faulheit, Scharlatanerie, Verschlafenheit... Jawohl!« Ivan Dmitrič wurde wieder böse. »Das Leiden verachten Sie, aber wenn man Ihnen einen Finger in der Tür einklemmt, würden Sie bestimmt aus vollem Halse schreien!«

»Aber vielleicht würde ich auch nicht schreien«, meinte Andrej Efimyč, sanft lächelnd.

»Ja, natürlich! Aber würden Sie vom Schlag gerührt, oder

nehmen wir an, irgendein Dummkopf und Frechling würde seine Stellung und seinen Dienstrang dazu benutzen, Sie öffentlich zu beleidigen, und Sie wüßten, daß ihm das ungestraft durchgeht, na, dann würden Sie begreifen, was es heißt, andere auf das Streben nach Erkenntnis und nach dem wahren Heil zu verweisen.«

»Das ist originell«, sagte Andrej Efimyč, vor Vergnügen lachend und sich die Hände reibend. »Von Ihrem Hang nach Verallgemeinerungen bin ich angenehm überrascht, und meine Charakteristik, die Sie soeben zu geben beliebten, ist einfach glänzend. Offen gestanden, ein Gespräch mit Ihnen bereitet mir ungeheueres Vergnügen. Nun, ich habe Sie angehört, jetzt aber haben Sie die Güte und hören Sie mich an...«

XI

Dieses Gespräch dauerte noch ungefähr eine Stunde und machte auf Andrej Efimyč offensichtlich tiefen Eindruck. Von nun an besuchte er das Nebengebäude jeden Tag. Er ging morgens hin und nachmittags, und oft wurde er auch beim Gespräch mit Ivan Dmitrič von der Abenddämmerung überrascht. Die erste Zeit war Ivan Dmitrič ihm gegenüber befangen, er verdächtigte ihn böser Absichten und zeigte offen seine Feindseligkeit; dann aber gewöhnte er sich an ihn, er änderte sein schroffes Benehmen und wurde herablassend-ironisch.

Im Krankenhaus sprach es sich bald herum, daß Andrej Efimyč das Krankenzimmer Nr. 6 besuchte. Niemand – weder der Heilgehilfe noch Nikita, noch die Krankenwärterinnen – konnte verstehen, weshalb er hinging, warum er stundenlang dort blieb, worüber er sprach und weshalb er keine Rezepte ausstellte. Sein Benehmen schien seltsam. Michail Averjanyč traf ihn oft nicht zu Hause an, was früher nie der Fall gewesen war, und Darjuška war sehr bestürzt, denn der Arzt trank sein Bier nicht mehr zur bestimmten Zeit, und manchmal kam er sogar zu spät zum Mittagessen.

Eines Tages – es war bereits Ende Juni – kam Doktor Chobotov wegen irgendeiner Sache zu Andrej Efimyč. Als er ihn nicht zu Hause antraf, begab er sich auf den Hof, um ihn zu suchen; dort sagte man ihm, der alte Arzt sei zu den Geisteskranken gegangen. Als Chobotov das Nebengebäude betrat und im Flur stehenblieb, hörte er folgendes Gespräch:

»Wir werden uns niemals restlos verstehen, und mich zu bekehren wird Ihnen nicht gelingen«, sagte Ivan Dmitrič gereizt. »Sie kennen die Wirklichkeit überhaupt nicht, und Sie haben niemals gelitten, sondern sich nur wie ein Blutegel von fremdem Leid genährt, ich litt aber ständig, vom Tage meiner Geburt bis heute. Deshalb sage ich offen: Ich halte mich für höherstehend und in jeder Beziehung kompetenter als Sie. Es ist nicht Ihre Sache, mich zu belehren.«

»Ich habe durchaus nicht die Absicht, Sie zu meinem Glauben zu bekehren«, sagte Andrej Efimyč leise und bedauernd, weil man ihn nicht verstehen wollte. »Darauf kommt es auch gar nicht an, mein Freund. Es kommt nicht darauf an, daß Sie gelitten haben und ich nicht. Leiden und Freuden sind vergänglich, lassen wir sie in Gottes Namen. Die Sache ist die, daß wir beide denken; wir halten uns für Menschen, die fähig sind, zu denken und zu urteilen, und das macht uns solidarisch, wie unterschiedlich unsere Ansichten auch sein mögen. Wenn Sie wüßten, mein Freund, wie ich die allgemeine Geist- und Talentlosigkeit, wie ich den Stumpfsinn satt habe und mit welcher Freude ich mich jedesmal mit Ihnen unterhalte! Sie sind ein kluger Mensch, und ich ergötze mich an Ihnen.«

Chobotov öffnete zwei Finger breit die Tür und warf einen Blick ins Krankenzimmer; Ivan Dmitrič mit seiner Nachtmütze und Doktor Andrej Efimyč saßen nebeneinander auf dem Bett. Der Verrückte schnitt Grimassen, zuckte und hielt krampfhaft seinen Krankenkittel zusammen, der Arzt aber saß reglos mit gesenktem Kopf, sein Gesicht sah rot, hilflos und traurig aus. Chobotov zuckte mit den Achseln, lächelte und wechselte einen Blick mit Nikita, der auch mit den Achseln zuckte.

Am nächsten Tag kam Chobotov zusammen mit dem Heilgehilfen in das Nebengebäude. Beide standen im Flur und lauschten.

»Unser Alter scheint verrückt zu sein«, sagte Chobotov, als er das Gebäude verließ.

»Herr, erbarme dich über uns Sünder!« sagte der prächtige Sergej Sergeič seufzend und wich sorgfältig jeder kleinen Pfütze aus, um seine blank geputzten Stiefel nicht zu beschmutzen. »Offen gesagt, verehrter Evgenij Fëdoryč, ich habe das schon lange erwartet!«

XII

Darauf begann Andrej Efimyč um sich herum eine gewisse Heimlichtuerei zu bemerken. Pfleger, Wärterinnen und Kranke sahen ihn, wenn sie an ihm vorbeigingen, fragend an und flüsterten miteinander. Maša, die kleine Tochter des Inspektors, der er im Krankenhausgarten so gern begegnete, lief jetzt weg, wenn er lächelnd an sie herantrat, um ihr Köpfchen zu streicheln. Der Postmeister Michail Averjanyč sagte nicht mehr: »Ganz recht«, wenn er ihm zuhörte, sondern murmelte in unverständlicher Verlegenheit: »Ja, ja, ja…« und sah ihn nachdenklich und traurig an; aus irgendeinem Grund riet er seinem Freund, von Vodka und Bier abzulassen, aber als feinfühliger Mensch sagte er das nicht rundheraus, sondern nur in Andeutungen und erzählte bald von einem Bataillonskommandeur, einem ausgezeichneten Menschen, bald von einem Regimentsgeistlichen, einem netten Kerl, die beide durch das Trinken krank geworden, dann aber wieder völlig genesen waren, nachdem sie das Trinken aufgegeben hatten. Zwei- oder dreimal kam zu Andrej Efimyč sein Kollege Chobotov; er riet ihm ebenfalls, den Alkohol zu meiden, und empfahl ohne jeden ersichtlichen Anlaß, Bromkalium einzunehmen.

Im August erhielt Andrej Efimyč vom Bürgermeister einen Brief mit der Bitte, in einer sehr wichtigen Angelegenheit vorzusprechen. Als Andrej Efimyč zur angegebenen Zeit in das

Stadthaus kam, traf er dort den Stadtkommandanten, den etatmäßigen Kreisschulinspektor, einen Stadtrat, Chobotov und noch einen korpulenten blonden Herrn, den man ihm als Arzt vorstellte. Dieser Arzt, mit einem polnischen, schwer auszusprechenden Namen, wohnte dreißig Verst von der Stadt entfernt auf einem Gestüt und befand sich gerade auf der Durchreise.

»Hier ist eine Eingabe, die Sie betrifft«, begann der Stadtrat, zu Andrej Efimyč gewandt, nachdem sich alle begrüßt und am Tisch Platz genommen hatten. »Da sagt Evgenij Fëdoryč, für die Apotheke sei im Hauptgebäude zuwenig Platz, man müsse sie in einem der Nebengebäude unterbringen. Das geht natürlich, man kann das machen, aber das Wesentliche dabei ist, das Nebengebäude wird renoviert werden müssen.«

»Ja, die Renovierung ist nicht zu vermeiden«, meinte Andrej Efimyč, nachdem er ein wenig nachgedacht hatte. »Wenn man, zum Beispiel, das Eckgebäude für die Apotheke herrichtet, so braucht man dazu, nehme ich an, mindestens fünfhundert Rubel. Eine unnötige Ausgabe.«

Kurzes Schweigen.

»Ich hatte schon vor zehn Jahren die Ehre, darauf hinzuweisen«, fuhr Andrej Efimyč mit leiser Stimme fort, »daß dieses Krankenhaus in seiner jetzigen Form für die Stadt ein Luxus ist, der über ihre Möglichkeiten geht. Es wurde in den vierziger Jahren erbaut, aber damals waren andere Mittel vorhanden. Die Stadt gibt zuviel für unnötige Bauten und überflüssige Ämter aus. Ich glaube, für dieses Geld könnte man bei anderen Verhältnissen zwei vorbildliche Krankenhäuser unterhalten.«

»Führen wir also andere Verhältnisse ein!« sagte der Stadtrat lebhaft.

»Ich hatte schon die Ehre vorzutragen: Übergeben Sie die medizinische Abteilung der Verfügung des Zemstvo.«

»Ja, übergeben Sie dem Zemstvo das Geld, und es wird gestohlen«, sagte der blonde Arzt und lachte.

»So ist es üblich«, meinte der Stadtrat zustimmend und lachte ebenfalls.

Andrej Efimyč blickte mit matten, trüben Augen den blonden Arzt an und sagte:

»Man muß gerecht sein.«

Man schwieg wieder. Es wurde Tee gereicht. Der Stadtkommandant, der aus irgendeinem Grund sehr verlegen war, berührte über den Tisch hinweg Andrej Efimyčs Hand und sagte: »Sie haben uns ganz vergessen, Doktor. Im übrigen sind Sie ein Mönch – Sie spielen keine Karten und lieben keine Frauen. Sie langweilen sich mit uns.«

Alle sprachen nun davon, wie langweilig es für einen ordentlichen Menschen sei, in dieser Stadt zu leben. Kein Theater, keine Musik, und an dem letzten Tanzabend im Klub hätten etwa zwanzig Damen und nur zwei Kavaliere teilgenommen. Die Jugend tanzte nicht, sondern drängte sich um das Büfett oder spielte Karten. Andrej Efimyč fing an, langsam und leise, ohne jemanden anzusehen, davon zu sprechen, wie bedauerlich, wie tief bedauerlich es sei, daß die Städter ihre Lebensenergie, ihr Herz und ihren Verstand beim Kartenspiel und Klatsch vergeudeten und nicht verstünden und auch gar nicht den Willen hätten, ihre Zeit mit interessanten Gesprächen und mit Lesen zu verbringen; sie wollten nicht genießen, was ihnen der Geist gewährt. Der Verstand allein sei interessant und wertvoll, alles andere sei seicht und niedrig. Chobotov hörte seinem Kollegen aufmerksam zu und fragte plötzlich.

»Andrej Efimyč, was für ein Datum haben wir heute?«

Nachdem er die Antwort erhalten hatte, begannen er und der blonde Arzt im Ton von Examinatoren, die ihre Unzulänglichkeit fühlen, Andrej Efimyč zu fragen, was für ein Tag heute sei, wieviel Tage das Jahr habe und ob es stimme, daß im Krankenzimmer Nr. 6 ein bemerkenswerter Prophet lebe.

Als Antwort auf die letzte Frage errötete Andrej Efimyč und sagte:

»Ja, das ist ein kranker, aber interessanter junger Mann.«

Weiter stellte man ihm keine Fragen mehr.

Als er im Vorzimmer seinen Mantel anzog, legte ihm der Stadtkommandant die Hand auf die Schulter und sagte seufzend:

»Für uns Alte ist es Zeit, in den Ruhestand zu treten!«

Beim Verlassen des Stadthauses begriff Andrej Efimyč, daß dies eine Kommission war, die man eingesetzt hatte, um seine geistigen Fähigkeiten zu prüfen. Er rief sich die Fragen, die man ihm gestellt hatte, ins Gedächtnis zurück, errötete, und ohne zu wissen, warum, tat es ihm jetzt zum erstenmal in seinem Leben um die Medizin bitter leid.

Um Gottes willen, dachte er, als er sich daran erinnerte, wie die Ärzte ihn eben untersucht hatten – sie haben doch noch vor kurzem Psychiatrie gehört und ein Examen abgelegt, woher kommt denn diese völlige Unwissenheit? Sie haben keine Ahnung von Psychiatrie!

Und zum erstenmal im Leben fühlte er sich schwer beleidigt und war erzürnt.

Am Abend desselben Tages besuchte ihn Michail Averjanyč. Ohne ihn zu begrüßen, trat der Postmeister zu ihm, nahm ihn bei den Händen und sagte mit erregter Stimme:

»Mein teurer Freund, beweisen Sie mir, daß Sie an meine aufrichtige Zuneigung glauben und mich für Ihren Freund halten... Mein Freund«, und ohne Andrej Efimyč zu Wort kommen zu lassen, fuhr er erregt fort: »Ich liebe Sie wegen Ihrer Bildung und Ihrer edlen Seele. Hören Sie mir zu, mein Lieber! Nach den Vorschriften der Wissenschaft müssen die Ärzte die Wahrheit vor Ihnen verheimlichen, ich aber schleudere Ihnen auf militärische Art die Wahrheit ins Gesicht: Sie sind nicht gesund. Entschuldigen Sie, mein Lieber, aber das ist wahr, das hat Ihre ganze Umgebung schon längst festgestellt. Eben sagte mir Doktor Evgenij Fëdoryč, daß Sie zum Wohle Ihrer Gesundheit ausruhen und sich zerstreuen müßten. Ganz richtig! Ausgezeichnet! In diesen Tagen nehme ich Urlaub und verreise, um andere Luft zu atmen. Beweisen Sie, daß Sie mein Freund sind, fahren wir gemeinsam! Wir wollen fahren und noch einmal jung werden!«

»Ich fühle mich völlig gesund«, sagte Andrej Efimyč nach einigem Nachdenken. »Verreisen kann ich nicht. Erlauben Sie mir, Ihnen meine Freundschaft auf andere Art zu beweisen.«

Irgendwohin zu fahren, ohne zu wissen, warum, ohne Bücher, ohne Darjuška, ohne Bier, die Lebensordnung jäh zu ändern, die sich im Laufe von zwanzig Jahren herausgebildet hatte – dieser Gedanke erschien ihm im ersten Augenblick unsinnig und phantastisch. Aber er erinnerte sich an das Gespräch im Stadthaus und an die gedrückte Stimmung, in der er sich auf dem Heimweg befunden hatte, und der Gedanke, die Stadt, in der dumme Menschen ihn für verrückt hielten, auf kurze Zeit zu verlassen, sagte ihm zu.

»Aber wohin beabsichtigen Sie eigentlich zu reisen?« fragte er.

»Nach Moskau, nach Petersburg, nach Warschau!... In Warschau habe ich die glücklichsten fünf Jahre meines Lebens verbracht. Was für eine wunderschöne Stadt ist das! Fahren wir, mein Lieber!«

XIII

Nach einer Woche schlug man Andrej Efimyč vor, sich auszuruhen, das heißt sein Entlassungsgesuch einzureichen; er nahm das gleichgültig auf, und schon eine Woche später saß er mit Michail Averjanyč in der Postkutsche und fuhr zur nächsten Bahnstation. Die Tage waren kühl und klar, der Himmel war blau, die Ferne durchsichtig. Für die zweihundert Verst bis zur Station brauchten sie zwei volle Tage, und unterwegs übernachteten sie zweimal. Brachte man auf den Poststationen zum Tee schlecht gespülte Gläser oder dauerte das Anspannen der Pferde zu lange, dann wurde Michail Averjanyč puterrot, zitterte am ganzen Körper und schrie: »Ruhe! Kein Wort!« In der Postkutsche erzählte er unaufhörlich von seinen Reisen durch den Kaukasus und das Königreich Polen. Wieviel Abenteuer hatte er erlebt, was für Begegnungen gehabt! Er sprach laut und machte dabei so erstaunte Augen, daß man denken konnte, er lüge. Zu alledem hauchte er beim Erzählen Andrej Efimyč ins Gesicht und lachte ihm laut ins Ohr. Das war dem Arzt lästig und störte ihn beim Nachdenken und Konzentrieren.

Im Zug fuhren sie aus Sparsamkeit dritter Klasse, in einem Wagen für Nichtraucher. Die Hälfte der Fahrgäste waren anständige Leute. Michail Averjanyč schloß bald mit allen Bekanntschaft, er ging von einer Bank zur anderen und sagte laut, man sollte eigentlich nicht mit diesen unmöglichen Eisenbahnen reisen. Alles Gaunerei! Etwas anderes sei es, auf einem Pferd zu reiten – da könne man an einem Tag hundert Verst zurücklegen und fühle sich trotzdem gesund und frisch. Und Mißernten hätten wir deshalb, weil man die Pinsker Sümpfe trockengelegt habe. Überhaupt gebe es schreiende Mißstände. Er geriet in Eifer, sprach laut und ließ andere nicht zu Wort kommen. Dieses endlose Gerede, vermischt mit lautem Lachen und ausdrucksvollen Gebärden, ermüdete Andrej Efimyč.

Wer von uns beiden ist nun verrückt? dachte er ärgerlich. – Ich, der ich mich bemühe, die Fahrgäste nicht zu stören, oder dieser Egoist, der meint, er sei klüger und interessanter als alle anderen, und der deshalb keinen in Ruhe läßt?

In Moskau zog Michail Averjanyč einen Militärrock ohne Schulterstücke und Hosen mit roten Biesen an. Auf der Straße ging er mit Militärmantel und Militärmütze, und die Soldaten erwiesen ihm die Ehrenbezeigung. Andrej Efimyč kam es jetzt vor, als sei das ein Mensch, der von all den herrschaftlichen Eigenschaften, die er einst besessen, die guten abgelegt und nur die schlechten übrigbehalten hatte. Er sah es gern, daß man ihn bediente, sogar dann, wenn es gar nicht nötig war. Die Streichhölzer lagen vor ihm auf dem Tisch, und er sah sie, er aber rief dem Kellner zu, er solle ihm die Streichhölzer reichen; er genierte sich nicht, in Anwesenheit des Stubenmädchens in Unterwäsche herumzulaufen; wahllos duzte er alle Diener, sogar die alten, und wenn er böse wurde, nannte er sie Trottel und Narren. Das war, wie es Andrej Efimyč schien, herrschaftlich, aber widerlich.

Zuallererst führte Michail Averjanyč seinen Freund zur Kapelle der Iberischen Muttergottes. Er betete heiß und innig, mit tiefen Verbeugungen und unter Tränen, und als er fertig war, seufzte er tief und sagte:

»Wenn man auch nicht glaubt, aber es ist irgendwie beruhigender, wenn man gebetet hat. Küssen Sie das Bild, mein Lieber!«

Andrej Efimyč wurde verlegen und küßte ehrerbietig das Marienbild, Michail Averjanyč aber streckte die Lippen vor, wackelte mit dem Kopf und betete noch ein wenig im Flüsterton, und wieder traten ihm die Tränen in die Augen. Darauf gingen sie in den Kreml, sie besichtigten dort die große Kanone und die große Glocke und berührten sie sogar mit den Fingern, sie ergötzten sich am Anblick des jenseitigen Moskva-Ufers und besuchten die Erlöserkirche und das Rumjancev-Museum.

Zu Mittag aßen sie bei Testov. Michail Averjanyč schaute lange auf die Speisekarte, wobei er sich über den Bart strich, und sagte im Ton eines Feinschmeckers, der gewohnt ist, sich im Restaurant wie zu Hause zu fühlen:

»Sehen wir mal, was sie uns heute zu essen anbieten, mein Engel!«

XIV

Der Arzt ging herum, sah sich alles an, aß, trank, aber es beherrschte ihn nur das eine Gefühl – Ärger auf Michail Averjanyč. Er wollte sich von dem Freund erholen, von ihm weggehen, sich verstecken; der Freund aber hielt es für seine Pflicht, ihm auf Schritt und Tritt zu folgen und ihn möglichst viel zu zerstreuen. Gab es nichts anzusehen, zerstreute er ihn mit Gesprächen. Zwei Tage lang ließ Andrej Efimyč sich das gefallen, aber am dritten erklärte er seinem Freund, er sei krank und wolle den ganzen Tag daheim bleiben. Der Freund sagte, in diesem Fall bleibe er auch. Man müsse sich tatsächlich ausruhen, sonst schafften es die Beine nicht. Andrej Efimyč legte sich auf das Sofa, mit dem Gesicht zur Rückenlehne, biß die Zähne zusammen und hörte seinem Freund zu, der leidenschaftlich versicherte, daß Frankreich früher oder später unbedingt Deutschland besiegen werde, daß es in Moskau sehr viel Gauner gebe und daß man nach dem äußeren Aussehen eines Pferdes nicht über seine Qualitäten urteilen könne. Der Arzt bekam Ohrensausen und Herzklopfen, aber aus Feingefühl konnte er sich nicht entschließen, den Freund zu bitten, fortzugehen oder zu schweigen. Zum Glück wurde es Michail Averjanyč langweilig, im Hotelzimmer zu sitzen; nach dem Mittagessen machte er einen Spaziergang.

Allein geblieben, gab sich Andrej Efimyč einem Gefühl der Entspannung hin. Wie angenehm war es, unbeweglich auf dem Sofa zu liegen und zu wissen, man war allein im Zimmer! Wahres Glück ist ohne Einsamkeit unmöglich. Der gefallene Engel wurde Gott wahrscheinlich nur deshalb untreu, weil er die Einsamkeit begehrte, die es für die Engel nicht gibt. Andrej Efimyč wollte darüber nachdenken, was er in den letzten Tagen gesehen und gehört hatte, doch Michail Averjanyč ging ihm nicht aus dem Sinn.

Aber er hat sich doch Urlaub genommen und ist mit mir verreist, aus Freundschaft, aus Großmut, dachte der Arzt ärgerlich. – Es gibt nichts Schlimmeres als diese freundschaftliche Bevormundung. Wie es scheint, ist er doch gutherzig und großmütig; ein Spaßvogel, aber langweilig, unerträglich langweilig. Es gibt eben Menschen, die immer nur gescheite und schöne Worte reden, und doch fühlt man, daß sie stumpfsinnig sind.

In den darauffolgenden Tagen stellte sich Andrej Efimyč krank und verließ nicht das Hotelzimmer. Er lag mit dem Gesicht zur Rückenlehne auf dem Sofa und litt, wenn ihn sein Freund mit Gesprächen unterhielt, oder ruhte sich aus, wenn der Freund abwesend war. Er ärgerte sich über sich selbst, weil er mitgefahren war, und über seinen Freund, weil der mit jedem Tag schwatzhafter und ungenierter wurde. Seinen Gedanken einen ernsten und harmonischen Charakter zu verleihen, wollte ihm durchaus nicht gelingen.

Nun wäscht mir die Wirklichkeit den Kopf, von der mir Ivan Dmitrič erzählte, dachte er, und er ärgerte sich über seine Kleinlichkeit. – Übrigens ist das Unsinn. Wenn ich nach Hause komme, wird alles wieder wie früher sein ...

In Petersburg war es das gleiche: Tagelang verließ er nicht das Hotelzimmer, er lag auf dem Diwan und stand nur auf, um Bier zu trinken.

Michail Averjanyč drängte die ganze Zeit zur Abreise nach Warschau.

»Mein Lieber, wozu soll ich dorthin reisen?« fragte Andrej Efimyč mit flehender Stimme. »Reisen Sie allein und erlauben Sie mir, nach Hause zu fahren! Ich bitte Sie!«

»Auf keinen Fall!« protestierte Michail Averjanyč. »Das ist eine wundervolle Stadt. Ich habe dort die fünf glücklichsten Jahre meines Lebens verbracht!«

Andrej Efimyč war nicht charakterfest genug, um seinen Willen durchzusetzen, und fuhr schweren Herzens mit nach Warschau.

Hier verließ er nicht das Hotelzimmer, er lag auf dem Diwan und war wütend auf sich, auf den Freund und auf die Diener, die sich hartnäckig weigerten, Russisch zu verstehen; Michail Averjanyč aber, wie gewöhnlich gesund, rührig und lustig, spazierte in der Stadt herum und machte seine alten Bekannten ausfindig. Einige Male übernachtete er nicht daheim. Nach einer Nacht, die er irgendwo verbracht hatte, kehrte er frühmorgens in starker Erregung, rot und ungekämmt zurück. Er ging lange unruhig auf und ab, murmelte etwas vor sich hin, blieb dann stehen und sagte:

»Die Ehre geht über alles!«

Nachdem er noch ein wenig umhergegangen war, griff er sich an den Kopf und sagte mit tragischer Stimme:

»Ja, die Ehre geht über alles! Verflucht sei der Augenblick, da mir zum erstenmal der Gedanke in den Kopf kam, in dieses Babylon zu reisen! Mein Lieber«, hier wandte er sich an den Arzt, »verachten Sie mich: ich habe alles verspielt! Geben Sie mir fünfhundert Rubel!«

Andrej Efimyč zählte fünfhundert Rubel ab und gab sie schweigend seinem Freund. Der stammelte, vor Scham und Zorn noch immer flammendrot, zusammenhanglos einen unnötigen Schwur, setzte die Mütze auf und ging hinaus. Als er nach etwa zwei Stunden heimkehrte, fiel er in einen Sessel, seufzte laut und sagte:

»Die Ehre ist gerettet! Fahren wir los, mein Freund! Ich möchte keine Minute länger in dieser verfluchten Stadt bleiben. Gauner! Österreichische Spione!«

Als die Freunde in ihre Stadt zurückkehrten, war es schon November, und auf den Straßen lag hoher Schnee. Andrej Efimyčs Stelle war von Doktor Chobotov besetzt, er lebte noch in seiner alten Wohnung und wartete darauf, daß Andrej Efimyč zurückkommen und die Krankenhauswohnung räumen würde. Die häßliche Frau, die er seine Köchin nannte, wohnte schon in einem der Nebengebäude.

In der Stadt war neuer Krankenhausklatsch im Umlauf. Man erzählte, die häßliche Frau habe sich mit dem Inspektor verzankt, und dieser sei vor ihr auf den Knien gekrochen und habe sie um Verzeihung gebeten.

Andrej Efimyč mußte sich schon am ersten Tag nach der Ankunft eine neue Wohnung suchen.

»Mein Freund«, sagte der Postmeister schüchtern zu ihm, »entschuldigen Sie eine indiskrete Frage: Über welche Mittel verfügen Sie?«

Andrej Efimyč zählte schweigend sein Geld und antwortete:

»Sechsundachtzig Rubel.«

»Ich frage nicht danach«, sagte Michail Averjanyč verlegen, weil er den Arzt nicht verstanden hatte. »Ich frage, was für Mittel Sie überhaupt haben?«

»Ich sage Ihnen doch: Sechsundachtzig Rubel... Mehr besitze ich nicht.«

Michail Averjanyč hielt den Arzt für einen ehrlichen und edelmütigen Menschen, hatte aber doch vermutet, er besitze wenigstens ein Kapital von zwanzigtausend Rubel. Nun, da er erfuhr, daß Andrej Efimyč bettelarm war und nichts zum Leben besaß, fing er auf einmal an zu weinen und umarmte seinen Freund.

XV

Andrej Efimyč wohnte in einem Häuschen mit drei Fenstern; es gehörte der Kleinbürgerin Belova. In diesem Häuschen gab es nur drei Zimmer, die Küche nicht eingerechnet. Zwei davon, deren Fenster auf die Straße gingen, bewohnte der Arzt, und in dem dritten und in der Küche wohnten Darjuška und die Kleinbürgerin mit ihren drei Kindern. Manchmal kam der Liebhaber der Wirtin zum Übernachten, ein betrunkener Kerl, der nachts tobte und den Kindern und Darjuška Schrecken einflößte. Wenn er kam, in der Küche Platz nahm und Vodka verlangte, fühlten sich alle beengt, der Arzt nahm aus Mitleid die weinenden Kinder zu sich und legte sie bei sich auf den Fußboden schlafen, was ihm große Freude machte.

Er stand nach wie vor um acht Uhr auf und setzte sich nach dem Tee hin, um seine alten Bücher und Zeitschriften zu lesen. Für neue hatte er kein Geld mehr. Sei es, daß die Bücher alt waren, oder lag es vielleicht an der veränderten Umgebung, aber die Lektüre fesselte ihn nicht mehr so stark und ermüdete ihn. Um die Zeit nicht in Müßiggang zu verbringen, stellte er einen neuen Katalog seiner Bücher auf und klebte kleine Etiketts an ihre Rücken, und diese mechanische, mühsame Arbeit kam ihm interessanter vor als das Lesen. Die eintönige, mühselige Arbeit lullte auf unverständliche Weise seine Gedanken ein, er dachte an nichts, und die Zeit verging schnell. Es war für ihn sogar interessant, in der Küche zu sitzen und mit Darjuška Kartoffeln zu schälen oder Buchweizengrütze zu verlesen. Sonnabends und sonntags ging er in die Kirche. Mit zugekniffenen Augen stand er an der Wand, lauschte dem Gesang und dachte an seinen Vater, seine Mutter, an die Universität, an die Religion; innere Ruhe und Wehmut überkamen ihn, und wenn er die Kirche verließ, bedauerte er, daß der Gottesdienst so schnell zu Ende gegangen war.

Zweimal ging er ins Krankenhaus zu Ivan Dmitrič, um sich mit ihm zu unterhalten. Aber beide Male war Ivan Dmitrič außergewöhnlich erregt und wütend; er bat, ihn in Ruhe zu lassen, das leere Geschwätz sei ihm schon seit langem zuwider, und er sagte, er bitte die verfluchten niederträchtigen Menschen nur um einen Lohn für alle seine Leiden – die Einzelhaft. War es denn möglich, daß man ihm sogar das verweigerte? Als Andrej Efimyč sich die beiden Male von ihm verabschiedete und ihm eine gute Nacht wünschte, antwortete er grob:

»Zum Teufel!«

Andrej Efimyč wußte jetzt nicht, sollte er ihn ein drittes Mal besuchen oder nicht. Er wäre so gern hingegangen.

Früher war Andrej Efimyč nachmittags durch seine Zimmer gewandert und hatte nachgedacht, jetzt aber lag er vom Mittagessen bis zum Abendtee auf dem Sofa, mit dem Gesicht zur Rückenlehne, und gab sich kleinlichen Gedanken hin, von denen er nicht loskam. Es kränkte ihn, daß man ihm für seine mehr als zwanzigjährige Dienstzeit weder eine Rente noch eine einmalige Unterstützung zahlte. Allerdings hatte er unordentlich gearbeitet, aber eine Rente erhalten alle Beamten, ohne Unterschied, ob sie ordentlich sind oder nicht. Die heutige Gerechtigkeit besteht gerade darin, daß mit Rängen, Orden und Renten nicht die moralischen Qualitäten und Fähigkeiten ausgezeichnet werden, sondern der Dienst überhaupt, wie er auch gewesen sei. Warum sollte er allein eine Ausnahme bilden? Geld hatte er gar keins mehr. Er schämte sich, an dem Laden vorbeizugehen und die Wirtin anzusehen. Für das Bier war er schon zweiunddreißig Rubel schuldig; der Kleinbürgerin Belova schuldete er ebenfalls Geld. Darjuška verkaufte heimlich alte Kleider und Bücher und log der Wirtin vor, der Arzt bekäme bald sehr viel Geld.

Er war auf sich selbst wütend, weil ihn die Reise tausend Rubel gekostet hatte, sein ganzes gespartes Geld. Wie gut könnte er jetzt diese tausend gebrauchen! Es ärgerte ihn, daß die Menschen ihn nicht in Ruhe ließen. Chobotov hielt es für seine Pflicht, den kranken Kollegen hin und wieder zu besuchen. Alles an ihm war Andrej Efimyč zuwider – sein sattes Gesicht, das ekelhaft herablassende Benehmen, das Wort Kollege und die hohen Stiefel; am widerlichsten aber war, daß er es für seine Pflicht und Schuldigkeit hielt, Andrej Efimyč zu kurieren, und daß er glaubte, er kuriere ihn wirklich. Bei jedem seiner Besuche brachte er ein Fläschchen Bromkalium und Rhabarberpillen mit.

Auch Michail Averjanyč hielt es für seine Pflicht, den Freund zu besuchen und ihn zu unterhalten. Jedesmal trat er mit gekünstelter Ungeniertheit bei Andrej Efimyč ein, lachte gezwungen und redete ihm ein, er sehe heute sehr gut aus und es gehe Gott sei Dank mit ihm bergauf, und aus alledem konnte man schließen, daß er die Lage seines Freundes für hoffnungslos hielt. Seine Warschauer Schulden hatte er ihm noch nicht zurückgezahlt, er schämte sich sehr, war stark erregt und versuchte deshalb, noch lauter zu lachen und noch komischer zu erzählen. Seine Anekdoten und Geschichten schienen jetzt endlos und waren für Andrej Efimyč und auch für ihn selbst eine Qual.

Wenn er da war, legte sich Andrej Efimyč gewöhnlich mit dem Gesicht zur Rückenlehne auf das Sofa, biß die Zähne zusammen und hörte zu; auf seine Seele legte es sich schichtweise wie Bodensatz, und nach jedem Besuch des Freundes hatte er ein Gefühl, als wachse dieser Bodensatz immer mehr an, als reiche er ihm schon bis zum Hals.

Um die kleinlichen Gefühle zu ersticken, dachte er schnell daran, daß er selbst, Chobotov und Michail Averjanyč früher oder später zugrunde gehen müßten und daß sie in der Welt nicht einmal Spuren hinterlassen würden. Wenn man sich vorstellte, daß nach einer Million Jahren irgendein Geist in der Weite des Raumes an der Erdkugel vorbeiflöge, so würde er nur Lehm und kahle Felsen sehen. Alles, auch die Kultur und das moralische Gesetz, würde verschwinden, und nicht einmal Kletten würden darauf wachsen. Was bedeuteten da schon das Schamgefühl vor dem Krämer, dieser nichtswürdige Chobotov und Michail Averjanyčs anstrengende Freundschaft? Das alles war Unsinn und eine Lappalie.

Aber solche Überlegungen halfen nicht mehr. Kaum stellte er sich die Erdkugel nach einer Million Jahren vor, da erschien hinter dem kahlen Felsen Chobotov in hohen Stiefeln oder der gezwungen lachende Michail Averjanyč, und er hörte sogar ein verschämtes Flüstern:

»Und die Warschauer Schulden, mein Lieber, zahle ich dieser Tage zurück... Bestimmt.«

XVI

Eines Tages kam Michail Averjanyč am Nachmittag, als Andrej Efimyč auf dem Sofa lag. Zu dieser Zeit erschien auch zufällig Chobotov mit Bromkalium. Andrej Efimyč erhob sich mühevoll, setzte sich und stützte sich mit beiden Händen auf das Sofa.

»Heute, mein Lieber«, begann Michail Averjanyč, »haben Sie eine viel bessere Gesichtsfarbe als gestern! Sie sind mir ja ein Bursche! Bei Gott, so ein Bursche!«

»Es wird Zeit, daß wir gesund werden, Kollege«, meinte Chobotov gähnend. »Sicherlich hängt es Ihnen schon selber zum Halse heraus.«

»Wir werden auch gesund!« sagte Michail Averjanyč heiter. »Noch hundert Jahre werden wir leben! So ist es!«

»Wenn auch nicht hundert, aber für zwanzig reicht es noch«, tröstete Chobotov. »Macht nichts, Kollege, macht nichts, verlieren Sie nicht den Mut... Sie sollten aufhören, uns was vorzumachen!«

»Wir werden es schon zeigen!« Michail Averjanyč lachte schallend und klopfte dem Freund aufs Knie. »Wir werden es schon zeigen! Nächsten Sommer, so Gott will, da rauschen wir ab nach dem Kaukasus und durchstreifen ihn zu Pferd – hopp, hopp, hopp! Und wenn wir vom Kaukasus zurück sind, können wir am Ende gar eine Hochzeit feiern.« Michail Averjanyč blinzelte verschmitzt mit einem Auge. »Wir werden Sie verheiraten... lieber Freund, ja, verheiraten...«

Andrej Efimyč spürte plötzlich, wie der Bodensatz in ihm hochstieg; sein Herz begann furchtbar zu hämmern.

»Das ist geschmacklos!« sagte er, erhob sich schnell und trat zum Fenster. »Begreifen Sie denn nicht, daß Sie Unsinn reden?«

Er wollte sanft und höflich fortfahren, aber plötzlich ballte er gegen seinen Willen die Fäuste und erhob sie hoch über den Kopf.

»Lassen Sie mich zufrieden!« schrie er außer sich, flammendrot und am ganzen Körper zitternd.

»Hinaus! Alle beide hinaus, beide!«

Michail Averjanyč und Chobotov standen auf und starrten ihn zuerst erstaunt, dann voller Angst an.

»Alle beide hinaus!« schrie Andrej Efimyč wieder. »Ihr stumpfsinnigen Menschen! Ihr dummen Menschen! Ich brauche weder Freundschaft noch deine Arzneien, du stumpfsinniger Mensch! So eine Gemeinheit! So eine Niedertracht!«

Chobotov und Michail Averjanyč sahen sich fassungslos an, wichen zur Tür zurück und traten in den Flur hinaus. Andrej Efimyč griff nach dem Fläschchen mit Bromkalium und schleuderte es ihnen nach; klirrend zerbrach das Fläschchen auf der Schwelle.

»Schert euch zum Teufel!« schrie er mit tränenerstickter Stimme und lief auf den Flur. »Zum Teufel!«

Nachdem die Gäste gegangen waren legte sich Andrej Efimyč, wie im Fieber zitternd, auf das Sofa und wiederholte noch lange:

»Ihr stumpfsinnigen Menschen! Ihr dummen Menschen!«

Als er sich beruhigt hatte, fiel ihm als erstes ein, daß der arme Michail Averjanyč sich wahrscheinlich jetzt furchtbar schämte, daß ihm schwer ums Herz war und daß dies alles schrecklich war. Niemals zuvor war etwas Derartiges geschehen. Wo blieben bloß Verstand und Taktgefühl? Wo die Erkenntnis der Dinge und die philosophische Gleichgültigkeit?

Der Arzt konnte vor Scham und Ärger die ganze Nacht nicht schlafen, und gegen zehn Uhr morgens begab er sich zum Postamt und entschuldigte sich bei dem Postmeister.

»Wir wollen nicht mehr an das Vorgefallene denken«, sagte Michail Averjanyč seufzend und tief gerührt und drückte ihm fest die Hand. »Vergeben und vergessen. Ljubavkin!« rief er plötzlich so laut, daß alle Briefträger und Kunden zusammenschraken. »Bring einen Stuhl. Du kannst noch warten!« rief er einer Bauersfrau zu, die ihm durch das Gitter einen Einschreibebrief reichte. »Siehst du denn nicht, daß ich beschäftigt bin? Wir wollen nicht an das Vergangene denken«, fuhr er zärtlich fort, an Andrej Efimyč gewandt. »Setzen Sie sich, ich bitte ergebenst, mein Lieber.«

Er strich sich einige Augenblicke schweigend über die Knie und sagte dann:

»Es kam mir überhaupt nicht in den Sinn, beleidigt zu sein: Ihre Krankheit ist kein Kinderspiel, das verstehe ich. Ihr Anfall gestern hat mich und den Arzt erschreckt, und wir haben noch lange von Ihnen gesprochen. Mein Lieber, warum wollen Sie nicht ernsthaft etwas gegen Ihre Krankheit tun? So geht das doch nicht! Entschuldigen Sie meine freundschaftliche Offenheit«, fuhr Michail Averjanyč im Flüsterton fort, »Sie wohnen in einer denkbar ungünstigen Umgebung: Raummangel, Schmutz, Sie haben keine Pflege, kein Geld, sich zu kurieren ... Mein teurer Freund, der Arzt und ich, wir flehen Sie von ganzem Herzen an, hören Sie auf unseren Rat: gehen Sie ins Krankenhaus! Dort haben Sie eine gesunde Ernährung, Pflege und Behandlung. Wenn Evgenij Fëdoryč, unter uns gesagt, auch mauvais ton ist, aber er hat Erfahrung, man kann sich auf ihn verlassen. Er gab mir sein Wort, sich um Sie zu kümmern.«

Andrej Efimyč war durch die aufrichtige Teilnahme und die Tränen, die plötzlich auf des Postmeisters Wangen glänzten, gerührt.

»Glauben Sie ihnen nicht, Verehrtester!« flüsterte er und legte die Hand aufs Herz. »Glauben Sie ihnen nicht! Das ist Betrug! Meine Krankheit besteht allein darin, daß ich im Laufe von zwanzig Jahren in der ganzen Stadt nur einen einzigen vernünftigen Menschen fand, und der ist ein Geisteskranker. Ich bin gar nicht krank; ich bin einfach in einen Zauberkreis geraten, aus dem es keinen Ausweg gibt. Mir ist alles gleich, ich bin zu allem bereit.«

»Gehen Sie ins Krankenhaus, mein Lieber.«

»Mir ist alles gleich, meinetwegen auch in eine Grube.«

»Geben Sie mir Ihr Wort, mein Bester, Evgenij Fëdoryč in allem zu gehorchen.«

»Gut, ich gebe mein Wort. Aber ich wiederhole, mein Verehrter, ich bin in einen Zauberkreis geraten. Jetzt läuft alles, selbst die aufrichtige Teilnahme meiner Freunde, auf eins hinaus – auf meinen Untergang. Ich gehe zugrunde und habe den Mut, mir dessen bewußt zu sein.«

»Mein Bester, Sie werden gesund.«

»Wozu reden Sie so?« sagte Andrej Efimyč gereizt. »Selten, daß ein Mensch am Ende seines Lebens nicht dasselbe empfindet wie ich jetzt. Wenn man Ihnen sagt, Sie hätten so etwas wie schlechte Nieren und ein vergrößertes Herz und Sie sollten mit einer Kur beginnen, oder wenn man sagt, Sie seien ein Verrückter oder ein Verbrecher, das heißt kurz gesagt, wenn die Menschen auf einmal ihre Aufmerksamkeit auf Sie richten, dann müssen Sie wissen, daß Sie in einen Zauberkreis geraten sind, aus dem Sie nicht mehr herauskommen. Und Sie werden sich noch mehr verirren, sollten Sie versuchen, da herauszukommen. Ergeben Sie sich, denn keine menschlichen Bemühungen können Sie noch retten. So erscheint es mir.«

Währenddessen drängten sich die Leute vor dem Gitter. Um nicht zu stören, stand Andrej Efimyč auf und verabschiedete sich. Michail Averjanyč nahm ihm noch einmal das Ehrenwort ab und begleitete ihn bis zur Außentür.

Am Nachmittag des gleichen Tages erschien bei Andrej Efimyč unerwartet Chobotov, in Halbpelz und hohen Stiefeln, und sagte in einem Ton, als sei gestern nichts vorgefallen:

»Ich komme dienstlich zu Ihnen, Kollege. Ich wollte Sie einladen: Können Sie nicht mit mir an einem Konsilium teilnehmen, wie?«

Da Andrej Efimyč annahm, Chobotov wolle ihn mit einem Spaziergang zerstreuen oder ihm tatsächlich die Möglichkeit geben, etwas zu verdienen, zog er sich an und ging mit ihm auf die Straße. Er war froh über die Gelegenheit, seine gestrige Schuld wiedergutzumachen und sich versöhnen zu können, und er war Chobotov innerlich dankbar, der den gestrigen Vorfall mit keinem Wort erwähnte und ihn offenbar schonte. Von diesem unkultivierten Menschen war eine solche Rücksichtnahme kaum zu erwarten gewesen.

»Und wo ist Ihr Patient?« fragte Andrej Efimyč.

»Bei mir im Krankenhaus. Ich wollte ihn schon längst Ihnen zeigen... Ein äußerst interessanter Fall.«

Sie betraten den Krankenhaushof, umgingen das Hauptgebäude und begaben sich zu dem Nebengebäude, in dem sich die Geisteskranken befanden. Das alles ging schweigend vor sich. Als sie das Nebengebäude betraten, sprang Nikita wie gewöhnlich auf und stand stramm.

»Hier hat sich bei einem Patienten eine Komplikation an der Lunge ergeben«, sagte Chobotov halblaut, als er mit Andrej Efimyč in das Krankenzimmer trat. »Warten Sie hier, ich bin gleich wieder da. Ich hole nur das Stethoskop.«

Und er ging hinaus.

XVII

Es dämmerte schon. Ivan Dmitrič lag auf seinem Bett, den Kopf in die Kissen vergraben; der Paralytiker saß reglos da, weinte leise und bewegte die Lippen. Der dicke Bauer und der frühere Sortierer schliefen. Es war still.

Andrej Efimyč saß auf Ivan Dmitričs Bett und wartete. Aber etwa eine halbe Stunde verging, und statt Chobotov kam Nikita und hielt in beiden Händen einen Krankenkittel, irgend jemandes Wäsche und Pantoffeln.

»Bitte kommen Sie sich anziehen, Euer Hochwohlgeboren«, sagte er leise. »Da ist Ihr Bettchen, bitte hierher«, fügte er hinzu und zeigte auf ein leeres, wahrscheinlich erst vor kurzem gebrachtes Bett. »Macht nichts, so Gott will, werden Sie wieder gesund!«

Andrej Efimyč hatte alles verstanden. Ohne ein Wort zu sagen, ging er zu dem Bett, das ihm Nikita zeigte, und setzte sich; als er merkte, daß Nikita dastand und wartete, entkleidete er sich splitternackt, und er schämte sich. Dann zog er die Anstaltskleidung an; die Hosen schienen sehr kurz, das Hemd war zu lang, und der Kittel roch nach geräuchertem Fisch.

»Sie werden gesund, so Gott will«, wiederholte Nikita.

Er nahm Andrej Efimyčs Kleidung in beide Arme, ging hinaus und schloß die Tür hinter sich.

Es ist ganz egal... dachte Andrej Efimyč; er hüllte sich verschämt in den Krankenkittel und fühlte, daß er in dem neuen Gewand einem Sträfling glich. – Es ist ganz egal... Ganz gleich, ob Frack, Uniform oder dieser Kittel...

Aber was war mit der Uhr? Und mit dem Notizbuch in der Seitentasche? Und mit den Zigaretten? Wo hatte Nikita die Kleidung hingetragen? Jetzt würde er wohl bis zum Tode nicht mehr dazu kommen, Beinkleider, Weste und Stiefel anzuziehen. Das alles war irgendwie sonderbar und anfangs sogar unbegreiflich. Andrej Efimyč war auch jetzt überzeugt, es gebe keinen Unterschied zwischen dem Haus der Kleinbürgerin Belova und dem Krankenzimmer Nr. 6 und auf dieser Welt sei alles Unsinn, eitel und nichtig, doch seine Hände zitterten, die Füße wurden ihm kalt, und ihm graute bei dem Gedanken, Ivan Dmitrič könnte aufstehen und ihn im Krankenkittel sehen. Er stand auf, ging im Zimmer auf und ab und setzte sich wieder hin.

So saß er eine halbe Stunde lang, dann eine ganze, und es wurde ihm zum Sterben langweilig; konnte man denn wirklich hier einen Tag, eine Woche und sogar Jahre verbringen wie diese Menschen? Da saß er nun, ging hin und her und setzte sich wieder. Man konnte zum Fenster treten und hinausschauen und wieder auf und ab gehen. Und was dann? Die ganze Zeit nur wie ein Ölgötze dasitzen und nachdenken? Nein, das war doch kaum möglich.

Andrej Efimyč legte sich hin, stand aber sofort wieder auf, wischte sich mit dem Ärmel den kalten Schweiß von der Stirn und spürte, wie sein ganzes Gesicht nach Räucherfisch roch. Er ging wieder im Zimmer hin und her.

»Das ist irgendein Mißverständnis...«, sagte er und breitete vor Verwunderung die Arme aus. »Man muß die Sache aufklären, hier liegt ein Mißverständnis vor...«

Zu diesem Zeitpunkt erwachte Ivan Dmitrič. Er setzte sich auf und stützte sein Gesicht in die Fäuste. Er spuckte aus; dann blickte er träge den Arzt an und verstand offenbar im ersten Augenblick noch nichts; aber bald bekam sein verschlagenes Gesicht einen bösen und spöttischen Zug.

»Aha, man hat auch Sie hier eingesperrt, mein Lieber!« sagte er mit vom Schlaf heiserer Stimme, wobei er ein Auge zukniff. »Sehr erfreut. Sonst haben Sie den Menschen das Blut ausgesaugt, und jetzt saugt man es Ihnen aus. Vorzüglich!«

»Das ist irgendein Mißverständnis«, sagte Andrej Efimyč, erschrocken über Ivan Dmitričs Worte; er zuckte die Achseln und wiederholte: »Irgendein Mißverständnis...«

Ivan Dmitrič spuckte wieder aus und legte sich hin.

»Verfluchtes Leben!« brummte er. »Und was so bitter und kränkend ist, dieses Leben endet doch nicht mit einem Lohn für die Leiden, nicht mit einer Apotheose wie in der Oper, sondern mit dem Tod; Wärter werden kommen und den Toten an Armen und Beinen in den Keller schleppen. Brr! Nun, macht nichts... Dafür werden wir im Jenseits unseren Feiertag haben... Ich werde aus dem Jenseits hier als Gespenst erscheinen und diese Ekel erschrecken. Sie sollen graue Haare bekommen.«

Mojsejka kam zurück, und als er den Arzt erblickte, streckte er ihm die Hand entgegen.

»Gib mir eine Kopeke!« sagte er.

XVIII

Andrej Efimyč trat ans Fenster und schaute aufs Feld hinaus. Es begann schon dunkel zu werden, und rechts am Horizont ging kalt und blutrot der Mond auf. Unweit des Krankenhauses, kaum zweihundert Meter entfernt, stand ein hohes, weißes Haus, von einer Steinmauer umgeben. Es war das Gefängnis.

Das ist sie, die Wirklichkeit! dachte Andrej Efimyč, und ihm wurde angst und bange.

Schrecklich waren der Mond und das Gefängnis, die Nägel auf dem Zaun und die ferne Flamme der Knochenbrennerei. Hinter sich hörte er einen Seufzer. Andrej Efimyč sah sich um und erblickte einen Mann mit glänzenden Sternen und Orden auf der Brust, der lächelte und verschmitzt mit einem Auge blinzelte. Auch das kam ihm schrecklich vor.

Andrej Efimyč redete sich ein, am Mond und am Gefängnis wäre nichts Besonderes, auch psychisch gesunde Menschen trügen Orden, und mit der Zeit würde alles verfaulen und sich in Erde verwandeln, aber plötzlich übermannte ihn Verzweiflung; er packte mit beiden Händen das Gitter und rüttelte aus Leibeskräften daran. Das feste Gitter gab nicht nach.

Damit ihm nicht bange würde, ging er zu Ivan Dmitričs Bett und setzte sich.

»Ich habe den Mut verloren, mein Lieber«, murmelte er zitternd und wischte sich den kalten Schweiß von der Stirn. »Den Mut verloren.«

»Philosophieren Sie doch«, sagte Ivan Dmitrič spöttisch.

»Mein Gott, mein Gott... Ja, ja... Sie beliebten einmal zu sagen, in Rußland gäbe es keine Philosophie, aber philosophieren tun alle, sogar ausgesprochene Nullen. Aber das Philosophieren der Nullen schadet keinem«, sagte Andrej Efimyč in einem Ton, als wolle er in Tränen ausbrechen und Mitleid erwecken. »Wozu dann dieses schadenfrohe Lachen, mein Lieber? Und wie sollten diese Nullen nicht philosophieren, wenn sie unzufrieden sind? Einem klugen, gebildeten, stolzen und freiheitsliebenden Menschen, einem Ebenbild Gottes, bleibt nichts anderes übrig, denn als Arzt in ein schmutziges, albernes Städtchen zu gehen und sich sein ganzes Leben lang nur mit Schröpfköpfen, Blutegeln und Senfpflastern zu befassen. So eine Kurpfuscherei, Beschränktheit, Gemeinheit! Oh, mein Gott!«

»Sie reden Unsinn. Wenn es Ihnen zuwider ist, Arzt zu sein, dann hätten Sie Minister werden sollen.«

»Ich kann nirgendwohin, nirgendwohin. Wir sind zu

schwach, mein Lieber ... Ich war gleichgültig, urteilte kühn und vernünftig, aber kaum hatte mich das Leben rauh angefaßt, da verlor ich schon den Mut ... Erschöpfung ... Schwach sind wir, elend ... Und Sie auch, mein Lieber. Sie sind klug, edel, mit der Muttermilch haben Sie vortreffliche Regungen eingesogen, aber kaum traten Sie ins Leben, da ermüdeten und erkrankten Sie ... Schwach sind wir, schwach!«

Seit es Abend geworden war, quälte Andrej Efimyč die ganze Zeit, außer der Angst und dem Gefühl der Kränkung, noch etwas. Schließlich wurde es ihm klar, er hatte Appetit auf Bier und Zigaretten.

»Ich geh mal hinaus, mein Lieber«, sagte er. »Ich sage, man soll uns Licht geben ... Ich kann nicht so ... bin nicht imstande ...«

Andrej Efimyč ging zur Tür und öffnete sie, aber Nikita sprang sofort auf und versperrte ihm den Weg.

»Wo wollen Sie hin? Geht nicht, geht nicht!« sagte er. »Ist Schlafenszeit!«

»Aber ich will nur einen Augenblick im Hof auf und ab gehen«, sagte Andrej Efimyč verdutzt.

»Geht nicht, geht nicht, ist nicht erlaubt. Das wissen Sie selbst.«

Nikita schlug die Tür zu und lehnte sich mit dem Rücken dagegen.

»Wem kann was passieren, wenn ich hinausgehe?« fragte Andrej Efimyč und zuckte mit den Achseln. »Ich verstehe das nicht! Nikita, ich muß hinaus!« sagte er mit zitternder Stimme. »Ich muß.«

»Zetteln Sie hier keine Unruhen an, das ist nicht gut!« entgegnete Nikita belehrend.

»Das ist ja unerhört!« schrie plötzlich Ivan Dmitrič und sprang auf. »Was für ein Recht hat er, einen nicht hinauszulassen? Wie können Sie sich unterstehen, uns hier festzuhalten? Im Gesetz ist, glaube ich, klar gesagt: Niemand darf ohne Gerichtsurteil der Freiheit beraubt werden. Das ist brutaler Zwang! Das ist Willkür!«

»Natürlich ist das Willkür«, sagte Andrej Efimyč, durch Ivan Dmitričs Geschrei ermuntert. »Ich muß hinaus, ich muß. Er ist nicht im Recht! Laß mich durch, sag ich!«

»Hörst du, du stumpfsinniges Rindvieh?« rief Ivan Dmitrič und schlug mit der Faust gegen die Tür. »Mach auf, sonst brech ich die Tür auf! Du Schinder!«

»Öffne!« rief Andrej Efimyč, am ganzen Körper zitternd. »Ich verlange es!«

»Red du nur!« antwortete hinter der Tür Nikita. »Red!«

»Geh wenigstens und ruf Evgenij Fëdoryč! Sag, ich bitte ihn zu kommen ... für einen Augenblick!«

»Morgen kommt er schon von selbst.«

»Uns wird man niemals mehr hinauslassen«, fuhr unterdessen Ivan Dmitrič fort. »Sie lassen uns hier verfaulen! O Gott, ist es möglich, daß es im Jenseits tatsächlich keine Hölle gibt und diesen Lumpen vergeben wird? Wo ist denn da die Gerechtigkeit? Mach auf, du Schurke, ich ersticke!« schrie er mit heiserer Stimme und stemmte sich mit seinem ganzen Gewicht gegen die Tür. »Ich renne mir den Schädel ein! Du Mörder!«

Nikita öffnete rasch die Tür und stieß Andrej Efimyč grob zurück, mit beiden Händen und mit dem Knie, dann holte er aus und versetzte ihm mit der Faust einen Schlag ins Gesicht. Andrej Efimyč schien es, als breche eine gewaltige salzige Woge über seinen Kopf herein und ziehe ihn zum Bett; er spürte in der Tat einen salzigen Geschmack im Mund, vermutlich bluteten ihm die Zähne. Er bewegte die Arme, als wolle er schwimmen, und hielt sich an einem Bett fest, da spürte er, wie ihn Nikita zweimal auf den Rücken schlug.

Ivan Dmitrič schrie laut auf. Wahrscheinlich prügelte man auch ihn.

Darauf wurde alles still. Mondlicht schimmerte durch die Gitter, und auf dem Fußboden lag ein Schatten, der einem Netz glich. Es war unheimlich. Andrej Efimyč lag da und hielt den Atem an; mit Schrecken erwartete er, man würde ihn noch einmal schlagen. Ihm war es, als habe einer eine Sichel genommen, zugestochen und sie mehrere Male in seiner Brust und den

Gedärmen umgedreht. Vor Schmerz biß er in das Kissen, er preßte die Zähne zusammen, und plötzlich schoß ihm inmitten dieses Chaos deutlich ein furchtbarer, unerträglicher Gedanke durch den Kopf. Genau den gleichen Schmerz mußten jahrelang, tagaus, tagein diese Menschen ertragen, die jetzt beim Mondschein wie schwarze Schatten aussahen. Wie konnte es geschehen, daß er über zwanzig Jahre nichts gewußt hatte und auch nichts wissen wollte? Er wußte nichts, hatte keine Vorstellung vom Schmerz, folglich war er auch nicht schuldig, aber sein Gewissen, genauso halsstarrig und grob wie Nikita, ließ ihn vom Scheitel bis zur Sohle vor Kälte erstarren. Er sprang auf, wollte aus Leibeskräften schreien und schnell loslaufen, um erst Nikita, dann Chobotov, dann den Inspektor, den Heilgehilfen und schließlich sich selbst zu töten, aber kein Laut entrang sich seiner Brust, und die Beine gehorchten ihm nicht; keuchend zerrte er auf der Brust an dem Krankenkittel und dem Hemd, zerriß beides und fiel ohnmächtig aufs Bett.

XIX

Am nächsten Morgen schmerzte ihm der Kopf, es sauste in seinen Ohren, und im ganzen Körper spürte er ein Unwohlsein. Er schämte sich seiner gestrigen Schwäche nicht. Gestern war er mutlos gewesen, er hatte sich sogar vor dem Mond gefürchtet und aufrichtig Gefühle und Gedanken geäußert, die er früher bei sich nicht einmal ahnte, zum Beispiel die Gedanken über die Unzufriedenheit der philosophierenden Nullen. Aber jetzt war ihm alles gleich.

Er aß nicht, trank nicht, lag regungslos da und schwieg.

Mir ist alles gleich, dachte er, als man ihm Fragen stellte. – Ich antworte nicht ... Mir ist alles gleich.

Nachmittags kam Michail Averjanyč und brachte ein Viertelpfund Tee und ein Pfund Fruchtpaste. Darjuška war auch da und stand eine ganze Stunde mit dem Ausdruck dumpfer Trauer an seinem Bett. Doktor Chobotov besuchte ihn ebenfalls. Er brachte ein Fläschchen Bromkalium und befahl Nikita, in dem Krankenzimmer mit irgend etwas zu räuchern.

Gegen Abend starb Andrej Efimyč an einem Gehirnschlag. Zuerst verspürte er einen furchtbaren Schüttelfrost; etwas Widerliches schien in seinen Körper einzudringen, sogar in die Finger, es zog vom Magen zum Kopf und überflutete Augen und Ohren. Vor den Augen schimmerte es grün. Andrej Efimyč begriff, daß dies das Ende war, und er entsann sich, daß Ivan Dmitrič, Michail Averjanyč und Millionen Menschen an die Unsterblichkeit glaubten. Und wenn es sie nun gab? Aber er wollte keine Unsterblichkeit und dachte nur einen Augenblick daran. Ein Rudel Hirsche, ungewöhnlich schön und graziös, von denen er gestern gelesen hatte, lief an ihm vorbei; dann streckte ihm eine Frau die Hand entgegen, mit einem Einschreibebrief... Michail Averjanyč sagte etwas. Dann verschwand alles, und Andrej Efimyč schlummerte für immer.

Wärter kamen, ergriffen ihn an Armen und Beinen und trugen ihn in die Kapelle. Dort lag er mit geöffneten Augen auf dem Tisch, und nachts beleuchtete ihn der Mond. Am Morgen kam Sergej Sergeič, betete fromm vor dem Kruzifix und schloß seinem früheren Chef die Augen.

Einen Tag später trug man Andrej Efimyč zu Grabe. Bei der Beerdigung waren nur Michail Averjanyč und Darjuška anwesend.

Der Student

Anfangs herrschte noch schönes, ruhiges Wetter. Die Drosseln schlugen, und in den Sümpfen der Nachbarschaft gab irgendein Lebewesen einen so kläglichen, dumpfen Laut von sich, als bliese jemand in eine leere Flasche. Eine Waldschnepfe strich vorüber, und der Schuß, der ihr galt, hallte fröhlich durch die Frühlingsluft. Als es aber im Wald dämmerte, kam plötzlich von Osten her ein durchdringender, kalter Wind auf, und alles erstarrte in Schweigen. Die Pfützen überzogen sich mit Nadeln aus Eis, und der Wald war wie ausgestorben, unwirtlich und öde. Es roch nach Winter.

Ivan Velikopolskij, Sohn eines Küsters und Student der geistlichen Akademie, befand sich auf dem Heimweg vom Schnepfenstrich und schritt die ganze Zeit auf einem Pfad, der durch eine überschwemmte Wiese führte. Seine Finger waren steif vor Kälte, sein Gesicht war vom Wind gerötet. Ihm schien, diese unvermittelt hereingebrochene Kälte habe in allem die Ordnung und Harmonie gestört, der Natur selbst sei es unheimlich, und daher falle auch die abendliche Dunkelheit schneller ein als sonst. Ringsum war es öde und irgendwie besonders düster. Nur in den Witwengärten am Fluß leuchtete ein Feuer; im weiten Umkreis jedoch und dort, wo etwa vier Verst entfernt das Dorf lag, versank alles in kaltem Abendnebel. Der Student mußte daran denken, wie seine Mutter, als er aus dem Hause ging, in der Diele barfuß auf dem Fußboden hockte und den Samovar reinigte, der Vater aber lag auf dem Ofen und hustete; da Karfreitag war, wurde nicht gekocht, und er wollte so gern etwas essen. Sich vor Kälte zusammenkrümmend, dachte der Student daran, daß der gleiche Wind auch zu Zeiten Rjuriks, Ivans des Schrecklichen und Peters des Großen geweht hatte und daß zu ihrer Zeit die gleiche grausame Armut und der gleiche Hunger geherrscht hatten, daß es die gleichen durchlöcherten

Strohdächer, die gleiche Unwissenheit und Trübsal gegeben hatte, die gleiche Öde und Finsternis, das gleiche Gefühl der Unterdrückung – all diese Schrecken hatte es gegeben, es gab sie noch, und es würde sie auch in Zukunft geben; und auch in tausend Jahren würde das Leben nicht besser werden. Und er wollte nicht nach Hause zurück.

Die Gemüsegärten wurden Witwengärten genannt, weil zwei Witwen, Mutter und Tochter, sie pflegten. Das Reisigfeuer brannte heiß, es knisterte und erhellte im weiten Umkreis die aufgepflügte Erde.

Die Witwe Vasilisa, eine hochgewachsene rundliche Alte in einer Männerpelzjacke, stand daneben und sah nachdenklich in die Flammen; ihre Tochter Lukerja, klein, pockennarbig und mit einem dümmlichen Gesicht, saß auf der Erde, sie wusch den Kessel und die Löffel. Offenbar hatten sie gerade zu Abend gegessen. Man hörte in der Ferne Männerstimmen; das waren hiesige Landarbeiter, die am Fluß die Pferde tränkten.

»Ist doch der Winter noch einmal zurückgekehrt«, sagte der Student, der ans Feuer trat. »Guten Abend!«

Vasilisa zuckte zusammen, erkannte ihn jedoch sofort und lächelte freundlich.

»Hab dich nicht gleich erkannt, Gott mit dir«, sagte sie. »Wirst reich werden.«

Sie kamen ins Gespräch. Vasilisa, eine erfahrene Frau, die früher bei Herrschaften als Amme und dann als Kindermädchen gedient hatte, drückte sich sehr höflich aus, und ein feines würdevolles Lächeln wich die ganze Zeit nicht aus ihrem Gesicht; ihre Tochter Lukerja hingegen, ein richtiges Bauernweib, das unter der Fuchtel des Ehemannes stand, schaute den Studenten nur verstohlen an und schwieg, und sie hatte einen seltsamen Gesichtsausdruck, wie ihn Taubstumme haben.

»In genauso einer kalten Nacht hat sich der Apostel Petrus am Lagerfeuer gewärmt«, sagte der Student und streckte die Hände zum Feuer hin. »Auch damals war es kalt. Ach, was für eine furchtbare Nacht war das, Großmütterchen! Eine ungewöhnlich trostlose, endlose Nacht!«

Er blickte in die Dunkelheit, schüttelte krampfhaft den Kopf und fragte:

»Warst du heute zu den zwölf Evangelien?«

»Ja«, antwortete Vasilisa.

»Entsinnst du dich, Petrus sagte beim heiligen Abendmahl zu Jesus: ›Herr, ich bin bereit, mit dir ins Gefängnis und in den Tod zu gehen.‹ Der Herr aber sprach zu ihm: ›Petrus, ich sage dir: Der Hahn wird heute nicht krähen, ehe denn du dreimal verleugnet hast, daß du mich kennest.‹ Nach dem Abendmahl war Jesus zu Tode betrübt und betete im Garten, der arme Petrus aber quälte sich in seiner Seele; er wurde müde, die Lider wurden ihm schwer, und der Schlaf übermannte ihn. Er schlief. Darauf küßte Judas, wie du gehört hast, in derselben Nacht Jesus und überantwortete ihn seinen Peinigern. Sie führten ihn gebunden vor den Hohenpriester und schlugen ihn, und Petrus, erschöpft, gequält von Trauer und Sorge, verstehst du, unausgeschlafen und voller Ahnung, daß auf Erden bald etwas Furchtbares geschehen werde, ging hinterdrein... Er liebte Jesus leidenschaftlich, unaussprechlich, und nun mußte er von ferne mit ansehen, wie sie ihn schlugen...«

Lukerja legte die Löffel weg und heftete ihren starren Blick auf den Studenten.

»Sie kamen zu dem Hohenpriester«, fuhr er fort, »man begann Jesus zu verhören, und die Knechte machten unterdessen auf dem Hof ein Feuer an, denn es war kalt, und sie wärmten sich. Mit ihnen stand Petrus am Feuer und wärmte sich ebenfalls, so wie ich es jetzt tue. Eine Frau, die ihn sah, sagte: ›Dieser war auch mit ihm‹, das heißt, man sollte auch ihn zum Verhör bringen. Und alle Knechte, die mit am Feuer waren, blickten ihn wahrscheinlich mißtrauisch und streng an, denn er wurde verlegen und sagte: ›Ich kenne ihn nicht.‹ Ein wenig später erkannte wieder jemand in ihm einen der Jünger Jesu und sagte: ›Du bist auch deren einer.‹ Aber er leugnete abermals. Und zum drittenmal wandte sich einer an ihn. ›Habe ich dich nicht heute mit ihm im Garten gesehen?‹ Und er leugnete zum drittenmal. Und gleich darauf krähte der Hahn, und Petrus, der Jesus von ferne sah, erinnerte sich der Worte, die dieser ihm beim Abschied gesagt hatte. Er erinnerte sich, kam zur Besinnung, verließ den Hof und weinte bitterlich. Im Evangelium steht geschrieben: ›Und Petrus ging hinaus und weinte bitterlich.‹ Ich kann mir das vorstellen: der totenstille, dunkle Garten, und in der Stille hört man ein dumpfes Schluchzen ...«

Der Student seufzte und versank in Nachdenken. Vasilisa, die immer noch lächelte, schluchzte plötzlich auf, große Tränen rollten über ihre Wangen, und sie schützte mit dem Ärmel ihr Gesicht vor der Glut, als schäme sie sich ihrer Tränen; Lukerja aber, die den Studenten unverwandt ansah, wurde rot; ihr Gesicht bekam einen harten und angespannten Ausdruck, wie bei einem Menschen, der einen starken Schmerz unterdrückt.

Die Landarbeiter kehrten vom Fluß zurück, einer von ihnen war auf seinem Pferd bereits so nahe, daß der Schein des Feuers ihn flackernd beleuchtete. Der Student wünschte den Witwen eine gute Nacht und ging weiter. Und wieder umgab ihn Dunkelheit, und wieder fror er an den Händen. Es wehte ein grimmig kalter Wind, der Winter kehrte tatsächlich zurück, und es sah nicht so aus, als sei übermorgen Ostern.

Der Student dachte jetzt an Vasilisa: Wenn sie angefangen hatte zu weinen, so stand also alles, was in jener furchtbaren Nacht mit Petrus geschehen war, auch zu ihr in einer Beziehung.

Er schaute sich um. Einsam und ruhig leuchtete das Feuer in der Dunkelheit, aber die Menschen daneben waren schon nicht mehr zu sehen. Der Student dachte wieder: Die Tatsache, daß Vasilisa weinte und ihre Tochter verlegen war, bedeutete offenbar, daß alles, was er soeben erzählt hatte und was vor neunzehn Jahrhunderten geschehen war, eine Beziehung zur Gegenwart haben mußte – zu diesen beiden Frauen und wahrscheinlich auch zu diesem öden Dorf, zu ihm selbst, zu allen Menschen. Wenn die alte Frau weinte, so nicht deshalb, weil er so rührend erzählt hatte, sondern deshalb, weil Petrus ihr vertraut war und weil sie mit ganzem Herzen erfühlte, was in Petrus' Seele vorgegangen war.

Und Freude regte sich plötzlich in seinem Herzen, und er

blieb sogar einige Augenblicke stehen, um Atem zu schöpfen. Die Vergangenheit, so dachte er, ist mit der Gegenwart durch eine ununterbrochene Kette von Ereignissen verknüpft, von denen sich eins aus dem anderen ergibt. Und es schien ihm, er habe soeben die beiden Enden dieser Kette gesehen – er berührte das eine Ende, da erzitterte das andere.

Als er mit der Fähre über den Fluß setzte, darauf den Berg hinanstieg und zuerst auf sein heimatliches Dorf und dann nach Westen blickte, wo als ein schmaler Streifen die kalte purpurne Abendröte glänzte, da dachte er daran, daß die Wahrheit und Schönheit, die das menschliche Leben dort, im Garten und auf dem Hof des Hohenpriesters, geleitet hatten, sich ununterbrochen bis heute fortsetzen und offenbar die Hauptsache bildeten im menschlichen Leben und überhaupt auf Erden; und das Gefühl der Jugend, Gesundheit und Kraft – er war erst zweiundzwanzig Jahre alt – und die unaussprechlich süße Erwartung des Glücks, eines unbekannten, geheimnisvollen Glücks, übermannten ihn, und das Leben schien ihm bezaubernd, wunderbar und von einem tiefen Sinn erfüllt.

Herzchen

Olenka, die Tochter des pensionierten Kollegienassessors Plemjannikov, saß nachdenklich im Hof auf der Eingangstreppe. Es war heiß, aufdringlich umschwirrten sie die Fliegen, und es war sehr angenehm, daran zu denken, daß es bald Abend sein würde. Von Osten zogen dunkle Regenwolken heran, und von Zeit zu Zeit wehte von dort Feuchtigkeit herüber.

Mitten im Hof stand Kukin, Unternehmer und Inhaber des Vergnügungsparks ›Tivoli‹, der hier auf dem Hof im Nebengebäude wohnte, und blickte zum Himmel empor.

»Schon wieder!« sagte er verzweifelt. »Wieder wird es Regen geben! Jeden Tag Regen, jeden Tag Regen – wie zum Trotz! Das ist zum Aufhängen! Das ist mein Ruin! Jeden Tag furchtbare Verluste!«

Er rang die Hände und fuhr, zu Olenka gewandt, fort:

»Da haben Sie unser Leben, Olga Semënovna! Zum Heulen! Man arbeitet, man strebt, man plagt sich, schläft nächtelang nicht, immerzu überlegt man, wie man es noch besser machen könnte – und was kommt dabei heraus? Da ist einerseits das Publikum, roh und ungebildet. Ich biete ihm die beste Operette, ein Ausstattungsstück, hervorragende Coupletsänger, aber braucht das Publikum so etwas? Versteht es denn etwas davon? Es braucht Jahrmarktspossen! Banalitäten muß man ihm bieten! Und andererseits schauen Sie sich das Wetter an. Fast jeden Abend Regen. Seit dem 10. Mai geht das nun schon so, den ganzen Mai und Juni hindurch, einfach entsetzlich! Das Publikum kommt nicht, aber ich, muß ich denn nicht Pacht zahlen? Bezahle ich nicht die Künstler?«

Am nächsten Tag gegen Abend zogen wieder Wolken heran, und Kukin sagte mit hysterischem Lachen:

»Na und? Soll er doch! Soll doch der ganze Park versaufen und ich dazu! Daß ich auch nie Glück habe, weder in dieser noch in jener Welt! Sollen mich doch die Künstler vor Gericht bringen! Was heißt Gericht? Nach Sibirien in die Katorga! Aufs Schafott meinetwegen! Hahaha!«

Und am dritten Tag genau das gleiche...

Olenka hörte Kukin schweigend und ernst zu, und manchmal traten ihr Tränen in die Augen. Zu guter Letzt rührte sie Kukins Unglück, und sie gewann ihn lieb. Er war klein, hager, hatte ein gelbes Gesicht und trug das Haar an den Schläfen zurückgekämmt; er sprach mit kraftloser Tenorstimme und verzog beim Sprechen den Mund. Auf seinem Gesicht malte sich immer Verzweiflung, dennoch erweckte er in ihr ein echtes, tiefes Gefühl. Sie liebte ständig irgend jemanden und konnte ohne Liebe nicht sein. Früher hatte sie ihren Papa geliebt, der jetzt krank in einem dunklen Zimmer im Lehnstuhl saß und schwer atmete; sie liebte ihre Tante, die ab und zu, einmal in zwei Jahren, aus Brjansk zu Besuch kam, und noch früher, als sie noch ins Progymnasium ging, hatte sie ihren Französischlehrer geliebt. Sie war ein stilles, gutmütiges, mitfühlendes Wesen mit sanftem, weichem Blick und kerngesund. Wenn die Männer ihre vollen rosigen Wangen, ihren weichen weißen Hals mit dem dunklen Muttermal und das gutmütig-naive Lächeln sahen, das auf ihrem Gesicht lag, sobald sie etwas Angenehmes hörte, dann dachten sie: Ja, nicht übel... und sie lächelten ebenfalls, und die zu Besuch weilenden Damen konnten nicht anders, sie mußten plötzlich mitten im Gespräch ihre Hand ergreifen und mit einem Ausdruck des Entzückens ausrufen:

»Herzchen!«

Das Haus, in dem sie seit ihrer Geburt wohnte und das ihr testamentarisch vermacht worden war, lag am Rande der Stadt, in der sogenannten Zigeunervorstadt unweit vom ›Tivoli‹; abends und nachts hörte sie, wie im Park die Musik spielte, wie laut knallend die Raketen zerplatzten, und sie meinte dann, Kukin kämpfe mit seinem Schicksal und stürme gegen seinen Hauptfeind – die Gleichgültigkeit des Publikums; ihr Herz stockte wonnig, sie konnte nicht mehr schlafen, und wenn er gegen Morgen heimkehrte, klopfte sie leise an das Fenster ihres

Schlafzimmers, zeigte ihm durch die Vorhänge nur ihr Gesicht und die eine Schulter und lächelte dabei zärtlich...

Er machte ihr einen Heiratsantrag, und sie wurden getraut. Und jedesmal, wenn er, wie es sich gehört, ihren Hals und ihre vollen gesunden Schultern erblickte, klatschte er in die Hände und rief:

»Herzchen!«

Er war glücklich, da es aber am Tage der Hochzeit und in der Nacht darauf geregnet hatte, wich von seinem Gesicht nicht der Ausdruck der Verzweiflung.

Nach der Hochzeit lebten sie glücklich miteinander. Sie saß bei ihm an der Kasse, achtete im Park auf Ordnung, trug die Ausgaben ein, zahlte die Gagen aus, und ihre rosigen Wangen und ihr liebes, naives, strahlendes Lächeln tauchten bald am Kassenfenster, bald hinter den Kulissen, bald am Büfett auf.

Sie sagte schon zu ihren Bekannten, das Bemerkenswerteste, das Wichtigste und Notwendigste auf der Welt sei das Theater, nur im Theater könne man wahren Genuß empfinden und ein gebildeter, humaner Mensch werden.

»Aber versteht denn das Publikum etwas davon?« fragte sie. »Es braucht Jahrmarktspossen! Gestern wurde bei uns ›Faust verkehrt‹ gegeben, fast alle Logen waren leer, aber hätten Vanečka und ich irgendeine Banalität gebracht, glauben Sie mir, dann wäre das Theater brechend voll gewesen. Morgen geben Vanečka und ich ›Orpheus in der Unterwelt‹, kommen Sie doch hin.«

Was Kukin über das Theater und über die Schauspieler sagte, das wiederholte sie. Genau wie er verachtete sie das Publikum wegen seiner Gleichgültigkeit gegenüber der Kunst und wegen seiner Unwissenheit; sie mischte sich auf den Proben ein und verbesserte die Schauspieler, sie achtete auf das Benehmen der Musiker, und wenn im Lokalblatt mißbilligend vom Theater gesprochen wurde, dann weinte sie und ging in die Redaktion, um die Sache zu klären.

Die Schauspieler hatten sie gern und nannten sie »Vanečka und ich« und »Herzchen«; sie bemitleidete sie und gab ihnen kleine

Darlehen, und wenn man sie manchmal betrog, so weinte sie nur leise, beschwerte sich aber nicht bei ihrem Mann.

Auch im Winter lebten sie gut. Sie mieteten das Stadttheater für die ganze Saison und stellten es für kurze Zeit einer ukrainischen Truppe, einem Zauberkünstler oder den örtlichen Theaterliebhabern zur Verfügung. Olenka war voller geworden und strahlte vor Zufriedenheit, Kukin aber magerte ab, wurde gelb und klagte über die furchtbaren Verluste, obgleich die Geschäfte den ganzen Winter hindurch nicht schlecht gingen. Nachts hustete er, und sie gab ihm Himbeersaft und Lindenblütentee zu trinken, rieb ihn mit Kölnischwasser ein und hüllte ihn in ihre weichen Schals.

»Was bist du für ein lieber Mann!« sagte sie ganz aufrichtig und strich ihm die Haare glatt. »Was für ein guter Mann du bist.«

In den großen Fasten fuhr er nach Moskau, um eine Truppe zu engagieren, und sie konnte ohne ihn nicht schlafen, sie saß immerzu am Fenster und schaute zu den Sternen empor. Dabei verglich sie sich mit den Hühnern, die ebenfalls die ganze Nacht nicht schlafen und unruhig sind, wenn kein Hahn im Stall ist. Kukin hielt sich länger in Moskau auf und schrieb, er komme in der Osterwoche zurück, und in seinen Briefen traf er bereits Anordnungen hinsichtlich des ›Tivoli‹. Doch am Montag in der Karwoche ertönte plötzlich spätabends ein unheilverkündendes Klopfen am Tor; jemand schlug gegen die Pforte wie gegen ein Faß: bum, bum, bum! Verschlafen und mit den bloßen Füßen durch die Pfützen patschend, eilte die Köchin, um zu öffnen.

»Machen Sie auf, seien Sie so gut!« rief jemand mit dumpfer Baßstimme hinter dem Tor. »Ein Telegramm für Sie!«

Olenka hatte auch schon früher Telegramme von ihrem Mann erhalten, aber diesmal fiel sie beinahe in Ohnmacht. Mit zitternden Händen entsiegelte sie das Telegramm und las:

»Ivan Petrovič heute plötzlich verschieden erwarten umgort Anordnungen Geerdigung Dienstag.«

So stand es in dem Telegramm: ›Geerdigung‹ und das unverständliche Wort ›umgort‹; unterschrieben war es vom Regisseur der Operettentruppe.

»Mein Liebster!« schluchzte Olenka. »Mein lieber Vanečka, mein Bester! Weshalb bin ich dir begegnet? Weshalb habe ich dich kennengelernt und liebgewonnen? Warum hast du deine arme, unglückliche Olenka verlassen?«

Kukin wurde am Dienstag in Moskau auf dem Vagankov-Friedhof beerdigt; Olenka kehrte am Mittwoch heim, und kaum war sie in ihrem Zimmer, da warf sie sich aufs Bett und schluchzte so laut, daß man es sogar auf der Straße und auf den Nachbarhöfen hörte.

»Das Herzchen!« sagten die Nachbarinnen und bekreuzigten sich. »Das Herzchen, Olga Semënovna, das Mütterchen, wie es sich grämt!«

Eines Tages, es war drei Monate danach, kehrte Olenka von der Messe heim, traurig und tiefverschleiert. Es traf sich, daß einer ihrer Nachbarn neben ihr ging, der ebenfalls aus der Kirche kam – Pustovalov, der Verwalter des Holzlagers des Kaufmanns Babakaev. Er trug einen Strohhut und eine weiße Weste mit einer goldenen Kette und ähnelte mehr einem Gutsbesitzer als einem Händler.

»Jedes Ding hat seine Ordnung, Olga Semënovna«, sagte er gemessen, und Mitgefühl schwang in seiner Stimme, »und wenn jemand von unseren Verwandten stirbt, so heißt das, es hat Gott so gefallen, und darum müssen wir dessen eingedenk sein und es mit Ergebenheit tragen.«

Er begleitete Olenka bis zu ihrem Hoftor, verabschiedete sich und ging weiter. Danach hörte sie noch den ganzen Tag seine gesetzte Stimme, und kaum hatte sie die Augen geschlossen, da sah sie seinen dunklen Bart vor sich. Er gefiel ihr sehr gut. Und offenbar hatte auch sie Eindruck auf ihn gemacht, denn kurz darauf kam eine ältere Dame, die sie kaum kannte, zu ihr zum Kaffeetrinken; sie hatte sich noch nicht richtig an den Tisch gesetzt, da fing sie schon an, von Pustovalov zu reden, was für ein guter, solider Mann er sei und daß ihn jedes Mädchen mit Freuden heiraten würde. Drei Tage später kam Pustovalov selber zu Besuch; er blieb nicht lange, nur etwa zehn Minuten, und sprach wenig, aber Olenka gewann ihn so lieb, daß sie die ganze

Nacht nicht schlafen konnte, sie glühte wie im Fieber, und am Morgen schickte sie nach der älteren Dame. Kurz darauf machte er ihr einen Antrag, und dann fand die Hochzeit statt.

Nach ihrer Heirat lebten Pustovalov und Olenka gut miteinander. Gewöhnlich saß er bis zum Mittagessen in seinem Holzlager, dann war er geschäftlich unterwegs, und Olenka löste ihn ab; sie saß bis zum Abend im Kontor, schrieb Rechnungen und gab Ware aus.

»Heutzutage wird das Holz jedes Jahr um zwanzig Prozent teurer«, sagte sie den Käufern und Bekannten. »Bedenken Sie doch, früher haben wir mit hiesigem Holz gehandelt, jetzt aber muß Vasečka jedes Jahr in das Gouvernement Mogilëv nach Holz fahren. Und wie hoch die Tarife sind!« sagte sie und bedeckte entsetzt die Wangen mit den Händen. »Wie hoch die Tarife sind!«

Es kam ihr so vor, als handele sie schon sehr, sehr lange mit Holz, als sei dieses Holz das Wichtigste und Notwendigste im Leben, und etwas Vertrautes, Rührendes lag für sie in den Worten: Balken, Knüppelholz, Bretter, Sperrholz, Dachlatte, Lafette, Schalbrett... Des Nachts, wenn sie schlief, träumte sie von ganzen Bergen von Brettern, von unendlich langen Wagenzügen, die das Holz weit nach außerhalb brachten. Sie träumte auch, wie ein ganzes Regiment von zwölf Aršin hohen und fünfzehn Zoll dicken Balken aufrecht gegen das Holzlager anstürmte, wie Balken und Knüppel gegeneinanderstießen und dabei den dumpfen Ton trockenen Holzes von sich gaben, wie alles immerzu umfiel, wieder aufstand und sich übereinandertürmte. Olenka schrie im Schlaf auf, und Pustovalov sagte zärtlich zu ihr:

»Olenka, was ist dir, mein Liebes? Bekreuzige dich!«

Die Gedanken ihres Mannes waren auch die ihren. Wenn er dachte, im Zimmer sei es sehr warm oder die Geschäfte gingen jetzt schlecht, so dachte sie dasselbe. Ihr Mann liebte keinerlei Zerstreuungen und saß an den Feiertagen zu Hause und sie ebenfalls.

»Sie sind immer nur zu Hause oder im Büro«, sagten die

Bekannten. »Sie sollten ins Theater gehen, Herzchen, oder in den Zirkus.«

»Vasečka und ich, wir haben keine Zeit, ins Theater zu gehen«, sagte sie würdevoll. »Wir kennen nur die Arbeit, für Larifari haben wir nichts übrig. Was ist schon Gutes an diesen Theatern?«

Sonnabends ging sie mit Pustovalov zur Abendmesse, an den Feiertagen zur Frühmesse, und wenn sie aus der Kirche heimkehrten, schritten sie mit gerührtem Gesicht nebeneinander her, beide rochen nach Parfüm, und Olenkas Seidenkleid raschelte angenehm; daheim tranken sie dann Tee mit verschiedenen Sorten Varenje und aßen Butterbrote dazu, darauf Kuchen. Jeden Mittag roch es im Hof und auf der Straße vor dem Tor wunderbar nach Boršč und gebratenem Hammelfleisch oder Ente, an den Fastentagen nach Fisch, und man konnte nicht an dem Tor vorübergehen, ohne Appetit zu bekommen. Im Büro brodelte ständig der Samovar, und die Kunden wurden mit Tee und Kringeln bewirtet. Einmal in der Woche gingen die Ehegatten ins Dampfbad und kehrten von dort Seite an Seite und mit gerötetem Gesicht zurück.

»Ich muß schon sagen, wir leben gut«, sagte Olenka zu den Bekannten, »Gott sei's gedankt. Gebe Gott einem jeden solch ein Leben, wie ich es mit Vasečka führe.«

Wenn Pustovalov nach Holz ins Gouvernement Mogilëv fuhr, sehnte sie sich sehr, sie konnte nachts nicht schlafen und weinte. Manchmal kam des Abends der Regimentsveterinär Smirnin zu ihr, ein junger Mann, der bei ihr im Nebengebäude wohnte. Er erzählte ihr etwas oder spielte mit ihr Karten, und das zerstreute sie. Besonders interessant fand sie die Berichte aus seinem eigenen Familienleben; er war verheiratet und hatte einen Sohn, aber er lebte von seiner Frau getrennt, weil sie ihn betrogen hatte, und nun haßte er sie und schickte ihr jeden Monat vierzig Rubel als Unterhalt für den Sohn. Wenn Olenka davon hörte, seufzte sie und schüttelte den Kopf, und er tat ihr leid.

»Nun, Gott schütze Sie«, sagte sie, wenn sie sich von ihm verabschiedete und ihn mit der Kerze bis zur Treppe begleitete.

»Ich danke Ihnen, daß Sie sich mit mir ein bißchen unterhalten haben, Gott gebe Ihnen Gesundheit, und die Himmelskönigin...«

Und immer drückte sie sich so würdevoll, so bedächtig aus, als ahme sie ihren Mann nach; der Veterinär war schon hinter der Tür verschwunden, aber sie rief noch hinter ihm her:

»Wissen Sie, Vladimir Platonyč, Sie sollten sich mit Ihrer Frau vertragen. Wenigstens des Sohnes wegen sollten Sie ihr verzeihen! Das Bübchen versteht doch sicher schon alles.«

Wenn Pustovalov heimkehrte, erzählte sie ihm mit halblauter Stimme von dem Veterinär und seinem unglücklichen Familienleben, und beide seufzten, schüttelten den Kopf und sprachen über den Jungen, der sich wahrscheinlich nach seinem Vater sehnte, darauf standen sie infolge einer seltsamen Gedankenverbindung vor den Heiligenbildern, verneigten sich bis zur Erde und beteten, Gott möge ihnen Kinder schenken.

So lebten die Pustovalovs ruhig und friedlich, in Liebe und völliger Eintracht sechs Jahre. Doch eines Tages im Winter ging Vasilij Andreič in seinem Lager, nachdem er heißen Tee getrunken hatte, ohne Mütze ins Freie, um Holz auszugeben, er erkältete sich und wurde krank. Die besten Ärzte behandelten ihn, aber die Krankheit tat das Ihre, und nach vier Monaten starb er. Olenka war abermals Witwe.

»Warum hast du mich verlassen, mein Liebster?« schluchzte sie, als sie den Gatten begraben hatte. »Wie soll ich jetzt ohne dich leben, ich Arme, ich Unglückliche? Gute Leute, bedauert mich arme Waise...«

Sie ging ständig in einem schwarzen Kleid mit Pleureusen, hatte bereits für immer Hut und Handschuhen entsagt, verließ selten das Haus, nur um zur Kirche oder zu dem Grab ihres Mannes zu gehen, und lebte wie eine Nonne. Erst nach sechs Monaten nahm sie die Pleureusen ab und öffnete die Fensterläden. Zuweilen konnte man des Morgens sehen, wie sie mit ihrer Köchin zum Einkaufen auf den Markt ging, aber wie sie jetzt bei sich zu Hause lebte und was sie dort tat, das konnte man nur erraten. Man erriet es zum Beispiel daran, daß man sie in ihrem

Gärtchen mit dem Veterinär Tee trinken sah und daß er ihr aus der Zeitung vorlas, außerdem noch daran, daß sie, als sie auf der Post eine Bekannte traf, sagte:

»Bei uns in der Stadt gibt es keine richtige Veterinärinspektion, davon kommen viele Krankheiten. Man hört manchmal, daß die Menschen von der Milch krank werden und sich bei Pferden und Kühen anstecken. Eigentlich muß man für die Gesundheit der Haustiere genauso Sorge tragen wie für die Gesundheit der Menschen.«

Sie wiederholte die Gedanken des Veterinärs und war jetzt in allem mit ihm einer Meinung. Es war klar, sie konnte nicht ein einziges Jahr ohne Liebe leben und hatte im Nebengebäude ihres Hauses ein neues Glück gefunden. Eine andere hätte man deswegen verurteilt, von Olenka aber dachte niemand schlecht, und alles in ihrem Leben war so verständlich. Sie und der Veterinär sprachen zu niemandem über die Veränderung, die in ihren Beziehungen eingetreten war, sie versuchten sie zu verheimlichen, doch es gelang ihnen nicht, weil Olenka kein Geheimnis für sich behalten konnte. Wenn seine Regimentskameraden ihn besuchten, dann sprach sie, während sie ihnen Tee reichte oder das Abendbrot servierte, von der Rinderpest, der Perlsucht und vom städtischen Schlachthof, er aber wurde furchtbar verlegen, und sobald die Gäste gegangen waren, nahm er sie beim Arm und zischte ärgerlich:

»Ich habe dich doch gebeten, nicht über Dinge zu reden, die du nicht verstehst! Wenn wir Veterinäre uns unterhalten, dann misch dich bitte nicht ein. Das ödet einen ja an!«

Sie aber schaute ihn verwundert und besorgt an und fragte:

»Volodečka, wovon soll ich denn reden?«

Und sie umarmte ihn mit Tränen in den Augen, bat ihn, nicht zu zürnen, und beide waren glücklich.

Indessen, dieses Glück dauerte nicht lange. Der Veterinär zog mit seinem Regiment ab, er zog für immer ab, weil das Regiment verlegt wurde, weit weg, fast bis nach Sibirien. Und Olenka blieb allein.

Nun war sie ganz allein. Ihr Vater lebte schon lange nicht

mehr, sein Lehnstuhl, dem ein Bein fehlte, lag auf dem staubigen Boden herum. Sie wurde mager und häßlich, und wenn man ihr auf der Straße begegnete, schaute man ihr nicht mehr nach wie früher und lächelte ihr nicht mehr zu; offenbar lagen die besten Jahre schon hinter ihr, und ein neues, unbekanntes Leben, an das man besser nicht dachte, hatte begonnen. An den Abenden saß Olenka auf der Eingangstreppe, und sie hörte, wie im ›Tivoli‹ die Musik spielte und die Raketen platzten, aber das rief keinerlei Gedanken mehr in ihr wach. Sie blickte teilnahmslos auf den leeren Hof, dachte an gar nichts, hatte keine Wünsche, und wenn die Nacht hereinbrach, ging sie schlafen und sah im Traum den leeren Hof. Sie aß und trank gleichsam gezwungenermaßen.

Was aber die Hauptsache und das Schlimmste war – sie hatte keinerlei eigene Meinung mehr. Sie sah die Dinge um sich herum und verstand auch, was um sie vorging, doch sie konnte sich darüber keine Meinung bilden und wußte nicht, worüber sie sprechen sollte. Und wie schrecklich ist es, keine Meinung zu haben! Man sieht zum Beispiel eine Flasche stehen, oder es regnet, oder ein Bauer fährt auf seinem Wagen, aber wozu diese Flasche, der Regen oder der Bauer da sind, welchen Sinn sie haben, das vermag man nicht einmal für tausend Rubel zu sagen. Bei Kukin und Pustovalov und dann bei dem Veterinär hatte Olenka alles erklären können, sie hatte über alles, was es auch war, eine Meinung gehabt, jetzt aber herrschte in ihren Gedanken wie in ihrem Herzen eine ebensolche Leere wie auf dem Hof. Und ihr war so bange, und sie hatte einen so bitteren Geschmack im Mund, als habe sie zuviel Wermut genossen.

Die Stadt hatte sich allmählich nach allen Seiten ausgedehnt; die Zigeunervorstadt wurde jetzt bereits Straße genannt, und dort, wo früher der Vergnügungspark ›Tivoli‹ und die Holzlager waren, wuchsen bereits Häuser empor, und es gab eine Reihe von neuen Nebenstraßen. Wie schnell eilt doch die Zeit dahin! Olenkas Haus war dunkel geworden, der Schuppen windschief und der ganze Hof mit Unkraut und Brennesseln bewachsen. Olenka selbst war gealtert und häßlich geworden; im Sommer saß sie auf der Treppe, und in ihrer Seele sah es nach wie vor öde und leer aus, und sie hatte nach wie vor den Geschmack von Wermut im Mund; im Winter saß sie am Fenster und blickte auf den Schnee. Sobald dann der Frühlingswind das Geläut der Domglocken herübertrug, wurden die Erinnerungen an die Vergangenheit wach, das Herz krampfte sich wonnig zusammen, und aus den Augen strömten die Tränen; doch das währte nur einen Augenblick, dann kam wieder die Leere, wo man nicht wußte, wofür man lebte. Das schwarze Kätzchen Bryska umschmeichelte sie und schnurrte sanft, doch diese Zärtlichkeiten rührten Olenka nicht. Brauchte sie das? Sie brauchte eine Liebe, die von ihrem ganzen Wesen, ihrer ganzen Seele, ihrem Verstand Besitz ergreifen, die ihr Gedanken einflößen und ihrem Leben Inhalt geben würde, die ihr alterndes Blut erwärmte. Sie schüttelte die schwarze Bryska von ihrem Schoß und sagte ärgerlich:

»Scher dich weg! Hier hast du nichts zu suchen!«

Und so ging es tagaus, tagein und Jahr für Jahr – keine einzige Freude, keine eigene Meinung. Was die Köchin Mavra sagte, das war gut so.

An einem heißen Juliabend, als die städtische Viehherde durch die Straße getrieben wurde und der ganze Hof in Staubwolken gehüllt war, klopfte plötzlich jemand ans Tor. Olenka öffnete selbst, und wie sie hinausschaute, erstarrte sie vor Überraschung – vor dem Tor stand der Veterinär Smirnin, nun schon grauhaarig und in Zivil. Sie erinnerte sich plötzlich an alles, sie konnte nicht mehr an sich halten, fing an zu weinen und legte ihren Kopf an seine Brust, ohne ein Wort zu sagen; und in ihrer heftigen Erregung merkte sie gar nicht, wie sie beide ins Haus gingen und sich hinsetzten, um Tee zu trinken.

»Mein Lieber!« stammelte sie, zitternd vor Freude. »Vladimir Platonyč! Woher schickt Sie Gott?«

»Ich will mich für immer hier niederlassen«, berichtete er. »Ich habe meinen Abschied eingereicht und bin nun gekommen, um das Glück in der Freiheit zu suchen, um ein seßhaftes Leben zu führen. Außerdem muß ich jetzt meinen Sohn aufs Gymnasium schicken. Er ist herangewachsen. Wissen Sie, ich habe mich mit meiner Frau ausgesöhnt.«

»Wo ist sie denn?« fragte Olenka.

»Sie ist mit dem Sohn im Hotel, und ich laufe nun herum und suche eine Wohnung.«

»Mein Gott, Sie Lieber, so nehmen Sie doch mein Haus! Ist das denn eine schlechte Wohnung? Ach, mein Gott, ich werde auch nichts von Ihnen nehmen«, sagte Olenka aufgeregt und fing wieder an zu weinen. »Wohnen Sie hier, ich bin auch mit dem Nebengebäude zufrieden. Was für eine Freude, mein Gott!«

Am nächsten Tag strich man bereits das Dach des Hauses und weißte die Wände, und Olenka ging, die Arme in die Hüften gestemmt, über den Hof und traf ihre Anordnungen. Auf ihrem Gesicht leuchtete das frühere Lächeln, sie lebte wieder auf und bekam rote Wangen, als sei sie aus einem langen Schlaf erwacht. Die Frau des Veterinärs traf ein, eine magere, häßliche Dame mit kurzem Haar und kapriziösem Gesichtsausdruck, und mit ihr Saša, ein dicker Junge mit hellen blauen Augen und Grübchen in den Wangen, der für sein Alter viel zu klein war – er stand bereits im zehnten Lebensjahr. Kaum war der Junge in den Hof gekommen, da lief er schon hinter der Katze her, und sogleich hörte man sein fröhliches, freudiges Lachen.

»Tantchen, ist das Ihre Katze?« fragte er Olenka. »Wenn sie Junge kriegt, dann schenken Sie uns bitte ein Kätzchen. Mama hat große Angst vor Mäusen.«

Olenka unterhielt sich mit ihm, gab ihm Tee zu trinken, und ihr wurde so warm ums Herz, sie erschauerte vor Wonne, als sei dieser Junge ihr eigener Sohn. Als er am Abend im Eßzimmer saß und seine Aufgaben machte, schaute sie ihn gerührt an und flüsterte:

»Mein Lieber, mein Schönster ... Mein Kindchen, du bist so ein kluges Kerlchen, so ein sauberes.«

»Insel nennt man«, las er, »den Teil des Festlands, der von allen Seiten von Wasser umgeben ist.«

»Insel nennt man den Teil des Festlands ...« wiederholte sie, und das war die erste Meinung, die sie nach so vielen Jahren des

Schweigens und der gedanklichen Leere mit Überzeugung äußerte.

Sie hatte nun bereits wieder ihre eigene Meinung und sprach beim Abendessen mit Sašas Eltern darüber, wie tüchtig jetzt die Kinder im Gymnasium lernen müßten, daß aber trotzdem eine humanistische Bildung besser sei als eine Realschulbildung, weil einem dann alle Wege offenstünden – wenn du willst, kannst du Arzt werden, wenn du willst, kannst du Ingenieur werden.

Saša kam aufs Gymnasium. Seine Mutter fuhr zu ihrer Schwester nach Charkov und kehrte nicht zurück; sein Vater fuhr jeden Tag irgendwohin Viehherden begutachten, und es kam vor, daß er drei Tage von zu Hause wegblieb, und Olenka meinte, Saša werde völlig vernachlässigt, er sei überflüssig im Haus und sterbe vor Hunger; und sie holte ihn zu sich ins Nebengebäude und brachte ihn dort in einem kleinen Zimmer unter.

Und nun ist bereits ein halbes Jahr vergangen, seit Saša bei ihr wohnt. Jeden Morgen geht Olenka zu ihm ins Zimmer; er schläft fest, eine Hand unter der Wange, und atmet kaum. Es tut ihr leid, ihn zu wecken.

»Sašenka«, sagt sie traurig, »steh auf, mein Lieber! Es ist Zeit, zur Schule zu gehen!«

Er steht auf, zieht sich an und betet, dann setzt er sich an den Tisch; er trinkt drei Tassen Tee und ißt zwei große Kringel und ein halbes Weißbrot mit Butter. Er ist noch nicht ganz wach und daher schlecht gelaunt.

»Du hast die Fabel nicht richtig gelernt«, sagt Olenka und schaut ihn an, als schicke sie ihn auf eine lange Reise. »Ich habe meine Sorgen mit dir. Du mußt dir Mühe geben, mein Lieber, und lernen ... Gehorche den Lehrern.«

»Ach, lassen Sie mich bitte«, erwiderte Saša.

Dann geht er zum Gymnasium; er ist zwar klein, trägt aber auf dem Kopf eine große Schirmmütze und auf dem Rücken einen Ranzen. Lautlos geht Olenka hinter ihm her.

»Sašenkaa!« ruft sie ihm nach.

Er schaut sich um, und sie steckt ihm eine Dattel oder einen Sahnebonbon zu. Wenn er in die Gasse einbiegt, wo das

Gymnasium steht, wird es ihm peinlich, daß ihm eine hochgewachsene, dicke Frau nachläuft; er blickt sich um und sagt:

»Gehen Sie nach Hause, Tantchen, ich finde jetzt schon alleine hin.«

Sie bleibt stehen und sieht ihm nach, ohne mit der Wimper zu zucken, bis er im Tor des Gymnasiums verschwindet. Ach, wie sie ihn liebt! Von ihren früheren Liebesempfindungen ist keine so tief gewesen, niemals vorher hat sich ihre Seele so selbstlos, so uneigennützig und mit solcher freudigen Bereitschaft hingegeben wie jetzt, da in ihr immer stärker ein mütterliches Gefühl aufgeflammt ist. Für diesen fremden Jungen, für seine Grübchen in den Wangen, für seine Mütze würde sie mit Freuden ihr ganzes Leben opfern, mit Tränen der Rührung würde sie es opfern. Warum? Wer soll das wissen – warum?

Nachdem sie Saša ins Gymnasium begleitet hat, kehrt sie still nach Hause zurück, zufrieden, ruhig, von Liebe erfüllt; ihr Gesicht, das im letzten halben Jahr wieder jung geworden ist, lächelt und strahlt; wer sie so sieht, freut sich und sagt zu ihr:

»Guten Tag, mein Herzchen, Olga Semënovna! Wie geht es, Herzchen?«

»Tüchtig müssen sie jetzt im Gymnasium lernen«, erzählt sie auf dem Markt. »Das ist doch kein Spaß, gestern hat man der ersten Klasse eine Fabel zum Auswendiglernen aufgegeben, dazu eine lateinische Übersetzung und dann noch eine Rechenaufgabe... Wie soll der Kleine das bloß schaffen?«

Und sie spricht über die Lehrer, über den Unterricht, über die Lehrbücher – so wie Saša darüber spricht.

Nach zwei Uhr essen sie zusammen Mittag, abends machen sie zusammen die Schularbeiten und weinen dabei. Wenn sie ihn ins Bett legt, bekreuzigt sie ihn lange und flüstert ein Gebet, und wenn sie sich dann schlafen gelegt hat, träumt sie von einer fernen, nebelhaften Zukunft, das Saša nach beendetem Studium Arzt oder Ingenieur sein wird; er wird ein eigenes großes Haus, Pferde und Wagen besitzen, er wird heiraten und Kinder haben... Sie schlummert ein und denkt immer nur an dasselbe, und unter ihren geschlossenen Lidern quellen Tränen hervor und rollen über die Wangen. Das schwarze Kätzchen liegt neben ihr und schnurrt:

»Murr... murr... murr...«

Plötzlich klopft es heftig ans Tor. Olenka erwacht und kann vor Angst nicht atmen; ihr Herz pocht heftig. Eine halbe Minute vergeht, und wieder klopft es.

Ein Telegramm aus Charkov, denkt sie und zittert am ganzen Leib. – Die Mutter will Saša zu sich nach Charkov holen... O mein Gott!

Sie ist verzweifelt; ihr Kopf, ihre Füße, ihre Hände werden kalt, und es scheint, als gäbe es auf der ganzen Welt keinen unglücklicheren Menschen als sie. Doch es vergeht noch eine Minute, man hört Stimmen – der Veterinär ist aus dem Klub heimgekehrt.

Na, Gott sei Dank, denkt sie.

Ein Stein fällt ihr vom Herzen, und allmählich wird ihr wieder wohler zumute, sie legt sich hin und denkt an Saša, der im Nebenzimmer fest schläft und ab und zu im Schlaf spricht:

»Ich werde dir helfen! Scher dich weg! Nicht doch!«

Die Dame mit dem Hündchen

I

Es hieß, auf der Strandpromenade sei ein neuer Kurgast aufgetaucht – eine Dame mit einem Hündchen. Dmitrij Dmitrič Gurov, der bereits die zweite Woche in Jalta weilte und sich schon eingelebt hatte, begann sich ebenfalls für Neuankömmlinge zu interessieren. Als er im Pavillon bei Vernet saß, sah er eine junge Dame, eine mittelgroße Blondine mit einem Barett, auf der Promenade vorübergehen; hinter ihr her lief ein weißer Spitz.

Und danach begegnete er ihr mehrmals am Tage, bald im Stadtpark, bald in den Anlagen. Sie ging allein spazieren, immer mit demselben Barett und mit dem weißen Spitz. Niemand wußte, wer sie war, und alle nannten sie einfach: die Dame mit dem Hündchen.

Wenn sie ohne ihren Mann und ohne Bekannte hier ist, überlegte Gurov, sollte man eigentlich ihre Bekanntschaft machen.

Er war noch nicht vierzig, hatte aber schon eine Tochter von zwölf Jahren und zwei Söhne, die das Gymnasium besuchten. Man hatte ihn früh verheiratet, als er noch Student im zweiten Semester war, und jetzt erschien ihm seine Frau anderthalbmal älter als er. Sie war hochgewachsen, hatte dunkle Augenbrauen und hielt sich sehr gerade; sie war ernst und würdevoll und – wie sie selbst von sich sagte – eine denkende Frau. Sie las viel, ließ beim Schreiben von Briefen das stumme Endzeichen nach den Konsonanten weg und rief ihren Mann nicht Dmitrij, sondern Dimitrij; er fand sie jedoch insgeheim beschränkt, engherzig und wenig elegant, fürchtete sie und blieb nicht gern zu Haus. Er war ihr schon seit langem und oft untreu; daher kam es wohl auch, daß er von Frauen fast immer häßlich sprach, und wenn in seiner

Gegenwart von ihnen die Rede war, nannte er sie stets ›minderwertiges Geschlecht‹.

Ihm schien, er sei durch bittere Erfahrung genügend belehrt, um sie nennen zu dürfen, wie es ihm beliebte, dennoch konnte er keine zwei Tage ohne das ›minderwertige Geschlecht‹ auskommen. In Gesellschaft von Männern langweilte er sich, er fühlte sich unter ihnen nicht wohl, war wortkarg und kalt; befand er sich aber unter Frauen, so gab er sich ungezwungen und wußte, wovon er reden und wie er sich verhalten mußte; ja, es fiel ihm nicht einmal schwer, mit ihnen zu schweigen. In seinem Äußeren, in seinem Charakter, in seinem ganzen Wesen lag etwas Anziehendes, etwas schwer zu Fassendes, das die Frauen für ihn einnahm, das sie reizte; er wußte das, und auch ihn selbst zog eine unbekannte Macht zu ihnen hin.

Die wiederholte und tatsächlich bittere Erfahrung hatte ihn längst darüber belehrt, daß jede Annäherung, die am Anfang das Leben so abwechslungsreich gestaltet und uns als ein liebenswürdiges und leichtes Abenteuer erscheint, sich bei anständigen Menschen, besonders bei Moskauern, die etwas schwerfällig und unentschlossen sind, unvermeidbar zu einer wahren und recht komplizierten Verpflichtung auswächst, die zu guter Letzt zu einer schweren Belastung wird. Doch bei jeder neuen Begegnung mit einer interessanten Frau entschwand diese Erfahrung dem Gedächtnis; man wollte leben, genießen, und alles erschien so leicht und vergnüglich.

Und da geschah es, als er einmal gegen Abend im Gartenrestaurant speiste, daß die Dame im Barett gemächlich daherkam und sich an den Nebentisch setzte. Der Ausdruck ihres Gesichts, der Gang, das Kleid, die Frisur sagten ihm, daß sie zur guten Gesellschaft gehörte, verheiratet, in Jalta zum erstenmal und allein war und daß sie sich hier langweilte. Die Geschichten von den lockeren hiesigen Sitten enthielten viel Unwahres, er lehnte sie ab und wußte, daß solche Geschichten meist von Leuten erfunden wurden, die selber gern einen Seitensprung gemacht hätten, es aber nicht fertigbrachten; doch als die Dame sich, drei Schritte von ihm entfernt, am Nebentisch niederließ, fielen ihm all diese Geschichten von leichten Siegen, von Ausflügen in die Berge ein, und plötzlich bemächtigte sich seiner der verführerische Gedanke an eine rasche, flüchtige Verbindung, an einen Flirt mit der unbekannten Frau, deren Namen er nicht kannte.

Freundlich lockte er den Spitz zu sich heran, und als dieser kam, drohte er ihm mit dem Finger. Der Spitz knurrte. Gurov drohte ihm wieder.

Die Dame blickte ihn an und senkte sogleich wieder die Augen.

»Er beißt nicht«, sagte sie und errötete.

»Darf man ihm einen Knochen geben?« Und als sie bejahend nickte, fragte er liebenswürdig: »Sind Sie schon lange in Jalta?«

»Etwa fünf Tage.«

»Und ich bin beinahe schon zwei Wochen hier.«

»Die Zeit vergeht schnell, dabei ist es hier so langweilig!« sagte sie, ohne ihn anzublicken.

»Das sagt man gewöhnlich nur so, daß es hier langweilig sei. Leute, die irgendwo in Belevo oder Žizdra zu Hause sind, langweilen sich dort nicht, doch kaum sind sie hier, heißt es: ›Ach, wie langweilig! Ach, der Staub!‹ Man sollte meinen, sie kämen aus Granada hergefahren.«

Sie lachte. Dann aßen sie beide schweigend weiter, wie Unbekannte, doch nach dem Essen entfernten sie sich nebeneinander; und es entspann sich ein scherzhaftes leichtes Geplauder wie bei müßigen, zufriedenen Leuten, denen es gleich ist, wohin sie gehen oder wovon sie sprechen. Sie gingen spazieren und redeten davon, wie merkwürdig das Meer beleuchtet sei: das Wasser hatte eine warme zartlila Färbung, und der Mond warf einen goldenen Streifen darüber. Sie sprachen davon, wie schwül es nach dem heißen Tag sei. Gurov erzählte, daß er Moskauer und seiner Ausbildung nach Philologe sei, jetzt aber in einer Bank arbeite; daß er früher einmal habe Opernsänger werden wollen, aber dann das Studium abgebrochen habe, daß er in Moskau zwei Häuser besitze... Von ihr erfuhr er, daß sie in Petersburg aufgewachsen sei, doch nach S. geheiratet habe, wo sie bereits seit zwei Jahren wohne, daß sie noch etwa einen

Monat in Jalta bleiben wolle und daß ihr Mann, der ebenfalls eine Erholung brauche, sie vielleicht abholen würde. Sie konnte durchaus nicht erklären, wo ihr Mann tätig war – ob in der Gouvernementsverwaltung oder in der Zemstvo-Verwaltung des Gouvernements –, und das kam ihr selber komisch vor. Und Gurov erfuhr auch, daß sie Anna Sergeevna hieß.

Nachher, in seinem Zimmer, dachte er an sie und daran, daß sie ihm morgen sicherlich wieder begegnen würde. So mußte es sein. Beim Zubettgehen fiel ihm ein, daß sie bestimmt vor kurzem noch Internatsschülerin war und genau wie jetzt seine Tochter hatte lernen müssen; er erinnerte sich, wie linkisch und befangen sie sich noch beim Lachen und bei der Unterhaltung mit Unbekannten benahm, wahrscheinlich war sie zum erstenmal im Leben allein, in einem Milieu, wo man ihr nachging, sie anschaute und sie anredete, aus einer geheimen Absicht, die sie sehr wohl erraten mußte. Er dachte an ihren schlanken, zarten Hals, an die schönen grauen Augen. Sie hat trotz allem etwas Bemitleidenswürdiges an sich, überlegte er beim Einschlafen.

II

Eine Woche war vergangen, seit sie sich kennengelernt hatten. Es war Feiertag. In den Zimmern herrschte drückende Schwüle, auf den Straßen wirbelte der Wind den Staub auf und riß die Hüte von den Köpfen. Den ganzen Tag über empfand man Durst, und Gurov ging oft zum Pavillon und bot Anna Sergeevna bald Wasser mit Fruchtsaft, bald Gefrorenes an. Man wußte nicht, wo man bleiben sollte.

Am Abend, als der Wind ein wenig abgeflaut war, gingen sie zur Mole, um beim Anlegen des Dampfers zuzuschauen. An der Anlegestelle hatten sich viele Spaziergänger eingefunden; manche wollten jemanden empfangen und trugen Blumensträuße. Und da fielen deutlich zwei Besonderheiten des eleganten Jaltaer Publikums auf: die älteren Damen gingen sehr jugendlich gekleidet, und es gab eine Unmenge Generale.

Wegen des hohen Seegangs kam der Dampfer erst spät, bei Sonnenuntergang, an, und bevor er an der Mole anlegen konnte, mußte er lange manövrieren. Anna Sergeevna blickte durch ihre Lorgnette auf den Dampfer und die Passagiere, als suche sie Bekannte, und wenn sie sich Gurov zuwandte, glänzten ihre Augen. Sie sprach viel, stellte kurze Fragen und vergaß sogleich, wonach sie gefragt hatte. Dann verlor sie ihre Lorgnette in der Menge.

Der elegante Schwarm zerstreute sich langsam, die Gesichter waren bereits nicht mehr zu erkennen, und der Wind hatte sich völlig gelegt. Gurov und Anna Sergeevna aber standen noch immer da, als warteten sie auf jemanden vom Dampfer. Anna Sergeevna schwieg jetzt und roch an ihren Blumen, ohne Gurov anzusehen.

»Das Wetter ist gegen Abend besser geworden«, sagte er. »Wo wollen wir nun hingehen? Wie wäre es, wenn wir irgendwohin führen?«

Sie antwortete nicht.

Da blickte er sie aufmerksam an, legte plötzlich den Arm um sie und küßte sie auf den Mund; ein Hauch von dem Duft und der Feuchtigkeit der Blumen umfing ihn, doch er blickte sich sogleich ängstlich um, ob es auch niemand gesehen hatte.

»Lassen Sie uns zu Ihnen gehen ...« sagte er leise.

Und beide entfernten sich rasch.

In ihrem Zimmer war es schwül, es roch nach einem Parfüm, das sie in einem japanischen Laden gekauft hatte. Als Gurov sie jetzt betrachtete, dachte er bei sich: Was für Begegnungen bringt doch das Leben mit sich! Von früher hatte er sich die Erinnerungen an sorglose, gutmütige Frauen bewahrt, die die Liebe fröhlich machte, die ihm dankbar waren für ein Glück, auch für ein kurzes; und auch an solche wie zum Beispiel seine Frau erinnerte er sich, die ohne Aufrichtigkeit liebten, mit unnötigen Gesprächen, manieriert, hysterisch, mit einer Miene, als handele es sich nicht um Liebe und Leidenschaft, sondern um etwas weit Bedeutenderes; aber auch an zwei, drei sehr schöne und kalte Frauen dachte er, über deren Gesicht plötzlich ein raubtierhafter

Ausdruck huschte, ausgelöst von dem Wunsch, Besitz zu ergreifen, dem Leben mehr zu entreißen, als es zu geben vermochte; sie hatten ihre erste Jugend bereits hinter sich, das waren launische, unvernünftige, herrschsüchtige und nicht sehr kluge Frauen, und wenn Gurovs Gefühl für sie erkaltete, dann weckte ihre Schönheit in ihm nur Haß, und die Spitzen an ihrer Wäsche kamen ihm wie Schuppen vor.

Hier aber war es immer dieselbe Zaghaftigkeit, die Unbeholfenheit unerfahrener Jugend, die Verlegenheit; und das verwirrte einen so, als hätte jemand plötzlich an die Tür geklopft. Anna Sergeevna, diese ›Dame mit dem Hündchen‹, verhielt sich zu dem Geschehenen ganz eigenartig, sehr ernsthaft, und das war merkwürdig und in diesem Augenblick unangebracht. Ihre Züge wurden schlaff und welk, und zu beiden Seiten ihres Gesichts hing traurig das lange Haar herunter; niedergeschlagen und in Gedanken versunken saß sie da – wie eine Sünderin auf einem alten Gemälde.

»Das war nicht gut«, sagte sie, »Sie werden der erste sein, der mich jetzt nicht mehr achtet.«

Auf dem Tisch lag eine Wassermelone. Gurov schnitt sich ein Stück davon ab und begann gemächlich zu essen. Wohl eine halbe Stunde verging in Schweigen.

Anne Sergeevna sah rührend aus, sie strahlte die ganze Reinheit einer anständigen, naiven, in diesen Dingen unerfahrenen Frau aus; die einsame Kerze auf dem Tisch beleuchtete ihr Gesicht nur schwach, aber man konnte erkennen, daß ihr nicht wohl zumute war.

»Wieso sollte ich aufhören, dich zu achten?« fragte Gurov. »Du weißt selbst nicht, was du redest.«

»Mag Gott mir verzeihen!« sagte sie, und ihre Augen füllten sich mit Tränen. »Das ist entsetzlich.«

»Du tust, als müßtest du dich rechtfertigen.«

»Womit könnte ich mich je rechtfertigen? Ich bin eine schlechte, gemeine Frau, ich verachte mich und denke gar nicht an Rechtfertigung. Ich habe nicht meinen Mann betrogen, sondern mich selbst. Und nicht nur jetzt, sondern lange schon betrüge ich. Mein Mann ist vielleicht ein redlicher und guter Mensch, aber er ist ein Lakai! Ich weiß nicht, was er tut, wie er seinen Beruf ausübt, ich weiß nur, er ist ein Lakai. Als ich ihn heiratete, war ich zwanzig Jahre alt, ich verging vor Neugierde, ich wollte etwas, was besser war; ich sagte mir – es gibt doch noch ein anderes Leben. Ich wollte einmal leben. Nur leben, leben...! Die Neugierde verzehrte mich... Sie verstehen das nicht, aber ich schwöre bei Gott, ich konnte mich bereits nicht mehr beherrschen, mit mir war etwas geschehen, ich war nicht mehr zu halten, ich sagte zu meinem Mann, ich sei krank, und bin hierher gereist... Und hier bin ich immer umhergegangen wie in einem Rausch, wie eine Wahnsinnige... Und jetzt bin ich eine abscheuliche, gemeine Frau, die jeder verachten darf.«

Gurov langweilte es bereits, ihr zuzuhören, ihn ärgerte die naive Art, diese unerwartete Beichte, die so fehl am Platze war; wären nicht die Tränen in ihren Augen gewesen, man hätte denken können, sie scherze oder spiele ihm eine Rolle vor.

»Ich begreife nichts«, sagte er leise, »was willst du eigentlich?«

Sie verbarg ihr Gesicht an seiner Brust und schmiegte sich an ihn.

»Glauben Sie, glauben Sie mir, ich flehe Sie an...« sprach sie. »Ich möchte ein anständiges, sauberes Leben, die Sünde ist mir widerwärtig, ich weiß selbst nicht, was ich tue. Einfache Leute sagen dann immer: Der Böse hat mich verführt. Auch ich kann jetzt von mir sagen, der Böse hat mich verführt.«

»Genug, genug...« murmelte er.

Er blickte in ihre starren, erschrockenen Augen; er küßte sie, sprach leise und zärtlich auf sie ein, und allmählich beruhigte sie sich, sie gewann ihre Fröhlichkeit zurück, und dann lachten sie beide.

Als sie nachher hinausgingen, trafen sie auf der Strandpromenade keine Menschenseele mehr, die Stadt mit ihren Zypressen war wie ausgestorben, aber das Meer rauschte noch und brandete gegen das Ufer; eine Barkasse schaukelte auf den Wellen, und auf ihr blinkte schläfrig ein Laternchen.

Sie fanden einen Wagen und fuhren nach Oreanda.

»Ich habe soeben unten im Vestibül deinen Namen erfahren; auf der Tafel steht von Diederitz«, sagte Gurov. »Ist dein Mann Deutscher?«

»Nein, ich glaube, sein Großvater war ein Deutscher, er selbst ist aber rechtgläubig.«

In Oreanda saßen sie auf einer Bank, nicht weit von der Kirche, schauten hinunter auf das Meer und schwiegen. Jalta war im Morgennebel kaum zu sehen, über den Gipfeln der Berge hingen unbeweglich weiße Wolken. Es regte sich kein Blatt an den Bäumen, die Zikaden zirpten, und das eintönige dumpfe Brausen des Meeres, das von unten heraufdrang, sprach von Ruhe, von dem ewigen Schlaf, der uns erwartet. So hatte es dort unten gerauscht, als es hier weder Jalta noch Oreanda gab, so rauscht es jetzt, und ebenso gleichgültig und dumpf wird es rauschen, wenn wir einmal nicht mehr sein werden. Und in dieser Beständigkeit, in dieser völligen Gleichgültigkeit gegenüber Leben und Tod eines jeden von uns ist möglicherweise das Unterpfand unserer ewigen Erlösung enthalten, der unaufhörlichen Bewegung des Lebens auf der Erde, der unaufhörlichen Vollendung. Neben der jungen Frau sitzend, die ihm im Morgenrot so schön erschien, beruhigt und bezaubert angesichts dieser märchenhaften Umgebung – des Meeres, der Wolken, des weiten Himmels –, dachte Gurov daran, daß, wenn man es recht überlegte, im Grunde genommen alles wunderschön war auf dieser Welt, alles, außer dem, was wir selber denken und tun, wenn wir den höheren Sinn des Daseins und unsere eigene Menschenwürde vergessen.

Ein Mann trat auf sie zu, wahrscheinlich der Wächter, er warf einen Blick auf sie und ging wieder weg. Auch diese Einzelheit erschien so geheimnisvoll und schön wie alles. Man sah den Dampfer aus Feodosija kommen, beleuchtet von der Morgenröte und bereits ohne Lichter.

»Auf dem Gras liegt Tau«, sagte Anna Sergeevna nach langem Schweigen.

»Ja, es ist Zeit, nach Hause zu fahren.«

Sie kehrten zurück in die Stadt.

Danach trafen sie sich jeden Tag um die Mittagszeit auf der Strandpromenade; sie frühstückten gemeinsam, nahmen das Mittagessen ein, gingen spazieren und bewunderten das Meer. Sie klagte, daß sie schlecht schlafe und Herzklopfen habe, stellte immerfort ein und dieselben Fragen, bald von Eifersucht, bald von der Angst geplagt, er könnte sie nicht mehr genügend achten. Und wenn in den Anlagen oder im Gartenrestaurant niemand in der Nähe war, geschah es oft, daß er sie plötzlich an sich zog und leidenschaftlich küßte. Der Müßiggang, diese Küsse am hellichten Tag, bei denen man um sich blicken und Angst haben mußte, daß jemand sie sah, die Hitze, der Geruch des Meeres, der ständige Anblick müßiger, eleganter und satter Menschen schienen ihn völlig verwandelt zu haben; er sagte Anna Sergeevna, wie schön sie sei, wie berückend, er war von einer ungeduldigen Leidenschaftlichkeit und entfernte sich keinen Schritt von ihrer Seite; sie aber versank häufig in Nachdenken, bat ihn, zu bekennen, daß er sie nicht achte, sie überhaupt nicht liebe und in ihr nur eine abscheuliche Frau sehe. Beinahe jeden Abend fuhren sie zu später Stunde in die Umgebung der Stadt, nach Oreanda oder zum Wasserfall; und die Spazierfahrten mißlangen nie, die Eindrücke waren jedesmal unverändert schön und großartig.

Sie warteten auf die Ankunft ihres Mannes. Doch es kam ein Brief, in dem er mitteilte, seine Augen seien erkrankt und er flehe sie an, so schnell wie möglich heimzukommen. Und Anna Sergeevna beeilte sich.

»Es ist gut, wenn ich abreise«, sagte sie zu Gurov. »Das ist ein Wink des Schicksals.«

Sie fuhr mit dem Wagen, und er begleitete sie. Einen ganzen Tag waren sie unterwegs. Als sie den Schnellzug bestiegen hatte und das zweite Glockenzeichen ertönte, sagte sie:

»Lassen Sie sich noch einmal anschauen ... Noch einmal. Ja, so.«

Sie weinte nicht, war aber traurig, als wäre sie krank, und ihr Mund zuckte.

»Ich werde an Sie denken ... mich Ihrer erinnern«, sprach sie.

»Der Herr sei mit Ihnen, bleiben Sie hier. Behalten Sie mich in gutem Angedenken. Wir nehmen für immer Abschied, das muß sein, weil wir einander nie hätten begegnen dürfen. Nun, der Herr sei mit Ihnen.«

Der Zug entfernte sich rasch, seine Lichter waren bald verschwunden, und eine Minute später verstummte auch das Rattern, als hätte sich alles absichtlich verschworen, so schnell wie möglich diesem süßen Dämmerzustand, dieser Unbesonnenheit ein Ende zu machen. Und Gurov, allein auf dem Perron geblieben und in die dunkle Ferne blickend, lauschte dem Zirpen der Grillen sowie dem Summen der Telegrafendrähte mit einem Gefühl, als wäre er soeben erwacht. Und er dachte daran, daß es nun in seinem Leben noch ein Erlebnis oder Abenteuer gab, das auch schon vorüber war und von dem jetzt nur die Erinnerung blieb... Er war gerührt, betrübt und empfand so etwas wie Reue, denn diese junge Frau, die er ja niemals wiedersehen würde, war mit ihm nicht glücklich gewesen. Er war freundlich und herzlich zu ihr gewesen, aber dessenungeachtet hatte in seinem Benehmen, in seinem Ton und in seinen Zärtlichkeiten doch ein Hauch von Spott gelegen, die unfeine Überheblichkeit eines glücklichen Mannes, der zudem beinahe doppelt so alt war wie sie. Immerfort hatte sie ihn als einen guten, ungewöhnlichen und überragenden Menschen bezeichnet; offensichtlich erschien er ihr nicht als der, der er in Wirklichkeit war, folglich hatte er sie, ohne es zu wollen, ständig betrogen.

Hier auf der Station spürte man bereits den Herbst, denn es war ein kühler Abend.

Auch für mich wird es Zeit, nach Norden zu fahren, dachte Gurov, als er den Perron verließ. Es wird Zeit!

III

Zu Hause, in Moskau, war alles schon winterlich, die Öfen wurden geheizt, und morgens, wenn die Kinder sich für die Schule fertigmachten und Tee tranken, war es dunkel, und die

Kinderfrau zündete für kurze Zeit das Licht an. Es begann bereits zu frieren. Wenn der erste Schnee fällt und man die erste Schlittenfahrt unternimmt, ist es so angenehm, die weiße Erde und die weißen Dächer zu betrachten, es atmet sich so leicht und gut, und man erinnert sich an die Jahre der Jugend. Die alten weißbereiften Linden und Birken haben so ein gutmütiges Aussehen bekommen, sie stehen dem Herzen näher als die Zypressen und Palmen, und in ihrer Nähe mochte man nicht mehr an die Berge und das Meer denken.

Gurov war Moskauer. Er kehrte an einem schönen, frostigen Tag nach Moskau zurück, und als er den Pelz und die warmen Handschuhe angezogen hatte und einen Gang über die Petrovka machte, als er am Samstagabend das Läuten der Glocken hörte, da verloren die kürzliche Reise und die Orte, an denen er geweilt hatte, allen Zauber für ihn. Allmählich tauchte er völlig unter in dem Moskauer Leben, er las bereits mit wahrer Gier drei Zeitungen am Tag und erklärte, er lese die Moskauer Zeitungen aus Prinzip nicht. Es zog ihn schon in die Restaurants, die Klubs, zu Festessen und Jubiläumsfeiern, und es schmeichelte ihm, daß in seinem Haus bekannte Rechtsanwälte und Künstler verkehrten und daß er im Akademikerklub mit einem Professor Karten spielte. Er konnte auch schon wieder eine ganze Portion in der Pfanne servierte Soljanka aufessen.

Noch einen Monat, so schien es ihm, und Anna Sergeevna würde in seiner Erinnerung verblassen und ihm nur hin und wieder mit einem rührenden Lächeln im Traum erscheinen, wie alle anderen. Doch mehr als ein Monat verging, tiefer Winter brach herein, aber in seiner Erinnerung war alles noch so frisch, als hätte er sich erst gestern von Anna Sergeevna getrennt. Und die Erinnerungen wurden immer stärker. Gleichviel, ob in die abendliche Stille seines Arbeitszimmers die Stimmen der Kinder drangen, die ihre Aufgaben lernten, ob er eine Romanze hörte oder die Klänge des Musikautomaten in einem Restaurant oder ob der Schneesturm im Kamin heulte – plötzlich erstand alles vor seinen Augen: sowohl was auf der Mole geschehen war als auch der frühe Morgen mit dem Nebel auf den Bergen, der Dampfer aus Feodosija und die Küsse. Lange schritt er im Zimmer auf und ab, erinnerte sich und lächelte, und dann gingen die Erinnerungen in Träume über, und das Vergangene vermischte sich in seiner Phantasie mit dem, was kommen würde. Anna Sergeevna erschien ihm nicht im Traum, aber sie folgte ihm überallhin wie ein Schatten und beobachtete ihn. Wenn er die Augen schloß, sah er sie wie lebendig vor sich, und sie erschien ihm schöner, jünger, zarter, als sie es war, und er selbst kam sich besser vor als damals in Jalta. Abends schaute sie ihn aus dem Bücherschrank an, aus dem Kamin, aus einem Winkel des Zimmers, er hörte ihren Atem, das zärtliche Rascheln ihres Kleides. Auf der Straße blickte er den Frauen nach, suchte, ob sich nicht eine fände, die ihr ähnlich war.

Es quälte ihn bereits ein starkes Verlangen, seine Erinnerungen jemandem mitzuteilen. Zu Hause durfte er jedoch nicht von seiner Liebe sprechen, und außerhalb des Hauses – hatte er niemanden. Mit den Mietern seines Hauses war es nicht angebracht und ebensowenig in der Bank. Und wovon sollte er sprechen? Hatte er denn damals geliebt? Hatte es denn in seinen Beziehungen zu Anna Sergeevna irgend etwas Schönes, Poetisches oder Lehrreiches oder einfach etwas Interessantes gegeben? Und es blieb ihm nichts anderes übrig, als unbestimmt über die Liebe zu reden, über die Frauen, und niemand erriet, worum es sich handelte, nur seine Frau runzelte die dunklen Brauen und sagte:

»Die Rolle eines Gecken steht dir nicht, Dimitrij.«

Eines Nachts, als er mit seinem Partner, einem Beamten, den Akademikerklub verließ, konnte er nicht an sich halten und sagte:

»Wenn Sie wüßten, was für eine bezaubernde Frau ich in Jalta kennengelernt habe!«

Der Beamte setzte sich in den Schlitten und fuhr los, aber plötzlich drehte er sich um und rief:

»Dmitrij Dmitrič!«

»Was gibt's?«

»Sie hatten neulich doch recht: der Stör hatte einen kleinen Stich!«

Diese Worte, die so alltäglich waren, empörten Gurov plötzlich, sie erschienen ihm erniedrigend, unsauber. Was für rohe Sitten, was für Menschen! Was für sinnlose Nächte, was für uninteressante und wenig bemerkenswerte Tage! Wildes Kartenspiel, Prassen und Saufen, immerzu Gespräche über ein und dasselbe. Unnötige Dinge und die ständigen Gespräche über ein und dasselbe nahmen die besten Jahre, die besten Kräfte in Anspruch, und zu guter Letzt blieb einem nichts als ein verstümmeltes, kraftloses Leben, ein sinnloses Dasein, und weggehen oder fliehen konnte man nicht, es war, als säße man in einem Irrenhaus oder in einer Strafanstalt!

Gurov schlief die ganze Nacht nicht, er ärgerte sich unentwegt, und am nächsten Tag schmerzte ihm der Kopf. Auch in den folgenden Nächten schlief er schlecht, immerfort setzte er sich im Bett auf und überlegte oder ging aus einer Ecke in die andere. Die Kinder waren ihm lästig, die Bank war ihm lästig, er mochte weder aus dem Haus gehen noch über irgend etwas reden.

Im Dezember, während der Feiertage, machte er sich auf den Weg, er sagte zu seiner Frau, er reise nach Petersburg, um sich dort für einen jungen Mann zu verwenden – und fuhr nach S. Wozu? Das wußte er selbst nicht recht. Er wollte Anna Sergeevna sehen und sprechen, wenn möglich, eine Zusammenkunft mit ihr verabreden.

Er kam morgens in S. an und nahm im Hotel das beste Zimmer, der Fußboden war ganz und gar mit grauem Soldatentuch ausgelegt, und auf dem Tisch stand ein verstaubtes Tintenfaß, mit einem Pferd, auf dem ein Reiter ohne Kopf saß, der die Hand mit dem Hut erhoben hatte. Der Portier gab ihm die notwendigen Auskünfte: von Diederitz wohne auf der Staraja-Gončarnaja-Straße im eigenen Haus, unweit entfernt vom Hotel, er lebe gut, sei reich, habe Pferde und Wagen, alle in der Stadt würden ihn kennen. Der Portier sprach den Namen so aus: Drydyritz.

Gurov ging gemächlich zur Staraja-Gončarnaja-Straße und fand das Haus. Gegenüber dem Haus zog sich ein langer, grauer, mit Nägeln gespickter Zaun hin.

Vor so einem Zaun kann man auch davonlaufen, dachte Gurov und schaute bald auf die Fenster, bald auf den Zaun.

Er überlegte: heute war ein dienstfreier Tag und der Mann wahrscheinlich zu Hause. Aber das hatte nichts zu sagen, es wäre sowieso taktlos gewesen, das Haus zu betreten und Verwirrung zu stiften. Wenn er jedoch ein Briefchen schickte, so könnte es womöglich in die Hände des Mannes geraten und alles verderben. Am besten, er verließ sich auf den Zufall. So ging er denn immerfort auf der Straße am Zaun auf und ab und wartete auf einen Zufall. Er sah, wie ein Bettler durch das Hoftor trat und die Hunde über ihn herfielen, eine Stunde später hörte er die Klänge eines Klaviers, und die Töne drangen schwach und undeutlich zu ihm. Sicherlich spielte Anna Sergeevna. Plötzlich öffnete sich die Haustür, und heraus trat ein altes Frauchen, hinter ihr her lief der bekannte weiße Spitz. Gurov wollte den Hund rufen, aber sein Herz begann zu klopfen, und er konnte sich vor Aufregung nicht an den Namen des Spitzes erinnern.

Er ging weiter auf und ab und haßte den grauen Zaun immer mehr, jetzt dachte er bereits ärgerlich, Anna Sergeevna habe ihn vergessen und amüsiere sich womöglich schon mit einem anderen; das war ganz natürlich bei einer jungen Frau, die sich von morgens bis abends diesen verfluchten Zaun anschauen mußte. Er kehrte in sein Hotelzimmer zurück und saß lange auf dem Sofa, ohne zu wissen, was er tun sollte. Dann aß er zu Mittag, dann schlief er lange.

Wie dumm und beunruhigend das alles ist, dachte er beim Erwachen, als er die dunklen Fenster erblickte – es war schon Abend. Wozu habe ich mich nun ausgeschlafen? Was werde ich heute nacht anfangen?

Er saß auf dem Bett, auf dem eine billige graue, an ein Krankenhaus erinnernde Decke lag, und verspottete sich ärgerlich: da hast du deine Dame mit dem Hündchen ... Und da hast du auch dein Abenteuer ... Jetzt kannst du hier sitzen.

Noch am Morgen, auf dem Bahnhof, war ihm ein Plakat mit sehr großer Schrift aufgefallen: Die ›Geisha‹ wurde zum erstenmal gegeben. Er erinnerte sich daran und fuhr ins Theater.

Sehr gut möglich, daß sie die Premiere besucht, dachte er bei sich.

Das Theater war voll. Auch hier, wie überhaupt in allen Provinztheatern, lag eine Dunstschicht über dem Kronleuchter, unruhig lärmte die Galerie; in der ersten Reihe standen vor Beginn der Vorstellung die hiesigen Stutzer, die Hände auf dem Rücken, auch hier saß in der Loge des Gouverneurs auf dem vorderen Platz die Gouverneurstochter in einer Pelzboa, der Gouverneur selbst verbarg sich bescheiden hinter der Portiere, und nur seine Hände waren zu sehen; der Vorhang schwankte, das Orchester stimmte lange die Instrumente. Die ganze Zeit, während das Publikum eintrat und die Plätze einnahm, schweiften Gurovs Augen unruhig suchend umher.

Auch Anna Sergeevna trat ein. Sie nahm in der dritten Reihe Platz, und als Gurov zu ihr hinüberblickte, krampfte sich sein Herz zusammen, und er begriff, daß es jetzt für ihn auf der ganzen Welt keinen Menschen gab, der ihm näherstand, der ihm teurer und wichtiger war; sie, diese kleine, in der provinziellen Menge verlorene Frau, die so unscheinbar war, die eine ganz gewöhnliche Lorgnette in den Händen hielt, erfüllte jetzt sein ganzes Leben, sie war sein Kummer, seine Freude, sein einziges Glück, das er nunmehr für sich wünschte; und unter den Klängen eines schlechten Orchesters, miserabler kleinstädtischer Geigen, dachte er daran, wie schön sie war. Dachte dies und träumte.

Zusammen mit Anna Sergeevna war ein junger Mann eingetreten und hatte sich neben sie gesetzt, er trug einen kleinen Backenbart, war sehr groß und hielt sich etwas krumm; bei jedem Schritt neigte er den Kopf, und das sah aus, als verbeuge er sich ständig. Wahrscheinlich war dies ihr Mann, den sie damals in Jalta, in einer Anwandlung von Bitterkeit, einen Lakaien genannt hatte. Und in der Tat, in seiner langen Gestalt, in dem Backenbart und in der kleinen Glatze lag etwas lakaienhaft

Bescheidenes, er lächelte süßlich, und in seinem Knopfloch blinkte ein akademisches Abzeichen, als wäre es die Nummer eines Lakaien.

In der ersten Pause ging der Mann hinaus, um zu rauchen, während sie auf ihrem Platz sitzen blieb. Gurov, der ebenfalls im Parkett saß, trat zu ihr; er lächelte gezwungen und sagte mit bebender Stimme:

»Guten Tag.«

Sie blickte zu ihm auf und erbleichte, dann blickte sie ihn noch einmal an, entsetzt, als traue sie ihren Augen nicht, und preßte krampfhaft den Fächer und die Lorgnette in ihren Händen, offensichtlich kämpfte sie mit sich, um nicht ohnmächtig zu werden. Beide schwiegen. Sie saß; er stand, erschreckt von ihrer Verwirrung, und wagte nicht, sich neben sie zu setzen. Eine Flöte und die Geigen, die gestimmt wurden, begannen zu klingen; plötzlich erschraken beide, ihnen schien, man blicke aus allen Logen auf sie. Da stand sie auf und schritt rasch dem Ausgang zu, er – hinterher, und beide gingen, ohne zu überlegen, durch Korridore, über Treppen, hinauf und hinunter, und an ihren Augen huschten alle möglichen Leute in Gerichts-, Lehrer- und Beamtenuniformen vorüber, und alle trugen sie Abzeichen; es huschten Damen vorbei, Pelze in der Garderobe, mit einem Zugwind schlug ihnen der Geruch von Tabakresten entgegen. Gurov, dessen Herz heftig schlug, dachte: Herrgott, was sollen diese Leute, was soll das Orchester …?

Und in diesem Augenblick erinnerte er sich plötzlich daran, wie er damals auf der Bahnstation, nach Anna Sergeevnas Abreise, zu sich gesagt hatte, daß alles zu Ende sei und daß sie sich niemals wiedersehen würden. Jedoch, wie weit war es noch bis zum Ende!

Auf einer schmalen, düsteren Treppe mit der Aufschrift ›Durchgang zu den Rängen‹ blieb sie stehen.

»Wie Sie mich erschreckt haben!« sagte sie schwer atmend, immer noch bleich und erschüttert. »Oh, wie Sie mich erschreckt haben! Ich bin mehr tot als lebendig. Warum sind Sie hergekommen? Wozu?«

»Aber begreifen Sie, Anna, begreifen Sie...« sprach er halblaut und hastig. »Ich flehe Sie an, begreifen Sie...«

Sie sah ihn flehentlich an, voller Angst, voller Liebe, unverwandt sah sie ihn an, um sich seine Züge noch fester einzuprägen.

»Ich leide so!« fuhr sie fort, ohne auf ihn zu hören. »Die ganze Zeit habe ich nur an Sie gedacht, ich lebte nur in dem Gedanken an Sie. Und ich wollte vergessen, vergessen, aber warum sind Sie hergekommen, warum?«

Über ihnen, auf dem Treppenabsatz, rauchten zwei Gymnasiasten und schauten herunter, aber Gurov war alles gleich, er zog Anna Sergeevna an sich und küßte ihr Gesicht, ihre Wangen, ihre Hände.

»Was tun Sie, was tun Sie!« sprach sie voller Entsetzen und versuchte ihn von sich wegzuschieben. »Wir sind beide wahnsinnig. Reisen Sie noch heute ab, reisen Sie ab... Ich beschwöre Sie bei allem, was heilig ist, ich flehe Sie an... Da kommt jemand!«

Jemand kam die Treppe herauf.

»Sie müssen abreisen...« fuhr Anna Sergeevna flüsternd fort. »Hören Sie, Dmitrij Dmitrič? Ich komme zu Ihnen nach Moskau. Ich bin niemals glücklich gewesen, jetzt bin ich unglücklich, und niemals werde ich glücklich sein, niemals! Zwingen Sie mich doch nicht, noch mehr zu leiden! Ich schwöre, daß ich nach Moskau komme. Und jetzt lassen Sie uns auseinandergehen! Mein Lieber, mein Guter, mein Teurer, lassen Sie uns auseinandergehen!«

Sie drückte ihm die Hand und stieg eilig, sich ständig nach ihm umblickend, die Treppe hinunter, und an ihren Augen sah man, daß sie tatsächlich nicht glücklich war. Gurov blieb noch stehen und horchte; als alles still war, begab er sich zur Garderobe und verließ das Theater.

IV

Anna begann, zu ihm nach Moskau zu reisen. Alle zwei, drei Monate verließ sie S. und sagte zu ihrem Mann, sie müsse wegen ihres Frauenleidens einen Professor konsultieren; und der Mann glaubte ihr und glaubte ihr wiederum auch nicht. In Moskau angekommen, stieg sie im ›Slavischen Bazar‹ ab und sandte unverzüglich einen Boten in roter Mütze zu Gurov. Gurov besuchte sie, und niemand in Moskau wußte etwas davon.

So ging er einmal an einem Wintermorgen zu ihr (der Bote hatte ihn am Abend vorher nicht angetroffen). Mit ihm war seine Tochter, die er ins Gymnasium begleiten wollte, weil es am Weg lag. Der Schnee fiel in dichten, nassen Flocken.

»Wir haben jetzt drei Grad Wärme, und trotzdem schneit es«, sagte Gurov zu seiner Tochter. »Aber es ist nur an der Erdoberfläche warm, in den oberen Schichten der Atmosphäre herrscht eine ganz andere Temperatur.«

»Papa, und warum gibt es im Winter kein Gewitter?«

Er erklärte auch das. Und beim Sprechen dachte er daran, daß er zu einem Rendezvous ging und keine Menschenseele davon wußte und wahrscheinlich auch niemals davon wissen würde. Er führte ein Doppelleben: ein offizielles, allen sichtbares, das alle kannten, die es anging, das erfüllt war von bedingter Wahrheit und bedingter Täuschung, ein Leben, das dem seiner Bekannten und Freunde vollkommen glich, und ein anderes, heimliches. Und infolge einer merkwürdigen, vielleicht zufälligen Verknüpfung der Umstände vollzog sich alles, was für ihn von Wert, was interessant und notwendig war, worin er aufrichtig dachte und sich selbst nicht betrog, woraus der Kern seines Lebens bestand, im geheimen; und all das, was seine Lüge, seine Hülle ausmachte, unter der er sich versteckte, um die Wahrheit zu verbergen, wie zum Beispiel seine Stellung in der Bank, die Streitgespräche im Klub, sein ›minderwertiges Geschlecht‹, der Besuch von Jubiläumsfeiern gemeinsam mit der Frau – all das war offiziell. Und von sich schloß er auf andere, er glaubte nicht, was er sah, und setzte stets voraus, daß sich das wirkliche und interessanteste Leben eines jeden Menschen heimlich, gleichsam wie unter dem Mantel der Nacht, abspielte. Jede persönliche Existenz hält sich durch ein Geheimnis, und vielleicht ist deshalb ein kultivierter Mensch so leidenschaftlich bemüht, sein Persönlichstes geheimzuhalten.

Nachdem Gurov die Tochter ins Gymnasium gebracht hatte, begab er sich zum ›Slavischen Bazar‹. Er legte unten den Pelz ab, stieg hinauf und klopfte leise an die Tür. Anna Sergeevna, in seinem grauen Lieblingskleid, ermüdet von der Fahrt und der Erwartung, hatte seit dem gestrigen Abend auf ihn gewartet; sie sah blaß aus, schaute ihn an und lächelte nicht, doch kaum war er eingetreten, lag sie bereits an seiner Brust. Als hätten sie sich zwei Jahre nicht gesehen, küßten sie sich lange und anhaltend.

»Nun, wie geht es dir dort? Was gibt es Neues?«

»Warte noch, ich sag es dir gleich... Ich kann nicht.«

Sie konnte nicht sprechen, denn sie weinte. Sie wandte sich von ihm ab und drückte ihr Tuch an die Augen.

Nun, soll sie ein bißchen weinen, ich setze mich einstweilen, dachte er und nahm auf einem Sessel Platz.

Sodann klingelte er und bestellte sich Tee; und nachher, als er Tee trank, stand sie immer noch von ihm abgewandt am Fenster. Sie weinte vor Aufregung, in dem schmerzlichen Bewußtsein, daß ihr Leben sich so traurig gestaltet hatte; sie sahen einander nur heimlich, versteckten sich vor den Leuten wie Diebe! War ihr Leben etwa nicht zerstört?

»Nun, nun, hör auf!« sagte er.

Für ihn war es offensichtlich, daß ihre Liebe nicht so bald enden würde. Wer wußte überhaupt, wann? Anna Sergeevnas Zuneigung wurde immer stärker, sie vergötterte ihn, und es war undenkbar, ihr zu sagen, dies alles müsse ja einmal ein Ende haben; sie hätte es auch gar nicht geglaubt.

Er faßte sie bei den Schultern, um sie zu liebkosen, um ein wenig mit ihr zu scherzen, und dabei sah er sich selbst im Spiegel.

Sein Haar begann schon grau zu werden. Und es erschien ihm merkwürdig, daß er in den letzten Jahren so gealtert und so häßlich geworden war. Die Schultern, auf denen seine Hände lagen, fühlten sich warm an und bebten. Ihn überkam Mitleid mit diesem Leben, das noch so warm und so schön war, aber wahrscheinlich auch schon nahe dem Welken und Erlöschen, wie sein eigenes Leben. Was liebte sie so an ihm? Die Frauen hatten immer einen anderen in ihm gesehen, als er war; sie liebten in ihm nicht ihn selbst, sondern einen Menschen, den ihre Phantasie geschaffen und den sie ihr Leben lang sehnsüchtig gesucht hatten; und später, wenn sie ihren Irrtum merkten, liebten sie ihn trotzdem. Doch keine einzige von ihnen war mit ihm glücklich gewesen. Die Zeit war dahingegangen, er hatte Bekanntschaften geschlossen, Frauen kennengelernt und sich wieder von ihnen getrennt, doch niemals hatte er geliebt; alles mögliche gab es, nur keine Liebe.

Und erst jetzt, da sein Kopf grau war, liebte er, wie es sich gehörte, liebte er tatsächlich – zum erstenmal in seinem Leben.

Anna Sergeevna und er liebten einander wie Menschen, die sich sehr nahestehen, die sich ganz und gar gehören, wie Mann und Frau, wie zärtliche Freunde; ihnen schien, das Schicksal selbst habe sie füreinander bestimmt, und sie fanden es unbegreiflich, daß er mit einer anderen Frau und sie mit einem anderen Mann verheiratet war. Man konnte sie mit zwei Zugvögeln vergleichen, einem Männchen und einem Weibchen, die man gefangen und gezwungen hatte, in getrennten Käfigen zu leben. Sie verziehen einer dem anderen, wessen er sich in der Vergangenheit schämen mußte, verziehen alles Gegenwärtige und fühlten, daß ihre Liebe sie beide verändert hatte.

Früher, in Augenblicken der Betrübnis, tröstete er sich mit allerhand Überlegungen, die ihm gerade in den Kopf kamen, jetzt aber dachte er nicht daran zu überlegen, jetzt beseelte ihn ein tiefes Mitleid, er wollte aufrichtig und zärtlich sein.

»Hör auf, meine Liebe«, sagte er, »du hast ein bißchen geweint, nun laß es genug sein. Jetzt wollen wir miteinander reden. Laß uns etwas ersinnen.«

Danach berieten sie lange, sprachen davon, wie sie sich von der Notwendigkeit, sich zu verstecken, zu betrügen, in verschiedenen Städten zu wohnen, sich lange nicht zu sehen, befreien könnten. Wie sie aus dieser unerträglichen Verstrickung herausfinden sollten.

»Wie nur, wie?« fragte er und faßte sich an den Kopf. »Wie?«

Und es schien, als könnte es nicht mehr lange dauern, bis die Lösung gefunden sein und ein neues, wunderschönes Leben beginnen würde; und beide begriffen sehr gut, daß es bis zum Ende noch sehr, sehr weit war und die größten Schwierigkeiten und Komplikationen noch vor ihnen lagen.

Die Braut

I

Es war schon gegen zehn Uhr abends, über dem Garten stand der Vollmond. Im Haus der Šumins war gerade der Abendgottesdienst zu Ende, den die Großmutter, Marfa Michajlovna, hatte abhalten lassen. Nadja – sie war für eine Minute in den Garten hinausgegangen – konnte jetzt sehen, wie im Saal der Tisch zu einem Imbiß gedeckt wurde und wie sich die Großmutter in ihrem prächtigen Seidenkleid eilig hin und her bewegte; Vater Andrej, der Oberpriester der Kathedrale, sprach mit Nadjas Mutter, Nina Ivanovna, und bei der abendlichen Beleuchtung erschien ihr die Mutter hinter dem Fenster in diesem Augenblick sehr jung; neben ihr stand Andrej Andreič, Vater Andrejs Sohn, und hörte aufmerksam zu.

Im Garten war es still und kühl; dunkle, ruhige Schatten lagen über der Erde. Und weit, sehr weit entfernt, wahrscheinlich außerhalb der Stadt, quakten die Frösche. Man spürte den Mai, den lieben Mai! Es atmete sich so tief, und es schien, als rege sich irgendwo unter dem Himmel, über den Bäumen, weit hinter der Stadt, in Feldern und Wäldern ein anderes Frühlingsleben, geheimnisvoll, herrlich, reich und heilig, ein Leben, dessen Erkenntnis dem schwachen, sündigen Menschen unzugänglich ist. Und man hätte weinen mögen.

Nadja war schon dreiundzwanzig; seit ihrem sechzehnten Lebensjahr hatte sie sich leidenschaftlich gewünscht zu heiraten, und jetzt war sie endlich die Braut von Andrej Andreič, demselben, der dort hinter dem Fenster stand; er gefiel ihr, die Hochzeit war schon auf den 7. Juli festgesetzt, doch sie konnte sich nicht freuen und schlief schlecht, und ihr Frohsinn war vergangen ...

Aus dem Kellergeschoß, wo sich die Küche befand, drang

durch das offene Fenster Messerklappern, eiliges Laufen und Türenschlagen; es roch nach Putenbraten und eingelegten Kirschen. Und irgendwie schien es, so wie jetzt würde es das ganze Leben lang sein, ohne Veränderung, ohne Ende!

Da trat jemand aus dem Haus und blieb auf der Freitreppe stehen; das war Aleksandr Timofeič oder einfach Saša, der Besuch aus Moskau, der vor etwa zehn Tagen gekommen war. Vor sehr langer Zeit kam zur Großmutter immer eine entfernte Verwandte, eine verarmte adlige Witwe, die kleine, magere und kranke Marja Petrovna, die Almosen erhielt. Sie hatte einen Sohn, Saša. Es war nicht ersichtlich warum, jedenfalls sagte man von ihm, er sei künstlerisch sehr begabt, und als seine Mutter gestorben war, schickte ihn die Großmutter, besorgt um das Heil ihrer Seele, nach Moskau auf die Kommissarovsche Schule; nach etwa zwei Jahren wechselte er zur Kunstschule über, wo er wohl an die fünfzehn Jahre studierte und mit Ach und Krach die Prüfung im Architekturfach bestand. Er arbeitete trotzdem nicht als Architekt. Fast jeden Sommer kam er, gewöhnlich sehr krank, zur Großmutter, um auszuruhen und sich zu erholen.

Er hatte jetzt einen hochgeschlossenen Rock an und abgetragene Beinkleider aus Segeltuch, die unten geflickt waren. Sein Hemd war nicht gebügelt, und der ganze Mensch machte einen ungepflegten Eindruck. Er war sehr mager, bärtig, dunkel, hatte große Augen, lange, dünne Finger und war doch schön. An die Šumins hatte er sich gewöhnt wie an die eigene Familie und fühlte sich bei ihnen zu Hause. Sogar das Zimmer, in dem er hier wohnte, hieß Sašas Zimmer.

Auf der Treppe stehend, erblickte er Nadja und ging zu ihr.

»Schön ist es hier bei Ihnen«, sagte er.

»Natürlich ist es schön. Sie müßten bis zum Herbst hierbleiben.«

»Ja, das werde ich wohl tun müssen. Wahrscheinlich bleibe ich bis September.«

Er lachte ganz ohne Grund und setzte sich neben sie.

»Und ich sitze da und sehe mir von hier Mama an«, sagte Nadja. »Sie erscheint mir von hier so jung. Mama hat gewiß ihre

Schwächen«, fügte sie nach einer Weile hinzu, »aber sie ist trotz allem eine außergewöhnliche Frau.«

»Ja, sie ist gut...« stimmte Saša zu. »In ihrer Art ist Ihre Mama natürlich eine sehr gute und liebe Frau, doch... wie soll ich es Ihnen sagen? Heute morgen, es war noch sehr zeitig, ging ich in Ihre Küche, dort schlafen vier Dienstboten auf dem nackten Fußboden, anstatt Bettzeug haben sie Lumpen; ein Gestank und diese Wanzen, diese Schaben... Genau wie vor zwanzig Jahren, nichts hat sich geändert. Die Großmutter... nun, Gott mit ihr, sie ist eben eine Großmutter; aber die Mama... sie spricht doch Französisch und tritt im Liebhabertheater auf. Die müßte das doch begreifen.«

Wenn Saša sprach, dann hob er vor dem Zuhörer zwei seiner langen, dünnen Finger.

»Mir kommt das alles hier so roh vor, weil ich es nicht gewohnt bin«, fuhr er fort. »Weiß der Teufel, niemand tut hier etwas! Mamachen geht den ganzen Tag lang wie eine Herzogin spazieren, die Großmutter tut auch nichts. Sie ebenfalls nicht. Und der Bräutigam Andrej Andreič tut auch nichts.«

Nadja hatte dies schon im vorigen Jahr zu hören bekommen und, wie ihr schien, auch im vorvorigen. Sie wußte, daß Saša nicht anders reden konnte, und früher hatte sie das lächerlich gefunden; jetzt aber ärgerte sie sich, sie hätte nicht sagen können warum.

»Das ist alles alt, und ich habe es bis zum Überdruß gehört«, sagte sie und erhob sich. »Sie sollten sich etwas Neues ausdenken.«

Er lachte und stand ebenfalls auf, und beide gingen zum Haus. Hochgewachsen, schön und schlank, wie sie war, wirkte sie jetzt neben ihm ungemein gesund und elegant; sie fühlte das, und er tat ihr leid, es war ihr irgendwie peinlich.

»Sie reden auch viel Unsinn«, fuhr sie fort. »Da haben Sie eben über meinen Andrej gesprochen, aber Sie kennen ihn doch gar nicht.«

»Meinen Andrej... Gott mit ihm, Ihrem Andrej! Mir tut nur Ihre Jugend leid.«

Als sie den Saal betraten, setzte man sich gerade zum Abendessen an den Tisch. Die Großmutter, oder wie man sie im Haus nannte, ›Babulja‹, eine sehr dicke und häßliche Frau mit dichten Brauen und einem Bärtchen auf der Oberlippe, sprach laut, und schon an ihrer Stimme und ihrer Art zu sprechen konnte man erkennen, daß sie das Haupt der Familie war. Ihr gehörten die Kaufbuden auf dem Markt und das altertümliche Haus mit den Säulen und dem Garten, trotzdem betete sie jeden Morgen, Gott möge sie vor dem Ruin bewahren, und weinte dabei. Ihre Schwiegertochter, Nina Ivanovna, Nadjas Mutter, eine blonde, stark geschnürte Dame mit einem Pincenez und Brillanten an jedem Finger, und Vater Andrej, ein hagerer, zahnloser alter Mann, der immer aussah, als wolle er gleich etwas sehr Komisches zum besten geben, und sein Sohn Andrej Andreič, Nadjas Bräutigam, ein stattlicher und schöner Mensch mit welligem Haar, der einem Künstler glich, sprachen über Hypnotismus.

»In einer Woche wirst du dich bei mir erholt haben«, sagte Babulja zu Saša, »du mußt nur recht viel essen. Wie siehst du bloß aus!« Sie seufzte. »Zum Fürchten! Wirklich und wahrhaftig wie der verlorene Sohn.«

»Und er brachte sein Gut durch mit Prassen und fing an zu darben«, sprach Vater Andrej langsam, und seine Augen lachten, »da schickte man ihn auf den Acker, die Säue zu hüten ...«

»Ich kann meinen lieben Alten gut leiden«, sagte Andrej und berührte die Schulter des Vaters. »Ein prächtiger Alter. Ein guter Alter.«

Alle schwiegen. Saša lachte plötzlich auf und preßte die Serviette an den Mund.

»Sie glauben also an Hypnotismus?« fragte Vater Andrej Nina Ivanovna.

»Ich kann natürlich nicht behaupten, daß ich daran glaube«, antwortete Nina Ivanovna, wobei sie ihrem Gesicht einen ernsten, ja sogar strengen Ausdruck gab, »doch ich muß gestehen, daß es in der Natur viele unbegreifliche und geheimnisvolle Dinge gibt.«

»Ich stimme völlig mit Ihnen überein, obwohl ich von mir aus hinzufügen muß, daß der Glaube den Bereich des Geheimnisvollen für uns bedeutend verkleinert.«

Eine große, sehr fette Pute wurde aufgetragen. Vater Andrej und Nina Ivanovna setzten ihr Gespräch fort. Die Brillanten an Nina Ivanovnas Fingern funkelten, und dann funkelten plötzlich Tränen in ihren Augen, sie war erregt.

»Ich wage zwar nicht, mit Ihnen zu streiten«, sagte sie, »doch geben Sie zu, das Leben gibt so viel unlösbare Rätsel auf!«

»Nicht eines, ich versichere Sie.«

Nach dem Abendessen spielte Andrej Andreič Geige, Nina Ivanovna begleitete ihn am Flügel. Er hatte vor ungefähr zehn Jahren die philologische Fakultät der Universität absolviert, bekleidete jedoch kein Amt und hatte keine bestimmte Beschäftigung, nur hin und wieder beteiligte er sich an einem Wohltätigkeitskonzert, und in der Stadt nannte man ihn einen Künstler.

Andrej Andreič spielte; alle hörten schweigend zu. Auf dem Tisch summte leise der Samovar, und Saša trank als einziger Tee. Später, als es zwölf schlug, sprang plötzlich eine Saite auf der Geige; alle lachten, gerieten in Bewegung, und man begann sich zu verabschieden.

Nachdem Nadja ihren Verlobten hinausbegleitet hatte, ging sie nach oben, wo sie mit ihrer Mutter wohnte (die Großmutter bewohnte das untere Stockwerk). Unten im Saal wurden bereits die Lichter gelöscht, Saša aber saß noch dort und trank Tee. Er trank immer lange Tee, nach Moskauer Gepflogenheit sieben Gläser hintereinander. Als Nadja schon ausgekleidet war und im Bett lag, hörte sie noch lange, wie die Dienstboten unten aufräumten und die Großmutter zankte. Endlich wurde es still, und nur von Zeit zu Zeit ertönte unten aus Sašas Zimmer sein tiefes Husten.

II

Als Nadja erwachte, war es wohl gegen zwei Uhr; es begann zu dämmern. Irgendwo in der Ferne ertönte das Klopfen des Nachtwächters. Sie hatte keine Lust mehr zu schlafen, sie lag sehr weich, und das störte sie. Wie in all den vorangegangenen Mainächten setzte sich Nadja im Bett auf und begann zu grübeln. Doch ihre Gedanken waren genauso eintönig, unnütz und aufdringlich wie in den Nächten vorher. Sie dachte daran, wie Andrej Andreič angefangen hatte, ihr den Hof zu machen; an seinen Heiratsantrag dachte sie und wie sie ihre Einwilligung gegeben und dann allmählich gelernt hatte, diesen guten, klugen Menschen zu schätzen. Warum aber empfand sie jetzt, wo bis zur Hochzeit nur noch ein knapper Monat blieb, Angst und Unruhe, als ob etwas Ungewisses, etwas Schweres sie erwartete?

›Tick-tock, tick-tock...‹ klopfte träge der Wächter. ›Tick-tock...‹

Durch das große altmodische Fenster konnte man den Garten sehen und die üppig blühenden Fliederbüsche, die schläfrig und von der Kälte matt waren; ein dichter weißer Nebel schwebte sacht auf den Flieder zu, um ihn einzuhüllen. Auf den entfernt stehenden Bäumen schrien schläfrige Krähen.

»Mein Gott, warum ist mir so schwer, warum nur!« sagte sie zu sich.

Vielleicht fühlt jede Braut vor der Hochzeit dasselbe. Wer weiß! Oder war das Sašas Einfluß? Aber Saša sagte doch schon so viele Jahre hintereinander immer dasselbe wie nach der Schablone, und wenn er sprach, kam er einem so naiv und so seltsam vor. Doch warum ging ihr Saša trotz alledem nicht aus dem Kopf? Warum?

Der Wächter hatte längst aufgehört zu klopfen. Vor dem Fenster und im Garten lärmten die Vögel, der Nebel war verschwunden, ringsum erstrahlte alles im Frühlingslicht wie von einem Lächeln. Bald hatte die Sonne den ganzen Garten freundlich erwärmt, er belebte sich, und die Tautropfen funkelten wie Diamanten auf den Blättern. Und der alte verwilderte Garten erschien an diesem Morgen so jung und schmuck.

Großmutter war schon aufgewacht. Sašas heiseres Husten ertönte wieder. Man hörte, wie unten der Samovar auf den Tisch gestellt und Stühle gerückt wurden.

Langsam vergingen die Stunden. Nadja war längst aufgestanden, lange schon ging sie im Garten spazieren, und noch immer nahm der Vormittag kein Ende.

Nina Ivanovna kam daher, verweint, mit einem Glas Mineralwasser. Sie beschäftigte sich mit Spiritismus, Homöopathie, las viel und liebte es, von den Zweifeln zu sprechen, die sie plagten; und all das, so schien es Nadja, hatte einen tiefen, geheimnisvollen Sinn. Jetzt küßte Nadja die Mutter und ging neben ihr her.

»Worüber hast du geweint, Mama?« fragte sie.

»Ich habe gestern abend noch angefangen, eine Geschichte zu lesen, in der von einem alten Mann und seiner Tochter die Rede ist. Der Alte arbeitet irgendwo, na, und da verliebt sich der Vorgesetzte in seine Tochter. Ich habe nicht zu Ende gelesen, aber da ist so eine Stelle, wo es einem schwer wird, die Tränen zurückzuhalten«, sagte Nina Ivanovna und nahm einen Schluck aus ihrem Glas. »Heute morgen erinnerte ich mich daran und mußte wieder weinen.«

»Und ich bin all diese Tage schon nicht froh«, sagte Nadja nach kurzem Schweigen. »Warum kann ich nachts nicht schlafen?«

»Das weiß ich nicht, meine Liebe. Wenn ich nachts nicht schlafen kann, dann mache ich die Augen ganz fest zu, so – und stelle mir Anna Karenina vor, wie sie geht und spricht, oder ich denke an irgend etwas Historisches, aus dem Altertum...«

Nadja fühlte, daß die Mutter sie nicht verstand und auch nicht verstehen konnte. Sie fühlte das zum erstenmal in ihrem Leben, und ihr wurde sogar angst, sie hätte sich verstecken mögen – und sie ging hinauf in ihr Zimmer.

Um zwei Uhr wurde Mittag gegessen. Es war Mittwoch, ein Fastentag, daher wurde der Großmutter Rübensuppe und Brei mit Grütze serviert.

Um die Großmutter zu necken, aß Saša sowohl seine Fleischsuppe wie die Fastensuppe. Er scherzte die ganze Zeit, während sie aßen, doch seine Späße waren schwerfällig, leicht moralisierend, und es war gar nicht zum Lachen, wenn er vor einem Witz erst seine langen, dünnen Finger hob, die wie Totenfinger aussahen; und wenn man bedachte, daß er sehr krank war und vielleicht nicht mehr lange auf dieser Welt zu leben hatte, konnten einem vor Mitleid die Tränen kommen.

Nach dem Essen begab sich Großmutter in ihrem Zimmer zur Ruhe. Nina Ivanovna spielte noch ein Weilchen Klavier und ging dann auch fort.

»Ach, liebe Nadja«, begann Saša sein übliches Nachmittagsgespräch, »wenn Sie doch auf mich hören wollten!«

Sie saß mit geschlossenen Augen in einem tiefen altmodischen Sessel, und er ging leise im Zimmer auf und ab, aus einer Ecke in die andere.

»Wenn Sie doch wegfahren wollten, um zu studieren!« sagte er. »Nur gebildete und erhabene Menschen sind interessant, sie allein werden gebraucht. Denn je mehr solche Menschen es gibt, um so eher bricht das Reich Gottes auf Erden an. Von ihrer Stadt wird einmal kein Stein auf dem anderen bleiben – das Oberste wird zuunterst gekehrt werden, alles wird wie durch einen Zauber verändert sein. Und hier werden dann riesige, wunderschöne Häuser stehen, herrliche Gärten mit Fontänen, und bemerkenswerte Menschen werden hier leben ... Doch das ist nicht die Hauptsache. Die Hauptsache ist, daß es die ›Masse‹ in unserem Sinne, dieses Übel, nicht mehr geben wird. Denn jeder Mensch wird glauben, und jeder wird wissen, wozu er lebt, und keiner wird einen Halt in der Masse suchen. Meine Liebe, meine Gute, fahren Sie fort! Zeigen Sie allen, daß Sie dieses unbeweglichen, grauen, miserablen Lebens überdrüssig sind. Zeigen Sie es wenigstens sich selber!«

»Das geht nicht, Saša. Ich heirate ja.«

»Ach, gehen Sie weg! Wozu ist das nütze?«

Sie traten hinaus in den Garten und gingen auf und ab.

»Und wie dem auch sei, meine Liebe, man muß sich da

hineindenken, man muß begreifen, wie unsauber, wie unsittlich dieses müßige Leben ist«, fuhr Saša fort. »Begreifen Sie doch: Wenn zum Beispiel Sie und Ihre Mutter und Ihre Großmutter nichts tun, so bedeutet dies, daß jemand anders für Sie arbeitet, daß Sie ein fremdes Leben aussaugen, und ist das etwa anständig, ist das nicht schmutzig?«

Nadja wollte sagen: Ja, es ist so; sie wollte sagen, sie habe begriffen: doch in ihre Augen traten Tränen, sie wurde plötzlich ganz still, duckte sich und lief schnell in ihr Zimmer hinauf.

Gegen Abend kam Andrej Andreič und spielte wie gewöhnlich lange Geige. Er war nicht sehr gesprächig und liebte die Geige vielleicht deshalb, weil man während des Spiels schweigen konnte. Nach zehn Uhr, als er schon im Mantel war und gehen wollte, umarmte er Nadja und bedeckte ihr Gesicht, ihre Schultern und ihre Hände mit gierigen Küssen.

»Meine Liebe, meine Teure, meine Herrliche!« murmelte er. »Oh, wie bin ich glücklich. Ich bin wahnsinnig vor Seligkeit.«

Und ihr schien, als habe sie das alles schon einmal vor langer, langer Zeit gehört oder als habe sie es irgendwo gelesen ... in einem alten, zerlesenen, längst vergessenen Roman.

Im Saal saß Saša am Tisch und trank Tee aus der Untertasse, die er auf seinen langen fünf Fingern balancierte. Die Großmutter legte eine Patience, Nina Ivanovna las. Die Flamme im Öllämpchen vor dem Heiligenbild knisterte, und alles schien ruhig und wohlgeordnet. Nadja sagte gute Nacht und ging hinauf in ihr Zimmer, legte sich nieder und schlief sofort ein. Aber kaum dämmerte der Morgen, da war sie wie in der vergangenen Nacht wieder wach. Sie konnte nicht weiterschlafen, ihr Herz war schwer und unruhig. Den Kopf auf die Knie gelegt, saß sie und dachte an den Verlobten, an die Hochzeit ... Sie erinnerte sich, daß die Mutter ihren verstorbenen Mann nicht geliebt hatte, daß sie jetzt nichts besaß und in völliger Abhängigkeit von ihrer Schwiegermutter, der Babulja, lebte. Und soviel Nadja auch darüber nachdachte, sie konnte nicht begreifen, warum ihr die Mutter bis jetzt so ungewöhnlich vorgekommen war, warum sie nicht die einfache, alltägliche und unglückliche Frau in ihr bemerkt hatte.

Auch Saša schlief nicht – man hörte ihn husten. Er ist ein merkwürdiger, naiver Mensch, dachte Nadja. In seinen Träumen, in all diesen märchenhaften Gärten und wunderbaren Fontänen spürte man etwas Ungereimtes; doch warum lag in all seiner Naivität, ja sogar in dieser Ungereimtheit so viel Schönheit, daß sie allein bei dem Gedanken, ob sie nicht doch wegfahren und studieren sollte, fühlte, wie ihr Herz von Freude und Begeisterung überflutet wurde, wie es ihre Brust durchschauerte.

»Aber lieber nicht daran denken, lieber nicht denken...« flüsterte sie. »Man muß nicht daran denken.«

›Tick-tock...‹, klopfte der Nachtwächter irgendwo in der Ferne. ›Tick-tock... tick-tock...‹

III

Mitte Juni fing Saša plötzlich an, sich zu langweilen, und er machte Anstalten, nach Moskau zu fahren.

»Ich kann in dieser Stadt nicht leben«, sagte er düster. »Weder Wasserleitung noch Kanalisation! Mittags ekele ich mich vor dem Essen: in der Küche herrscht ein unmöglicher Schmutz...«

»Nun warte doch noch etwas, du verlorener Sohn!« redete ihm die Großmutter zu; aus irgendeinem Grund flüsterte sie. »Am Siebenten ist die Hochzeit!«

»Ich will nicht.«

»Du wolltest doch bis September bei uns bleiben!«

»Aber ich will nicht mehr. Ich muß arbeiten!«

Der Sommer war in diesem Jahr feucht und kalt, die Bäume waren naß, im Garten sah alles so trostlos und traurig aus, daß man wirklich Lust zum Arbeiten bekam. In den Zimmern oben und unten hörte man fremde weibliche Stimmen, Großmutters Nähmaschine ratterte: man beeilte sich mit der Aussteuer. Nadja bekam allein sechs Pelzmäntel, von denen der billigste, wie

Großmutter sagte, dreihundert Rubel kostete! Die Geschäftigkeit im Haus machte Saša nervös; er saß in seinem Zimmer und war böse. Trotzdem überredete man ihn zum Bleiben, und er gab sein Wort, nicht vor dem 1. Juli abzureisen.

Die Zeit ging schnell dahin. Am Peter-und-Pauls-Tag nach dem Mittagessen begab sich Andrej Andreič mit Nadja in die Moskauer Straße, um noch einmal das Haus zu besichtigen, das schon lange für das junge Paar gemietet und in Ordnung gebracht worden war. Es war ein zweistöckiges Gebäude, man hatte aber einstweilen nur die obere Etage eingerichtet. Im Saal standen Wiener Rohrstühle, ein Flügel und ein Geigenpult, der parkettartig gestrichene Fußboden glänzte. Es roch nach Farbe. An der Wand hing in goldenem Rahmen ein großes Ölbild: eine nackte Dame und neben ihr eine lila Vase mit abgebrochenem Henkel.

»Ein wunderbares Bild«, sagte Andrej Andreič und seufzte ehrfurchtsvoll. »Es ist von dem Kunstmaler Sišmačevskij.«

Dann kam der Salon mit einem runden Tisch, einem Sofa nebst Sesseln, die mit leuchtend blauem Stoff bezogen waren. Über dem Sofa hing eine große Fotografie von Vater Andrej in der hohen Kopfbedeckung der Weltgeistlichen und mit allen Orden. Danach betraten sie das Eßzimmer, das ein Büfett hatte, dann das Schlafzimmer; hier standen im Halbdunkel nebeneinander zwei Betten, und es schien, als ob man bei der Einrichtung dieses Raumes daran gedacht hätte, daß es hier immer angenehm und schön sein würde und gar nicht anders sein könnte. Während Andrej Andreič Nadja durch die Zimmer führte, hielt er sie die ganze Zeit um die Taille gefaßt; sie jedoch fühlte sich schwach, schuldbewußt und haßte alle diese Zimmer, die Betten, die Sessel; die nackte Dame verursachte ihr Übelkeit. Ihr war jetzt klar, daß sie Andrej Andreič nicht mehr liebte oder ihn vielleicht niemals geliebt hatte; doch wie sie das sagen sollte, wem und wozu, das wußte sie nicht, und sie konnte es auch nicht ergründen, obwohl sie all die Tage und Nächte darüber nachgedacht hatte... Er hielt sie um die Taille gefaßt, sprach so liebevoll, so bescheiden und war so glücklich, während er durch diese seine Wohnung schritt; sie aber sah in all dem nichts als Banalität, alles kam ihr so dumm, naiv, so abgeschmackt vor, und sein Arm, der ihre Hüfte umschlang, erschien ihr hart und kalt wie ein Faßreifen. Sie hätte auf der Stelle davonlaufen, in Tränen ausbrechen, aus dem Fenster springen können. Andrej Andreič führte sie in das Badezimmer, dort griff er an den Hahn in der Wand, und plötzlich floß Wasser heraus.

»Wie gefällt dir das?« sagte er und lachte. »Ich habe auf dem Dachboden ein Bassin für hundert Eimer anbringen lassen, und nun werden wir beide Wasser haben.«

Sie schritten über den Hof und traten dann auf die Straße, wo sie eine Droschke nahmen. Dichte Staubwolken trieben dahin, und es schien, als würde es gleich anfangen zu regnen.

»Ist dir kalt?« fragte Andrej Andreič und kniff wegen des Staubs die Augen zusammen.

Sie schwieg.

»Weißt du noch, wie Saša mir gestern zum Vorwurf machte, daß ich nichts tue«, sagte er nach einer Weile. »Er hat recht, vollkommen recht! Ich tue nichts und kann nichts tun. Meine Teure, wie kommt das? Warum ist mir sogar der Gedanke widerwärtig, ich könnte mir eines Tages eine Kokarde an die Mütze heften und eine Stellung annehmen? Warum ist mir nicht wohl zumute, wenn ich einen Advokaten, einen Lateinlehrer oder einen Stadtverordneten sehe? O Mütterchen Rußland, wieviel Müßiggänger und unnütze Menschen schleppst du mit dir herum! Wie viele gibt es, die so sind wie ich, du Leidgeprüfte!«

Die Tatsache, daß er nichts tat, verallgemeinerte er und sah darin ein Zeichen der Zeit.

»Wenn wir erst verheiratet sind«, fuhr er fort, »dann gehen wir zusammen aufs Land, meine Liebe, und arbeiten dort! Wir kaufen uns ein kleines Grundstück mit einem Garten am Fluß, wir werden arbeiten und das Leben beobachten... Oh, wie schön wird das sein!«

Er nahm den Hut ab, und sein Haar flatterte im Wind, sie aber hörte ihm zu und dachte: Mein Gott! Ich möchte nach Haus! Kurz vor dem Haus fuhren sie an Vater Andrej vorüber.

»Da kommt ja auch der Vater!« rief Andrej Andreič erfreut und schwenkte den Hut. »Ich kann meinen lieben Alten gut leiden, wirklich«, sagte er, während er den Droschkenkutscher bezahlte. »Ein prächtiger Alter. Ein guter Alter.«

Zornig und erschöpft trat Nadja ins Haus; sie dachte daran, daß sie den ganzen Abend Gäste haben würde, man mußte sich mit ihnen unterhalten, lächeln, dem Geigenspiel lauschen, allen möglichen Unsinn mit anhören und nur von der Hochzeit reden. Die Großmutter, majestätisch und prächtig in ihrem seidenen Kleid, hochmütig aussehend wie immer, wenn Besuch da war, saß vor dem Samovar. Mit seinem schlauen Lächeln um die Lippen kam Vater Andrej herein.

»Ich habe das Vergnügen und den gnadenreichen Trost, Sie bei guter Gesundheit anzutreffen«, sagte er zur Großmutter, und es war schwer zu erraten, ob er scherzte oder im Ernst sprach.

IV

Der Wind klopfte an die Fenster, aufs Dach, man hörte ihn pfeifen, und im Kamin sang der Hausgeist verdrießlich und klagend sein Liedchen. Es war in der Stunde nach Mitternacht. Im Haus waren alle zu Bett gegangen, doch niemand schlief, und Nadja kam es vor, als würde unten Geige gespielt.

Ein heftiges Poltern ertönte, wahrscheinlich hatte sich ein Fensterladen losgerissen.

Eine Minute später erschien Nina Ivanovna, nur im Hemd, mit einem Licht.

»Was war das für ein Gepolter, Nadja?« fragte sie.

Mit den zu einem Zopf geflochtenen Haaren und ihrem schüchternen Lächeln erschien die Mutter in dieser stürmischen Nacht älter, häßlicher und kleiner. Nadja dachte daran, wie sie noch unlängst ihre Mutter für eine außergewöhnliche Frau gehalten und voll Stolz ihren Worten gelauscht hatte; jetzt konnte sie sich dieser Worte überhaupt nicht mehr erinnern; alles, was sie sich ins Gedächtnis zurückrufen konnte, war schwach und bedeutungslos.

Im Kamin brummten mehrere Bässe zugleich, und es hörte sich an wie:

»Aach, mein Gooott!«

Nadja setzte sich im Bett auf, und plötzlich fuhr sie sich in die Haare und brach in Schluchzen aus.

»Mama, Mama«, rief sie, »wenn du wüßtest, wie mir zumute ist! Ich bitte dich, ich flehe dich an, laß mich wegfahren! Ich beschwöre dich!«

»Wohin?« fragte Nina Ivanovna verständnislos und setzte sich auf das Bett. »Wohin wegfahren?«

Nadja weinte lange und konnte kein Wort hervorbringen.

»Laß mich fahren, fort aus der Stadt!« sagte sie schließlich. »Die Hochzeit soll nicht stattfinden – begreif doch! Ich liebe diesen Menschen nicht... Ich kann nicht einmal von ihm sprechen.«

»Nein, mein Liebstes, nein.«

Nina Ivanovna sprach hastig, sie war aufs höchste erschreckt.

»Beruhige dich – daran ist nur deine schlechte Stimmung schuld. Das vergeht. Das kommt vor. Wahrscheinlich hast du dich mit Andrej gezankt; aber was sich liebt, das neckt sich.«

»Ach, geh, Mama, geh!« schluchzte Nadja.

»Ja«, sagte Nina Ivanovna nach kurzem Schweigen. »Wie lang ist es her, da warst du ein Kind, ein kleines Mädchen, und jetzt bist du schon Braut. In der Natur geht ein ständiger Stoffwechsel vor sich. Und ehe du dich versiehst, wirst du selbst Mutter und eine alte Frau sein und wirst eine ebenso widerspenstige Tochter haben wie ich.«

»Meine Liebe, meine Gute, du bist doch klug und bist unglücklich«, sagte Nadja. »Du bist so unglücklich – warum sagst du so abgeschmackte Dinge? Um Gottes willen, warum?«

Nina Ivanovna wollte noch etwas sagen, konnte jedoch kein Wort hervorbringen, schluchzte und ging in ihr Zimmer. Wieder dröhnten die Bässe im Kamin, es war zum Fürchten. Nadja sprang aus dem Bett und ging schnell zur Mutter. Nina Ivanovna lag mit verweintem Gesicht im Bett unter einer hellblauen Decke und hielt ein Buch in der Hand.

»Mama, hör mich an!« sagte Nadja. »Ich beschwöre dich, überlege und begreife! Begreif doch nur, wie seicht und erniedrigend unser Leben ist. Mir sind die Augen aufgegangen, ich sehe jetzt alles. Und was ist denn dein Andrej Andreič? Er ist doch nicht klug, Mama! Du lieber Gott! Begreifst du, Mama, er ist dumm!«

Nina Ivanovna richtete sich heftig auf.

»Du und deine Großmutter – ihr quält mich!« sagte sie schluchzend. »Ich will leben! leben!« wiederholte sie und schlug sich zweimal mit der Faust an die Brust.»Gebt mir doch Freiheit! Ich bin noch jung, ich will leben, und ihr habt eine alte Frau aus mir gemacht...!«

Sie weinte bitterlich, legte sich nieder und rollte sich unter der Decke zusammen, da lag sie und sah so kläglich, klein und töricht aus. Nadja kehrte in ihr Zimmer zurück, kleidete sich an und erwartete am Fenster sitzend den Morgen. Die ganze Nacht saß sie und grübelte, draußen schlug jemand unaufhörlich an die Läden und pfiff dazu.

Am Morgen klagte die Großmutter, der Wind habe in der Nacht im Garten alle Äpfel heruntergeschlagen und einen alten Pflaumenbaum abgebrochen. Es war grau, trübe, trostlos, man hätte die Lampe anzünden mögen; alle klagten über die Kälte, und der Regen klatschte an die Fenster. Nach dem Tee ging Nadja zu Saša, ohne ein Wort zu sagen, kniete sie in der Ecke bei einem Sessel nieder und bedeckte das Gesicht mit den Händen.

»Was ist denn?« fragte Saša.

»Ich kann nicht mehr...« sagte sie. »Wie konnte ich hier früher leben, ich begreife es nicht, es ist mir unfaßlich! Meinen Verlobten verachte ich... ich verachte mich selbst, verachte dieses ganze müßige, sinnlose Dasein.«

»Nun, nun...« meinte Saša, der noch nicht begriff, worum es ging. »Das macht nichts... Das ist gut so.«

»Ich bin dieses Lebens überdrüssig«, fuhr Nadja fort, »ich

halte es hier keinen Tag länger aus. Morgen fahre ich weg von hier. Nehmen Sie mich mit, um Himmels willen!«

Saša schaute sie eine Minute lang erstaunt an; endlich hatte er verstanden, und er freute sich wie ein Kind. Er schwenkte die Arme und begann mit seinen Pantoffeln aufzustampfen, als wolle er einen Freudentanz aufführen.

»Großartig!« rief er und rieb sich die Hände. »Gott, wie ist das herrlich!«

Und sie blickte ihn unverwandt mit großen, verliebten Augen wie verzaubert an und meinte, daß er ihr sogleich etwas Bedeutsames, unermeßlich Wichtiges sagen würde; er hatte ihr noch nichts gesagt, doch ihr schien es bereits, als öffnete sich vor ihr etwas Neues und Weites, etwas, was sie früher nicht gekannt hatte, und sie schaute ihn jetzt voller Erwartung an, zu allem bereit, und sei es der Tod.

»Morgen reise ich«, sagte er nach kurzem Nachdenken, »Sie begleiten mich zum Bahnhof. Ich nehme Ihr Gepäck in meinen Koffer und löse Ihnen eine Fahrkarte; sobald das dritte Glockenzeichen ertönt, steigen Sie ein – und wir fahren los. Sie begleiten mich bis Moskau, von da fahren Sie allein weiter nach Petersburg. Haben Sie einen Paß?«

»Ja.«

»Ich schwöre Ihnen, Sie werden es nicht bedauern und nicht bereuen«, sagte Saša hingerissen. »Sie fahren weg, Sie werden studieren, und weiter lassen Sie sich von Ihrem Schicksal führen. Sobald Sie Ihr Leben umgekrempelt haben, wird alles anders. Die Hauptsache ist das Leben umgestalten, alles andere ist unwichtig. Also, reisen wir morgen?«

»Ja, ja! Um Himmels willen!«

Nadja meinte, sie wäre sehr aufgeregt, ihr Herz wäre noch nie so schwer gewesen, sie müßte nun bis zur Abreise leiden und sich mit marternden Gedanken quälen; doch kaum war sie in ihr Zimmer zurückgekehrt und hatte sich auf ihr Bett gelegt, da schlummerte sie schon ein und lag mit verweintem Gesicht und lächelnd bis zum Abend in festem Schlaf.

V

Man schickte nach einer Droschke. Nadja, schon in Hut und Mantel, ging hinauf, um noch einmal einen Blick auf ihre Mutter und auf all ihr Eigentum zu werfen, sie stand in ihrem Zimmer vor dem Bett, das noch warm war, und schaute sich um, dann ging sie leise zur Mutter. Nina Ivanovna schlief, es war still im Raum. Nadja küßte die Mutter und strich ihr übers Haar, sie blieb noch zwei Minuten stehen... Dann kehrte sie langsam in das untere Stockwerk zurück.

Draußen regnete es stark. Die Droschke stand mit hochgeklapptem Verdeck und ganz naß vor der Haustür.

»Für dich bleibt kein Platz, Nadja«, sagte die Großmutter, als die Magd die Koffer hinstellte. »Und was treibt dich bloß bei diesem Wetter auf den Bahnhof! Du solltest zu Hause bleiben. Sieh doch nur, wie es regnet!«

Nadja wollte etwas sagen und konnte nicht. Saša half ihr jetzt in den Wagen und bedeckte ihre Knie mit einem Plaid. Und da saß er auch schon neben ihr.

»Glückliche Reise! Der Herr segne dich!« rief die Großmutter von der Treppe her. »Schreib uns aus Moskau, Saša!«

»Ist recht. Leben Sie wohl, Babulja!«

»Die Himmelskönigin behüte dich!«

»Ist das ein Wetterchen!« sagte Saša.

Erst jetzt weinte Nadja. Erst jetzt war ihr klar, daß sie ganz gewiß wegfuhr; als sie vor ihrer Mutter gestanden und sich von der Großmutter verabschiedet hatte, da hatte sie es noch nicht glauben wollen. Leb wohl, meine Stadt! Und sie dachte plötzlich an alle: an Andrej und seinen Vater, an die neue Wohnung und an die nackte Dame mit der Vase; all das schreckte und bedrückte sie schon nicht mehr, es war alles so dumm und kleinlich und blieb immer weiter und weiter hinter ihr zurück. Und als sie im Abteil saßen und der Zug sich in Bewegung setzte, da schrumpfte das Vergangene, das ihr so groß und ernst vorgekommen war, zu einem Klümpchen zusammen, und die unfaßbar große, weite Zukunft, die bis dahin kaum zu erkennen gewesen war, tat sich auf. Der Regen trommelte gegen die Wagenfenster, man sah nichts als grüne Felder, Telegrafenmasten flogen vorüber mit Vögeln auf den Drähten, und die Freude nahm ihr plötzlich den Atem: sie dachte daran, daß sie in die Freiheit fuhr, daß sie studieren würde, und das war eigentlich dasselbe, was man früher ›zu den Kosaken gehen‹ nannte. Und sie lachte und weinte und betete.

»Macht nichts!« sagte Saša schmunzelnd. »Macht nichts!«

VI

Der Herbst verging und der Winter auch. Nadja hatte schon heftiges Heimweh und dachte jeden Tag an die Mutter und an die Großmutter, sie dachte auch an Saša. Die Briefe, die von daheim kamen, klangen beruhigend und liebevoll; es schien alles vergeben und vergessen zu sein. Im Mai, nach den Prüfungen, fuhr sie gesund und fröhlich nach Hause; unterwegs stieg sie in Moskau aus, um Saša zu besuchen. Er war noch ganz der alte, wie im vergangenen Sommer: mit seinem dichten Bart, den zerzausten Haaren und den großen, schönen Augen, und er trug noch denselben Rock und dieselben Beinkleider aus Segeltuch; doch er sah krank, erschöpft, gealtert aus und war magerer geworden und hustete ständig. Und Nadja erschien er irgendwie unansehnlich und provinziell.

»Mein Gott, Nadja ist gekommen!« sagte er und lachte fröhlich. »Meine Liebe, mein Herzchen!«

Sie saßen in der lithographischen Werkstatt, wo es dunstig vom Tabakrauch war und zum Ersticken nach Tusche und Farben roch; dann gingen sie in sein Zimmer, auch das war vollgeraucht und vollgespuckt. Auf dem Tisch neben dem erkalteten Samovar stand ein zerbrochener Teller mit einem dunklen Stück Papier darauf; auf dem Tisch und auf dem Fußboden lagen eine Unmenge toter Fliegen. An alledem konnte man erkennen, daß Saša sein persönliches Leben vernachlässigte, er lebte, wie es gerade kam, voll Verachtung gegenüber allen

Bequemlichkeiten, und hätte jemand mit ihm von seinem persönlichen Glück, seinem persönlichen Leben, von Liebe zu ihm gesprochen, dann hätte er nichts begriffen und nur gelacht.

»Es geht, es ist alles gutgegangen«, erzählte Nadja in Eile. »Im Herbst hat Mama mich in Petersburg besucht, sie sagte, die Großmutter sei mir nicht böse, sie gehe nur immer in mein Zimmer und bekreuze die Wände.«

Saša blickte fröhlich drein, hustete aber und sprach mit brüchiger Stimme, und Nadja betrachtete ihn ständig und war sich nicht klar, ob er wirklich schwerkrank war oder ob er ihr nur so schien.

»Saša, mein Lieber«, sagte sie, »Sie sind doch krank.«

»Nein, es ist nicht schlimm. Ich bin krank, aber nicht sehr ...«

»Ach, mein Gott!« Nadja wurde ganz aufgeregt. »Warum lassen Sie sich nicht behandeln, warum achten Sie nicht auf Ihre Gesundheit? Mein lieber, teurer Saša«, sagte sie, und die Tränen stürzten ihr aus den Augen; und sie sah mit einemmal Andrej Andreič vor sich und die nackte Dame mit der Vase und ihre ganze Vergangenheit, die wie ihre Kindheit in weite Ferne gerückt war; und sie weinte, weil Saša ihr schon nicht mehr so neu, intelligent und interessant erschien wie im vergangenen Jahr.

»Lieber Saša, Sie sind sehr, sehr krank. Ich würde wer weiß was tun, damit Sie nicht so blaß und schmal aussehen. Ich bin Ihnen so verpflichtet! Sie können sich gar nicht vorstellen, wieviel Sie für mich getan haben, mein guter Saša! Eigentlich sind Sie für mich jetzt der allernächste, allerliebste Mensch.«

Sie saßen und sprachen miteinander; jetzt, nachdem Nadja einen Winter in Petersburg verbracht hatte, kamen ihr Saša, seine Worte, sein Lächeln und seine ganze Gestalt wie etwas Abgelebtes, Altmodisches, längst Vergangenes und vielleicht schon zu Grabe Getragenes vor.

»Übermorgen fahre ich an die Volga«, sagte Saša, »und von da zur Kumys-Kur. Ich will Kumys trinken. Zusammen mit mir fahren ein Freund und seine Frau. Die Frau ist ein wunderbarer

Mensch; ich versuche ständig, sie zum Studium zu überreden. Ich möchte, daß sie ihr Leben umkrempelt.«

Als sie sich ausgesprochen hatten, fuhren sie zum Bahnhof. Saša lud sie zum Tee ein und schenkte ihr Äpfel. Und als der Zug abfuhr und er lächelnd mit dem Taschentuch winkte, da sah man es sogar seinen Beinen an, daß er sehr krank war und wohl kaum mehr lange zu leben hatte.

Ihre Heimatstadt erreichte Nadja um die Mittagsstunde. Auf der Fahrt vom Bahnhof nach Hause erschienen ihr die Straßen sehr breit und die Häuser klein und geduckt; man sah keine Menschen, nur der deutsche Klavierstimmer in seinem rostfarbenen Mantel begegnete ihr. Und zu Hause war alles wie mit Staub bedeckt. Die Großmutter, schon ganz alt geworden, doch wie früher dick und häßlich, umarmte Nadja und weinte lange, das Gesicht an ihre Schulter geschmiegt; sie konnte sich gar nicht losreißen. Nina Ivanovna sah auch sehr viel älter und nicht mehr hübsch aus, sie schien zusammengeschrumpft, doch sie war wie früher geschnürt, und an ihren Fingern blitzten Brillanten.

»Meine Liebe!« sagte sie, am ganzen Leibe bebend. »Meine Liebe!«

Danach saßen sie beisammen und weinten leise. Sowohl die Großmutter wie die Mutter fühlten deutlich, daß das Vergangene für immer und unwiderruflich dahin war: verloren die Stellung in der Gesellschaft, das frühere Ansehen und das Recht, Gäste einzuladen; so ist es, wenn in das leichte, sorglose Leben einer Familie plötzlich nachts die Polizei eindringt, eine Haussuchung vornimmt, und es stellt sich heraus, der Hausherr hat Fälschungen und Veruntreuungen begangen – dann leb wohl, leichtes, sorgloses Leben!

Nadja ging hinauf und erblickte dasselbe Bett, dieselben Fenster mit den schlichten weißen Vorhängen, und hinter den Scheiben denselben von der Sonne überfluteten, fröhlich rauschenden Garten. Sie berührte ihren Tisch und saß ein Weilchen nachdenklich da. Sie aß gut zu Mittag, trank Tee mit wohlschmeckender fetter Sahne, aber irgend etwas fehlte, sie fühlte eine innere Leere in den Räumen, und die Decken waren so niedrig. Am Abend legte sie sich schlafen, deckte sich zu, und es kam ihr komisch vor, daß sie in diesem warmen, sehr weichen Bett lag.

Nina Ivanovna kam für einen Augenblick und setzte sich schüchtern und vorsichtig zu ihr, als wäre sie sich einer Schuld bewußt.

»Nun, wie ist es, Nadja?« fragte sie nach kurzem Schweigen. »Bist du zufrieden? Sehr zufrieden?«

»Ja, Mama.«

Nina Ivanovna erhob sich und machte das Zeichen des Kreuzes über Nadja und über die Fenster.

»Und ich bin, wie du siehst, religiös geworden«, sagte sie. »Weißt du, ich beschäftige mich jetzt mit Philosophie und denke immerzu nach... Und vieles ist mir jetzt klar wie der Tag geworden. Vor allen Dingen, so scheint es mir, sollte man das Leben wie durch ein Prisma sehen.«

»Sag, Mama, wie steht es mit Großmutters Gesundheit?«

»Sie scheint sich nicht schlecht zu fühlen. Als du damals mit Saša fortgefahren warst und als dein Telegramm kam, da fiel Großmutter einfach um, nachdem sie es gelesen hatte; drei Tage lag sie, ohne sich zu rühren. Dann betete und weinte sie viel. Aber jetzt geht es wieder.«

Sie stand auf und ging im Zimmer hin und her.

›Tick-tock...‹ ertönte das Klopfen des Wächters. ›Tick-tock, tick-tock...‹

»Vor allen Dingen sollte man das Leben wie durch ein Prisma sehen«, sagte sie, »das heißt mit anderen Worten, man sollte es im Bewußtsein in die einfachsten Elemente zerlegen, etwa wie in die sieben Grundfarben, und jedes Element müßte einzeln untersucht werden.«

Was Nina Ivanovna noch sagte und wann sie ging, hörte Nadja nicht mehr, denn sie schlief sehr bald ein.

Der Mai verging, es kam der Juni. Nadja hatte sich zu Hause schon eingewöhnt. Die Großmutter beschäftigte sich ständig mit dem Samovar und seufzte tief; Nina Ivanovna erzählte abends von ihrer Philosophie; sie aß noch immer das Gnadenbrot im

Hause und mußte sich wegen jeden Groschens an die Großmutter wenden. Es gab viele Fliegen, und die Decken in den Zimmern schienen immer niedriger und niedriger zu werden.

Babulja und Nina Ivanovna vermieden es, auf die Straße zu gehen, aus Angst, sie könnten Vater Andrej oder Andrej Andreič begegnen. Nadja ging immer wieder durch den Garten, durch die Straßen, schaute auf die Häuser, die grauen Zäune, und ihr schien, als ob alles in der Stadt schon lange alt geworden und abgelebt sei und nur noch warte: auf das Ende oder einen neuen, frischen Anfang. Oh, wenn es doch bald käme, dieses neue, lichte Leben, wo man gerade und kühn seinem Schicksal ins Auge sehen, ein Recht fühlen, fröhlich und frei sein wird! Früher oder später wird dieses Leben kommen! Es wird eine Zeit geben, in der von Großmutters Haus, wo alles so eingerichtet ist, daß vier Dienstboten nicht anders als im Kellergeschoß, in einem Raum, in Unsauberkeit leben können, keine Spur mehr übrigbleibt, eine Zeit, in der man es vergessen haben und niemand sich seiner mehr erinnern wird. Nadja amüsierte sich nur über die Jungen vom Nachbarhof, die, wenn sie im Garten spazierenging, an den Zaun schlugen, lachten und sie neckten.

»Die Braut! Da geht die Braut!«

Aus Saratov kam ein Brief von Saša. In seiner fröhlichen, tanzenden Handschrift schrieb er, daß die Fahrt auf der Volga sehr schön gewesen, daß er jedoch in Saratov ein bißchen krank geworden sei, die Stimme verloren habe und schon zwei Wochen im Krankenhaus liege. Sie begriff, was das bedeutete, und ein Vorgefühl, fast wie eine Gewißheit, bemächtigte sich ihrer. Es war ihr unangenehm, daß dieses Vorgefühl und die Gedanken an Saša sie nicht mehr so erregten wie früher. Sie hatte den leidenschaftlichen Wunsch zu leben, sie wollte nach Petersburg, und ihre Bekanntschaft mit Saša erschien ihr nur noch als eine liebe Erinnerung aus ferner, ferner Vergangenheit. Sie schlief die ganze Nacht nicht und saß am nächsten Morgen lauschend am Fenster. Und wirklich, unten ertönten Stimmen; aufgeregt und hastig fragte die Großmutter. Darauf schluchzte jemand... Als Nadja herunterkam, stand Großmutter in der Ecke und betete, und ihr Gesicht war verweint. Auf dem Tisch lag ein Telegramm.

Lange ging Nadja im Zimmer auf und ab und horchte, wie Großmutter weinte, dann nahm sie das Telegramm und las. Darin stand, daß Aleksandr Timofeič oder einfach Saša gestern morgen in Saratov an der Schwindsucht gestorben sei.

Großmutter und Nina Ivanovna gingen in die Kirche, um eine Seelenmesse zu bestellen; Nadja schritt noch lange durch die Zimmer und grübelte. Deutlich erkannte sie, daß ihr Leben umgekrempelt war, wie Saša es gewollt hatte, daß sie hier einsam, fremd und überflüssig war, daß sie das alles hier nicht brauchte, daß alles Vergangene von ihr losgerissen und entschwunden war, als ob es verbrannt und die Asche in alle Winde verstreut worden wäre. Sie ging in Sašas Zimmer und stand dort eine Weile.

Leb wohl, lieber Saša! dachte sie, und vor ihrem inneren Auge sah sie ein neues, weites, kühnes Leben, und dieses Leben, noch unklar und voller Geheimnisse, lockte sie und riß sie mit sich fort.

Sie stieg hinauf in ihr Zimmer, um zu packen; am anderen Morgen nahm sie lebhaft und fröhlich Abschied von den Ihren und verließ die Stadt – wie sie annahm, für immer.

Anhang

Zur Transkription

Die Transkription der russischen Namen folgt der in der Slavistik üblichen, die für die spezifisch russischen Laute diakritische Zeichen benützt. Die wichtigsten vom deutschen Alphabet abweichenden Laute des Russischen sind:

č – ›tsch‹, wie Čechov
c – immer ›ts‹, wie in ›Zeichen‹
ch – immer hartes ›ch‹, wie in ›ach!‹ (nie wie in ›ich‹)
s – immer stimmloses, scharfes ›s‹, wie in ›essen‹
š – immer stimmloses, scharfes ›sch‹, wie in ›Asche‹
šč – nicht ›schtsch‹, sondern weiches, gedehntes ›sch‹ (š)
v – im Silbenanlaut, vor Vokalen und stimmhaften Konsonanten = ›w‹
im Silbenauslaut und vor stimmlosen Konsonanten = ›ff‹
z – immer stimmhaftes, weiches ›s‹, wie in ›Rose‹
ž – immer stimmhaftes, weiches ›sch‹, wie in frz. ›jour‹

Jedes ›e‹ und ›i‹ palatalisiert den vorausgehenden Konsonanten, das heißt, wird mit einem leichten ›j‹-Vorschlag gesprochen.

Betontes ›e‹ (ë) wird wie ›jo‹ gesprochen und zieht automatisch die Wortbetonung auf sich.

Unbetontes ›o‹ wie ›a‹; betontes ›o‹ immer offen, wie im Wort ›offen‹ (nie wie in ›Ofen‹).

Namen und Anrede im Russischen

Im Russischen setzt sich jeder Name aus drei Teilen zusammen – dem Vornamen (Anton), dem Vatersnamen (Pavlovič oder, bei Frauen, Pavlovna) und dem Familiennamen (Čechov). Die offizielle Anrede besteht aus Vor- und Vatersnamen (was das im Deutschen übliche ›Herr‹ bzw. ›Frau‹ ersetzt) – ›Anton Pavlovič‹ ist demnach soviel wie deutsch ›Herr Čechov‹. Die intim-vertrauliche Anrede beschränkt sich wie im Deutschen auf den Vornamen bzw. dessen Koseformen.

Im gesprochenen Russisch werden die ›korrekten‹ Formen des Vatersnamens gelegentlich abgeschliffen (für ›Ivan Ivano*vič*‹, oft auch nur ›Ivan Ivan*yč*‹, woraus sich zuweilen zweierlei Schreibweisen ergeben. Die ›abgeschliffene‹ Form wird gegenüber Personen gebraucht, die man zwar siezt, mit denen man aber doch auf bestimmte Weise vertraut ist, während die ›korrekte‹ Form des Vatersnamens in hochoffiziellen Situationen gebraucht wird, gegenüber Respektspersonen, Höhergestellten usw.

Maße und Gewichte

Gewichte:	
1 *Pud*	= 40 Pfund oder 16,38 kg
1 *Pfund*	= 32 Lot oder 96 Zolotnik oder 410 g
1 *Lot*	= 3 Zolotnik oder 12,80 g
1 *Zolotnik*	= 4,26 g
Längenmaße:	
1 *Verst*	= 500 Sažen oder 1067 m
1 *Sažen*	= 3 Aršin = 48 Veršok oder 2,134 m
1 *Aršin*	= 16 Veršok oder 71,1 cm
1 *Veršok*	= 44,45 mm
Flächenmaße:	
1 *Desjatine*	= 2400 Quadrat-Sažen oder 1,0925 ha
1 *Quadrat-Verst*	= 104,17 Desjatinen = 1,138 km^2

Russische Feiertage, Kirchenfeste, Fasten

Die Zahl der Feiertage lag im zaristischen Rußland wesentlich höher als in westlichen Ländern zur selben Zeit; das ›Große Enzyklopädische Wörterbuch‹, der russische Brockhaus, zählt in Band 48 (1898) in Rußland 98 Feiertage bei 267 Arbeitstagen (zum Vergleich Preußen: 60 bei 305 Arbeitstagen). Unter die Feiertage fielen, zu Čechovs Zeiten und in der zeitgenössischen Sprache des Baedeker, Staatsfeiertage wie das »Namensfest der Kaiserin«, »Geburtsfest des Kaisers«, »Krönungsfest«, »Namensfest der Kaiserin-Witwe«, »Geburtsfest des Thronfolgers Alexei Nikolajewitsch« u. a.

Kirchenfeste waren neben dem Weihnachtsfest (am 25., 26. und 27. Dezember – die Datenangaben jeweils nach dem alten Kalender), Ostern (Donnerstag, Freitag und Samstag in der Karwoche sowie 1., 2. und 3. Osterfeiertag), Christi Himmelfahrt, Pfingsten (zwei Tage) sowie Feiertag und Samstag in der Butterwoche, d. h. der Woche vor Beginn der Großen Osterfasten:

6. Januar	Erscheinung Christi
2. Februar	Christi Darstellung
25. März	Mariä Verkündigung
9. Mai	Fest des hl. Nikolaus des Wundertäters
29. Juni	Fest der Apostel Petrus und Paulus
6. August	Verklärung Christi
15. August	Mariä Himmelfahrt
29. August	Johannis Enthauptung
30. August	Fest des hl. Alexander Nevskij

8. September	Mariä Geburt
14. September	Kreuzeserhöhung
26. September	Fest des Evangelisten Johannes
1. Oktober	Mariä Schutz und Fürbitte
22. Oktober	Fest des wundertätigen Bildes der hl. Muttergottes von Kazan
21. November	Mariä Opfer
6. Dezember	Fest des hl. wundertätigen Nikolaus

Die Fasten (russisch ›post‹) der russisch-orthodoxen Kirche unterteilen sich in ein- und mehrtägige Fasten.

Die mehrtägigen Fasten sind:

1. die *Großen Fasten,* beginnend mit dem Montag nach der Karnevals- oder Butterwoche, 40 Tage vor Ostern;
2. die *Apostel-* oder *Petersfasten* vor Peter und Paul; diese sind vom Datum des Osterfests abhängig, daher von unterschiedlicher Länge;
3. *Uspenskij post* vom 1. bis 15. August zu Ehren der Muttergottes, vor Mariä Himmelfahrt;
4. die *Weihnachts-* oder *Philippifasten* vor Weihnachten, beginnend mit dem 14. November, 40 Tage vor Christi Geburt.

Eintägige Fasten jeweils mittwochs und freitags, mit Ausnahme der Karwoche (da diese Woche als »ein einziger lichter Tag« angesehen wurde), der Pfingstwoche, der zwölf Tage zwischen Weihnachten und Christi Erscheinung; ferner am

14. September zu Kreuzeserhöhung
29. August zu Johannis Enthauptung und am
5. Januar, dem Vorabend von Christi Erscheinung.

(Nach dem ›Großen Enzyklopädischen Wörterbuch‹, St.-Petersburg, Brockhaus/Efron, 1898, Band 48.)

Die russischen Rangklassen

Die Liste der Rangklassen in Rußland geht zurück auf Peter I. In Anlehnung an westliche Vorbilder (Frankreich, Preußen, Dänemark und Schweden) wurden durch Erlaß 1722 vierzehn Rangklassen geschaffen, die praktisch und ohne wesentliche Veränderung bis 1917 in Kraft blieben. Der petrinischen Reform des Staats- und Militärdienstes lag der Gedanke zugrunde, daß auch Nichtadelige durch Leistung (durch Erreichen eines Rangs) in den Adel erhoben werden konnten.

Zu Čechovs Zeiten wurden folgende Ränge an Zivil- bzw. Militärbeamte verliehen:

Klasse	*Zivildienst*	*Militärdienst*
1	Kanzler	Generalfeldmarschall General-Admiral
2	Wirklicher Geheimrat	General Admiral
3	Geheimrat	Generalleutnant Vize-Admiral
4	Wirklicher Staatsrat Oberstaatsanwalt	Generalmajor Konter-Admiral
5	Staatsrat	
6	Kollegienrat Militärrat	Oberst Kapitän 1. Ranges
7	Hofrat	Oberstleutnant Kapitän 2. Ranges
8	Kollegienassessor	Hauptmann Rittmeister
9	Titularrat	Stabshauptmann Stabsrittmeister Leutnant
10	Kollegiensekretär	Leutnant Schiffsfähnrich
11	Schiffssekretär	
12	Gouvernementssekretär	Sekondeleutnant Kornett
13	Provinzsekretär Senatsregistrator Synodalregistrator Kabinettsregistrator	
14	Kollegienregistrator	

Der Adelstitel, der auf dem Dienstwege verliehen wurde, war erblich für den, der ein Amt des 9. Rangs erreicht hatte; den Adelstitel beantragen konnte z.B. auch ein Unternehmen, das sein 100jähriges Jubiläum feierte (vgl. die Novelle ›Drei Jahre‹, vgl. Gaevs Rede im 1. Akt des ›Kirschgarten‹). Personen der oberen vier Rangklassen gebührte die Anrede ›Euer Exzellenz‹.

Nicht übersetzte Ausdrücke

Bliny – im Singular blin: der Pfannkuchen, der Fladen aus Buchweizen-, Weizen- oder Gerstenmehl (Pavlovskij), vgl. deutsch Plinse, auch Plinze. Russisches Backwerk, in schwimmendem Fett gebacken. Bliny wurden vor allem in der Butterwoche, der russischen Karnevalswoche vor dem 40tägigen Großen Fasten gebacken.

Katorga – vgl. Pavlovskij: »1. (veralt.) die Galeere, das Ruderschiff; 2. die Festungsbau-, Bergbaustrafe, Zwangsarbeit in den Bergwerken«; so auch übersetzt, zu Čechovs Zeiten meist in Sibirien, auf Sachalin oder in den Bergwerken am Karischen Meer verbüßt, verbunden mit anschließender Verbannung zur Zwangskolonisierung Sibiriens. *Katorga* aber auch im übertragenen Sinne – schweres, unerträgliches Leben, Hundeleben. Davon abgeleitet: *Katoržnik,* ›Zuchthäusler‹, der die Katorga verbüßt. Über Katorga und russischen Strafvollzug vgl. ausführlich Čechov, ›Die Insel Sachalin‹ (detebe 20270).

Kulak – wörtl. (Pavlovskij): »1. Die Faust; ... 5. der Aufkäufer, Kleinhändler, Wiederverkäufer; 6. der Geizhals, Knicker«; davon abgeleitetes Abstraktum: Aufkäuferei, Mäklerei; die Wucherei. Meint abschätzig den reichen, durch Wuchergeschäfte reichgewordenen Bauern, für den es in der russischen Literatur zahlreiche Beispiele gibt – vgl. etwa Vosmibratov in Ostrovskijs Komödie ›Der Wald‹, vgl. zu diesem Begriff auch Čechov über die Rolle Lopachins im ›Kirschgarten‹ (detebe 20083).

Kvas – auch Kwaß, erfrischendes Getränk, zubereitet aus gesäuertem Schwarzbrotteig oder Schwarzbrot und Malz (Pavlovskij). Ein in Rußland beliebtes Getränk, das die Stelle des Biers vertritt. Bei den Bauern besteht der K. nur aus einem trüben, sauern, noch gärenden Aufguß auf geschrotenes Getreide. Dagegen sind die feineren Sorten K., besonders der Äpfel- und Himbeerkvas, sehr wohlschmeckend (Brockhaus, 14. Aufl., Leipzig 1902).

Njanja – die russische Kinderfrau, die Amme; ist Bezeichnung und Anrede zugleich für die Amme, die neben den Dienstboten gehalten wurde und die – vgl. ›Drei Schwestern‹, ›Onkel Vanja‹ – im Hause verblieb, auch wenn die Kinder längst herangewachsen waren.

Varenje – russische Spezialität, Eingemachtes, erscheint in Übersetzungen als ›Konfitüre‹, ›Marmelade‹, als ›das Eingemachte‹ (›Eingemachtes‹), aber auch als ›Saft‹ (so auch Pavlovskij). Wird anstelle von Zucker oft zum Süßen des Tees benützt.

Zakuska – vgl. Pavlovskij: »1. der Imbiß, das Gabelfrühstück; 2. die Zukost, das Zugemüse, Beiessen; 3. das Nachessen, Dessert, der Nachtisch.« In den vorliegenden Übersetzungen oft auch mit ›Imbiß‹ übersetzt, meint das, was man unmittelbar nach dem heruntergestürzten Glas Vodka ißt und was in Rußland unabdingbar zum Vodkatrinken gehört. Was als Zakuska alles genossen werden kann, diskutieren exemplarisch Lebedev, Borkin und Šabelskij im III. Akt des ›Ivanov‹ (detebe 20102).

Zemstvo – russischer terminus technicus aus der Verwaltung, bezeichnet die teilweise Selbstverwaltung des Landes im lokalen Bereich, eine der Errungenschaften aus der Zeit der ›großen‹ Reformen, eingeführt nach Aufhebung der Leibeigenschaft 1861, um die staatliche Verwaltung zu entlasten. Auf drei Jahre gewählte Vertreter der Adeligen, Bürger und Bauern (wobei das Wahlrecht dem Adel die führende Position sicherte) entschieden ab 1864 über die Instandhaltung von Straßen und Brücken, Unterhaltung von Fuhr- und Postdiensten, über den Ausbau des Elementarschulwesens, über Einrichtungen des Gesundheitswesens, z. B. den Bau neuer Krankenhäuser (vgl. ›Krankenzimmer Nr. 6‹; der in den Übersetzungen erscheinende ›Landarzt‹, zemskij vrač, ist der vom Zemstvo angestellte, der Zemstvo-Arzt). Die Zemstvos auf Kreis- und Gouvernementsebene befanden sich in ständiger Rivalität zur staatlichen Verwaltung und wurden 1890 durch Gesetz in ihren Kompetenzen derart eingeschränkt, daß sie praktisch zur Bedeutungslosigkeit verurteilt waren.

Anmerkungen

Eine langweilige Geschichte (Skučnaja istorija). Erstmals erschienen November 1889.

I

Ikonenwand – oder Ikonostas, die mit Ikonen behängte Wand in der russisch-orthodoxen Kirche, die das Kirchenschiff vom Altarraum trennt.

Pirogov – Nikolaj Ivanovič, russischer Chirurg, Anatom und Pädagoge, 1810–1881; seinerzeit führend auf dem Gebiet der experimentellen Chirurgie und Anatomie sowie der Militärchirurgie. Nach ihm benannt ist die ›Pirogovsche Fußgelenkamputation‹. Autor des anatomischen Atlantenwerks ›Anatomia topographica, sectionibus per corpus humanum congelatum‹, 4 Bände, 1851–1854.

Kavelin – Konstantin Dmitrievič, 1818–1885, russischer Philosoph, Jurist und Historiker; Professor an der Universität Moskau 1844–48, an der Universität Petersburg 1857–61. Zählte zum rechten Flügel der Westler.

Nekrasov – Nikolai Alekseevič, 1821–1878, russischer Lyriker, bedeutendster und in Rußland sehr populärer Vertreter einer sozial engagierten, realistischen Dichtung, gehörte neben Černyševskij, Dobroljubov und Pisarev zu den wichtigsten Autoren der Zeitschrift ›Sovremennik‹ (Der Zeitgenosse), deren Herausgeber N. von 1846 bis zu deren Verbot 1866 war; später Herausgeber der ›Otečestvennye zapiski‹.

»Nekrasov nannte seine Muse ›eine Muse der Rache und der Schwermut‹, und diese Muse schloß in der Tat nie einen Kompromiß mit der Ungerechtigkeit. Nekrasov ist Pessimist. Aber sein Pessimismus hat, wie Vengerov bemerkte, einen eigenen Charakter. Obwohl seine Dichtung so viele niederdrückende Bilder von dem Elend der russischen Massen enthalten, so ist doch der Grundeindruck, den sie auf den Leser hinterlassen, ein erhebendes Gefühl. Der Dichter beugt sein Haupt nicht vor der traurigen Wirklichkeit: er kämpft gegen sie an, und er ist seines Sieges sicher. Die Lektüre Nekrasovs ruft jene Unzufriedenheit hervor, die in sich selbst die Keime der Gesundung trägt.« (P. Kropotkin, ›Ideale und Wirklichkeit in der russischen Literatur‹, dt. Leipzig 1906.) Bekanntestes Werk Nekrasovs ist die Verserzählung ›Wer gut lebt in Rußland‹, 1866–1877.

der Hals einer Turgenevschen Heldin – meint eine Stelle aus Ivan Turgenevs ›Tagebuch eines Überflüssigen‹, hier zitiert in der Übersetzung von Wilhelm Lange: »Als die ersten schleppenden Klänge der Masurka ertönten, ließ ich ruhig die Blicke um mich herumschweifen, trat kalt und ungezwungen zu einem Fräulein mit langem Gesicht, rother glänzender Nase und einem sehr ungraciös geöffneten, ich möchte sagen aufgeknöpften Munde und einem sehnigen Halse, der an den Griff des Contrabasses erinnerte, – auf diese Jungfrau trat ich zu, schlug dumpf die Hacken aneinander und forderte sie zum Tanzen auf.«

Wovon die Schwalbe sang – Roman des deutschen Schriftstellers Friedrich Spielhagen (1829–1911), der auch in Rußland viel gelesen und mehrfach übersetzt worden ist, 1896–99 lag eine russische Spielhagen-Ausgabe in 23 Bänden vor; der genaue deutsche Titel: ›Was die Schwalbe sang‹.

Sohn, der in Warschau als Offizier dient – Warschau, seit dem Wiener Kongreß unter russischer Verwaltung, ›Hauptstadt des Generalgouvernements W.‹ Schauplatz der polnischen Aufstände 1830 und 1861/63 gegen die russische Herrschaft, Garnisonsstadt.

weil ich keine Praxis habe und keine Lehrbücher herausgebe – »Ein großer Zoologe, ein begabter Geograph und einer der intelligentesten Menschen, die ich je getroffen habe, war er wie so viele Russen ein Feind vom Bücherschreiben. Wenn er in einer Sitzung der Gesellschaft eine mündliche Mitteilung gemacht hatte, so ließ er sich nicht dazu bringen, von der Durchsicht der Nachschrift seines Vortrages abgesehen, irgend etwas zu Papier zu bringen, so daß die unter seinem Namen veröffentlichten Abhandlungen keineswegs eine rechte Vorstellung geben von dem Werte seiner Beobachtungen und Theorien. Leider ist diese Abneigung gegen eine schriftliche Fixierung von Ergebnissen, die man durch Nachdenken oder Beobachtungen gewonnen hat, in Rußland nichts Ungewöhnliches.« (Kropotkin, ›Memoiren eines russischen Revolutionärs‹.)

Historia morbi – latein. ›Geschichte der Krankheit‹, ›Krankengeschichte‹.

Geschichte des russischen Pessimismus – nach den Reformen der 60er Jahre (Aufhebung der Leibeigenschaft, Justizreform) und der darauffolgenden Epoche der Reaktion unter Alexander II. und Alexander III. erfaßte große Teile der gebildeten Gesellschaft, auch der fortschrittlichen Intelligenz tiefer Pessimismus, vgl. darüber ausführlich Kropotkin (›Memoiren‹, ›Ideale und Wirklichkeit‹); bei Čechov die Novelle ›Das Duell‹, die Erzählung ›Lichter‹ sowie ›Ivanov‹.

Gruber – Venceslav Leopoldovič Gruber, 1819–1890, russischer Mediziner, Professor für Anatomie an der militärmedizinischen Akademie in

Petersburg, überaus populärer Universitätslehrer, der die praktische Beschäftigung der Anatomiestudenten im Seziersaal zur Pflicht machte und als erster in Rußland auch Studentinnen zum Sezieren zuließ; Gründer eines anatomischen Museums. »Gruber war nach außen hin rauh, streng in seinen Anforderungen, gütig im alltäglichen Umgang, bis zur Schroffheit offen in der Äußerung seiner Ansichten, ungewöhnlich arbeitsam und seinem Werke ergeben; nicht selten saß er im Anatomiesaal von 8 Uhr morgens bis um 3 Uhr nachts« (Enzyklopädisches Wörterbuch, Petersburg 1893, Bd. 18).

Babuchin – Aleksandr Ivanovič Babuchin, 1835–1891, russischer Histologe, populärer Pädagoge und Professor für Histologie, Embryologie und vergleichende Anatomie an der Universität Moskau (seit 1864).

Prosektor – latein. Zergliederer, Vorbereiter von anatomischen Präparaten zu Unterrichtszwecken; Assistent an anatomischen Lehranstalten.

Skobelev – Michail, 1843–1882, russischer General, der sich 1871/72 in Turkestan, im Feldzug gegen Chiva und 1877/78 im Russisch-Türkischen Krieg (vor Plevna) auszeichnete; 1880 Oberbefehlshaber gegen die Teke-Turkmenen, »war bei seinen Untergebenen sehr beliebt und ein Mann von rücksichtsloser Entschlossenheit« (Brockhaus, 14. Aufl., Leipzig 1903).

Professor Perov – Vasilij Grigorjevič Perov, 1834–1882, russischer Maler, Mitglied der Akademie der Künste und Professor; Mitbegründer der Gruppe der Peredvižniki und einer der bedeutendsten realistischen Maler Rußlands; Genrebilder aus dem Alltagsleben auf dem Lande; Porträts (von Ostrovskij, Turgenev, Dostoevskij u. a.).

die Patti – Adelina Patti, 1843–1919, italienische Opernsängerin, Sopran; feierte Erfolge auf allen großen Opernbühnen Europas und der USA; gastierte zwischen 1869 und 1877 mehrfach in Petersburg.

Hebuka kümmerte ihn wenig – in der griech. Mythologie Gattin des Priamos und Königin von Troja; hier im Sinn des geflügelten Wortes: »Was ist ihm Hekuba, was ist er ihr, / Daß er um sie soll weinen?« (Aus dem ›Hamlet‹.)

die vielköpfige Hydra – Fabelwesen der griech. Mythologie; die Hydra oder lernaiische Schlange zu töten war eine der 12 Aufgaben des Herakles. Sie hatte neun (nach anderen Überlieferungen 100, 10 000) Köpfe, von denen einer unsterblich war, und statt eines abgeschlagenen Kopfes wuchsen ihr je zwei neue nach; Herakles löste die Aufgabe, indem er die Stümpfe der Hälse mit glühenden Baumstämmen abbrannte und auf den unsterblichen Kopf einen schweren Felsblock warf.

II

Sanguiniker – latein. sanguinisches Temperament, bei leichter Erregbarkeit, aber auch leichter Erschöpfbarkeit des Nervensystems, frischem Aussehen.

Čackij – Gestalt aus der klassischen russischen Komödie ›Verstand schaf Leiden‹ (Gore ot uma, 1823) von Aleksandr Griboedov, 1795–182 Junger Adeliger, der sich in Opposition zur vornehmen Moskau Gesellschaft befindet, die russische Gesellschaft heftiger Kritik aus setzt, ihre konservativen Sitten, ihre Spießigkeit, die Leibeigenenwirt schaft, die Bewunderung (besonders der Damenwelt) für alles, wa französisch ist, verspottet und sich darin aufreibt. Die Gesellschaf entledigt sich ihres Kritikers, indem sie das Gerücht verbreitet, Čacki sei nicht ganz richtig im Kopf. Woran Sofja, die von Čackij Angebetete nicht unbeteiligt ist.

Ufa – d.i., aus Petersburger wie Moskauer Sicht, die tiefste Provinz Gouvernement und Gouvernementshauptstadt am südlichen Ural.

Jalta – teuerster und vornehmster Badeort auf der Krim; vgl. ›Die Dam mit dem Hündchen‹.

Gnekker – ein deutschstämmiger Russe; wie aus den Vornamen ersichtlich, trug sein Vater noch den Vornamen Adolf.

Fugen und Kontrapunkte – latein. termini technici der Musik; Kontrapunkt – im allgemeinen die Kunst des polyphonen Satzes, das Verbinden und Fortführen zweier oder mehrerer Stimmen miteinander; im engeren Sinne die Kunst, eine oder mehrere Stimmen zu einer bereits gegebenen Stimme (cantus firmus) regelrecht zu setzen. Fuge – mehrstimmiges kontrapunktisches Tonstück, in dem eine zuerst von einer Stimme vorgetragene Melodie (das Thema) von allen Stimmen in einer bestimmten Aufeinanderfolge (der Durchführung) nachgeahmt wird, so daß schließlich jede Stimme das Thema mehrfach gebracht und außerdem kontrapunktisch begleitet hat.

die Bekanntschaft mit der Aristokratie – Nikolaj Stepanovič stamm offenbar, im Gegensatz zu Michail Fëdorovič, nicht aus einer Adeligenfamilie (so daß er den Umgang mit der Aristokratie von klein au gewohnt wäre), sondern aus der sogenannten Rasnočinzenschich (kleine Kaufleute, Beamte, Dorfgeistlichkeit), vgl. die Biographi Serebrjakovs in den Stücken ›Onkel Vanja‹ und ›Waldschrat‹ (detet 20093 und 20084).

Charkov – Hauptstadt des gleichnamigen Gouvernements in Südrußla (Ukraine), entstanden um 1650, mit ca. 220000 Einwohne Bischofssitz, Garnisonsstadt; seit 1805 auch Universitätsstadt, um 19 mit ca. 4000 Studenten.

III

Shakespeares Totengräber – aus dem v. Akt des ›Hamlet‹.

Alma mater – latein. ›die segenspendende Mutter‹, im Jargon der Aka miker Bezeichnung für die Universität.

Archimandrit – in der russisch-orthodoxen Kirche Vorsteher eines mehrerer Klöster, Abt.

Betrübt schau ich auf unser heutiges Geschlecht – erster Vers

Gedichtes von Michail Lermontov (1814–1841) aus dem Jahr 1838, ›Die Betrachtung‹ (Duma); in der Übersetzung Friedrich Fiedlers lautet die Strophe: »Ich blicke kummervoll auf das Geschlecht von heute – / Wie dunkel, leer ist seiner Zukunft Schoß! / Von Kenntnissen erdrückt, des Zweifels Beute, / Wächst es heran und altert thatenlos.«

die Klassiker – William Shakespeare (1564–1616); Mark Aurel, römischer Kaiser und Philosoph, 121–180 n. u. Z.; Epiktet, griech. stoischer Philosoph, 50–138 n. u. Z.; Pascal Blaise, franz. Religionsphilosoph, Mathematiker und Physiker, 1623–1662.

Dobroljubov – Nikolaj Aleksandrovič, 1836–1861, russischer Kritiker, Publizist, revolutionärer Demokrat, Mitarbeiter der Zeitschrift ›Sovremennik‹; auf Bildern: schmal, mit hoher Stirn, kurzem, leicht welligem Haar, streng gescheitelt, und akkurat gestutztem Bart, der Kinn- und Mundpartie frei ließ. Kropotkin schildert D. als den Typus des »durch und durch sittlichen und absolut zuverlässigen, leicht asketischen ›Rigoristen‹, der alle Lebenstatsachen von dem Gesichtspunkt aus beurteilte: ›Was werden die Werke der Kunst den arbeitenden Klassen nützen?‹ oder ›Wie werden sie die Arbeit der Männer unterstützen, die denselben Weg suchen?‹ Seine Haltung gegenüber der professionellen Ästhetik war eine fast verächtliche; »Er fragt bei einem Kunstwerk nur darnach, ob es treu und richtig das Leben wiedergibt, oder nicht. Wenn nicht, so geht er daran vorüber; aber wenn es das wirkliche Leben darstellte, dann schrieb er Essays *über dieses Leben*; und seine Artikel wurden Essays über moralische, politische oder ökonomische Fragen, während das Kunstwerk nur die Unterlagen zu einer solchen Diskussion lieferte. Das erklärt den Einfluß Dobroljubovs auf seine Zeitgenossen. Solche Essays von solch einer Persönlichkeit geschrieben, waren genau das, was man in der Unruhe dieser Jahre brauchte, um bessere Menschen für die kommenden Kämpfe vorzubereiten. Sie waren eine Schule für die politische und moralische Erziehung.« (›Ideale und Wirklichkeit in der russischen Literatur‹, dt. Leipzig 1906.)

Hypochonder – griech. ›eingebildeter Kranker‹; »Hypochondrie, geringer Grad geistiger Störung. Die Kranken achten, ohne besonders schwere örtliche Leiden zu haben, in übermäßiger Weise auf ihren Gesundheitszustand und erkennen in den geringsten Abweichungen vom Normalen schwere Symptome. Meist handelt es sich um vermeintliche Verdauungsstörungen, oft sind aber Vorwürfe über früheren Lebenswandel, Furcht vor Rückkehr früherer Erkrankungen die Ursache. Die Behandlung bezweckt Ablenkung der Gedanken, ist aber sonst rein symptomatisch.« (Meyers Handlexikon, Leipzig, 2. Aufl. 1878).

Arakčeev – Aleksej Andreevič, Graf, 1769–1834, russischer General und Staatsmann, unter Alexander I. Kriegsminister und allmächtiger Günstling des Zaren; nach dem Dekabristenaufstand von 1825 von Niko-

laus I. verabschiedet. Der Name A. steht für seine Epoche unumschränkter und brutaler Polizei- und Militärherrschaft in der Geschichte der russischen Autokratie.

IV

Drogerie – rückwärts gelesen ›wie ein irischer Name‹; im Russischen ist dieses Wortspiel gebildet mit dem Wort für Kneipe, Schenke: ›traktir‹ – ›ritkart‹.

die Fragezeichen und sic in Klammern – als Zeichen der Überheblichkeit gegenüber dem Originalautor; ›sic‹ (meist noch mit Ausrufezeichen), latein. ›so‹, im spöttisch-höhnischen Sinne von ›wirklich, wörtlich so!‹

ultima ratio – ergänze ›regum‹, latein. ›der letzte Beweisgrund der Könige‹, die Inschrift, die Richelieu allen Kanonen geben ließ, die während seiner Amtszeit (1624–42) gegossen wurden; danach im übertragenen Sinn: das letzte Wort, das letzte, schlagende Argument.

Gaudeamus igitur juvenestus – Anfang eines latein. Studentenlieds, Trinklieds, richtig: ›Gaudeamus igitur, juvenes dum sumus‹, laßt uns fröhlich sein, solange wir jung sind.

Jean-Jacques Petit – gemeint ist wahrscheinlich der französische Chirurg Jean-Louis Petit, 1674–1750, dessen (Fragment gebliebener) ›Traité des maladies chirurgicales et des opérations qui leur conviennent‹ 1774 erschien und lange Zeit maßgeblich war.

Krylov – Nikita Ivanovič Krylov, 1807–1879, russischer Jurist und Universitätsprofessor in Moskau (1835–1872), populärer Pädagoge, als glänzender Redner berühmt, der nie ein Lehrbuch verfaßte und auch nie, wie sonst üblich, seine Vorlesungen drucken ließ.

Der Adler kann ... – Zitat aus der Fabel ›Der Adler und die Hühner‹ des berühmtesten russischen Fabeldichters Ivan Krylov (1768–1844).

Charkov – Hauptstadt des gleichnamigen Gouvernements in Südrußland (Ukraine), entstanden um 1650, mit ca. 220000 Einwohnern; Bischofssitz, Garnisonsstadt; seit 1805 auch Universitätsstadt, um 1910 mit ca. 4000 Studenten.

nach Paris oder nach Berdičev – Berdičev, Kreisstadt im Gourvernement Kiev; hier eine Anspielung auf die Biographie des französischen Schriftstellers Honoré de Balzac, 1799–1850, der in Berdičev, kurz vor seinem Tode, die polnische Gutsbesitzerin Ewelyna Hanska heiratete, der ›Etrangère‹ aus den ›Lettres à l'Etrangère‹, 1833–42).

VI

Niva – russ. ›Die Flur‹, in Petersburg erscheinende illustrierte Wochenzeitung, erschien 1870–1918, bis 1904 im Verlag A. F. Marks, der ab 1899 auch Čechov verlegte. Die ›Niva‹ brachte vor allem in ihrer monatlichen Literaturbeilage (1891–94 in Form eines Almanachs, 1894–1916 als monatliche Beilage) auch ernste Literatur; parallel dazu Volksausgaben russischer und ausländischer Klassiker, Werkausgaben u. a. von Lomonosov, Griboedov, Gogol, Dostoevskij, Turgenev,

Gončarov; Heinrich Heine, Ibsen, Molière, Hamsun, Oscar Wilde u. a. Viel gelesene Zeitung, erreichte um 1900 eine wöchentliche Auflage von 235 000 Exemplaren.

Vsemirnaja illjustracija – russ. ›Illustrierte Welt‹ oder ›Die Welt im Bild‹, illustrierte Wochenzeitung, erschien von 1896 bis 1898 in Petersburg, Regierungsblatt, auf den Geschmack breiter Leserschichten ausgerichtet, in hoher Auflage.

Flattergeist (Poprygun'ja). Erstmals erschienen 1892.

Dymov – russ. ›dym‹: der Rauch.

Prosektor – latein. ›Vorschneider‹; Vorbereiter anatomischer Präparate zu Unterrichtszwecken; Assistent an anatomischen Lehranstalten.

Rjabovskij – russ. ›rjaboj‹: 1. scheckig, gescheckt; 2. pockennarbig, blatternarbig; 3. rauh, uneben.

Bylinen – russ. die epische russische Volksdichtung, epische Gesänge, »welche den isländischen Sagas entsprechen. Sie werden bis auf den heutigen Tag in den nordrussischen Dörfern von besonderen Barden gesungen, die sie auf einem besonderen Instrument – das ebenfalls sehr alten Ursprungs ist – begleiten. Der alte Sänger rezitiert ein oder zwei Sätze, wobei er sich auf seinem Instrument begleitet; dann folgt eine Melodie, in die jeder Einzelne seine eigene Modulation einführt, bevor er das Rezitativ der epischen Erzählung wieder aufnimmt. Leider sind diese alten Barden im raschen Aussterben begriffen, aber noch vor 35 Jahren gab es einige von ihnen in der Provinz Olonec, nordöstlich von St. Petersburg, und ich hörte einen von ihnen, den A. Hilferding nach der Hauptstadt gebracht hatte, und der vor der russischen geographischen Gesellschaft seine wundervollen Balladen sang.« (Pëtr Kropotkin, ›Ideale und Wirklichkeit in der russischen Literatur‹, dt. Leipzig 1906.)

Zola – Emile Zola, 1840–1902, französischer Schriftsteller und Romancier, in Rußland sehr populär; so erschien Zolas Roman-Epopöe über das Zweite Kaiserreich (›Histoire naturelle et sociale d'une famille sous le Second Empire‹, 20 Bände, 1871–1893) Band für Band fast ausnahmslos noch im Erscheinungsjahr der französischen Ausgabe auch in russischer Übersetzung; 1902–1904 lag eine russische Zola-Ausgabe in 48 Bänden vor. Zola auf Bildern: hohe Stirn, Zwicker, schwarzer Schnurrbart und Kinnbart.

Benefizvorstellung – wurde an den russischen Theatern für berühmte Schauspieler, Jubilare, Publikumslieblinge, auch Regisseure veranstaltet; der Erlös der Vorstellung, die auch ins Repertoire übernommen werden konnte, kam dem betreffenden Benefizianten zugute. Die Uraufführung des ›Ivanov‹ von Čechov war z. B. Benefizvorstellung für den Schauspieler Svetlov; vgl. auch die Čechov-Erzählung ›Nach der Benefizvorstellung‹.

maître d'hôtel – franz. ›der Haushofmeister‹, auch ›der Oberkellner‹.

Ihr Leben verlief wie am Schnürchen – gibt nicht genau das Bild; im russischen Original: ›po maslu‹, entsprechend dem deutschen Bild ›wie in Butter‹.

einen jungen Waräger malen – Waräger (russ. ›varjagi‹), skandinavischer Stamm, ›Wikinger‹ laut Duden, Gründer des ersten russischen Staatswesens, des Kiever Reichs, unter ihrem Fürsten Rjurik im IX. Jahrhundert; blond, blauäugig, ›germanisch‹.

Kinešma – Stadt am Oberlauf der Volga, noch nordöstlich von Moskau, zwischen Kostroma und Nižnij Novgorod (heute Gorkij).

Masini – Angelo Masini, 1844–1926, italienischer Opernsänger (Tenor); gastierte in Rußland 1877/78, nahm von 1879 bis 1903 an Vorstellungen der Italienischen Oper in St. Petersburg teil.

perniziöse Anämie – latein. medizin. ›perniziös‹: bösartig; ›Anämie‹: Blutarmut.

Korostelëv – russ. ›korostel'‹: die Wasserallee, das Riedhuhn.

Wüßtest du einen Ort mir zu nennen – Zitat nach einem Gedicht von Nikolaj A. Nekrasov (1821–1878), nämlich den ›Gedanken vor einer Schloßtreppe‹ (1858):

»Nenne mir, nenne mir, russische Erde,
Nur ein einziges Dorf, einen Ort,
Wo nicht der Sämann, der Schnitter der Ähren,
Wo nicht der russische Landmann stöhnt!
Auf allen Feldern kann man es hören,
Aus allen Kerkern sein Klageruf stöhnt!«
(Nachdichtung von Martin Remané)

Polenov – Vasilij Dmitrievič Polenov, 1844–1927, russischer Maler, Kunstpädagoge und Bühnenbildner; Mitglied der Künstlergruppe der Peredvižniki. Realistische, lyrisch-zarte Landschaftsbilder, Themen aus dem Alltagsleben; von Čechov sehr geschätzt.

Dieser Satz gefiel so gut – gefiel *ihr* so gut, daß usw.

meine Dissertation verteidigt – die Dissertation hatte im akademischen System des vorrevolutionären Rußland etwa den Stellenwert einer Habilitationsschrift in Deutschland; sie mußte in einem Colloquium vor Fachkollegen verteidigt werden. Danach konnte der so Promovierte eine Dozentur annehmen, d. h. er hatte die venia legendi erworben und konnte Vorlesungen halten.

nature morte – franz. ›das Stilleben‹, im Russischen als Lehnwort (natjur mort). Die ›Reimworte‹ des russischen Originals darauf: ›pervyi sort‹ (erste Klasse, erste Sorte), ›kurort‹ (Kurort), ›čort‹ (Teufel), ›port‹ (Hafen).

Barnay – Ludwig Barnay, 1842–1924, deutscher Schauspieler, Tragöde, Theaterdirektor; Helden- und Charakterdarsteller der ›Meininger‹, Mitbegründer des Deutschen Theaters in Berlin (1883), 1887–1894

Direktor des Berliner Theaters; spielte Hamlet, Othello, Wallenstein, Tell u. a.

der Gogolsche Osip – Gestalt des groben, unverschämten Dieners des Chlestakov aus Gogols klassischer Komödie ›Der Revisor‹ (1834/35).

einem damit zusammenhängenden Kalauer – der im russ. Original zitiert, aber nicht übersetzbar ist: ›Osip ochrip, a Archip osip‹, wörtlich: ›Osip ist heisergeworden, Archip ist heisergeworden‹; osipnut' wie ochripnut' bedeuten gleichermaßen ›heiserwerden‹.

Nature morte – vgl. o. Reimwörter hier: ›natjur mort‹ (nature morte), ›port‹ (Hafen), ›sport‹ (Sport), ›Kurort‹ (Kurort).

Schreck – russ. ›šrek‹; der einzige Reim mit semantischer Bedeutung: ›grek‹ (der Grieche).

Krankenzimmer Nr. 6 (Palate Nr. 6). Erstmals erschienen November 1892.

III

Katorga – Zwangsarbeit, verbunden mit Deportation nach Sibirien und anschließender Verbannung; vgl. dazu ausführlich die ›Insel Sachalin‹ (detebe 20270).

IV

Stanislausorden – russischer, ursprünglich polnischer Orden (gestiftet von König Stanislaus II. August zu Ehren des hl. Stanislaus), 1831 den russischen Orden einverleibt und 1839 auf drei Klassen beschränkt. Der Stanislaus (russisch: Stanislav) dritter Klasse war einer der geringsten Orden des zaristischen Rußland.

Schwedischer Polarstern – erfundener Orden.

V

Puškin mußte sich furchtbar quälen – das Duell, in dem Aleksandr Puškin 1837 fiel, fand am 27. Januar statt; Puškin wurde in den Unterleib getroffen und starb nach schwerem Todeskampf erst zwei Tage später.

der arme Heine – Heinrich Heine starb an einem Rückenmarksleiden, das ihn 1845 befallen hatte und seit dem Frühling 1848 ans Bett (seine ›Matratzengruft‹) fesselte, am 17. Februar 1856 in Paris.

VI

sang den Akathistos – in der griechisch-orthodoxen Liturgie eine Hymne auf die hl. Jungfrau Maria, die von Samstag auf den Sonntag Judica im Stehen gesungen wurde; in der russischen Kirche auch auf Christus und die Heiligen ausgedehnt.

Vrač – russ. »Der Arzt«, medizinische Wochenzeitschrift, erschien ab 1880 in Petersburg.

Aul – turkotatar. Wort, »das Dorf«; Pavlovskij: (»fast bei allen asiatischen Völkern Rußlands und bei den meisten Kaukasiern) das Dorf, Gehöft, Gezelt (der Nomaden).«

die Ideen der sechziger Jahre – in Rußland eine Zeit des geistigen Aufbruchs und der Reformen (nach dem Tode des Zaren Nikolaus I.

1855), die sich in der Aufhebung der Leibeigenschaft 1861 und der Justizreform 1864 manifestierten; im weiteren Sinn die Diskussionen, die die Zeitschrift ›Sovremennik‹ (Der Zeitgenosse), das Organ der revolutionären Demokraten, Nekrasov, Černyševskij, Dobroljubov, unter fortschrittlichen Intellektuellen initiierte und die 1866 verboten wurde.

VII

Antisepsis – griech. die Abtötung von Krankheitserregern in der Wunde durch chemische Mittel; der Brockhaus (14. Aufl., Leipzig 1901) zum damaligen Stand: »Mit der Annahme Gay-Lussacs, daß der Zutritt des Sauerstoffs die Fäulnis bewirke, glaubte man in der Abhaltung desselben eine wichtige antiseptische Maßregel zu erblicken. Pasteur wies aber nach, daß nicht der Sauerstoff, sondern lediglich die in der atmosphärischen Luft suspendierten kleinsten Mikroorganismen die eigentlichen Fäulniserreger sind. Diese durch vielfache Experimente gestützte Ansicht ist zuerst durch den englischen Chirurgen Sir Joseph Lister mit großem Erfolge in der Chirurgie praktisch verwertet worden. Nach Lister wurde mittels eines besonderen Zerstäubungsapparats (Spray) während der ganzen Operation ein Carbolsäurenebel erzeugt, der die Fäulniserreger vor ihrer Niederlassung auf die Wunde bereits unschädlich machen sollte. Erst nach dem Anlegen des mit Carbolsäure getränkten Verbandes, welcher nun seinerseits den Zutritt jener Keime verhindert, wurde die Zerstäubung unterbrochen.«

Sir Joseph Lister, 1827–1912, englischer Chirurg, nach ihm benannt der ›Listersche Verband‹.

Pirogov – Nikolaj Ivanovič Pirogov, 1810–1881, russischer Chirurg, Anatom und Pädagoge, seinerzeit führend auf dem Gebiet der experimentellen Chirurgie, Anatomie und Militärchirurgie; nach ihm benannt ist die ›Pirogovsche Fußgelenkamputation‹. Autor eines anatomischen Atlantenwerks, 1851 f.

Pasteur – Louis Pasteur, 1822–1895, französischer Chemiker und Biologe, erfand durch die Erkenntnis, daß Keime durch Hitze abgetötet werden können, die Grundlagen der Sterilisation (das Pasteurisieren). Vgl. auch oben, Antisepsis.

Koch – Robert Koch, deutscher Arzt und Bakteriologe, 1843–1910, schuf die wichtigsten methodischen Grundlagen der bakteriologischen Forschung; Entdecker des Tuberkelbazillus, 1882, erhielt 1905 für seine Tätigkeit auf dem Gebiet der Tuberkulosebekämpfung den Nobelpreis für Medizin.

Elbrus – höchster Berg des Kaukasus, 5633 m hoch.

VIII

Schröpfköpfe – veralt. medizin. Gerät zum Schröpfen, d. h. zum lokalen Flüssigkeits- bzw. Blutentzug; »gewöhnlich kleine Glocken aus Glas. Man hielt dieselben über eine Flamme, um darin durch die Hitze die

Luft zu verdünnen, und stülpte sie dann rasch auf die Haut, wo sie sich beim Erkalten durch den Druck der äußeren Atmosphäre fest ansaugten, die Haut in die Höhe zogen und Flüssigkeiten aus derselben zum Heraustreten brachten« (Brockhaus, Leipzig 1903).

IX

Dostoevskij – Fëdor Michajlovič, 1821–1881; in seiner Jugend unter dem Einfluß Belinskijs Mitglied des sozialistischen Kreises um Petraševskij, 1849 zu vier Jahren Zwangsarbeit in Sibirien verurteilt (›Aufzeichnungen aus einem Totenhaus‹), wandte sich Dostoevskij in den 70er Jahren in der Überzeugung, daß allein das russische Volk die christliche Wahrheit hüte, während sie den Intellektuellen durch die Anlehnung an die Entwicklung Westeuropas verlorengegangen sei, den Slavophilen zu und trat für die panslavistische Ideologie und einen idealen patriarchalischen Zarismus ein.

Voltaire – eigentl. François-Marie Arouet, 1694–1778; vertritt eine gemäßigte, mechanistische Weltauffassung, die in bezug auf den Menschen zur Leugnung der Willensfreiheit führt; soweit V. religiöse Fragen berührt, ist er Deist und leitet den Gottesglauben aus der Notwendigkeit ab, einen Ursprung der moralischen Ordnung zu wissen.

Diogenes – von Sinope, 404–323 v. u. Z., griechischer Philosoph und bekanntester Vertreter des Kynismus, der Lehre der Bedürfnislosigkeit; zog als Wanderlehrer umher und versuchte seine Lehre mit äußerster Konsequenz zu leben. Diogenes ist durch zahlreiche Anekdoten bekannt für seinen schlagfertigen Witz.

X

Mark Aurel – Marcus Aurelius Antonius, römischer Kaiser und Philosoph des Stoizismus, 161–180 n. u. Z.

Schmerz ist die lebendige Vorstellung... – Grundsatz der Lehre der Stoiker; diese Philosophenschule wurde von Zeno d. J. 308 v. u. Z. in Athen gegründet. Als Grundtugenden des Stoizismus gelten Gerechtigkeit, Tapferkeit und Beherrschung, die im Ideal des ›Weisen‹ zusammengefaßt sind; der Weise ist der wirklich ›freie‹ Mensch, den nichts in der Welt mehr erschüttert.

Furcht eines Hamlet vor dem Tod – Anspielung auf den berühmten Monolog ›Sein oder nicht sein‹ Hamlets im III. Akt, 1. Szene.

Sinekure – latein. (sine cura: ›ohne Sorge‹) Pfründe ohne Amtsgeschäfte, überhaupt Bezeichnung für ein müheloses, aber gut besoldetes, einträgliches Amt.

XII

Bromkalium – Brompräparat, Arzneimittel, das beruhigend und krampfstillend wirkt.

XIII

Pinsker Sümpfe – auch Pripet-Sümpfe im Kreis Pinsk, aber weit über den

Kreis hinausreichend, im südwestlichen Teil des Gouvernements Minsk. Bei Gleisbauarbeiten wurden Teile des Sumpflandes trockengelegt.

Kapelle der Iberischen Muttergottes – in Moskau, unmittelbar am Kreml, mit dem berühmtesten Heiligenbild Moskaus, der Ikone der wundertätigen Iberischen Muttergottes; »die die Kaiser jedesmal bei der Ankunft in Moskau vor dem Betreten des Kreml aufsuchen. Die Kapelle ist dicht umdrängt, auch nachts; man hüte sich vor Taschendieben« (Baedeker, ›Rußland‹, 7. Aufl., Leipzig 1912).

die große Glocke – auch ›Zarenglocke‹ (Car'-kolokol), die größte Glocke der Welt, 7,9 m hoch und 201 924 kg schwer. »Auf Befehl der Kaiserin Anna wurde die Glocke, wie die Inschrift nachweist, 1735 von dem Moskauer Glockengießer Matorin aus älterem Material gegossen, blieb an dem Gußort liegen und wurde 1737 durch eine Feuersbrunst, wobei ein Stück absprang, beschädigt. Sie lag fast 100 Jahre in der Erde, bis sie 1836 von dem Architekten Monferrand gehoben und an ihre jetzige Stelle gebracht wurde«, auf einen Granitsockel auf dem Zarenplatz im Kreml. (Baedeker, ›Rußland‹)

die Erlöserkirche – erhob sich »weithin sichtbar am linken Ufer der Moskva, auf einem großen Platz« zwischen der Volchovka und dem linken Moskvaufer, an der Stelle des heutigen ›Freiluftschwimmbads Moskau‹; 1837–83 zum Andenken an das Jahr 1812 erbaut. »Die Kirche (102 m hoch; 6750 qm Flächeninhalt; Baukosten über 15 Millionen R.) hat die Form eines griechischen Kreuzes und wird von fünf vergoldeten Kuppeln überragt, von denen die Hauptkuppel 30 m im Durchmesser hat; die Außenwände sind mit Marmor bekleidet. Die zwölf Portale (je drei an jeder Fassade), zu denen breite Granittreppen hinaufführen, sind kunstreich in Bronze gegossen. Das Dach wird von einer vergoldeten Bronzebalustrade umzogen. Die 48 in Marmor ausgeführten Hochreliefs an den Fassaden sind von Loganovskij, Ramazanov und Baron Klodt. – Das Innere, durch 60 Fenster hell erleuchtet, ist in Gold und Marmor auf das reichste ausgestattet und macht einen durchaus harmonischen Eindruck. Bei feierlichem Gottesdienst brennen an 3700 Kerzen; berühmter Kirchengesang.« (Baedeker)

Rumjancev-Museum – bedeutende russische Kunstsammlung, benannt nach ihrem Stifter, dem russischen Staatsmann und Mäzen Graf Nikolaj Petrovič Rumjancev, 1753–1826; war untergebracht in einem Barockpalais Ecke Volchovka und Znamenka, der heutigen Frunze-Straße; das Gebäude beherbergt heute einen Teil der Leninbibliothek.

Testov – Speiserestaurant am ehemaligen Theaterplatz (heute Sverdlova ploščad'), Ecke Voskresenskaja.

XIV

Warschau – kam 1815 an Rußland und war, bis 1918, »Hauptstadt des Generalgouvernements Warschau oder Polen«, »Sitz des Generalgouverneurs von Warschau, des Zivilgouverneurs, eines Erzbischofs der griechisch-katholischen und der römisch-katholischen Kirche, des Kommandierenden des Militärbezirks Warschau und der Generalkommandos des VI. und XV. Armeekorps, ferner einer russischen Universität und eines russischen Polytechnikums«; die Straßenschilder waren »in polnischer Sprache (lateinische Schriftzeichen) und in russischer Sprache« (Baedeker, ›Rußland‹, 1912).

XVI

Konsilium – latein. Rat, Beratung; unter Ärzten gemeinschaftliche Beratung mehrerer Ärzte über Diagnose und Therapie eines Patienten.

XVII

Apotheose – griech.-latein. Verklärung; Vergötterung. Als Terminus technicus der Theatersprache: der Verherrlichung dienendes, feierliches Schlußbild auf der Bühne, oft zur Erhebung von Personen und Helden in überirdische Höhe (aus dem Barocktheater).

Der Student (Student). Erstmals erschienen 16. April 1894.

Rjurik, Ivan der Schreckliche, Peter der Große – die Namen stehen hier für die verschiedenen Epochen der russischen Geschichte: Rjurik, der Warägerführer und sagenhafte Gründer des ersten russischen Staats im IX. Jahrhundert; Ivan der Schreckliche (Ivan Groznyj), Zar des Moskauer Reichs 1547–1584; Peter I. – Gründer des modernen Rußland, 1682–1725.

Wirst reich werden – nicht eigentlich als Zukunfts-Voraussage gemeint, sondern als Wunsch: »Reich sollst du werden.«

Herzchen (Dušečka). Erstmals erschienen 3. Januar 1899.

Plemjannikov – russ. ›plemjannik‹: der Neffe.

Kukin – russ. ›kukat'‹: aufmucken, murren.

Große Fasten – die 40tägigen Fasten vor Ostern.

Pustovalov – russ. ›pusto–‹: leer; ›val‹: die Welle, Woge.

Mogilëv – im Unterschied zu M. am Dnestr ›Gouvernements-Mogilëv‹ genannt, Stadt am Dnepr, in Südrußland/Ukraine, 1890 ca. 35 000 Einwohner.

Pleureuse – latein.-franz. Trauerbesatz auf Kleidern, Trauerschleier.

Die Dame mit dem Hündchen (Dama s sobačkoj) Erstmals erschienen Dezember 1899.

Jalta – »Kreisstadt mit 26 000 Einw., in malerischer Lage, an einer großen Bucht des Schwarzen Meeres amphitheatralisch ansteigend, ist der vornehmste und teuerste Badeort der Krim und wird von Mitte August bis Ende Oktober (alten Stils) stark besucht. Hübscher Blick auf die Stadt und auf das Meer von der hohen Hafenmole. Der abends elektrisch beleuchtete Seeboulevard und der anstoßende kleine schattige Stadtgarten (Eintr. 20 Kop.; Kursaal; Musik; Theater; Restaur.) sind die Hauptpromenaden. An der Nabereshnaja auch die feinsten Läden (die orientalischen, besonders kaukasischen Waren nicht billig).« (Baedeker, ›Rußland‹, 7. Aufl. Leipzig 1912).

Pavillon bei Vernet – der Seepavillon an der Strandpromenade, dem Seeboulevard.

das stumme Endzeichen nach den Konsonanten weglassen – Eigenheit der vorrevolutionären russischen Orthographie, das sogenannte harte Zeichen, das nicht gesprochen, wohl aber – wie viele meinten: unnützerweise – noch geschrieben und erst mit der Reform der russischen Orthographie nach 1917 abgeschafft wurde. Als Klippe beim Lernen von Lesen und Schreiben in den Schulen der Groß- und Kleinschreibung im Deutschen vergleichbar.

Oreanda – Ausflugsziel von Jalta aus, Park und Schloßruine an der Küste gelegen, etwa 8 km südlich Jalta; ehemalige, 1882 durch Feuer zerstörte Sommerresidenz der Zaren.

Deutscher, er selbst aber ist rechtgläubig – d. h. er ist russisch-orthodox getauft, fühlt sich als Russe.

Feodosija – Kreisstadt auf der Krim, Hafenstadt, Bade- und Kurort, ca. 100 km nördlich von Jalta gelegen.

Sie fuhren mit dem Wagen – entweder nach Sevastopol oder nach Feodosija; von beiden Städten bestand Zugverbindung über Charkov, Moskau nach Petersburg.

das zweite Glockenzeichen – auf russischen Bahnhöfen wurde die Abfahrt der Züge durch drei Glockensignale markiert; nach dem dritten setzte sich der Zug in Bewegung.

Petrovka – Straße im Zentrum Moskaus, vom Theaterplatz (mit dem Bolšoj Teatr) zum Ring der Boulevards führend, mit eleganten Geschäften, Restaurants, dem Korš-Theater.

Soljanka – auch Seljanka, russische Krautsuppe mit verschiedenartigem Fleisch, Zwiebeln, Gurken.

die ›Geisha‹ wurde zum erstenmal gegeben – ›Die Geisha‹, Operette von S. Jones, 1896 in London uraufgeführt; die erste russische Inszenierung fand 1897 in Moskau statt.

Slavischer Bazar – Slavjanskij Bazar, Hotel im Zentrum Moskaus, eines der ersten drei Hotels der Stadt, Nikolskaja ulica, heute Straße des 25. Oktober.

Die Braut (Nevesta). Erstmals erschienen Dezember 1903.

Komissarovsche Schule – Lehranstalt, Seminar des Komissarov-Klosters in Moskau.

Babulja – Diminutiv, Koseform des Wortes ›baba‹, ›babuška‹, des russischen ›Mütterchens‹, ›Großmütterchens‹.

Hypnotismus – die Lehre von der Hypnose, geht zurück auf den englischen Arzt James Braid, 1795–1860, der 1841 die Entdeckung machte, »daß das längere Anstarren eines glänzenden Gegenstandes einen eigentümlichen schlafartigen Zustand, den sog. Hypnotismus, hervorrufe, und widmete fortan seine ganze Thätigkeit der Erforschung desselben und seiner Anwendung zur Heilung von Nervenleiden [...]. Doch fanden seine Forschungen wenig Beachtung, bis sie erst neuerdings durch erneute Untersuchungen vollinhaltlich bestätigt wurden« (Brockhaus, 14. Aufl. Leipzig 1901). In der Gesellschaft ein Modethema, wie überhaupt das Unheimliche, das Interesse für okkulte Kräfte, Magnetismus, Spiritismus, vgl. unten.

das Klopfen des Nachtwächters – auf russischen Landsitzen gab der Nachtwächter durch Klopfen auf ein Holzbrett, im Umhergehen, die Uhrzeit an, jeweils zur vollen Stunde; vgl. die Erzählung ›Vanka‹, auch die Erz. ›Ein Fall aus der Praxis‹.

Spiritismus – latein., »Glaube an die Möglichkeit eines Verkehrs mit den Seelen Verstorbener durch Beschwörung u. Zaubermittel, früher durch Swedenborg und magnetisierende Aerzte (Justinus Kerner) vertreten, neuerlich wieder von Amerika aus (Geschw. Fox, 1849) durch das Auftreten von Vermittlern dieses Verkehrs (Medium) und in Verbindung mit dem Tischrücken, Geisterklopfen (Klopfgeister) und Geisterschrift (Psychograph) verbreitet.« (Meyers Hand-Lexikon, Leipzig, [2]1878.) Auch in Rußland um die 80–90er Jahre ein beliebtes ›Gesellschaftsspiel‹, vgl. die Memoiren Kropotkins, vgl. Čechovs Erzählung ›Eine schreckliche Nacht‹. In einem der Notizbücher Čechovs findet sich folgende Eintragung: »Ein Mensch, sehr intelligent, redet sein Leben lang Unsinn über Hypnotismus, Spiritismus – und alle glauben ihm; aber ein guter Mensch.«

Homöopathie – Heilverfahren, im Gegensatz zur Allopathie; »Allopathie (Allöopathie, griech. ›das Leiden eines Theils für einen andern‹), die Übertragung einer Krankheit von einem Theile auf einen andern. Gewöhnlich wird aber der Ausdruck A. auf die Wirkung der Heilmittel angewendet, und A. bedeutet dann die Heilung durch ein dem Krankheitsprozeß entgegengesetztes Mittel und bildet den Gegensatz zur Homöopathie. Letztere geht bekanntlich von dem Grundsatz aus, daß Krankheitssymptome durch solche Mittel beseitigt werden, welche, in den gesunden Organismus eingeführt, eben jene Symptome hervorrufen (Gleiches mit Gleichem, similia similibus).« (Meyers Konversationslexikon, 3. Aufl., Leipzig 1874.)

stelle mir Anna Karenina vor – Titelgestalt des berühmten, auch damals schon nachgerade klassischen Romans von Lev Tolstoj, erschienen 1873/77.

zu den Kosaken gehen – die Kosaken waren ursprünglich Grenzbauern in Südrußland, der Ukraine, weit weg von den Zentren des Reichs; bildlich für »ein freies, wildes, verwegenes Leben führen«.

Kumys – »der Kumys (ein berauschendes Getränk aus gegorener Stutenmilch, Lieblingsgetränk der Nomadenvölker)« (Pavlovskij).

Anton Čechov im Diogenes Verlag

● **Das dramatische Werk**
in 8 Bänden. In der Neuübersetzung und -edition von Peter Urban: jeder Band bringt den unzensurierten, integralen, neutranskribierten Text und einen Anhang mit allen Lesarten und Textvarianten, mit Auszügen aus Čechovs Notizbüchern, Anmerkungen und einem editorischen Bericht.

Die Möwe
Komödie in vier Akten. detebe 20091

Der Waldschrat
Komödie in vier Akten. detebe 20084

Der Kirschgarten
Komödie in vier Akten. detebe 20083

Onkel Vanja
Szenen aus dem Landleben in vier Akten. detebe 20093

Ivanov
Drama in vier Akten. detebe 20102

Drei Schwestern
Drama in vier Akten. detebe 20103

Platonov
Das ›Stück ohne Titel‹ in vier Akten und fünf Bildern. Erstmals vollständig deutsch. detebe 20104

Sämtliche Einakter
detebe 20801

● **Das erzählende Werk**
in 10 Bänden. In Übersetzungen von Gerhard Dick, Wolf Düwel, Ada Knipper, Hertha von Schulz, Michael Pfeiffer und Georg Schwarz. Neutranskribiert, mit Anmerkungen und Nachweis der Erstveröffentlichungen von Peter Urban.

Ein unbedeutender Mensch
Erzählungen 1883–1885. detebe 20261

Gespräch eines Betrunkenen mit einem nüchternen Teufel
Erzählungen 1886. detebe 20262

Die Steppe
Erzählungen 1887–1888. detebe 20263

Flattergeist
Erzählungen 1888–1892. detebe 20264

Rothschilds Geige
Erzählungen 1893–1896. detebe 20265

Die Dame mit dem Hündchen
Erzählungen 1897–1903. detebe 20266

Eine langweilige Geschichte
Das Duell
Kleine Romane I. detebe 20267

Krankenzimmer Nr. 6
Erzählung eines Unbekannten
Kleine Romane II. detebe 20268

Drei Jahre · Mein Leben
Kleine Romane III. detebe 20269

Die Insel Sachalin
Ein Reisebericht. detebe 20270

● **Briefe**
in 5 Bänden. Die größte nicht-russische Briefausgabe in der Neuübersetzung und -edition von Peter Urban. Jeder Band enthält Faksimiles, einen umfangreichen Anhang mit editorischem Bericht, Anmerkungen und einer Chronik; im letzten Band zusätzlich ein Personen- und Werkregister. Leinen
Auch als detebe 21064-21068

● **Tagebücher Notizbücher**
Herausgegeben und vollständig neu übersetzt von Peter Urban. Mit Vorwort, editorischem Bericht, ausführlichen Anmerkungen und Personenregister. Leinen

● **Die besten Geschichten von Anton Čechov**
Ausgewählt von Franz Sutter
Diogenes Evergreens

Außerdem liegen vor:

● Čechov-Chronik
Daten zu Leben und Werk, zusammengestellt von Peter Urban. Mit Nachwort, ausführlicher Bibliographie und Register
Leinen

● Denken mit Čechov
Ein Almanach auf alle Tage, zusammengestellt von Peter Urban. Diogenes Evergreens

● Das Anton Čechov Lesebuch
Herausgegeben von Peter Urban
detebe 21245

● Über Čechov
Herausgegeben von Peter Urban
detebe 21244